십오야월

십오야월

김도연 소설

문학동네

차례

십오야월

술단지가 동이 났다.
　　　나는 새 술을 찾아 손전등을 들고 헛간으로 갔다.
긴 겨울을 지내려고 담가놓았던 돌배술이 동이 나려는 모양이었다.
헛간 지붕 너머에 있는 달은 보이지 않고 상앗빛만 주변을 둥그렇게 물들이고 있었다.
벽 저편 외양간에서 들려오는 소의 숨소리는
　　　　　한 십 년을 참았다가 내뱉는 것처럼 깊고 그윽했다.
어느새 찾아온 개들이 문지방 너머에서 손전등 불빛에 갇혀 눈을 번쩍거렸다.
　　　　　차라리 말 못 하는 가축들에게 더 정이 갔다.

국도는 중앙선이 보이지 않았다.

브레이크를 밟을 때마다 농용트럭의 뒷바퀴는 얼어붙은 눈길 위에서 좌우로 미끄러졌다. 왼쪽은 길과 같은 높이의 밭이라 상관이 없지만 오른쪽은 십여 미터의 둑 아래로 개울이 흘렀다. 얼음장 밑에서. 아무래도 술이 좀 깬 뒤에 가는 게 좋을 듯했다. 일찍 집에 간다고 기다리는 누가 있는 것도 아니었다. 길옆에 차를 대고 담배에 불을 붙였다. 흰 눈길은 곧게 뻗어 있고 그 길이 사라지는 지점까지 내려온 산자락 위에 보름달이 여유작작 떠 있었다. 나는 담배연기로 달을 지워버렸다.

달은 이내 다시 모습을 드러냈다.

히터를 틀어놓은 채 눈을 감았지만 잠이 올 것 같지 않았다. 그렇다고 다시 투전판으로 돌아가기도 싫었다. 달리면 오 분 거리도 되지 않는 집을 사이에 놓고 나는 만삭인 임산부의 배를 바라보듯 멍하니 달을 좇았다. 달빛은 산능선의 잎 없는 나뭇가지들을 환하게 드러내고 비탈밭을 덮은 눈을 푸르게 물들였다. 정월 대보름날, 아무도 없는 집으로 돌아가는 것은 정말이지 싫었다. 새 담배에 불을 붙인 뒤 나는 진부(珍富)에 있는 좀더 큰 투전판으로 갈까 말까를 놓고 심각하게 고민에 들어갔다. 겨울이 시작되면서부터 들락거린 투전판에 쏟아부은 돈도 만만찮은 터였다. 사실 적성에 맞는 곳은 두 시간 거리에 있는 카지노였지만 취해서 차를 몰고 거기까지 갈 수는 없는 노릇이었다. 나는 다시 담배연기로 달을 지웠다.

달 대신 떠오른 것은 점심 무렵에 집으로 찾아온, 빵모자를 쓴 탁발승이었다.

"똑똑똑똑 관자재보살 행심반야바라밀다시 조견오온개공 도일체고액 똑똑똑똑 사리자 색불이공 공불이색 색즉시공 공즉시색 수상행식 역부여시 사리자 똑똑똑똑……"

사람이 있는 기척이 없으면 그만두고 가리라 여겼던 스님은 반야심경을 멈추지 않았다. 점심상의 청국장 냄새가 문틈으로 새어나가는 모양이었다. 개가 짖기 시작했다. 정월 보름날에 탁발승이라니. 요즘은 각설이패도 찾아오지 않는 세상인데. 나는 수저를 놓고 문틈으로 마당의 스님을 살폈다. 불경이 폭폭 빠져나오는 입에서 허연 김이 함께 피어나고 있었다. 추운 겨울날 골짜기에 한 채밖에 없는 집으로 걸어서 찾아온 까닭을 알 수 없었다. 그러다 그만 눈이 마주치고 말았다. 나는 탁발승의 눈에서 번지는 웃음에 문을 열지 않을 수 없었다.

"스님, 성당 다닙니다!"

반쯤 문을 열고 시주를 거절하는 완곡한 표현을 건넸다. 스님이 오면 성당엘 가고 교회에서 오면 절에 간다는.

"시제법공상 딱딱딱딱 불생불멸 불구부정 부증불감 시고 딱딱딱딱 공중무색 무수상행식 무안이비설신의 딱딱딱딱……"

문을 닫았지만 밥상으로 걸어갈 수 없었다. 멈추지 않고, 한층 올라간 톤으로 변한 반야심경과 목탁 소리. 이건 뭔가 어긋나고 있다는 신호였다. 개 짖는 소리도 덩달아 커졌다. 집이 울리는 것 같았다. 나는 손잡이를 꽉 잡은 채 다시 얼굴을 문밖으로 내밀었다. 탁발승의 얼굴에서 흐르는 어떤 결의를 읽었지만 무시하고 목소리를 높였다.

"예수님 믿는다니까요!"

그제야 탁발승은 독경을 멈추고 내 얼굴을 빤히 바라보았다. 장난기와 심술기가 뒤섞인 시선으로.

"아무려면 어떻습니까! 점심 공양중인 모양인데 밥이 남았습니까?"

탁발승은 내 대답도 듣지 않고 방으로 들어올 기세였다. 나는 입을 반쯤 벌린 채 손잡이를 잡았던 손을 놓고 이미 문 한쪽으로 비켜나 있었다. 방으로 들어온 탁발승은 밥상 앞으로 성큼성큼 걸어갔다.

산능선을 넘어 구름 한 점 없이 시퍼렇게 벗겨진 밤하늘로 떠오른 달은 담배연기로도 지워지지 않았다. 지난 며칠을 퍼부었던 눈이 녹지 않은 채 대부분의 산과 들을 덮고 있어 달빛과 조응하는 풍경은 오래 전에 사람이 떠나간 마을을 그려놓은 한 폭의 동양화 같았다. 서늘한 바람이 차창을 흔들더니 눈보라를 데리고 중앙선이 지워진 국도를 흘러가고 있었다. 밥 한 공기를 찾아 골짜기의 외딴 집으로 찾아온 그 탁발승도 어찌 보면 인간세계에서 다른 곳으로 한 발짝 건너간 존재였다. 젠장! 점심을 먹으면서 탁발승과 주고받은 모든 농담이 갑자기 날을 세운 소름으로 변해 뒷덜미로 달라붙는 기분이었다. 나는 다시 농용트력을 눈보라가 일렁거리는 흰 국도 위로 진입시켰다. 보름달이 뜬 밤, 갈 곳이 결국 집밖에 없다는 사실에 진저리를 치며.

오가는 차량이 없는 탓인지 농용트럭은 국도 위에서 스키어들처럼 S자로 회전을 하기 시작했고 그때마다 뒷바퀴는 죽죽 미끄럼을 타다가 다시 제자리로 돌아왔다. 불빛 속으로 속속 들어오는 흰 길은 동양화의 서늘한 풍경을 떠나 다른 곳으로 갈 수 있는 어떤 통로처럼 보였다. 나는 액셀을 밟은 발에 계속해서 힘을 주었다. 취기가 무거운 외투처럼 등을 누르는 밤의 곡예운전이었다.

"스님, 제 팔자에 배우자 운이 있습니까?"

나는 탁발승의 빈 잔에 술을 채워주며 다소 빈정거리는 말투로 물었다. 지난 전력은 모두 봉인한 채, 단지 노총각이라는 명함만 내밀고서.

"있지."

"어디에 살고 있습니까?"

"동남쪽!"

"동남쪽요?"

터져나오려는 웃음과 욕을 나는 거의, 간신히 참았다. 동남쪽이라니! 오래 전 나는 춘천에서 이러저러한 이유로 그 동안 매달렸던 일을 접고 술독에 빠져 지내다 우연히 만난 어느 스님으로부터 똑같은 말을 들었던 적이 있었다. 꼭 그래서는 아니지만 이삿짐을 꾸려 춘천의 동남쪽에 있는 고향집으로 야음을 틈타 돌아왔다. '동남쪽'이라는 말을 무슨 화두처럼 간직한 채. 지리적으로 볼 때 고향집에서 동남쪽은 삼척쯤이고 그 다음은 바다였다.

니는 국도에서 새어나가는 좁은 마을길에 다시 트럭을 세워야만 했다. 달은 조금 더 높이 솟아올랐다.

움직이는 불덩이 여러 개가 마을 뒤편의 비탈밭에서 둥근 원을 그리고 있었다. 마치 붓에 먹을 찍어 단숨에 화선지 위에다 그리는 원처럼 그렇게 불구멍은 밤의 한켠에서 만들어졌다. 노인들밖에 살지 않는 마을에서 갑자기 쥐불놀이가 벌어지다니. 도시로 떠나간 아이들이 되돌아왔단 말인가. 불덩이는 밤하늘에 뜬 달보다 더 강렬하고 화려한 꽃을 피우다가 어느 순간 달을 향해 맹렬한 기세로 치솟았다. 보름달을 태워버릴 듯이. 그러나 허공의 한 지점에서 돌연 힘을 잃고 쓸쓸하게 추락을 시작했다. 누굴까. 누가 마을의 뒤편에서 빨려들어가고 싶은 유혹을 불러일으키는 불구멍을 만드는 걸까. 나는 운전대를 잡았던 손에 몰린 힘을 풀고 무엇에 홀린 사람처럼 불놀이를 바라보았다. 취기는 조금씩 졸음을 불러왔다. 불덩이가 만든 구멍 속으로 들어가면 어떤 잠보다 더 달콤한 잠이 기다리고 있을 것만 같았다. 그러다가 조용히 명멸하는 잠이.

"조실부모했고…… 조상 단지에 쌀만 가득하면 뭐 하나. 조상들은 도와줄 생각도 안 하는데."

탁발승은 뭔가 대단한 비밀을 밝히는 듯한 얼굴로 말했다. 나는 어떻게 하면 이 작자를 집 밖으로 내보낼 것인가 하는 궁리에 들어갔다. 눈썰미가 밝지 않은 사람이라도 그쯤이야 벽에 걸린 액자들 중에서 영정 사진이 든 액자만 봐도 알아낼 수 있는 사실이었다. 대보름날 밥이나 얻어먹으러 다니는 스님과는 더이상 나눌 농담도 없었다.

급박한 경적에 나는 앉은잠에서 깨어났다. 이마가 운전대를 들이받았다가 퉁겨나왔다. 불놀이는 흔적도 없이 사라진 뒤였다. 달빛이 푸르무레하게 스며든 눈밭만 검은 산자락으로 올라가고 있었다. 그럼 그렇지. 돌아갈 날이 더 가까운 노인네들만 있는 마을에 쥐불놀이라니.

마을의 낮은 지붕들 아래로 불빛이 새어나왔지만 마당도 밝히지 못할 정도였다. 개 짖는 소리만 들려왔다가 그마저 사라졌다. 마을을 빠져나와 골짜기로 접어들면 그나마 불빛도 사라지고 개울을 따라 구불구불한 길을 덜컹거리며 올라가면 그 끝에 집이 있다. 낡고 색이 바래가는 기와를 힘겹게 이고 있는 골짜기의 집 한 채. 외양간에서 소가 사라진 지 오래되었고 닭장도 마찬가지인 그런 집. 내가 밖으로 나가면 잡종 사냥개 한 마리만 홀로 남아 있는 집. 집배원이나 가끔 오토바이를 타고 방문하는 집. 긴 겨울이 오면 더더욱 적막한 집. 인간의 발길보다 차라리 산짐승들의 왕래가 더 빈번한 집.

그 집에서 불빛이 흘러나오고 있었다.

언제부턴가 나는 외출할 때마다 빈집에 불을 켜놓고 나왔다. 이유는 간단했다. 밤에 집으로 돌아갈 때 빈집에 한 백 년은 고여 있는 듯한 어둠이 싫어졌기 때문이었다. 불을 켜놓으면 잠깐 집을 비웠다가 되돌아온 기분이 들었다. 빈집을 누르는 어둠이 싫어서 다시 차를 돌린 적도 한두 번이 아니었다. 눈 덮인 언덕길을 올라가자 집은 조금씩 제 모습을 드러냈다. 그런데…… 가까이 다가갈수록 어쩐지 평소와는 다른 느낌이 건너오고 있었다. 뭐라고 딱 부러지게 설명할 수는 없지만. 달빛 아래서 무엇인가가 수런거리는 듯한. 불빛도 쫓아내지 못하는 오래된 고적함이 들썩거리는 듯한. 심한 바람이 부는 것도 아닌데 정체 모를 무엇이 끊임없이 흔들리고 있는 듯한 그런 느낌이었다. 물론 취기가 몰고 온 피로가 그 원인일 수도 있겠지만 시동을 끄고 차에서 내리는 내

가슴은 묘하게 쿵덕거렸다. 나는 조심스럽게 대문을 열었다. 낯선 집에 들어서는 것처럼. 설마 낮에 쫓아낸 탁발승이 되돌아와 안방을 차지하고 있는 것은 아니겠지…… 하는 의심을 쫓아내며.

"멍멍아?"

내 목소리를 들은 잡종 사냥개가 뒤꼍에서 짖으며 뛰어나왔다. 두근거리던 마음은 개를 만나자 조금 진정되었다. 그러나……! 굴뚝과 담 사이를 빠져나오는 것은 잡종 사냥개만이 아니었다. 십여 마리나 되는 낯선 개들이 꼬리를 흔들며 앞을 다투어 내게로 뛰어오고 있었다. 오랜 출타에서 돌아온 주인을 반기듯이. 개들은 멍하니 서 있는 나를 둘러싼 채 요란을 떨었지만 나는 한참을 그렇게 서 있을 수밖에 없었다. 잡종 사냥개는 도대체 어디서 이 많은 개들을 데려온 것일까. 아니 이 많은 개들은 도대체 어디서 온 것일까. 마을의 개들도 아니었다. 하지만 말 못 하는 개에게 저간의 사정을 물어볼 수는 없는 노릇이었다. 그때 내 눈에 뒤편에 앉아 있는 개 한 마리가 들어왔다. 다른 녀석들을 제치고 그 개 앞에 쪼그려앉아 얼굴을 들여다보았다. 맙소사! 그 개는 몇 해 전 여름 친구들과 냇가에서 잡아먹은 우리집 누렁이와 놀라우리만큼 닮아 있었다. 손을 내밀어 머리를 쓰다듬으려 하자 녀석은 으르렁거리며 저만큼 뒤로 물러났다. 다시 녀석을 쫓아가 확인을 할 여유가 없었다. 마당에서 일어나기도 전에 빈 외양간에서 들려오는 소의 울음을 들었기 때문이었다. 곧이어 외양간 문이 열리고 구유 너머에서 마당을 향해 콧김을 내뿜는 소들이 보였다. 아버지와 어머니가 집을 떠나 선산으로 올라간 뒤부터 외양간에서는 더이상 소똥 냄새를 맡을 수 없었는데……

나는 마루에 앉아 담배연기를 내뿜으며 소와 개들을 바라보았다. 이

만한 취기에 헛것이 보일 리는 없었다. 꿈을 꾸고 있다고 믿기도 어려웠다. 내 몸은 본능적으로 어떤 방어체제로 들어가고 있었다.

"멍멍아?"

잡종 사냥개는 내 무릎에 앞다리를 올려놓으며 긴 혀를 내밀었다. 나는 작은 목소리로 물었다.

"도대체 어떻게 된 노릇이냐?"

개는 대답 없이 내 손만 핥았다. 머릿속에서 의문덩어리가 지옥의 기름가마처럼 끓어올랐지만 나는 입을 다물었다. 정황을 보아하니 먼저 조급증을 드러내는 게 유리할 까닭이 없었다. 시간이 흐르면서 내 궁금증은 마당과 외양간을 떠나 불빛이 흘러나오는 집 안으로 무게중심을 옮겨갔다. 썩지 못한 낙엽과 녹지 않은 눈만 쓸려다녔던 마당이 이러한데 그 가운데에 자리한 집 안의 동정에 마음이 쏠리지 않을 까닭이 없었다. 보름달은 중천으로 이동하고 있었다.

하지만 내 손은 출입문의 손잡이로 가는 것을 웬일인지 꺼리고 있었다. 나는 조심스럽게 출입문으로 다가가 귀를 기울여보았다. 불놀이의 불구멍 속을 들여다보는 것처럼 얼굴이 화끈 달아올랐다. 아무 소리도 새어나오지 않았다. 그런데도 내 손은 문을 열지 못했다. 벽에 기댄 채 보름달만 좇았다. 내 마음이 무엇인가를 기다리고 있다는 생각은 들었지만 그게 무엇인지 알려 하면 시야는 이내 희뿌옇게 변했다. 개들과 소들은 저들끼리 즐거울 뿐이었다. 빈 담뱃갑을 구겨 마당에 던졌다. 나는, 당연히 텅 빈 집 안의 고요를 두려워하고 있었다. 당장 차를 끌고 도박판으로 갈까 망설였다.

"이제 그만 들어와. 밖이 춥다."

"……!"

마루에서 일어난 나는 마당의 개와 외양간의 소들을 살폈다. 그리곤 이내 출입문으로 고개를 돌렸다. 댓돌에는 낯선 신발 한 켤레 없었다. 텔레비전을 켜놓고 나왔던가. 하지만 방금 전까지만 해도 잠잠했다. 어디에서 들려왔는지 모르는 목소리는 분명 여자였고, 그것도 지긋하게 나이 든 여자였다. 마을에서 누가 올라왔는가. 아니면 연락도 없이 먼 친척이?

"아, 짐승도 아닌데 한데서 밤샐 거야? 쯧쯧……"

나는 탱탱하게 부푼 달을 흘낏 훔쳐보고 떨리는 손으로 출입문을 잡았다. 술기운은 저 홀로 멀리 도망쳤거나 어딘가에 숨은 뒤였다. 마당에서 개 한 마리가 컹— 짖었다.

내벽을 헐어 넓힌 거실에 둘러앉은 낯선 사람들의 눈이 일제히 내게 쏠렸다. 이건 마치 내 집이 아니라 평소 출입을 꺼렸던 이웃집에 들어간 기분이었다. 구들장에 엉덩이를 붙이고 있는 이들은 대부분 노인들이었고 그 틈에 끼어 있는 탁발승까지 모두 일곱 명이었다. 마침내 내 인상은 서서히 찡그려지고 있었다. 이 모든 일을 벌인 주범은 탁발승이 분명했다. 한쪽에선 술판이 펼쳐졌고 또 한쪽은 화투판이었는데 그들은 잠시 손을 놓고 내 모습을 면접관처럼 훑어보았다. 나는 얼굴이 불그스레하게 변한 탁발승을 향해 첫 포문을 열었다.

"도대체 주인도 없는 집에서 뭐 하는 겁니까?"

"주인이 없다니?"

탁발승을 뺀 나머지 노인들이 일제히 말을 맞춰 내게 되물었다. 그 모습은 바로 자기들이 주인이라는 표정 그대로였다. 기가 막혔다. 턱발승은 재밌다는 듯 웃음을 흘렸다. 앉은뱅이책상 위에 있던 내 책과 일기장을 뒤적거렸는지 모두 조금씩 제자리를 벗어나 있었기에 내 속은 더더욱 부글거리기 시작했다. 타당한 설명이 없으면 그들은 당장 집 밖으로 내쫓길 것이었다. 탁발승이 내 속내를 눈치챘는지 주방 문 가까이 앉아 있는 노인에게 도움을 요청했다.

"아무래도 사돈어른께서 한 말씀 하셔야 되겠습니다."

"똥고집 세기로 소문난 집안이니 그 수밖에 없겠지?"

낡은 한복을 입은 할머니가 몇 개 남지 않은 앞니를 드러내며 웃었다. 목소리가 낯설지 않았고 웃는 모습도 마찬가지였다. 나는 순간적으로 고개를 돌려 벽에 걸려 있는 사진 액자를 훑었다. 그러다가 한 얼굴 앞에서 입을 딱 벌리고 말았다. 두 손과 다리가 부들부들 떨렸다.

"할머니?"

문가에 앉아 술안주를 만들고 있는 이는 틀림없이 나의 할머니였다. 액자 속의 얼굴과 똑같은. 내가 할머니의 얼굴을 마지막으로 본 것은 중학교에 들어가기 직전이었다. 그 겨울 어느 날 할머니는 저녁에 잠들었다가 다시 깨어나지 않았다. 슬프게 울었던 기억도 없다. 친척들은, 봄이 오면 농사일로 바쁠 테니 당신이 스스로 돌아가는 날을 정한 거라고 말했다. 손자를 귀여워했지만 그 손자는 다른 데에 한창 눈이 팔려 있을 때였기에 그 고마움을 생각할 겨를이 없었다. 다만 기억의 가장 먼 곳쯤에 희미하게 자리잡고 있을 뿐이었다.

나는 할머니 옆에 앉아 그 부실한 기억을 죄스러워했다. 대신에 아버지와 어머니로부터 전해들은 할머니의 노고를 전했다. 할머니는 변함없이 너그럽게 웃으며 내 손과 볼을 번갈아 만지작거렸다. 그러다가 옆에 앉은 노인의 채근을 받고 나머지 사람들을 소개했다. 골짜기의 외딴 집에서 차례차례 살다가 산으로 올라간 사람들을. 탁발승은 어머니가 어렸을 때 집을 떠났다가 행방불명된 내 외삼촌이란 작자였다. 객지를 떠돌다 마지막엔 중이 된 모양이었다. 사진이란 게 골짜기의 외딴 집까지 들어온 시기는 추측하건대 할아버지가 첩의 집에서 객사한 직후였던 모양이다. 벽에 걸린 액자 속의 사진들 중에서 할머니의 인자한 얼굴이 가장 어른의 자리에 있으니까 말이다. 거실에 앉아 있는 노인들 중에서도 짧은 세월이나마 함께 산 이는 할머니뿐이었다. 사실 함께 산 기억이 없으면 정도 없는 법이다. 아무리 조상이라 해도. 나는 할머니의 주름진 손을 만지면서 어느 정도 전투 준비를 마쳤다. 저들이 산을 내려와 골짜기의 집으로 찾아온 까닭도 만만찮겠지만 나 또한 할 얘기가 없는 것은 아니었다.

"어머니와 아버지는?"

"아직 내려올 때가 안 되었어……"

할머니는 눈시울을 적셨다.

"사는 꼬락서니가 이게 뭐냐!"

염소 수염 같은 걸 연신 쓰다듬던 조부의 힐난이 날아왔다. 성대를 울리는 말투도 꼭 염소 소리를 닮아 있었다. 나는 조부의 힐난이 설정한 범위가 어디까지인지 헤아려봤다. 집 안의 청소 상태인지 아니면 음식인지 그도 아니면…… 대충 손에 잡히는 물건부터 치웠다.

"오랜만에 모였는데 후손 나무랄 생각 말고 빨리 패나 돌려! 너도 이리 와서 쳐라. 보아하니 주머니에 돈 좀 있는 모양인데."

"아버님, 무슨 소립니까! 단단히 혼을 내야지요. 아, 대보름날 후손

집에 와서 직접 먹을 걸 차려먹는 조상 귀신이 세상 천지 어디 있습니까?"

"너도 만만찮았다. 어서 오거라! 난 후손 돈이나 따서 가야겠다."

고조부와 증조부, 증조모, 그리고 조부가 둘러앉은 고스톱판에 나는 내키지 않았지만 얼떨결에 끼게 되었다. 판을 보니 십원짜리 고스톱이었다. 아무리 고수들이랑 친다고 해도 만원이면 밤새도록 칠 수 있는 판이었다. 투전으로 돈을 벌어 땅을 사고 첩의 집에서 말아먹은 전력이 대부분인 가계라는 말을 어머니에게 들었지만 말이다. 한마디로 노름귀신들이라는 얘기였다.

"피박, 광박, 폭탄, 흔들기, 쓰리고면 두 배…… 다 인정하는 거다. 할아버님 아까시 쓰다 들키면 어떡할까요?"

할머니는 내가 걱정되는지 무조건 들어가라고 다 들리는 귓속말을 건넸다. 조부의 매서운 눈초리를 견디며. 뒤편에서 탁발승이 허허, 혀를 찼지만 아무도 대꾸하지 않았다. 그러거나 말거나 화투는 섞이고 차례차례 나눠지고 덮였다가 펴지고 제 짝을 찾아가고 찾아가다 주저앉고 짝을 찾지 못해 서성거리고 맺어진 짝을 억지로 빼앗았다.

"그래 장가갈 색시는 있어?"

증조부가 물었다.

"장가는 무슨 장갑니까! 벌써 두 번이나 이놈한테서 여자가 도망간걸요! 제 깐엔 데려온다고 데려온 여자가 어떤 여잔지 아세요, 아버지?"

"그만 하세요. 자꾸 그러면 저 안 칠 겁니다."

"하나는 다방 여자고 또하난 연변 아가씹니다, 연변 아가씨!"

"연변 아가씨?"

"중국 연변에 사는 조선족 아가씨란 말입니다. 왜 저 어렸을 때 왜놈들 때문에 살기 힘들어 많이 건너가지 않았습니까."

"다방 아가씬 또 뭐냐?"

고조부가 물었다.

"색주가에서 술 따르는 여자랑 비슷합니다, 할아버지."

자꾸만 돈을 잃는 분풀이를 조부는 다른 곳에서 하고 있었다. 나는 팔광을 팔고 돌아앉아 탁발승인 외삼촌의 술잔을 빼앗아 마셨다. 할머니가 내 등을 토닥거리며 위로했다.

"신경 쓰지 마라. 이 집안 남자들 내력이 그렇다. 피가 그러니 어쩔 수 없는 거야."

"사돈어른께 할 말은 아니지만, 그래서 제가 우리 누이를 이 집에 보내지 않으려고 얼마나 애썼는지 아십니까?"

머리가 지끈거렸다. 저녁에 마신 술이 깨기도 전에 또 들어간 탓이었다. 아니, 내 약점을 찌르고 들어오는 조부의 괴곽함이 그 원인이었다. 할머니는 탁발승의 말에 입을 다물었다. 나는 다시 한 잔을 더 마시고 돌아앉았다. 발동하는 심술기를 그대로 덮어둘 수 없었다.

"고조부님, 돌아가신 어머니한테 들은 얘긴데요. 말년에 할아버지가 어떻게 살았는지 아세요? 누가 훔쳐갈까봐 그 많은 땅문서를 품에 지닌 채 소장사를 다녔대요. 근데 어디서 돌아가셨는지 아세요? 첩의 집에서 급사를 한 거예요. 결국 그 땅문서는 모두 그쪽으로 갔다니까요. 지금 이 근방에서 가장 부잣집이 누구넨지 아세요? 바로 그 집이라니까요."

"이놈! 할아버님, 사실하고 많이 다릅니다! 네 이놈, 감히!"

"너무 화내지 마세요. 전 그냥 들은 얘길 전한 것뿐이라구요. 잠깐 볼일 보고 올게요."

나는 재빨리 거실을 빠져나왔다. 소변도 보고 담배도 한 대 피울 겸 해서였다. 마당을 건너가자 개들이 몰려와 꼬리를 흔들었다. 달은 낡은 기와지붕 위로 옮겨가 있었다. 텃밭에 쌓아놓은 눈에다 소변을 보고 그 옆에 쭈그리고 앉아 담배를 피웠다. 달밤에 잠들지 않고 밖으로 나와 홀로 담배를 피우는 것은 정신건강상 바람직한 행동이 아니었다. 그런 때에 달은 사실 어떤 거울이나 마찬가지였다. 떠나간 사람의 얼굴이 담겨 있는. 한 여자는 답답한 밭고랑의 풍경을 참지 못했고 또 한 여자는 애초의 꿈을 찾아 떠났다. 한 여자는 통장의 돈을 모두 찾아 떠났고 또 한 여자는 더 많은 돈을 벌기 위해 떠났다. 마을 사람들은 저희들끼리 그녀들을 부를 때 전직 다방 레지, 돈 주고 데려온 연변 아가씨라고 했다. 그뿐이었다. 그 외에는 아무것도 몰랐다. 하지만 나는 입을 다물었다. 홧김에, 술김에 떠들어대지도 않았다. 간혹 그녀들의 벗은 몸이 떠올랐다. 자꾸만 모든 게 농담 같았다. 농담으로 살려고 했던 적은 한 번도 없었는데. 사실 달밤에 홀로 나와 있으면 마지막으로 보이는 것은 언제나, 회복되기 힘든 내 마음의 결핍에서 끓어오르는 고름뿐이었다.

"컹!"

옆에 다가온 누렁이가 나를 물끄러미 쳐다보았다. 미안했다. 누렁이는 집에서 기르던 그 개가 맞았다. 그해 여름 서툰 농사일로 화가 났고 홧김에 술을 마신 뒤 친구들에게 누렁이를 잡으라고 넘겼다. 끌려가면서 나를 바라보는 누렁이의 애처로운 눈빛을 나는 술기운에 기대 애써 모른 척했다. 후회는 늘 돌이킬 수 없는 지점에 서 있을 때 나를 휘감았다. 고기를 먹으러 오라는 친구에게 끌려간 냇가에서 뱃속에 있는 모든 것을 토해놓았다. 돌 위에 걸어놓은 가마솥 안에서, 털을 모두 그슬린 채 나를 바라보는, 너무도 낯익은 누렁이의 얼굴 때문이었다. 앙다문 이와 고정된 눈동자.

"……미안하다. 뭐라 할 말이 없다."

나는 조심스럽게 손을 내밀어 누렁이의 머리를 쓰다듬었다. 누렁이는 처음엔 으르렁거리더니 이내 잠잠해졌다. 달빛은 낡은 기왓장의 왼쪽 뺨에만 점점이 덮인 눈 속에서 푸른 꿈을 꾸고 있었다. 집 안에서 나를 부르는 소리에 누렁이가 대신 짖어주었다.

"점당 백원으로 올리는 게 좋겠습니다, 할아버님?"

염소 목소리를 내는 조부는 내 의견은 묻지도 않았다. 뭐 어쨌든 상관없었다. 내 궁금증은 다른 데에 있었다. 이 노인들의 주머니에 들어 있는 돈이 얼마나 될까. 백원짜리 몇 개가 가진 돈의 전부라면 차라리 잠을 청하거나 밖에 나가 이 집에서 살다 간 개들과 노는 게 훨씬 나은 일이었다. 조상 귀신들과 백원 이백원을 놓고 아옹다옹 밤을 새웠다고 어디 가서 자랑할 게 아니라면 말이다.

"출출하구나. 야식 좀 준비해라."

고조부는 배를 주무르며 할머니를 부려먹었다. 모두의 시선이 잠깐 할머니에게로 옮겨가는 사이, 바닥에 깔려 있던 흑싸리 껍질 두 장을 고조부가 슬쩍 가져가는 걸 나는 놓치지 않았다. 나도 모르게 입에서 욕설이 튀어나오려는 걸 가까스로 삼켰다. 내가 기웃거리는 투전판에서 술수를 쓰다 들키면 아마 입술이 터지는 걸로도 모자랄 일이었지만 이런 경우는 좀 난감했다. 고대소 할아버지의 입술에 주먹을 날려 피가 흐르게 만드는 경우는 처음이기 때문이고 누가 그 입술에 주먹을 날릴 것이냐는 결정을 내리는 것도 쉽지 않았다. 두고 볼 수밖에 없었다. 대신 피박을 면하는 작전으로 재빨리 판을 바꾸며 씩 웃어주었다. 껍질 하나만 더 가져오면 피박을 면할 수 있었다. 내가 해온 껍질을 눈으로 훑던 고조부가 심드렁한 목소리로 물었다.

"작년에 벌초는 누가 했냐?"

"……제가 했는데요."

"너 혼자?"

"예."

"그럼 내 무덤에 대고 오줌을 갈긴 게 너냐?"

갑자기 뒷덜미가 뜨끈하게 달아올랐다. 나는 내가 끼어서는 안 될 판에 끼었다는 것을 비로소 알았다. 빠져나갈 길 없는 각본 속에 도리 없이 갇혔음을. 나를 바라보는 노인들의 얼굴은 텔레비전에서 본 저승사자처럼 푸르게 변해갔다. 할머니를 돌아보았지만 이런 경우엔 할머니도 별수 없는 모양이었다. 다음 차례에 껍질을 먹지 않고 피박을 써주느냐, 아니면 당연하게도 어떤 합당한 변명이 절박하게 필요했다.

"산소에다 소변을 보다니요? 누가?"

"누구긴 누구야! 네가 벌초했다며?"

"땡볕 아래서 벌초한 건 맞지만 어떻게 감히 그런 불경한 짓을 하겠어요?"

"네놈이 오리발을 내민다, 이거지?"

노인들이 합세해서 몰아붙이기 시작했다. 집중해서 화투판의 흐름을 읽을 여유가 없었다. 나는 성격상 두 가지 전쟁을 한 번에 감당하지 못하는 사람이었다. 어쩔 수 없이 소변 사건에 매달렸다. 산소의 벌초 문제에 대해선 나로서도 할말이 없는 바 아니었기 때문이었다.

"문제는 다른 곳에 있습니다. 고정들 하시고 제 말을 들어주십시오. 제가 알기로는…… 증조부님께서 어떤 연유로 인해 함경도에서 강원도로 내려왔다고 들었습니다. 그때 증조부님의 등에 걸린 봇짐에는 고조부님 내외의 뼈가 담겨 있었지요. 즉 면례를 하려는 거였죠. 앞으로 살게 될 강원도는 함경도와 너무 먼 거리니까 돌아가신 부모님과 함께 이사를 한 것이지요. 맞습니까? 예, 강원도로 들어온 증조부님은 지금 자리에 다시 묘를 쓰고 그 옆에 집을 짓고 화전을 일구면서 조금씩 가세를 확장했습니다."

"이놈아, 그거랑 내 무덤에 오줌을 갈긴 거랑 무슨 연관이 있는 게냐?"

"있습니다, 고조부님. 지금부터 그 얘길 하겠습니다. 그후부터 우리 집안은 이 고장에 터를 잡게 된 것이지요. 고조부님 내외분 산소 아래에 증조부님 내외의 산소가 생기고 그 아래에 조부님 내외의 무덤이 들어섰습니다. 근데 제 대에 와서 그만 문제가 생겼습니다. 혹시 지금 산소가 있는 자리의 표고가 얼만지 아십니까?"

"표고라니?"

"자그마치 해발 천백 미터입니다. 아마 남한 땅에서 제일 높은 곳에 자리한 산소일 겁니다. 물론 그곳에 묘를 잡은 증조부님의 의중을 모르는 바는 아닙니다. 그 산봉우리 이름이 장군바위니 후손 중에 장군이 태어나길 바란 거지요. 하지만 아직까지 장군이 났다는 얘긴 못 들었습니다. 하여튼 너무 높은 곳에 산소가 있다보니 벌초하러 가려면 이건 벌초가 아니라 등산이 된 겁니다. 등산! 그곳으로 가는 길은 또 어떻습니까. 그러니 벌초도 그렇고 묘제를 지낼 때도 친척분들이 차츰 꺼리기 시작했지요. 그분들도 나이가 드니 험한 산을 탄다는 게 만만한 일이 아닌 거지요. 그래서 결국 그 모든 일이 제게 돌아온 겁니다."

"최근 몇 년 동안 후손놈들이 왜 안 보이나 했더니……"

고조부가 끌끌 혀를 차는 소리를 내뱉었다. 나는 말에 힘을 주었다.

"아시다시피 산소가 또 얼마나 넓습니까? 한 삼백 평은 될 겁니다. 그걸 저 혼자 낫으로 벌초한 겁니다. 예초기가 있으면 뭐 합니까? 무겁고 부피가 커서 갖고 가지 못하는데. 제가 그 잘난 종손이라고 모든 걸 떠맡고 있단 말입니다."

"됐다. 그만 해라. 화톳장 녹슬겠다."

괜히 시비를 걸었다는 표정이 역력한 고조부가 제동을 걸었다. 그러니 한 번쯤 화가 나서 무덤에 오줌을 쌀 수도 있는 거 아니냐고 지금 우기는 거냐는, 그런 뜻이 담긴 얼굴이었다. 만만찮은 돈을 잃고 있었지만 속은 어느 정도 후련해졌다. 어느 날 친척들이 벌초 문제를 놓고 꽤 심각한 토론에 들어갔고 그 와중에 나는 한 번에 십만원의 일당을 그들에게 받는 조건으로 벌초를 떠맡았다. 그러나…… 산꼭대기 바로 아래에 있는 무덤에 올라가서 낫질을 시작한 지 채 십여 분도 지나지 않아 내 선택이 대단히 무모했음을 인정해야 했다. 그 벌초는 일당 십만원에 맡을 일이 아니었다. 최소한 삼십만원은 받아야 했다. 나는 분에 못 이겨 술을 마시고 취해 고조부의 무덤에 오줌을 갈겼다. 뭐 하나 해준 것도 없으면서 대접이나 받으려 한다고 투덜대며.

"할미가 저번에 준 삼지창은 어쨌니?"

"삼지창요?"

"왜 저번에 니가 무덤을 찾아왔을 때 상돌 밑에 있던 걸 내가 주지 않았니?"

"그런 걸 왜 의논도 없이 꺼내줍니까, 어머니."

조부가 증조모에게 대들었다. 야식을 먹는 중이었다. 그래, 삼지창. 나는 홀로 집 뒤에 있는 산을 올라 조상들의 무덤으로 가고 있었다. 왜 가는지도 몰랐다. 의지와 무관하게 걸음이 산꼭대기로 향했다. 증조할머니였는지 확실하지는 않다. 무덤의 상돌에 앉아 햇볕을 쬐고 있던 할머니가 어서 오라며 내 손을 잡았고 선물이라며 상돌 밑에 있던 삼지창을 내게 주었다. 나는 사양했다. 가지고 가봤자 별 쓸모가 없어 보였기 때문이었다. 골동품 같지도 않았다. 하지만 할머니는 한사코 가지고 가라며 등을 떠밀었던 괴이한 꿈이었다. 꿈에서 깨어나서도 심상찮았다. 꿈 해몽서를 빌려 확인을 한 뒤에야 나는 삼지창을 들고 돈키호테처럼 한달음에 투전판으로 달려갔다.

"어머니, 쥐봤자 뭐 합니까! 날도 밝기 전에 노름판으로 갔을 텐데."

"너는 더했어, 이놈아!"

일찍 수저를 놓고 마당으로 나왔다. 마당에서는 달이 보이지 않았다. 담배를 물고 뒤꼍으로 돌아가자 환한 달빛이 가득하게 시야에 들어왔다. 잠을 자야 할 시간이 지났는데 이상하게도 잠이 오지 않았다. 개들이 뒤따라와 꼬리를 흔들더니 달을 보고 몇 번 짖다가 그만두었다. 그동안 참 많은 개들이 이 집에서 살다가 갔다. 사람보다 더 많은 개가. 뭐라고 한마디 말이라도 건넬 것 같은데 개들은 딴 짓만 했다.

"한심한 놈!"

술냄새를 풍기는 탁발승은 내 입에서 담배를 가져갔다. 어머니는 곧 잘 무척 똑똑했다는 외삼촌에 대해 이야기하면서 눈시울을 적셨었다. 흔해빠진 얘기였다. 집안이 부자여서 공부를 많이 했으면 크게 되었을 거라는. 중이 되었다는, 일본으로 건너갔다는, 북한에 있다는…… 그런 소문들만 흩날리게 만들었던 외삼촌이다.

"넌 외가 쪽 피를 더 많이 받았기 때문에 농사꾼이 아니라 예술가가 됐어야 했는데…… 이쪽 집안은 어떻게 된 게 놀고 마시고 투전밖에 모르니."

"모두들 갑자기 찾아온 까닭이 도대체 뭐죠?"

"뭐긴 뭐야! 차례도 안 지내고 장가도 못 간 종손 호주머닛돈 노리고 왔지."

"외삼촌은요?"

"나야 하나밖에 없는 여동생이 따라가 보살펴주라고 하도 애걸복걸 하기에 왔다."

"……"

더이상 물어볼 수가 없었다. 밤하늘을 건너가는 달은 나무랄 데 없이 꽉 차올랐지만 어딘지 모르게 외로워 보였다. 밤공기는 매웠다. 나는 자리를 털고 일어나 꼬리를 흔드는 개들을 신발로 툭툭 건드리다가 말을 돌렸다.

"가축들은 왜 온 거예요?"

"왜 오긴, 노인네들이 몰려가니 뭐 먹을 게 있나 하고 따라온 거지."

"근데…… 정말 스님 맞아요?"

탁발승은 내 뒤통수를 세게 후려쳤다. 되는 일이 없는 밤이있다. 그런데 예술가가 됐어야 했다니…… 나는 취한 탁발승이 뱉어놓은 예술가란 생경한 낱말 속에 구체적으로 무엇이 들어 있는지 궁금했지만 입을 다물었다.

화투판은 처음 내가 생각한 것과는 전혀 다른 방향으로 흘러갔다. 탁발승이 알려준 대로 노인네들은 속임수와 협박성 강짜를 뒤섞어 방문 목적을 차근차근 이루고 있었다. 내 호주머니 속의 돈은 거의 바닥을 드러낸 처지였다. 조상 귀신들에게 돈을 모두 잃다니. 어디 가서 하소연도 못 할 사연이 바야흐로 완성될 판국이었다. 긴 겨울을 나야 할, 만만찮은 액수의 돈이기에 화툿장을 뒤집는 내 손가락은 조금씩 떨리기 시작했다. 어머니의 부탁을 받고 왔다는 탁발승은 내 사정을 아는지 모르는지 할머니가 지져놓은 메밀 부침개를 안주로 해서 술만 마셔댔다. 이러다 다 털리겠네! 하고 혼잣말을 할머니 곁에 던져놓았지만 할머니는 들은 척도 않고 번철 위의 부침개를 솜씨 좋게 뒤집는 데에 열중했다. 호주머니를 뒤적거리던 손을 털고 난 뒤에야 나는 비로소 저들 모두가 한통속이라는 결론을 내렸다.

"벌써 돈이 떨어졌단 말이지?"

"숨겨놓은 돈도 없어?"

"이 정도 실력으로 겨울 내내 투전판을 들락거렸단 말이야?"

조부와 증조부, 고조부가 차례로 확인사살을 가했다. 증조모는 손가락에 침을 묻혀가며 딴 돈을 세고 또 세느라 말이 없었다. 나는 술상을 끌어당기며 불편한 심기를 드러냈다.

"후손 돈도 다 따먹었고 배도 채울 만큼 채웠으니 이제 그만 가셔야죠?"

모두들 나를 노려보았다. 눈 둘 데를 찾다가 강술만 두 잔 들이켰다. 돈을 모두 잃은 것에 대한 불평만은 아니었다. 어차피 산으로 돌아갈 이들이었다. 후손의 곤궁한 삶을 염려해서 온 게 아닌 이상 더이상 할 일도 남아 있지 않았다. 그 동안 지내지 않았던 자질구레한 제사에 대한 보답도 이만하면 충분하다 싶었다. 하지만 나를 노려보는 조상 귀신들의 표정은 분노와 슬픔이 적절하게 반죽된 채 풀어질 기미가 보이지 않았다. 어깨를 짓누르는 짜증에 나는 목소리를 높였다.

"그럼 어쩌라구요? 내가 나갈까요? 아님 같이 살아요?"

"그깟 돈 몇 푼 잃었다고 오밤중에 지 조상을 한데로 내쫓는단 말이지? 이놈 이거 어디 다리 밑에서 주워온 거 아냐!"

"할아버지, 대체 어느 집 조상들이 제사 몇 번 소홀히 했다고 이렇게 떼거지로 몰려와 소란을 피웁니까? 그렇게 배가 고프면 잘사는 후손들 많은데 그리로 가지 이곳에 올 필요는 없지 않겠어요? 사실 종손이라고 뭐 특별하게 해준 것도 없잖아요. 그리고 돌아가셨으면 그곳에 그냥 계시지 굳이 이곳까지 올 필요가 없었다는 얘깁니다, 제 얘기는."

"이놈 봐라. 조상 알기를 마치 잡귀 알듯 하네! 아버님, 보세요! 그래서 제가 이놈 어미가 우리집으로 시집오는 걸 그렇게 반대했다니까요."

"나무아미타불! 사돈어른, 말씀이 지나치십니다."

"잘 알다시피 내가 아직 스님이 계신 경지까지 못 올라가서 이런 거니 내버려두세요. 그나저나 난 스님이 이곳을 기웃거리는 게 더 이상합니다. 배고프고 술 고픈 건 그 경지 갖고도 안 되는 모양이지요?"

술단지가 동이 났다. 나는 새 술을 찾아 손전등을 들고 헛간으로 갔다. 긴 겨울을 지내려고 담가놓았던 돌배술이 동이 나려는 모양이었다.

헛간 지붕 너머에 있는 달은 보이지 않고 상앗빛만 주변을 둥그렇게 물들이고 있었다. 벽 저편 외양간에서 들려오는 소의 숨소리는 한 십 년을 참았다가 내뱉는 것처럼 깊고 그윽했다. 어느새 찾아온 개들이 문지방 너머에서 손전등 불빛에 갇혀 눈을 번쩍거렸다. 차라리 말 못 하는 가축들에게 더 정이 갔다. 나는 헛간 입구에 놓인 자루에서 사료를 꺼내 개들에게 주었다. 그 소리를 듣고 외양간에서 소가 거대한 몸통을 일으켜세우느라 헛간이 잠깐 흔들렸다. 구유에다 마른 볏짚을 넣어주었다. 거실의 동향이 궁금했지만 가능한 한 시간을 끌었다. 유리항아리 속의 소주에 잠겨 있는 노르스름한 돌배들이 내 걸음에 맞춰 장난치듯 이리저리 흔들거렸다. 그러고 보니 농사일이 끝나고 참 오랜만에 집 안이 들썩거리는 중이었다. 비록 그 주체가 철부지 귀신들과 그들의 잘난 후손이지만 말이다.

"증조할머니가 네게 돈을 빌려주기로 했다. 우린 새벽까지만 머무르고 다시 산으로 돌아갈 거야."

할머니는 차가워진 내 손을 만져주며 나를 안심시켰다. 험해질 것 같았던 분위기가 어떻게 풀렸는지 알 수 없었다. 짐작하건대 노인들의 아내들이 어떤 실력 행사를 한 모양이었다. 결국 나는 다시 화투판의 한 자리를 차지하고 앉았다. 노인들의 아내들은 탁발승과 함께 술자리를 만들었다. 화투판에서 새어나오는 목소리보다 술자리에서 튀어나오는 목소리가 더 걸었지만 남자들은 반응을 자제한 채 화투에만 몰두했다.

"시집와서 죽을 때까지 친정엘 못 가봤어!"

"술 먹고 들어와 살림살이 다 부수고 마누라 두들겨팰 때 겨우 도망쳐서 처음으로 옆집 구경을 했다니까요! 사람 의심하는 버릇은 누굴

닮았는가 모르겠어요."

"소 팔아서 첩의 집에 몽땅 갖다주는 걸 보면 속에서 황덕불이 하루에도 몇 번씩 피어올랐어요. 어머님."

"그나마 우리가 있어 이 집안이 망하지 않은 거야."

고조모와 증조모, 할머니는 술을 마셔 소녀처럼 발갛게 변한 얼굴로 남편들을 안주로 삼았지만 안주의 당사자들은 여전히 험험, 기침 정도로 항의를 마무리한 채 자신들의 손바닥만 들여다보았다. 할머니는 내 걱정을 잊지 않았다.

"스님, 우리 손주 색신 언제 데려옵니까?"

"색시가 대숩니까! 이놈은 얼마 있지 않아 예술가가 될 겁니다. 왠지 아세요? 꿈을 꿀 줄 아니까요!"

할머니를 위로하는 탁발승의 목소리는 어느 순간부터 들리지 않았다. 손에 쥐고 있는 화툿장에 알 수 없는 무게가 실리고 있음을 느꼈다. 형광등 불빛은 점점 사위어가고 화투판을 둘러싼 이들의 얼굴만 푸르게 빛을 발했다. 바닥에 뒤집혀진 화투도 야광충처럼 빛을 내뿜었다. 저녁 무렵 집으로 돌아올 때 마을 입구에서 보았던 그 둥근 불구멍이 다시 모습을 드러냈다. 테두리는 환하고 속은 어두운 그 구멍 속으로 내 마음의 무엇인가가 수시로 들락거렸다. 임박한 무엇을 예고하듯 가슴 속에서 뛰는 심장 소리가 북소리처럼 커지며 무엇인가를 불러모았다. 마치 화투를 치다 꿈속으로 빨려드는 것 같았다. 초록색 군용 담요를 내려다보는 눈동자들이 위태롭게 흔들렸다. 내 손을 떠나는 화툿장은 거대한 갈퀴로 변해 바닥에 깔려 있는 것들을 긁어모았다. 달아오른 한숨과 가늘고 긴 탄식이 깔렸다. 내 앞에서 화툿장이 그려놓은 그림은

32

도박판의 만다라였다. 손을 털고 자리에서 물러나는 고조부와 증조부, 조부의 얼굴은 도무지 납득할 수 없다는 표정에서 헤어나지 못했다. 침묵은 쉽게 깨질 것 같지 않았다. 나는 간신히 손을 뻗어 술잔을 가져왔다. 흘러넘치는 술이 손가락을 타고 만다라로 뚝뚝 떨어졌다.

바깥에서 개가 짖었다. 뒤이어 소가 울었다. 내 화투에서 눈을 떼지 못하던 고조부가 마침내 웃으며 입을 열었다.

"꽃이 만발하구만! 자, 놀 만큼 놀았으니 가야지……"

하나둘 자리에서 일어났다. 나도 덩달아 일어났다. 무슨 말인가를 하라고 속에서 채근이 심했지만 입이 열리지 않았다. 떠날 행장을 차린 그들은 고조부를 선두로 집을 나섰다. 그제야 나는 겨우 토막나는 말을 꺼냈다.

"저기…… 아침밥이라도…… 드시고 가시지요."

할머니와 탁발승이 괜찮다는 듯이 고개를 저었다. 찬바람이 들어오는 것도 잠시였다. 문은 이내 닫히고 어지러운 거실엔 변함없이 나 홀로 우두커니 서 있었다. 연변 처녀가 마지막으로 떠나간 이후 늘 계속되는, 새로울 것도 없는 익숙한 풍경이었다. 그런데…… 닫힌 문을 바라보던 나는 나도 모르게 긴 한숨을 내뱉었다. 한숨이 사라지기 무섭게 나는 화투에서 딴 돈이 든 주머니를 움켜쥔 채 밖으로 뛰쳐나갔다. 신발장을 훑었지만 신을 만한 신발은 얼마 없었다. 그것을 감싸안은 채 뒷문을 빠져나가자 달빛이 배어 있는 흰 눈밭을 맨발로 걸어가는, 한때 골짜기 외딴 집에서 살다 간 사람들과 가축들이 보였다. 그들 저 앞에는 검은 산이 첩첩으로 펼쳐져 있었다. 무덤이 있는 산으로 올라가는 길은 눈이 부시도록 환했다. 나는 눈밭을 뛰어가며 소리쳤다. 잡종 사냥개가 짖으며 따라왔다.

"할머니, 잠깐만요! 신발 신고 가세요!"

집으로 돌아온 나는 몰려오는 잠을 기분 좋게 받아들였다. 잠의 문턱쯤에서 내가 신겨준 털신을 신고 있는 할머니를 떠올렸다. 할머니의 얼굴은 보름달처럼 둥글고 환한 불구멍으로 변했다가 서서히 사라졌다. 아니, 잠의 전체가 되었다. 그 잠 속에서 내 몸은, 내 마음은 가벼운 무엇이 되어 떠다니다가 이윽고 불구멍 속으로 깊이깊이 빨려들었다.

"똑똑똑똑…… 관자재보살 행심반야바라밀다시 조견오온개공 도일체고액 똑똑똑똑……"

마당에서 들려오는 목탁과 불경 소리에 나는 잠에서 깨어나며 인상을 찡그렸다. 지겨운 일이었다. 이틀 연속으로 골짜기의 외딴 집까지 찾아오는 탁발승은 도대체 뭐란 말인가. 나는 이불을 뒤집어쓴 채 귀를 막았다. 그러나 허사였다.

"딱딱딱딱…… 사리자 색불이공 공불이색 딱딱딱딱 색즉시공 공즉시색 수상행식 역부여시 사리자 딱딱딱딱……"

거실은 간밤의 흔적이 그대로 남아 있었다. 나는 비틀거리며 출입문으로 걸어가 반쯤 감긴 눈으로 반쯤 문을 열었다.

"스님, 성당 다닙니다."

문을 닫으려다 말고 나는 그만 깜짝 놀라 다시 문을 열고 내 얼굴과 거의 흡사한 탁발승의 얼굴을 한참 동안 멍하니 바라보았다.

흰 등대에 갇히다

사향노루는 깊고깊은 잠에서 깨어나지 않고 있는 사서 곁에 앉아
소생경(蘇生經)을 읽듯 「사향노루, 백 년 동안의 고독」을
처음부터 차근차근 들려주었다.
목이 잠겨 말이 나오지 않을 때까지.
긴 세월이 흘러가는 듯한 막막한 바다로
등대는 아직 희미한 불빛 한 점 내보내지 못하고 있었지만.

오후가 되면서 싸락눈은 함박눈으로 변했다.

사향노루는 아예 의자를 창 쪽으로 돌려놓고 빈 밭과 산 밑의 농가를 덮는 눈발을 지그시 노려보았다. 눈은 아직까지도 사향노루의 개인적인 사전 속에서 그 무엇으로 분류되거나 해석되기를 거부하는 묘한 물질이었다. 사전이나 과학서적의 저자들이 펼쳐놓은 눈에 대한 해설에선 어떤 생동감도 건너오지 않았다. 어쩌면 지구상에 남아 있는 유일한 미지가 바로 눈일 거라고 사향노루는 고개를 끄덕였다. 담배 생각이 간절했지만 장소가 장소인지라 불을 붙일 수가 없었다. 담배는 손가락과 손가락 사이에서 빙글빙글 돌고 있을 뿐이었다. 그때 누군가 사향노루의 어깨를 두드렸고 손때가 묻은 담배는 바닥으로 떨어졌다. 농촌지도사였다.

"해수욕하러 갑시다!"

점심을 먹고 온 뒤부터 소화가 안 되는지 계속 트림만 내뱉더니 결국 생각해낸 게 해수욕인 모양이었다. 해수욕이라…… 사향노루는 함박

눈에서 돌아와 건너편 자리의 9급공무원을 턱으로 가리켰다. 그녀는 조금의 움직임도 없이 두꺼운 책에 얼굴을 묻다시피 한 채 공부를 하고 있었다. 샤프를 쥔 오른손이 올려져 있는 연습장의 절반은 책을 떠나 그녀의 머릿속에 들어갔다가 나온 어떤 내용들이 어지럽게 뒤섞여 꼭 무성한 가시덤불처럼 보였다. 농촌지도사가 9급공무원의 등에 대고 말했다.

"어때요, 기분전환도 할 겸 함께 가는 게?"

창문턱에 쌓이는 눈이 요소비료를 흡수한 식물처럼 빠르게 그 키를 키우는 오후였다.

세 사람은 열 평 정도 되는 회의실(이 도서관은 학습실이 없다)을 나와 열람실로 들어갔다. 석유난로가 붉은 불꽃을 둥그렇게 피웠다. 겨울 방학인데다 눈이 내리고 더군다나 주말이어서 사서 혼자 텅 빈 열람실에서 책을 읽고 있다가 고개를 들었다. 눈인사를 건넨 세 사람은 상대방의 얼굴을 쳐다보며 짧은 신경전을 벌였다. 사서는 그런 세 사람을 앉은자리에서 물끄러미 바라볼 뿐이었다. 농촌지도사가 약 이십여 초 간의 눈싸움에서 졌다는 얼굴로 사서에게 다가갔다.

"열쇠 좀 주세요."

"열쇠요?"

열람실엔 나른한 권태가 배어 있었다. 읽던 책을 덮어놓은 사서는 무슨 말이냐고 농촌지도사에게 먼저, 이어서 사향노루와 9급공무원에게 눈빛으로 물었다. 사향노루와 9급공무원은 즉각 시선을 다른 곳으로 돌렸지만 농촌지도사는 머리를 좌우로 돌리며 적당한 설명을 찾아내려고 애를 썼다. 창 밖에선 변함없이 탐스러운 함박눈이 면소재지의 낮은 건물을 덮고 있었다.

"우린…… 좀 쉬고 싶거든요. 음…… 아가씬 이곳 사람이 아니고 또 부임한 지 얼마 되지 않으니까 잘 모를 겁니다. 그러니까 간단하게 설명하자면…… 우리 세 사람은 회의실에서 열심히 공부했고, 그렇기 때문에…… 지금 몹시 피곤하거든요. 그래서…… 해수욕을 하려고 합의한 겁니다. 아가씬 그냥 열쇠만 빌려주면 돼요. 저기 있는 열쇠."

"……도대체 무슨 소릴 하는 거죠? 해수욕? 열쇠?"

당연하게도 사서는 영문을 모르겠다는 긴장된 얼굴로 의자를 뒤로 이동시켰다. 거의 동시에 그녀의 손은 뒤편 벽에 걸린 열쇠꾸러미를 움켜쥐었다. 농촌지도사는 그녀의 행동에 난처한 표정을 지으며 두 사람 쪽으로 몸을 돌렸다. 어떡하지? 라고 묻는 얼굴로. 그 시선에서도 사향노루는 도망쳤다. 갑자기 이따위 짓거리가 지겨워졌던 것이다. 다시 회의실로 돌아가 푹신한 의자에 등을 기댄 채 산야를 덮는 눈이나 구경하는 게 속 편할 것 같았다.

"시간은 금이지."

시계를 노려보던 9급공무원이 마침내 포문을 열었다. 회의실로 돌아갈 수 있는 마지막 기회를 놓쳤다는 사실에 사향노루는 한숨과 함께 사서를 바라보았다. 설명을 포기한 세 사람은 각기 한 발짝씩 사서에게로 다가갔다. 단호한 얼굴로. 그때 사향노루는 사서의 책상에 놓인, 그녀가 읽던 책의 제목을 보았다. 『창작과비평』 12월호. 두 다리가 후들거리고 뒷덜미로 온몸의 피가 몰려왔다. 그 잡지는, 지난 십 년 동안 사향노루가 '사향노루, 백 년 동안의 고독'이란 제목으로 기고한 글을 번번이 거절한 바로 그 잡지였다. 그 여파로 사향노루는 여태껏 죄수처럼 회의실에 갇혀 떠나지 못하고 있었던 것이다.

열쇠를 얻는 데 소요된 시간은 길지 않았다. 인원수로만 따지더라도 3대 1이었으니까.

사서는 악몽의 공습을 받은 듯 자신의 의자에서 눈을 꼭 감은 채 늘어져 있었다. 열람실의 창 밖으론 솜사탕 같은 눈이 평화, 평화, 평화……라고 중얼거리며 끊임없이 내렸다.

"젠장! 깜박 잊었어! 주말연속극 재방송할 시간이야."

이층 로비에서 9급공무원은 손목시계를 보더니 난처한 듯 걸음을 멈췄다.

"아쉽지만, 당신들끼리 하고 와요. 난 연속극 보러 갈 테니."

말을 마치기 무섭게 그녀는 계단을 내려갔다. 사향노루와 농촌지도사는 그녀의 신발 소리를 들으며 한심하다는 웃음을 흘렸다. 아직도 연속극 중독자가 있다니. 저 여자는 시험에 합격해 9급공무원이 돼도 텔레비전을 책상 옆에 두고 살 거야. 자기소개서의 취미나 특기란엔 '텔레비전 시청'과 '연속극 분석'이라고 쓸지도 몰라. 두 사람은 툴툴거리며 계단을 올라갔다.

"옷을 벗어야지!"

계단 끝에서 육중한 모습으로 버티고 있는 철문에 열쇠를 끼우던 수영복 차림의 농촌지도사가 사향노루를 보며 말했다. 아 참, 그렇지. 사향노루는 옷을 벗어 철문 옆 플라스틱 의자에 올려놓았다. 수영복을 가져오지 않아 잠시 망설이다가 이내 포기하곤 알몸으로 문을 열고 나갔다. 농촌지도사는 벌써 저만치 앞서가 있었다.

백사장이 없는 바다는 해안도로와 이웃한 채 잔잔한 파도를 뒤집곤

했다. 인적을 찾을 수 없는 바다였다. 도로 난간에 쪼그려앉아 바다를 들여다보던 사향노루의 양 볼에 보조개가 피어났다. 바닷물 속에서는 손가락만한 물고기 떼가 춤을 추듯 놀고 있었다. 사향노루는 배꼽까지 차오르는 바다에 들어갔다. 도서관을 떠나면서 다소의 문제가 있었지만 역시 오길 잘했다는 생각이 들었다. 바닷물은 맑고 시원했으며 수면 가까이에서 헤엄치는 물고기들은 가끔씩 민감한 알몸을 간질이곤 사라졌다. 사향노루는 곧장 두 손으로 물고기를 움키는 일에 빠져들었다. 그러나 막상 해보니 쉬운 일이 아니었다. 거의 손바닥 안에 들어왔던 물고기도 어느 틈에 유유히 빠져나갔다. 사향노루를 잡는 것보다 더 어렵네, 어려워! 작전을 바꿨다. 자세를 낮춘 뒤 양팔을 벌린 사향노루는 물고기 떼를 한쪽 구석으로 서서히 몰아갔다. 바위와 바위틈을 지나 막다른 골목이 있는 곳으로. 눈치를 채고 사타구니 아래와 양쪽 겨드랑이 사이로 도망치는 물고기는 무시해도 좋을 정도였다. 마침내 사향노루는 바위 골목 입구를 자신의 몸으로 막아버렸다. 사로잡힌 물고기들은 비로소 몸을 뒤치며 비늘을 반짝거리기 시작했다. 그러나 사향노루의 기쁨은 잠시뿐이었다. 오므린 손바닥에 한 마리씩 담겨 물을 떠난 물고기는 그 싱싱했던 활력을 잃곤 빠른 속도로 썩어갔다.

사향노루는 얼굴을 찌푸렸다. 몸을 일으켜 주변을 둘러보았다. 작은 물고기들은 마치 약속이나 한 것처럼 모두 죽어서 둥둥 떠다녔다. 하반신을 바닷물에 담근 채 사향노루는 안타까움을 감추지 못했다. 갈수록 생명주기가 짧아지고 있어, 갈수록. 태어나자마자 죽음이 손짓하는 목숨이라니…… 해안도로엔 어느새 몰려든 표정 없는 사람들이 어린 물고기 떼의 죽음을 들여다보고 있었다. 사향노루는 찜찜한 기분을 털어

내려고 물 밖으로 나가려다가 이내 포기했다. 몸에 아무것도 걸치지 않았던 것이다. 죽은 물고기들이 알몸 주변을 떠다니는 바닷물 속에서 사향노루는 멀리 바위산 위에 서 있는 흰 등대를 바라보았다.

기분에 들떠 생각 없이 도서관을 나오지 말았어야 했어.

등대가 있는 바위산을 올라가는 농촌지도사는 너무 멀리 있어 소리쳐 불러도 소용없었다. 도서관으로 돌아가기에도 만만찮은 지점에서 사향노루는 사타구니를 손과 바닷물로 가린 채 해안도로의 사람들을 우두커니 쳐다보았다. 저 혼자 수영복을 입은 농촌지도사에 대한 야속함을 오독오독 곱씹으며. 그나마 다행인 것은 사람들이 사향노루에겐 별반 관심을 보이지 않는다는 점이었다.

사향노루는 엉덩이가 수면 위로 올라가지 않도록 신경을 곤두세우며 농촌지도사가 올라가는 등대를 향해 헤엄쳤다. 다행스럽게도 높지 않은 파도가 치는 터라 헤엄치기는 수월했다. 죽은 물고기들이 알몸을 툭툭 건드리고 지나가는 불쾌감만 없다면 썩 근사한 해수욕이 될 수 있을 텐데 다소 아쉬웠다. 그러나…… 사향노루는 이내 등이 서늘해지는 느낌에 사로잡혔다. 어떤 알 수 없는 힘에 의해 자신이 거의 제자리에서 헤엄치고 있음을, 죽은 물고기들이 떠다니는 바다에 홀로 갇혔다는 것을 알았다. 이 속도로 등대까지 가려면 거의 한나절은 걸릴 거라는 계산도 간단하게 나왔다. 물고기들은 바닷물의 급격한 농도 변화 때문에 죽은 것 같았다. 바위산을 거지반 올라 등대로 들어가려는 농촌지도사에게 있는 힘을 다해 고함쳤지만 소용없는 노릇이었다. 농촌지도사는 바다에 있는 사향노루에게 어서 오라는 손짓만 보낼 뿐이었다. 결국 등대를 포기한 사향노루는 끔찍한 악몽에서 빠져나오려는 듯 끈적끈적한 엿가마 속 같은 바다에서 번갈아 손갈퀴를 끌어당기며 도서관으로 되돌아가려고 애를 썼다.

"최악의 해수욕이었어!"

벗었던 웃옷을 다시 입는 사향노루를 농촌지도사는 멍한 표정으로 바라보았다. 반쯤 열린 철문 사이에 끼여 있는 바다에서 갈매기가 울었다. 농촌지도사는 소리내어 철문을 닫곤 입을 열었다.

"누군 뭐 놀자고 도서관에 나온 줄 알아! 난 올해가 지나면 나이 제한에 걸려 지도사 시험에 응시도 못 한다구! 책만 넘기고 있으니 꼭 화석이 되는 것 같아 기분전환이나 하자고 그런 거야."

두 사람은 침울한 걸음으로 계단을 내려왔다. 이층 로비에서 태연하게 신문을 뒤적거리는 9급공무원을 만나자 짧게 한숨을 토했다.

"벌써 하고 왔어요?"

열쇠는 발갛게 달은 쇳덩어리처럼 세 사람 손에서 오래 머물지 못하고 떠다니다가 사향노루에게서 멈췄다. 억지로 뺏었다가 돌려주는 것은 달갑지 않은 일이었다. 사향노루는 몇 가지 적당한 표정을 만들며 열람실로 들어갔다. 여전히 아무도 없는 열람실에서 사서는 세 사람이 나갈 때와 같은 자세로 의자에 늘어져 있었다. 피곤한 듯 눈을 감고 있는 사서에게 다가갔다.

"저……"

열쇠를 사서의 책상에 넣군 사향노루는 떨리는 손을 내밀어 사서의 어깨를 두드렸다. 그러자 사서의 목이 힘없이 한쪽으로 푹 꺾였다. 사냥꾼에게 다급하게 쫓기는 사향노루의 심장이 덜컥 옮겨붙은 기분이었다. 사향노루는 책상을 사이에 두고 최대한 사서 가까이 접근해 그녀의 숨소리를 들으려고 가슴을 진정시켰다. 그녀의 코에선 솜털 한 오라기 흔들 만한 바람도 새어나오지 않았다.

뒷걸음질로 열람실을 빠져나온 사향노루는 건성으로 신문을 뒤적거리며 열람실의 동정을 살피던 농촌지도사와 9급공무원을 불렀다. 아직 상황을 파악하지 못한 두 사람의 얼굴에도 어두운 그림자가 빠르게 지나갔다. 사향노루는 본능적으로 머뭇거리는 두 사람의 손을 끌고 열람실로 들어갔다.

바람을 만난 함박눈은 일제히 아우성치며 열람실 유리창으로 몰려들었다. 가시거리는 오십여 미터도 채 되지 않았다.

"죽었단…… 말이지? 피 한 방울 흘리지 않고?"

가마솥 안에서 굳어가는 조청 속에 웅크리고 앉아 있는 기분에 사향노루는 자꾸만 뻣뻣해지는 목을 좌우로 돌렸다. 믿기지 않는다는 농촌지도사의 항의는 별 위력을 발휘하지 못했다. 열람실에 자리하고 있는 모든 것들은 사서의 침묵을 따라갔다. 서가의 책들도 조의를 표하듯 표지의 제목을 지운 채 흰색으로 꽂혀 있고 칸막이가 없는 대형 책상과 의자 위엔 창 밖의 눈 그림자가 소복처럼 어른거렸다. 석유난로만 식식거리며 타올랐다. 그 옆에 놓인 의자에 앉은 사향노루는 마치 잠든 것처럼 평온한 사서의 얼굴을 들여다보았다. 어지러운 머릿속에서 무엇인가가 꿈틀거리며 나올 듯 나올 듯 빠져나오지 않고 애를 태웠다. 마치 구충제를 먹은 뒤에 항문 근처에서 근질거리는 그 무엇처럼. 아무리 생각해도 어떤 냄새가 풍겨. 함정에 빠진 기분이야. 사향노루는 열 손가락으로 한참이나 머리를 긁어보았지만 허사였다. 농촌지도사도 담배만 연신 빨아댔다.

"이렇게 앉아만 있을 건가요?"

9급공무원이 자리를 박차고 일어났다. 두 사람은 침통한 표정에서 빠져나오지 못했다. 시험지를 펼쳐놓고 힌트를 요구하는 학생처럼. 농촌지도사는 사서가 어떤 지시를 해주길 원하는 듯 그녀의 얼굴을 살피다가 천천히 의견을 꺼냈다.

"……경찰서에 연락해야지."

"경찰서에?"

9급공무원의 얼굴이 일그러졌다. 곧 울음을 터뜨릴 것 같더니 간신히 속내를 수습하는 게 역력했다.

"난 다음달에 시험이 있어요!"

"그건 나도 마찬가지야!"

"……"

농촌지도사와 9급공무원은 사향노루의 의견을 기다렸다. 그러나 사향노루의 침묵이 길어지자 점점 애원의 눈빛으로 변해갔다.

"뭐야? 왜 그런 눈으로 날 보는 거야?"

복받치는 듯한 울음이 기어코 9급공무원의 입에서 터져나왔다. 그녀는 아예 시멘트 바닥에 주저앉아 흐느꼈다. 사서는 변함없는 자세로 의자에 늘어져 있고 농촌지도사의 코와 입에선 계속해서 담배연기가 풀풀 새어나왔다. 창 밖의 눈발은 더 심해졌다. 9급공무원이 사향노루를 보며 울음 사이사이에 비는 말을 집어넣었다.

"아저씬 그래도 덜한 편이잖아요? 흑, 사향노루 연구는 국가고시가 아니니까 흑, 전과가 있어도 얼마든지 할 수 있잖아요. 언젠가 술자리에서 흑, 아저씨도 얘기했잖아요. 예전엔 사향노루 연구를 위해 일부러도 교도소에 갔다고요, 흑! 하지만 흑, 공무원 시험은 아예 흑, 응시도 할 수 없어요, 흑……"

"무슨 소릴 하는 거야? 지금 날보고 혼자 덮어쓰라는 거야?"

"어떤 식으로든 보상할게요! 제발!"

"너 어떻게 된 거 아냐? 설마 형도 같은 생각이우? 나 참! 아니 나보고 교도소에 가서 사향노루 연굴 하라고?"

다시 고통스러운 침묵이 찾아왔다. 열람실을 짓누르고 있는 공기에는 산소가 희박했다. 그녀 말대로, 어떤 식으로든 숨통을 터야 했다. 열람실 밖에서 어떤 소리가 올라오면 세 사람은 깜짝깜짝 놀랐다. 사향노루는 자리에서 일어나 유리창으로 갔다. 도서관 주변도 눈송이가 가져다준 고요 속에 잠겨 있었다. 화물취급소 주차장은 텅 빈 채 눈을 받아들였고 그 옆 세차장, 공업사, 여행사 마당도 마찬가지였다. 커피 배달을 나온 그 흔한 다방 아가씨도 찾아볼 수 없었다. 수시로 도서관 담벼락에 대고 물건을 꺼내 아무렇지 않게 오줌을 누던 치들도 눈과 함께 어디로 사라진 모양이었다. 사향노루는 담배에 불을 붙였다. 열람실에서 피우는 첫 담배였다. 사서가 살아 있다면 꿈도 꿀 수 없는 일이었다. 사향노루를 연구하고 찾아가는 먼 길에서 벌어진 사서의 죽음이 어떤 여파로 다가올지 따져보았다. 사향노루가 다방 아가씨와 술을 마시고 여관에서 하룻밤을 잤다, 는 야유보다는 더 큰 파도였다. 사향노루가 세월과 능력, 노력…… 등 모든 면에서 패배를 인정하고 사향노루 연구에서 손을 뗐다, 는 비아냥보다는 작은 파도였다. 사향노루는 창문을 열고 담배꽁초를 눈더미에 버렸다. 바람과 눈발이 해일처럼 열람실로 몰려들었다. 창을 닫고 돌아섰다.

"묻어버립시다."

9급공무원과 농촌지도사가 놀란 얼굴로 사향노루를 바라보았다. 사서는 여전히 아무것도 모르는 채 잠자고 있는 듯했다. 그 평온한 얼굴이 가져다주는 짜증에 사향노루는 화가 났다.

"그 동안 우리가 이 도서관으로부터 많은 도움을 받았지만, 상황이 이러니 어쩔 수 없지 뭐. 경찰서에 가는 것보단 묻어버리는 게 우리 세 사람 앞날을 위해선 최선의 방법일 거야. 마침 아무도 없으니 들킬 염려도 없고."

"이 겨울에 어디다 묻죠?"

마음을 굳힌 9급공무원이 물었다. 농촌지도사도 사향노루의 의견에 따르겠다는 눈빛이었다. 장소만 남은 셈이었다. 사향노루는 고개를 끄덕이며 장소에 대해 다시 한번 짧은 검증을 마쳤다. 그곳은 아무나 갈 수 있는 곳이 아니었다.

"해수욕장."

"서둘러야겠군."

"그래요."

이미 죽은 사서 한 명을 아무도 모르게 묻는 일은 간단했다. 해수욕장의 후미진 자리에 사서를 묻고 돌아오는 세 사람의 기분은 편두통에서 벗어난 바로 그것이었다. 바다에는 여전히 죽은 물고기들이 떠다녔지만 회복되는 기분을 해치지는 않았다. 구경꾼들도 모두 돌아간 해변, 사향노루는 그 끝자락에 위치한 비위산의 등대를 그저 흘끔 뒤돌아보곤 이내 고개를 돌렸다. 몸과 마음이 아무리 찌뿌드드해도 다시 해수욕장으로 돌아오는 일은 없을 것이라는 다짐만 곱씹었다.

"사향노루 연구한 지 얼마나 됐어요?"

의외로 간단하게 일을 처리한 기쁨을 감추지 못하는 9급공무원이 어떤 답례의 형식으로 사향노루에게 말을 걸었다.

"한 십 년."

"와, 대단한 끈기네요! 근데 그 동안 사향노루 연구하면서 재밌었던 일은 없었어요?"

재밌었던 일이라…… 사향노루는 먼 바다를 지그시 눈에 담았다. 사실 비참했던 일이 태반이었지만 문외한에게 사향노루 연구의 저간 사정을 짧은 시간에 설명하기란 쉽지 않았다.

"한번은 말이지, 며칠을 퍼부은 폭설 덕분에 노루 한 마리가 자발적으로 산을 내려왔어. 아침에 나가보니 짚가리 옆에서 태연하게 짚을 먹고 있더라고. 힘 안 들이고 거저 잡은 거지. 하지만 그 당시는 군사정권 시대라 노루를 잡았다고 함부로 떠들었다간 바로 잡혀가기 십상이었어. 그러니 매우 조심스럽게 처리해야 돼. 집이 마을에서 외따로 떨어져 있는 터라 그나마 다행이었지. 난 빠른 속도로 일을 추진했어. 흔적이 될 만한 것은 나오는 즉시 눈 속에 묻어버렸는데, 그만 연기 생각은 못 했던 거야. 대낮에 굴뚝에서 연기가 모락모락 올라가고 있으니 눈치 빠른 마을의 프락치가 대번에 감을 잡은 거지. 저 집에서 노루를 잡았구나! 프락치는 즉각 걸음을 옮겼고 그를 발견한 난 증거를 없애느라 한바탕 소란을 떨었지."

"그래서 안 들켰어요?"

"들켰어."

"어떻게?"

"사실 그때 난 사향노루 연구의 초보자였어. 프락치는 그 방면 전문가 수준이었고. 집을 한 바퀴 둘러본 그가 대수롭지 않은 얼굴로 이런 말을 하곤 떠나는 거야. 노루야 껍질 버리고 고기만 취하지만 사향노룬 사향이 최고라고. 문제는 그 사향이 껍질과 함께 벗겨지기 때문에 잘 모르는 사람은 대부분 아무 생각 없이 내버린다고. 그가 떠나자마자 난 눈밭을 헤집기 시작했고, 결국 다시 돌아온 그에게 덜미를 잡혔지."

"호호, 마치 한 편의 소설 같아요!"

"부끄러운 소설이지…… 덕분에 무마하느라 노루의 반을 그자에게 상납했어."

"참, 사향노루와 그냥 노루는 어떻게 달라요?"

"정확히 설명하자면 시간이 걸리니까 비유해서 알려줄게. 음…… 순수소설과 대중소설의 차이라고 보면 돼."

9급공무원은 이해가 간다는 듯 고개를 끄덕였고 마침내 세 사람은 도서관 옥상의 철문 앞에 도착했다. 농촌지도사가 걸쇠를 벗겨 문을 열었다. 세 사람은 열린 문 앞에서 심호흡을 했다. 서로 다른 무게의 심호흡을. 사향노루가 먼저 문턱을 넘었고 그 뒤를 9급공무원과 농촌지도사가 따라왔다. 이층 로비로 내려가는 계단 정면의 유리창은 더 심해진 회색 눈발로 가득했다. 세 사람은 로비에서 열람실 문을 기웃거리며 말없이 잠시 망설이다가 다시 일층으로 내려갔다.

커피를 뱉어내는 자판기는 지진계의 바늘처럼 떨고 있었다. 붉은 등을 깜박거리며.

"크리스마스 카드 안에 들어간 기분이네요! 탁자에 둘러앉아 김이 솟는 커피를 마시며 눈 내리는 창 밖을 내다보고 있으니."

갑자기 어디선가 삐삐삐 신호음이 튀어나왔다. 급박하게. 세 사람은 깜짝 놀라 시선을 한곳으로 모았다. 커피 자판기 옆 벽에 걸린 공중전화기로. 사향노루가 다가가 수화기를 제자리에 내려놓곤 입을 열었다.

"눈이 너무 많이 오네!"

"올해 농산 풍년일 거야……"

"사향노루 아저씨, 사향노루보다 그냥 노루를 연구하는 게 돈도 많이 벌고 좋지 않아요? 더구나 사향노룬 멸종위기에 처한 동물이라면서요. 아니면 내가 좋아하는 환상동물 연구도 괜찮은데. 공부하다 머리 식힐 땐 환상동물 이야기가 최고로 좋아요!"

9급공무원의 조잘거림이 지겨워진 사향노루는 자리에서 일어났다.

"먼저 올라갈게요. 두 사람은 회의실로 갈 거죠? 난 열람실에 가서 자료나 찾아야겠어요."

사향노루는 열람실로 들어갔다. 사서의 자리는 비어 있었다. 비로소 사향노루는 고개를 갸웃거렸다. 남자 직원 둘은 어디로 갔기에 보이지 않는 걸까? 모두 세 명의 직원이 근무하는 도서관이었다. 그중 한 남자는 열관리기사였고 다른 남자는 컴퓨터실을 담당했다. 난로 옆에 앉아 다소 어지럽혀진 기억을 헤쳐보았지만 두 남자의 모습을 찾을 수 없었다. 그렇다고 두 남자가 보일러실이나 컴퓨터실에 있을 가능성은 희박했다. 도서관을 한 오 년쯤 들락거리다보면 거의 직원 수준이 되는 법이다. 농촌지도사가 그렇고 9급공무원이 그렇다. 사향노루는 사서의 빈자리에서 건너오는 쓸쓸함이 어디에 연원을 두고 있는지 알 수 없었다. 모든 일이 얼떨결에 벌어졌지만, 사서의 부재가 바람직한 일은 아니란 생각이 들었다. 열람실의 사향노루 관련 자료를 보려면 언제나 사서의 통제를 받아야 하는 절차에 짜증을 냈던 기억이 멀지 않은 곳에 있음에도. 사향노루와 관련된 서적들은 그녀가 모두 참고도서로 분류해놓아서 대출을 할 수 없었다. 사향노루가 그 부당성을 계속해서 토로하고 때론 읍소까지 했지만 허사였다. 여기가 무슨 파리의 루브르 박물관이라도 되는 거냐고 투덜거린 적이 한두 번이 아니었다. 그렇기 때문에 더 기분이 묘했다. 사향노루는 사서의 빈자리에 걸려 있는, 그녀의 제복이나 다름없는 청색 카디건에 저절로 다가가는 오른손을 제지했다.

해수욕장의 후미진 곳에 묻힌 그녀를 다시 데려오는 일은 쉽지 않을 것이다. 사서의 부재로 무게를 더해가는 열람실의 침묵은 만만찮았다.

창 밖의 눈은 사서가 죽은 뒤에도 한 백 년은 더 내린 듯했다.

"괜찮아요?"

9급공무원이었다. 들어오지 않고 얼굴만 들이민 채 열람실 분위기를 재빠르게 훑었다. 사향노루는 읽던 책을 덮고 고개를 주억거렸다. 9급공무원의 눈길은 사서의 빈자리에 오래 머물지 않았다. 고개만 까닥이곤 이내 사라졌다. 농촌지도사와 그녀가 모종의 합의를 보았음을 사향노루는 쉽게 알아챘다. 사향노루는 닫힌 문을 향해 씩 웃었다. 급하게 계단을 내려가는 발소리가 문 너머에서 들렸다.

함께 도망치는군…… 몸을 돌려 함박눈이 가득한 창 밖을 내다보았나. 회색의 풍경 속에서 두 사람은 섶에 산뜩 실린 노무처럼 뛰어가고 있었다. 그렇게 해서 도서관을 빠져나갈 수 있다면 내가 먼저 빠져나갔지. 사향노루는 접어두었던 『주역』을 펼치며 중얼거렸다. 그 페이지에 꽂혀 있던 사서의 두 눈동자가 말끄러미 사향노루를 바라보았다. 사서의 지갑에서 꺼낸 주민등록증 안에서. 사향노루는 서표가 돼버린 주민등록증을 꺼내놓고 읽다 만 곳부터 다시 읽어갔다. 죽은 사람의 신분증을 훔쳐 그 사람의 운명을 엿보는 일은 묘한 흥분을 불러일으켰다. 흥분 정도가 아니라 생과 사를 넘나들 때나 맛볼 만한 그 무엇이었다. 지난 십 년 동안의 외롭고 외로웠던 사향노루 연구의 탑을 단번에 무너뜨릴 정도였다. 아니, 바로 이 지점까지 오려고 그 모든 흙먼지와 눈보라의 세월이 존재했던 것 같았다. 바로 이곳, 이 페이지로 오기 위해 사향노루는 사향노루 연구자에게 잡힐 듯 잡히지 않고 짧은 꼬리를 흔들며 달음박질을 멈추지 않았던 것이다.

담배 맛은 달았다.

사향노루는 오랜 세월 동안 숨겨져 있던 비급을 읽은 듯한 얼굴로 『주역』을 덮었다. 사서의 빈자리에는 더이상의 어떤 쓸쓸함도 배어 있지 않았다. 신분증을 들고 책상과 책상 사이를 빠져나와 그녀의 자리에 앉았다. 책상에는 서가로 돌아가지 못한 『창작과비평』 12월호가 앞표지와 뒤표지를 모두 드러낸 채 엎드려 있었다.

사서의 의자는 포근했다. 낮 동안의 피곤이 함박눈처럼 어깨에 쌓여 졸음을 불러왔다.

"제 운명을 엿본 기분이 어때요?"

"아직 얼떨떨합니다. 솔직히 고백하자면…… 이 일로 사향노루 연구의 어떤 문이 열릴 거라곤 예상하지 못했거든요."

"제게 톡톡히 답례해야죠!"

사서는 고운 치아를 내보이며 웃었다. 사향노루도 함께 웃었다.

"뭐 원하는 거라도 있어요? 있으면 말해봐요?"

"사향!"

사향…… 사향노루는 고개를 끄덕였다. 밀수나 밀렵을 해서 사향을 내다파는 장사치가 아닌 이상 전혀 문제될 게 없는 요구였다. 하지만 왠지 사향이라는 말을 듣는 순간부터 사타구니 근처가 근지럽기 시작했다. 창 밖의 눈발은 서쪽 산에서 내려온 산그늘에 물들고 있었다. 바지 주머니 속에 넣은 손으로 몰래 사타구니를 긁으며 사서에게 물었다.

"살해당할 때 기분이 어땠어요?"

"……나도 바다에 가고 싶었어요. 함께 가자고 청했으면 같이 갈 수도 있었는데…… 그런 혼미한 생각 속을 떠돌고 있을 때 온몸을 휘감는 향내를 맡았어요. 아, 이게 말로만 들었던 사향이구나…… 눈이 너무 많이 내려 배가 고프니까 사향노루가 도서관에 들어왔구나…… 그러다 잠든 것 같아요. 이해가 돼요? 나를 살해할 때 느낌은 어땠어요?"

"……당신처럼 그렇게 풍부하진 않았어요. 애당초 죽이려고 한 것은 아니었으니…… 열쇠만 필요했을 뿐인데. 죽음이 이렇게 가까이 있구나. 마치 꿈처럼."

사향노루는 그 순간으로 되돌아가려는 듯 눈을 감았다. 그러나 이내 전화벨이 울렸다. 눈꺼풀이 조금 올라갔다가 졸음의 무게를 이기지 못하고 다시 내려갔다. 사서가 사향노루를 흔들었다.

"아무래도 당신이 받아야 하지 않겠어요? 난 오랜만에 해수욕이나 실컷 해야겠어요."

눈을 뜨니 어느새 사서는 보이지 않았다. 사향노루는 사서가 없는 열람실의 침묵을 뒤흔드는 전화벨 소리를 노려보았다.

"……"

"여보세요? ……도서관이죠?"

9급공무원의 떨리는 목소리. 사향노루는 이름을 밝혔다.

"……괜찮아요?"

"어디까지 도망갔지? 설마 이 나랄 벗어나진 않았을 테고."

"도망가다니, 누가 도망을 가요! 잠깐 연속극 재방송 보러 나왔어요. 저…… 사향노루 아저씨, 아무 일 없었죠?"

사향노루는 일방적으로 전화를 끊어버리곤 창가로 갔다. 면소재지의 거리로 드문드문 가로등이 켜졌지만 지독한 눈발 탓에 앞가림만 겨우 할 정도였다. 불빛을 번쩍거리는 순찰차가 그 눈발 속에서 빠져나와 도서관 마당으로 들어왔다. 그러나 그뿐이었다. 제복을 입은 경찰이 내려 순찰함을 체크한 게 끝이었다. 눈은 사람이 들어와 살기 전부터 이 마을의 오래된 역사였다. 눈 때문에 호들갑을 떨 주민은 아무도 없었다. 사향노루는 구두 바닥으로 담뱃불을 비볐다. 얼마 있지 않아 9급공무원과 농촌지도사는 도서관으로 되돌아올 것이다. 별다른 수가 없음을 수긍하는 얼굴로. 무슨 일이 벌어지면 회피하고 도망갈 생각이나 하는 자들이 나라를 운영하는 공무원 시험을 준비하고 있으니…… 이 나라도 참…… 입맛을 다시며 사향노루는 열람실의 반을 차지하는 서가로 들어갔다. 모처럼 조용한 시간을 이용해 그 동안 소홀했던 교양도서를 읽을 요량으로. 다양한 교양은 사향노루의 활동에 생기를 부여하는 자양분인 것이다.

"사향노룰 연구하는 분도 그런 책을 봐요?"

언젠가 서가의 좁은 통로에 쪼그리고 앉아 책에 탐닉하느라 누가 오는지도 몰랐던 사향노루의 등 너머에서 들려온 사서의 목소리였다. 사향노루가 보던 책의 제목은 '성(性), 알면 스타 모르면 애타'였다. 두 페이지마다 화보가 곁들여져 있는 책이었다. 사서뿐만 아니라 9급공무원, 농촌지도사의 눈에도 걸린 적이 있었다. 심지어는 어린 중고생에게까지. 저 아저씬 이상한 책만 보러 매일 도서관에 나오나봐. 혹시 변태 아닐까? 자기들끼리 소근거리는 여학생들의 대화였다. 사향노루는 화가 치밀었지만 꾹꾹 눌러담아야만 했다.

　길지 않은 서가의 통로에서 사향노루는 ㄹ자를 만들며 천천히 돌고 돌았다. 면소재지에 자리잡은 작은 도서관의 서가에 꽂혀 있는 책들의 위치는 이미 외우고 있을 정도였다. 실로 오랜만에 열람실은 텅 비었고 시간은 때맞춰 본래의 궤도에서 벗어나 사향노루의 손안에 사로잡혀 있었다. 성가신 시선 때문에 그 동안 사향노루의 독서는 어쩔 수 없이 편식이 돼버렸고 덕분에 사향노루 연구마저 절름발이 신세를 면치 못했다. 피가 흐르지 않는 몸뚱어리뿐이었다. 잡지 코너부터 시작한 사향노루의 탐욕스런 독서의 걸음이 그리는 지도의 등고선은 마치 벼랑을 타고 오르거나 미끄러져내려가는 것 같았다. 욕정을 이기지 못하고 파계한 종교인의 어느 날 밤처럼 알록달록했다. 마침내 철학과 종교 코너를 통과한 사향노루는 숨을 길게 들이마시고 성 관련 코너로 들어섰다. 도서관의 서가는 세상의 시간과 공간을 벗어난 곳에 자리하고 있는 오래된 유곽 같았다. 책들은 은은한 홍등처럼 빛을 발하며 사타구니를 부풀게 만들었다. 마침내 한계에 다다른 사향노루는 바지를 내리고 책꽂이에 기댄 채 용두질을 시작했다. 오른편 창 밖에서 내리는 눈은 세차장을 비추는 가로등 불빛을 반아 오렌지색으로 물들어 있었다. 짧은 탄식과 함께 두꺼운 책의 어느 페이지 위에 사향노루의 정액이 뚝뚝 떨어졌다. 눈에선 방울방울 눈물이 흘러나왔다. 이게 아니란 생각이 들었지만 바지를 올릴 수 없었다. 턱 끝에서 떨어진 눈물이 구두코에서 부서졌다. 은은한 사향 냄새가 서가로 번져나갔다. 사향노루는 제자리에 책을 꽂아놓고 힘없는 걸음으로 서가를 빠져나왔다.

그곳에서 그들이 기다리고 있었다. 마치 구불구불한 숲길을 돌아 이윽고 큰길로 한 걸음 내디뎠을 때, 사향노루를 겨누는 엽총의 검은 총구처럼.

"저기 있어요!"

9급공무원은 사향노루를 가리키며 소리쳤고 그 옆에 선 경찰의 오른쪽 손은 권총을 쥐고 있었다. 난로를 쬐던 농촌지도사는 사향노루와 시선이 마주치자 곧 외면했다. 두 사람이 작당하여 한심한 일을 벌였음을 사향노루는 즉각 알아챘다. 사서의 의자 등받이에는 여전히 청색 카디건이 걸려 있었다.

침착하고 세련된 동작으로 경찰은 사향노루의 손목에 수갑을 채우고 난로에서 조금 떨어진 자리에 앉게 했다. 9급공무원과 농촌지도사는 조금 떨어져서 불안한 기색을 감추지 못한 채 사향노루의 반응을 기다렸다. 사향노루는 담담한 얼굴로 창 밖 밤의 설경을 눈에 담았다. 왜 지서로 가지 않고 열람실에서 심문 준비를 하는지 알 만했다. 눈은 경찰이 타고 온 순찰차마저 덮었다.

"눈이 너무 와서 업무에 지장이 많겠어요?"

경찰은 사향노루의 걱정에 대답하지 않았다. 무표정한 얼굴로 취조 준비만 했다. 9급공무원과 농촌지도사만 사향노루의 여유에 담긴 의미가 무엇인지 몰라 당황했다. 사타구니에서 피어나는 사향 냄새에 코를 흥흥거리며 사향노루는 경찰의 질문을 기다렸다.

"저희도 여기 있어야 하나요?"

"목격자고 신고자니 참고인 진술을 해주셔야 합니다. 오래 걸리지 않을 겁니다. 자, 시작합시다! 이름은?"

권총 대신 볼펜을 오른손에 든 경찰이 사향노루를 바라보았다.

"사향노루."

"……뭐요? 사향노루?"

"저 사람은 사향노루 연굴 하고 있어요! 아직 정식 연구잔 아니고, 하여튼 도서관에 오면 늘 사향노루에 관계된 책만 뒤적이는 사람이에요. 그러니까……"

"사향노루 청년!"

사향노루는 9급공무원의 설명을 마무리했다.

주로 경찰의 질문에 답변을 하는 형식의 취조는 사향노루가 보기에도 무난하게 진행되었다. 사향노루에 대한 오랜 열망과 노력이 있었으나 실패로 이어졌고 그에 뒤따르는 상실감에 시달린 점. 결국 사소한 일이 발단이 돼 사서와 싸움을 했고 그 싸움이 우연찮게 살인에 이른 것까지. 물론 사향노루는 그 싸움에서 9급공무원과 농촌지도사를 빼뜨리는 일도 잊지 않았다. 덕분에 두 사람은 태도를 바꿔 사향노루에게 유리한 진술을 거듭 덧붙이는 답례를 했다. 취조를 당하면서 알게 된 새로운 사실도 있었다. 사서를 해수욕장의 후미신 곳에 묻은 게 아니라 도서관 옥상 물탱크 틈에 버렸다는 점이 그것이었다. 9급공무원과 농촌지도사가 왜 사서를 옥상으로 옮겼는지도 짐작할 수 있었다. 착한 인상의 경찰은 사향노루의 적극적인 협조에 만족한 듯 오른쪽 손목의 수갑을 풀어준 뒤 담배까지 권했다. 그리곤 어조를 바꿔 입을 열었다.

"나도 한땐 사향노루 청년이었죠. 다 지나간 일이지만…… 먹고사는 게 뭔지!"

"현실 문제가 가장 큰 걸림돌이죠. 이젠 안정이 됐을 텐데 다시 한번 시작해보시지 그래요?"

"에이! 잘 알면서 왜 그러십니까. 사향노루 연구는 배가 고파야 할 수 있죠. 아니면 상처가 깊거나. 생각해보니…… 일찍 거기서 빠져나온 게 잘한 일입니다. 아까 당신 애길 듣다가 솔직히 감동했습니다. 난 그만한 열정이며 능력도 없었습니다. 단지 꿈만 있었던 거죠."

"부끄럽습니다."

"힘내세요. 돈이 암만 많으면 뭐 합니까. 마음에 향기가 없는데. 사향노루 연구는 삭막한 세상을 정화하는 최고의 향 아닙니까! 감옥에 가더라도 용기 잃지 말고."

"그래요 아저씨, 힘내세요. 나중에 아저씨가 쓴 사향노루 연구서가 텔레비전 드라마로 제작되면 빠뜨리지 않고 꼭 볼게요!"

"사향노루 만세! 만세!"

세 사람의 합창이었다. 사향노루는 더이상 그들의 작태를 견뎌낼 수 없었다. 생각만큼 자신의 성격이 착하지 않음을 인정해야 했다. 열람실의 창 밖은 어둠에 휩싸였고 가로등 불빛 속에서만 목련꽃 같은 눈송이가 가득 피어났다. 변함없이 지루하겠지만 다시 일상으로 돌아가는 게 순리였다.

"여러분들께…… 고백할 게 있습니다."

만세 삼창을 마친 세 사람이 사향노루의 고백을 기다렸다.

"그러니까…… 사서는 죽지 않았습니다. 당연히 전 살인자가 아니란 얘기지요. 사서는 지금 옥상에서 잠자고 있는 중입니다. 그러니 이제 그만 정리하는 게 좋을 듯합니다."

한바탕 소란이 벌어졌다. 누그러들었던 경찰의 어조는 급격하게 변했고 9급공무원과 농촌지도사의 얼굴빛도 붉은색과 푸른색 사이를 건너다녔다. 사향노루는 이런 뒷부분이 언제나 싫었다. 어떤 까닭으로든 세 사람은 사향노루의 말을 믿지 않았고 사향노루 연구에 우호적이었던 발언들은 대부분 손바닥을 뒤집어버렸다. 다방 아가씨를 도서관으로 불러 커피를 시켜마신 해묵은 일에서부터 시작해 회의실에서의 건방진 학습 자세, 책을 너무 빨리 넘긴 점, 예쁜 여자가 도서관에 나타나면 어떻게 해서든지 말을 붙이려 시도한 점, 화장실에서 몰래 수음한 점, 잠자다 코까지 곤 점……까지 빠뜨리지 않고 튀어나왔다. 마침내 경찰이 권총으로 책상을 내리치며 주위를 진정시키곤 단호하게 물어왔다.

"당신 말이 사실이라면, 이 자리에서 증명해봐!"

사향노루는 담배를 피우며 생각을 정리했다. 담배 한 개비를 더 피웠다. 인내심이 대단한 경찰이라고 생각했다. 사향노루는 머리를 싸쥐고 고민하다가 갑자기 얼굴을 번쩍 들었다.

"잠자는 사서를 깨우면 내 말을 믿겠습니까?"

경찰은 9급공무원과 농촌지도사를 제지한 뒤 곰곰이 무엇인가를 생각했다. 고통스럽고 긴 침묵이었다.

"믿지. 자, 가보세."

농촌지도사와 9급공무원이 앞장서고 그 뒤에 사향노루, 경찰 순서로 계단을 올랐다. 농촌지도사는 철문 앞에서 잠시 망설이더니 열쇠를 돌렸다. 육중한 철문이 소리를 지르며 열리자 검은 밤하늘에서 눈송이가 몰려왔다. 도서관에 처음 온 경찰의 존재로 인해 해수욕장은 예상대로 모습을 감췄다. 그제야 사향노루는 어떤 불길한 예감에 사로잡힌 채 등을 떠밀려 옥상으로 나갔다.

눈에 묻혀가는 사서는 깨어나지 않았다.

어둠 속의 지독한 눈발은 면소재지의 작은 도서관을 집어삼킬 듯 퍼부었다. 사향노루는 고함을 지르며 그 자리에서 도망쳤다. 경찰의 고함도 사방 벽에서 쏟아져내렸다. 총성과 함께. 도서관의 출입문은 잠겨 있었다. 밀치고 엎어지고 다시 계단을 뛰어오르고…… 총알이 바람을 가르며 사향노루의 귓전을 스쳐갔다. 달리는 두 다리가 몸과 분리되는 것 같은 느낌이 들었을 때 사향노루는 넘어지지 않고 간신히 옥상의 철문을 닫고 잠글 수 있었다. 철문 너머에서 경찰의 고함과 사향노루의 뒤통수를 겨냥한 총알이 부딪치는 소리가 쩌렁쩌렁 울렸다.

바다에는 여전히 죽은 물고기들이 떠다녔다. 알몸의 사향노루는 사서를 업은 채 후들거리는 걸음을 옮겨 바다에서 나왔다. 왼쪽 손목에서 수갑이 철렁거렸다. 가파른 바위산 꼭대기에 등대가 있었다. 사향노루는 노끈으로 사서와 자신을 한몸으로 만든 뒤 거미처럼 바위에 달라붙어 산을 올라 등대로 들어갔다. 등대의 유일한 출입문을 단단하게 잠갔다. 생각했던 것과 달리 등대 안은 칠이 벗겨진 둥근 벽과 꼭대기로 올라가는 낡은 계단이 전부였다. 온몸에서 소름이 돋았다. 두 사람의 무게를 이기지 못하고 무너질 것 같은 계단 하나하나에 조심스럽게 맨발을 올려놓았다. 그때마다 손목에 걸린 수갑이 철렁거렸다.

빈 등대의 하나뿐인 창을 통해 바깥을 보았다.

표정 없는 사람들은 죽은 물고기가 가득한 바다를 구경하거나 등대로 올라오려고 떼를 지어 바위산에 붙어 있었다. 알몸의 사향노루는 자신이 죽은 사서와 함께 변변한 등명기 하나 없는 빈 등대에 갇혔음을 알았다. 철렁거리는 수갑과 두 손을 창틀에 올려놓았다. 어떻게 사서를 되살린단 말인가. 정녕 그녀의 요구대로 내 손으로 내 살가죽을 벗겨 사타구니 근처에 있는 사향을 꺼내줘야 다시 심장이 뛸까. 갑자기 근질거리는 사타구니를 사향노루는 두 손으로 벅벅 긁어댔다. 오른쪽 손목을 가두지 못한 수갑이 허벅지 사이에서 공허하게 흔들거렸다.

사향노루는 깊고깊은 잠에서 깨어나지 않고 있는 사서 곁에 앉아 소생경(蘇生經)을 읽듯 「사향노루, 백 년 동안의 고독」을 처음부터 차근차근 들려주었다. 목이 잠겨 말이 나오지 않을 때까지. 긴 세월이 흘러가는 듯한 막막한 바다로 등대는 아직 희미한 불빛 한 점 내보내지 못하고 있었지만.

도망치다가 멈춰
뒤돌아보는 버릇이 있다

총각은 공기총으로 고라니의 머리를 겨냥했다.
위험을 눈치챈 고라니는 비틀거리며 일어났을 뿐 더이상 달아나지 못했다.
그 녀석이 간밤 자신을 농락한 고라니란 사실을 총각은 의심하지 않았다.
승부는 결정난 것이었다.
대세를 인정한 고라니는 힘겹게 몸을 돌려 총각을 바라보았다.
두 번 속을 수는 없었다.
총각은 웃음을 흘리며 한 걸음 더 앞으로 나갔다.

총각은 자신이 곤경에 처했음을 바로 그때 알아차렸다. 양편 산기슭에서 번쩍이는 눈으로 노려보는 짐승들의 거친 숨소리가 들렸다. 달빛이 밝았지만 숲속까지 비치지 않았기에 어떤 짐승들이 에워싸고 있는지 알 수 없는 상황이었다. 머릿속으로 한꺼번에 짐승들의 이름이 흘러갔다. 멧돼지, 늑대, 오소리, 너구리, 호랑이…… 하지만 곧 머리를 저었다. 남한 땅에서 늑대와 호랑이는 멸종됐기 때문이다. 다소 기운을 얻은 총각은 산자락과 맞닿아 있는 당근밭 쪽으로 조심스럽게 한 걸음 내디뎠다. 그 발에 힘을 주기도 전에 풀숲에서 낮게 으르렁거리는 소리가 죽창처럼 치솟았다. 퇴로가 한쪽밖에 없음을 눈치챈 총각은 즉각 몸을 틀어 골짜기로 달리기 시작했다. 모든 여건을 종합해보건대 일단 도망치는 게 최선이었다. 방향이 마음에 들진 않았지만. 마침내 눈빛만 보이던 성난 짐승들이 풀숲을 빠져나와 총각을 뒤쫓았다. 네 개의 다리를 가진 짐승이 두 개의 다리를 가진 인간을 따라잡는 일은 쉬웠나. 늘 곁에 있던 늙은 사냥개는 어디로 갔단 말인가. 헉헉거리며 골짜기로 올라가던 총각은 흘금흘금 뒤를 돌아보다가 갑자기 고함을 치며 도망을 중단했다. 총각은 천천히 돌아섰다.

교교한 달빛이 땀으로 흥건한 얼굴을 비춰주었다. 총각은 자신의 모습을 훑어보곤 어이없다는 한숨을 뱉었다. 오른쪽 손은 공기총을 움켜쥐고 있었고 허리띠에는 손전등이 걸려 있었다. 자신을 둘러싼 짐승들을 바라보다가 눈을 비비고 또 비비다 손전등을 켜서 그 짐승들의 모습을 다시 확인했다.

골짜기의 달빛이 모두 부서져나갈 정도로 총각은 고래고래 고함을 질렀다. 억울함을 참을 수 없다는 표정을 한 채. 이런 젠장! 뿔조차 없는 고라니들에게 쫓겼다니!

실탄이 장전된 공기총 개머리판을 오른쪽 어깨에 밀착시킨 총각은 자신을 둘러싼 고라니들 중에서 제일 큰 놈을 골라 조준했다. 고라니가 인간을 몰다니. 분을 삭이지 못한 탓인지 총구가 심하게 흔들거렸지만 상관없었다. 지체없이 방아쇠를 당겼다. 그러나…… 두 번 세 번 검지에 힘을 주었지만 방아쇠는 당겨지지 않았고 총구는 불을 내뿜지 않았다. 고라니 무리는 야릇한 미소를 지으며 한 걸음 더 조여왔다. 총각은 뒷걸음질을 치려다가 고장난 총을 손에서 떨어뜨리고 풀밭에 주저앉았다. 골짜기를 에워싼 검은 나무들의 키가 한층 더 커 보였고 달빛은 여전히 교교할 뿐이었다. 위안이라면 고라니가 초식동물이라는 점이었다. 이제 고라니 무리는 손을 뻗으면 닿을 수 있는 곳까지 접근했다. 이모두는 호랑이와 늑대의 부재에서 비롯된 일이었다. 대장인 듯한 고라니가 총각에게 다가와 무엇인가를 말하려고 입술을 움찔거릴 때 개 짖는 소리가 골짜기를 쩌렁쩌렁 울리며 올라왔다.

늙은 사냥개였다. 안도감에 총각은 성년이 된 이후 처음으로 바지에 오줌을 지리고 말았다.

늙은 사냥개 워리는 가끔 노망을 부리긴 했지만 영리했다. 원두막 아래 그늘에 앉아 가끔 골짜기를 향해 몇 번 짖으며 자신의 존재를 세상에 알렸다. 간밤과 같은 불상사가 벌어지면 언제든지 달려가겠다는 의사표현이었다. 점심을 먹은 뒤부터 총각은 햇볕에 땀을 흘리며 당근밭과 골짜기가 만나는 곳을 떠나지 않고 있었다. 밤마다 당근밭으로 내려오는 노루나 고라니, 토끼 때문이었다. 그 골짜기는 산짐승들이 밭으로 내려오는 주요 통로 중의 하나였다. 버드나무가 우거진 곳을 세밀하게 살피며 각종 덫을 놓고 올무를 설치하는 중이었다. 싱글스프링 강철덫은 사람의 발목을 부러뜨릴 정도로 강력했다.

"그깟 산짐승이 먹으면 얼마나 먹는다고 그래요! 같이 사는 세상인데 내버려두세요."

'진부오촌당근'의 잎이 한 뼘쯤 자랐을 때, 밭주인의 걱정을 달래는 총각의 논평이었다. 산 아래에 당근밭이 있는 주인들은 며칠 전부터 야단을 떨기 시작했고 제발 이쪽 집으로 오지 말았으면 했던 바이러스가 결국 밭주인에게도 침투했다. 밤마다 당근밭 가에서 폭죽이 터지고 폐타이어를 태우는 불길이 치솟았다. 논평의 효력은 이틀을 견디지 못하고 무너졌다. 잠이 덜 깬 아침, 밭주인의 채근에 이끌려 당근밭으로 들어간 총각은 입을 다물고 말았다.

밭주인이 돌아간 당근밭 고랑에서 총각은 몸에 좋지 않다는 담배를 두 대나 연거푸 피우며 생각에 잠겼다. 밤마다 짖어대는 개들과 다시 당근밭으로 돌아올 수밖에 없었던, 어찌 보면 파란만장한 자신의 시나리오가 겹쳐졌다. 총각은 좀더 세밀한 시선으로 밭주인의 당근밭을 훑어보았다. 오천여 평이나 되는 당근밭의 반이 산과 접해 있다는 점을 새로이 인식한 뒤 한숨을 내뱉었다. 모든 일정을 점검할 필요도 없이 밭주인은 이렇게 말할 게 틀림없기 때문이다.

"이 일은 네게 맡긴다."

바람이 세게 불면 흔들리는 꽤 모던한 형식의 원두막은 그렇게 해서 골짜기가 마주 보이는 곳에 급조됐고 총각은 한술 더 떠서 간단한 살림살이까지 아예 그곳으로 옮겨놓았다. 세 사람이 누우면 꽉 차는 원두막에는 실용성이 풍부한 물건과 총각의 기호를 따른 비실용적인 물건들이 반반씩 자리를 차지한 채 제법 조화를 이뤘다. 문이 가까운 곳에는 손전등, 몽둥이, 휴대용 확성기, 공기총, 폭죽……들이, 안쪽엔 몇 권의 여성지와 노트, 휴지, 작은 텔레비전 등속이 자리잡았다. 어느 날 원두막을 들여다본 밭주인은 총각이 내미는 단 커피를 받아마시며 경멸이 섞인 듯한 어조로 이렇게 말했다.

"딱 하나가 빠졌네!"

"그게 뭔데요?"

"니가 알겠지 내가 알겠냐!"

밭주인의 표정에서 읽어낸 것은 단 하나였다. 부모가 반대하는 결혼을 하겠다고 집을 뛰쳐나간 자식이 살고 있는 산동네 판잣집을 방문한, 방에 들어오지도 않고 마당에서 방을 들여다보는 부모의 그 표정을. 하지만 총각은 얼굴을 찡그리지 않았다. 귀양 온 유배자가 의연함마저 잃어버린다면 어떻게 지리멸렬한 날들을 버티겠는가.

"워리?"

원두막으로 돌아온 총각은 늙은 사냥개의 머리를 쓰다듬었다. 개는 귀찮다는 듯 송곳니를 드러내며 으르렁거렸다. 개가 인간의 말을 구사하지 못한다는 사실이 새삼 달가웠다. 그런 능력이 있다면 녀석은 벌써 원두막을 떠나 당근밭 입구에 있는 집으로 달려가 밭주인과 그의 아내에게 간밤의 일을 일러바쳤을 게 틀림없었다. 고라니에게 쫓겨다닌, 도무지 납득할 수 없는 사태를. 총각은 사료 한 줌을 개밥그릇에 넣어주었다. 여태껏 사람의 말을 알아듣지 못한다고 구박했던 일이 떠올랐던 것이다. 하지만 머릿속에 앙금으로 남아 있는 간밤의 불쾌했던 감정은 어떤 방법으로든 풀어야만 했다.

"니가 알고 있는지 모르겠다만…… 자연계에는 먹이사슬이란 게 있어. 먹이 피라미드라고도 하지. 쉽게 말하면 약육강식의 세계를 설명하는 이론이야. 너야 일찌감치 가축으로 전향해 그 영향을 거의 받지 않지만 말이야. 더 줄까?"

늙은 개는 입맛을 다시며 꼬리를 흔들었다. 담배를 문 총각은 사료 한 줌을 꺼내 아주 게으르게 몇 알씩 개밥그릇에 떨어뜨리며 얘기를 이어갔다.

"근데 말이야, 최근 들어 그 먹이사슬에 심각한 변동이 생겼어. 첫번째는, 남한 땅에 호랑이나 늑대, 삵 등의 포식동물이 멸종됐고, 두번째는 환경운동이니 뭐니 하는 게 일어나서 야생동물이 보호받는 세상이 된 거야. 그래서 결과적으로 무슨 일이 벌어졌냐고? 간밤 너도 봤다시피 산속이 무수한 멧돼지와 고라니 노루 토끼 오소리 너구리 세상이 된 거야. 그래서 또 어떻게 됐냐고?"

총각의 손에서 사료가 모두 떨어진 사실을 눈치챈 늙은 개는 심드렁한 표정으로 개집으로 들어가려 했지만 곧 끌려왔다.

"초식동물, 그러니까 풀만 먹어도 사는 짐승들 세상이 된 거야. 지금 산속이. 헌데 이놈들이 수가 늘어나니 산을 떠나 먹을 걸 찾아 밭으로 내려오는 상황이 벌어졌단 말이지. 중요한 건 말이지, 그 와중에 분명 어떤 심상찮은 일이 벌어졌을 거란 얘기야. 녀석들 천적이 사라진 뒤부터. 지난밤만 해도 그래. 어떻게 고라니가 사람을 공격하니! 그것도 대단히 영리한 방법으로."

늙은 개는 개집으로 돌아가려고 끙끙거리다 화가 났는지 으르렁거렸다. 총각은 개의 생식기 부분을 쓰다듬어주었다. 연둣빛에서 초록으로 변해가는 넓은 당근밭을 지그시 내려다보며 총각은 얘기를 마무리 지었다.

"이쯤 얘길 들었으니 너도 깨달았겠지만, 내가 그냥 농사꾼의 자식이 아니란 걸 알겠지? 누가 이만한 지식으로 무장한 채 농사일이나 하겠니, 안 그래?"

마침내 총각의 손에서 풀려난 늙은 개는 재빨리 원두막 아래에 있는 개집으로 들어가 나오지 않았다. 턱을 바닥에 붙인 채 밖을 살피는 눈빛의 의미를 총각은 미처 읽어내지 못했다. 개집 앞에 쪼그리고 앉아 재빨리 개의 주둥이를 움켜쥔 채 물었다.

"근데 너…… 시가 뭔지 알아?"

바람이 불 때마다 당근밭은 잔잔한 물살처럼 일렁거렸다. 긴 고랑을 따라 연둣빛의 파도가 밀려가면 뒤이어 초록의 잎사귀들이 부산을 떨며 제자리로 돌아오곤 했다. 바람이 멎자 아지랑이처럼 올라오는 당근

향에 재채기가 올라올 듯 코가 간지러웠다. 노루나 고라니는 어두운 밤 당근 향에 흘려 산을 내려오는 모양이었다. 총각은 원두막에 모로 누워 깜박깜박 졸며 골짜기의 당근밭을 내려다보았다. 햇살이 뜨거워지는 초여름 대낮에 특별히 해야 할 일은 없었다. 휴대폰을 꺼내들고 저장돼 있는 전화번호를 처음부터 끝까지 확인했지만 선뜻 통화할 상대조차 고르지 못했다. 통화를 한다고 해도 당근밭 귀퉁이의 원두막에 묶인 하루하루의 반복되는 이야기에 귀를 기울여줄 사람도 없었다. 지난 겨울 밤 트럭에 이삿짐을 싣고 고향집으로 돌아온 뒤부터 바깥세상은 당연하다는 듯 총각과의 연결고리를 끊어버린 것 같았다. 물론 그렇다고 해서 분을 참지 못해 길길이 날뛴 것도 아니었다. 그저 벽과 창이 있는 모던한 원두막에 누워 지나간 계절의 여성지를 뒤적거리며 가끔 먼 곳을 바라보다가 고개를 끄덕일 뿐이었다. 세상은 그런 곳이었다. 계절이 바뀌고 장소가 달라졌는데 치부만 간신히 가린 수영복을 입고 다닐 수는 없었다. 흡족한 얼굴로 당근밭을 향해 고개를 끄덕이다가 무엇이 생각난 듯 일어나 공기총을 꺼내들었다.

늦은 아침에 일어나 공기총부터 살펴보았지만 이상이 없었다. 간밤의 작동불량을 도무지 납득할 수 없었다. 다섯 발의 실탄을 탄창에 채우고 앉아쏴 자세로 사격 준비를 마쳤다. 원두막과 골짜기 입구 중간쯤에 서 있는 버드나무 가지에는 사격 연습을 위한 작은 깡통 하나가 매달려 있었다. 원두막과의 거리는 십오 미터 정도였다. 망원렌즈에 오른쪽 눈을 밀착시킨 총각은 서서히 숨 조절에 들어갔다. 바람이 나뭇가지를 흔들고 있어 총구는 미세하게 움직였다. 둥근 원의 가늠쇠 위에 마침내 깡통이 올라앉았을 때 지체없이 방아쇠를 당겼다. 총소리와 함께 철사에 매달린 깡통이 경기를 하듯 깡! 하고 신음을 내뱉었다. 재빨리 다음 총알을 장전시킨 뒤 다시 방아쇠를 당겼다. 다섯 번의 총성에 깡통은 네 번 울렸다. 개집에 있던 늙은 사냥개가 나와 총각과 깡통을 번갈아 바라보더니 짖기 시작했다. 총각은 공허한 심정을 감추지 못하겠다는 듯 담배에 불을 붙였다.

"청승을 떠는구나, 청승을!"

언제 왔는지 원두막을 돌아나온 밭주인의 아내가 등에 지고 있는 불룩한 자루를 내려놓으며 수건으로 땀을 닦았다. 늙은 사냥개는 미처 주인을 알아보지 못한 잘못을 빌 요량으로 평소보다 더 호들갑을 떨었다. 산나물을 뜯으러 갔다가 내려오는 길에 들른 거였다. 총각은 물병과 잔을 들고 원두막을 내려갔다. 밭주인의 아내는 두 손으로 무릎을 주물렀다.

"관절도 안 좋다면서 산엔 왜 가?"

"나물값이 좋으니까 가지."

"혼자 산에 가면 무섭지 않아? 산짐승들하고 마주친 적은 없어?"

"산짐승은 사람 냄새 맡으면 지들이 먼저 피해. 그나저나 멀쩡한 집 놔두고 왜 거지 소굴 같은 데서 잠을 자?"

"고라니 한 마린 잡아야지."

"되레 잡히겠다!"

밭주인의 아내는 구부러진 등에다 나물 자루를 이듯이 지고 원두막을 떠났다. 총각은 간밤의 일이 떠올라 나물 자루를 집까지 들어주는 것도 잊어버렸다. 대신 집으로 따라가려는 늙은 사냥개의 목걸이에 개줄을 걸고 공기총을 둘러멘 채 당근밭 울타리 시찰에 나섰다. 산과 접한 당근밭의 가장자리를 따라 그물망으로 된 울타리를 만들어놓았는데 바람에 넘어간 데가 없는지 하루에 한 번씩 확인을 해야 했다. 늙은 사냥개는 억지로 따라왔다. 산그늘이 초록의 당근잎을 서쪽에서부터 검게 덮어왔다.

"워리야…… 인간 세상엔 시란 게 있어. 시가 뭐냐고? 고독한 영혼이 부르는 노래지. 고독한 영혼이 뭐냐고? 삶의 희로애락에 화상을 입어본 사람만이 느낄 수 있는, 만실 수는 없으나 쉽게 벗어나기도 힘든 무형의 꽃 같은 거야. 꽃 말이야. 물론 꽃에도 여러 종류가 있지. 그중에서 어느 꽃이 가장 낫다고 고집할 순 없지만, 내가 볼 땐 말이야. 세상의 오물 속에서 피어난 꽃이 최고라고 봐. 오물이란 곧 환멸이야. 환멸이 피운 꽃! 멋지지 않아?"

"크르르!"

무슨 냄새를 맡았는지 풀숲에 주둥이를 박은 늙은 사냥개가 움직이지 않고 버팅기자 총각은 발로 엉덩이를 걷어찼다. 개는 성난 눈으로 흘끔 돌아봤다.

"내가 왜 네게 시 얘길 하냐고 묻는 거지? 그래, 지금부터 말해줄게. 지난 일 주일 동안 원두막에서 지내면서 난 많은 생각을 했어. 앞으로 무엇을 할까? 무엇을 해야 좀더 성숙한 삶이 될 수 있을까? 이런 생각에 잠 못 이루고 뒤척거릴 때 내 머리를 후려친 게 있었어! 베개가 너무 낮아 그 밑에 받쳐놓은 여성지의 한 페이지가 도망칠 수 없는 단단한 그물처럼 나를 휘감았던 기야! 거기에 뭐가 있냐고?"

산비탈의 무덤으로 개를 끌고 올라간 총각은 서산 근처에 떠 있는 해를 보며 생각에 잠겼다. 해가 서산을 넘어가면 밤이 온다는, 새로울 것도 없는 자연현상이 새삼 엄숙하게 다가왔다. 저녁노을은 산속에서 호시탐탐 당근밭을 노리는 산짐승들과의 피할 수 없는 일전을 예고하는 선명한 핏빛 징후였다. 총각은 샘솟는 전의를 감추지 못하고 메고 있던 공기총으로 지는 해를 겨눴다. 붉은 빛덩어리가 망원렌즈로 왈칵 밀려들었다. 서두를 까닭은 없었다. 다시 총을 메고 옆에 앉아 있는 늙은 사냥개를 쓰다듬으며 물었다.

"워리, 넌 대체 언제쯤 말을 할래? 내가 알기론 네 나이가 열한 살이라고 하던데, 개가 십 년을 넘게 살면 영물급인데 뭐라고 한마디는 할 수 있어야 되는 거 아냐? 아니면 그냥 똥개로 살다가 죽을 작정이냐?"

"……"

"대답을 해라, 이 똥개야! 그래야 내가 쓴 시도 읽어주지."

어둠은 식물들이 뱉어내는 검은 기운 같았다. 하늘은 아직 푸른빛을 놓지 않았는데 땅에 발붙이고 있는 모든 것들은 빠르게 형체를 지웠다. 총각은 술안주로 만든 부침개를 들고 손전등 불빛을 따라 원두막을 향해 걸었다. 배는 든든하게 채웠지만 약간의 술은 밤의 어둠 속에 도사리고 있는 짐승들과 맞대면할 수 있는 용기를 북돋워주는 필수품이었다. 더불어 시심까지 불러일으키는 묘약과 다름없었다. 손전등 불빛은 손이 흔들릴 때마다 짧고 긴 빛기둥을 당근밭 이곳저곳 쏘다니게 만들었다. 아직 달이 뜨지 않은 탓인지 불빛을 조여오는 어둠의 압박이 만만찮아 총각은 걸음 소리에도 깜짝 놀라 뒤돌아보며 바삐 걸었다. 어둠은 사람의 편이 아니었다.

좁은 원두막을 밝혀주는 백열등은 막막한 어둠 속에 떠 있는, 잠들지 않는 총각의 영혼이었다. 총각은 취한 얼굴을 들어 백열등을 노려보며 중얼거렸다. 영혼의 자존심, 이라고. 원두막의 창을 빠져나간 불빛은 검은 산과 보이지 않는 당근밭 사이에서 다소 무력해 보였다. 불빛 너머는 한 발짝도 디밀 수 없는 캄캄절벽의 거대한 얼굴이었다. 총각은 등을 곧추세우고 앉아 술잔을 단숨에 비웠다.

"가겟집 막내아들은 엄마 아버지 가을에 금강산 구경 가라고 이백만 원이나 놓고 갔다더라. 걔가 니 동창이지?"

우라질 놈들! 금강산은 왜 개방을 하고 난리야. 그럴 거면 아예 휴전 선을 개방하지.

"그 여편네 김매러 갈 때마다 자랑자랑한다."

밭주인의 아내는 아무리 떠들어도 깨닫는 기색이 없는 총각을 보곤 한숨을 쉬었다. 말을 꺼낸 게 잘못이라는 얼굴이었다.

총각은 새 술잔을 비우고 잠시 고개를 끄덕이더니 재빠르게 손을 뻗어 백열등을 껐다. 어둠 속에서 공기총을 찾아 창에 기대놓고 손전등 불빛을 골짜기로 보냈다. 두어 번 흔들리던 불빛은 곧 버드나무에 매달린 깡통을 찾아냈다. 허공을 향하던 공기총의 총구가 서서히 내려왔다. 불빛과 어둠이 허공에 떠 있는 작은 깡통으로 몰려들었다. 숨을 멈췄다.

깡……깡……깡!

개가 짖기 시작했다. 총각은 빛기둥 속으로 담배연기를 내뿜었다.

"한 편의 시 같군……"

깡통을 비추던 불빛을 원두막 안으로 가져와 작은 텔레비전을 켰다. 벽에 쿠션을 받치고 만쯤 기댄 사세로 넬레비전 시정에 늘어갔다. 일종의 반수면을 취하려는 단계였다. 당근밭으로 내려오는 산짐승들은 보통 새벽 두시가 넘어서야 활동을 시작했다. 그때까지 어느 정도 수면을 취해야만 건강한 몸과 마음으로 전쟁을 할 수 있었다. 총각은 손을 뻗어 채널과 음량을 조절하고 다시 오른쪽으로 손을 뻗어 공기총과 손전등을 확인했다.

화면에서 흘러나오는 푸르거나 붉은 불빛을 따라가는 얕은 잠 속으로 끊임없는 바람과 수면에 얼룩지는 물살이 함께 동행했다. 그 바람과 물살에 몸을 실었다. 까마득한 허공으로 치솟았다가 물 속 저 밑바닥까지 내려가기. 물 위에 잔잔히 떠 있거나 바람을 안거나 등지면서. 어디인가로 줄기차게 치달리는 듯하다가도 뒤돌아보면 제자리를 맴도는 듯한 잠의 여로였다. 텔레비전은 그런 총각을 물들이며 좁은 원두막에 연속극을 내보냈다. 그 연속극은 총각이 시청하는 몇 안 되는 단골 프로였지만 이미 술기운이 시청을 가로막은 뒤였다. 한 명의 시청자도 없는 곳에서 홀로 번쩍거리는 빛. 연기자들은 대사를 마치거나 상대방에게 말을 하면서 가끔씩 못마땅한 시선으로 원두막에 반쯤 누워 있는 총각을 바라보았다. 뭔가 할말이 있어 보였지만 상황이 그 말을 허용하지 않았다. 그러나 시간이 흐를수록 연기자들의 얼굴은 눈에 띄게 경직되기 시작했고 그중 나이 든 여자가 혼자 방에 남게 되었을 때 그녀의 시선은 결국 카메라의 렌즈를 거쳐 총각에게로 건너왔다. 그녀는 탁자에 놓인 수화기를 들었다.

"이봐요, 총각! 총각!"

총각은 감았던 눈을 반쯤 떴다가 다시 감았다. 바람과 물살은 제각기 장점과 단점을 가지고 있어 어느 한쪽을 선택하기가 쉽지 않았다. 꿈속에서 어느 것이 길몽이고 악몽인가를 구별하는 게 쉽지 않은 것처럼. 그 망설임을 흔들며 다시 목소리가 들려왔다.

"총각, 원두막 총각! 빨리 일어나!"

"……왜 그러시는데요?"

누운 자리에서 총각은 충혈된 눈만 겨우 떴다. 텔레비전 속의 여자는 누군가의 눈치를 살피곤 총각을 바라보며 수화기에 대고 다급하게 말했다.

"지금 상황이 어떤 상황인데 팔자 좋게 잠이나 자고 있어!"

"어떤 상황인데요?"

"멧돼지들이 사냥개를 꼬시는 중이야! 산으로 데려가려고."

게으르게 일어나 앉은 총각은 담배를 찾아 피우며 잠이 덜 깬 얼굴로 우두커니 텔레비전 속의 여자가 하는 얘기를 들었다. 제도교육을 조금이라도 받은 사람이 들으면 대단히 황당한 이야기를. 하지만 텔레비전 속의 여자는 총각이 신뢰하는 몇 안 되는 연기자였다. 표정과 말투에서 장난기라곤 찾아볼 수 없었다. 총각은 그녀의 말 중에서 늙은 사냥개의 이름인 워리를 듣고서야 깜짝 놀라 텔레비전 앞으로 다가갔다. 그녀는 다른 상대방과 전화를 하는 게 아니었다.

"지금 제게 말하는 거예요?"

그녀는 미소를 보내며 고개를 끄덕였다. 총각은 떨리는 손으로 다시 담배를 찾았다.

"이게 가능한 일이라고 생각하세요? 그리고…… 어떻게 내 처지를 그렇게 잘 아는 거죠?"

"많은 시청자들 중에서 총각은 내 입장을 지지하는 유일한 사람이니까 나도 관심을 두었던 거지 뭐. 정 못 믿겠으면 골짜기에 가봐! 이런, 시간이 다 됐네. 벌써 연속극이 끝날 시간이야. 멧돼지는 시니우니까 조심해요! 고라니완 격이 달라. 어제처럼 그런 실수는 두 번 다시 하면 안 돼! 내 유일한 팬이 안 보니까 연기할 맛이 안 나더라구. 참, 시도 열심히 쓰고!"

연속극은 끝나고 자막이 흘러갔다. 주연이 아닌 그녀의 모습은 자막 너머에서 잠깐 떠올랐다가 이내 사라졌다. 총각은 시간을 확인하고 쿠션에 등을 기댔다. 쓰린 속을 달래려고 주전자의 물을 데웠다. 백열등을 켜려고 손을 내밀었다가 그만두었다. 라면 그릇의 받침대로 쓰던 여성지를 펼쳐 텔레비전에서 흘러나오는 빛에 의지해 낮은 목소리로 권두시를 읽다가 던져버렸다. 혹시나 하는 심정으로 그녀를 찾아 채널을 돌리다 포기한 뒤 화면 속의 사람들을 뚫어지게 들여다보다가 조심스럽게 입을 열었다.

"……이봐요? 내 목소리 들려요?"

대답을 기다렸지만 화면 속의 사람들은 이내 어디론가 사라졌다. 총각은 공기총의 탄창에 총알을 장전시키고 옆에 기대놓았다. 버너의 불을 끄고 대신 커피잔에 술을 가득 따라 두 번에 나눠 모두 마셨다. 식은 부침개를 꾸역꾸역 삼키고 나서야 비로소 두근거리는 마음이 조금 진정되었다.

"워리?"

공기총을 단단히 잡은 채 사다리 위에서 원두막 아래를 살폈다. 구름에 가린 달빛으론 당근밭과 산의 윤곽만 흐릿하게 구별할 수 있었다. 개집도 조용했고 당근밭과 골짜기도 마찬가지였다. 총각은 손전등을 꺼내 개집으로 불빛을 내려보냈다.

늙은 사냥개는 개집에 없었다. 원두막 기둥에 묶인 개줄만 목 잘린

뱀처럼 끊어진 채 흙바닥에 널려 있었다. 총각은 재빨리 손전등을 끄고 텔레비전 속 그녀의 말을 떠올렸다. 뭔가 심상찮은 일이 비밀리에 시작되고 있다는 것을 예감할 수 있었다. 지난밤의 치욕도 다시 떠올랐다. 그녀의 말이 사실로 드러난다면 이건 단순하게 산짐승들로부터 당근밭을 지키는 일의 범위를 넘어서는 그 무엇이었다.

총각은 어두운 골짜기로 향하던 걸음을 멈췄다가 다시 옮겼다. 석연치 않은 무엇이 풀숲의 이슬처럼 바지를 적셔왔지만 호기심을 누를 정도는 아니었다. 길을 바꿨다. 취기가 올라 자주 휘청거린 탓도 있었지만 몸을 숨기는 게 더 나을 것 같았다. 골짜기가 내려다보이는 측면 산자락에서 일단 사태의 추이를 지켜본 뒤에 다음 일을 진행하는 게 옳다고 여겼다. 섣불리 접근했다가는 낭패를 볼 수 있었다. 상대는 고라니가 아니라 성질이 급하고 난폭한 멧돼지라고 했다. 좁은 산길의 어둠을 헤쳐나가는 일은 쉽지 않았다. 나뭇가지가 얼굴을 때리고 잠들었던 산새가 외마디 비명을 지르며 어딘가로 날아가자 총각의 몸은 땀으로 흥건하게 젖기 시작했다. 중턱에서 잠시 숨을 고르고 검은 나뭇가지 사이로 희미하게 모습을 드러내는 골짜기를 향해 앉은걸음으로 살금살금 내려갔다. 공기총을 단단하게 움켜쥔 채. 달빛은 무수한 바늘처럼 숲으로 쏟아졌다가 이내 습기를 만나 낡고 축축한 솜이불로 깔렸다. 수런거리는 소리를 들은 총각은 재빠르게 움직임을 멈췄다. 골짜기가 그 소리의 진원지였다. 숨소리마저 낮춘 총각은 조금 아래에 봉분 모양을 하고 있는 찔레나무 밑으로 몸을 숨겼다. 그 밑은 몸을 숨기기에도 안성맞춤이었고 의외로 아늑하기까지 했다. 공기총의 안전장치를 풀고 찔레 덩굴 하나를 조심스럽게 들어올렸다. 골짜기는 대형 스크린처럼 펼쳐졌다. 총각은 저절로 벌어진 입을 다물지 못했다.

"그러니까 요점은, 나보고 산으로 들어와 늑대 역할을 맡으라?"

"맞아! 구차하게 인간에게 빌붙어 산 그 오랜 세월을 청산하고 자연의 순리에 따르란 거야. 이 기회에 본래 모습으로 돌아가란 말이지."

"내가 늑대 역할을 맡으면 너희 새끼들도 무사하지 못할 텐데?"

"울타리 밑 개집에서만 살아서 그렇나, 우리 멧돼지를 몰라도 너무 모르는군! 이런 걸 뭐라 그러지?"

늙은 개와 멧돼지들은 비무장지대를 가운데에 놓고 양편에서 서로 마주 보는 형국이었다. 그 비무장지대에는 총각이 은밀하게 설치해놓은 각종 덫과 함정, 올무가 숨겨져 있었다. 그러나 어디서 비밀이 샜는지 그 사실을 분명하게 알고들 있는 눈치였다. 눈에 보이는 철책이 앞을 가로막고 있는 것도 아닌데 더이상 단 한 걸음도 앞으로 내딛지 않고 있으니. 총각은 씁쓰레한 기분을 달래며 골짜기를 좀더 주시했다. 늙은 개의 선택이 궁금했던 것이다. 이럴 줄 알았다면 더 맛있는 음식으로 저녁을 줄걸 하는 후회마저 들었다.

"설마 저 당근밭을 노리고 벌이는 수작은 아니겠지?"

역시 인간에게 충직한 개의 본분이 살아 있었다. 총각은 환호성이 튀어나오는 걸 간신히 참았다. 멧돼지는 불쾌한 표정으로 입을 열었다.

"정말 우릴 어떻게 보고 하는 말이야! 저까짓 당근밭 없어도 살아. 다시 말하지만 우린 더이상 산속이 경망스런 노루나 고라니 세상이 되는 걸 원치 않아. 시끄러워서 살 수가 없어. 그렇다고 인간들이 늑대나 표범, 호랑이, 스라소니를 산에다 풀어놓을 수 있겠어? 이건 뭐가 잘못돼도 한참 잘못된 거야. 잘 생각해보라구. 우린 지금 오랫동안 공석으

로 남아 있는 산속의 맹주 자리를 네게 권하는 거야. 언제까지 주인 눈
치나 살피며 과다한 조미료가 들어간 음식에 중독된 채 살 거야?"

"……난 이미 늙었어. 그걸 모르지 않을 텐데 왜 이런 제안을 하는
거지?"

"혈통이 중요하거든. 흔한 똥개를 데려올 수는 없지. 자넨 산으로 들
어와 종족만 번식시키면 되는 거야."

형형한 눈빛을 내뿜는 늙은 사냥개는 벌써 맹수로 변한 것 같았다.
찔레나무 밑의 총각은 공기총의 총구를 멧돼지의 우두머리에게 고정시
킨 채 상황을 살폈다. 사냥개가 멧돼지의 제안을 거부했을 때 벌어질지
도 모를 싸움 때문이었다. 하지만 그 제안을 사냥개가 수락한다면 어떻
게 해야 할지 혼란스러웠다. 고기라도 건지려면 개를 쏘아야겠지만 십
여 년 동안의 정을 생각하면 차마 죽일 수도 없는 노릇이었다. 차라리
골짜기로 내려가 혼란에 빠진 사냥개가 손쉽게 선택을 하도록 도와주
는 게 옳을 것 같았지만 멧돼지들의 수효를 볼 때 그것도 만만찮았다.

"생각할 시간이 필요해. 오늘밤은 그만 돌아가."

"시간을 많이 줄 수는 없어. 이봐, 기회는 여러 번 오는 게 아냐. 매일
신선한 노루 고길 먹을 수 있다고. 내일 밤 다시 오지. 현명한 선택을
내릴 거라고 믿어. 자, 가자!"

멧돼지들은 달빛을 등에 받으며 우두머리를 따라 여유 있게 골짜기
속으로 달려갔다. 대략 이십여 마리는 되었다. 그 모습을 지켜보는 늙
은 사냥개는 왠지 고독해 보였다. 총각은 찔레 덤불을 빠져나왔다.

"워리?"

"크르르…… 컹!"

사냥개는 그 자리에서 꼬리만 대충 흔들었다. 총각은 결과적으로 자신이 그들의 밀회를 훔쳐보았다는 사실이 멋쩍은 듯 머리를 긁적이다가 사냥개의 등을 쓰다듬어주었다. 멧돼지들이 사라진 골짜기의 끝은 짙은 어둠에 잠겨 있었다.

"그만 내려가자."

골짜기를 내려가던 사냥개는 고개를 돌려 뒤를 물끄러미 바라보더니 다시 총각을 따라 걸음을 옮겼다. 무거운 침묵이 원두막으로 내려가는 밭둑길에다 검은 그림자를 늘어뜨렸다. 멧돼지들의 제안은 총각이 보기에도 장난 같진 않았다. 갑자기 늙은 사냥개가 부러워졌지만 내색하진 않았다. 검초록의 당근잎들이 뿜어내는 향이 진동하는 밤, 앞서 걷는 총각의 눈시울은 촉촉하게 젖어갔다.

"워리야, 그날 밤 생각나? 왜 지난 겨울밤, 내가 사업에 망해서 이삿짐 싸들고 돌아왔을 때 말이야. 눈보라가 지독하게 몰아쳤던 밤, 생각나?"

늙은 사냥개는 총각을 올려다보며 꼬리만 흔들었다. 총각은 쪼그려 앉아 의혹에 찬 눈으로 개를 보았다.

"생각 안 나? ……너 말하기 싫어? 아깐 똑 부러지게 잘만 하더니. 야, 근데 말야. 멧돼지들 덩치와 달리 좀 경박하더라. 말하는 게 마치 지들이 산속 짐승들을 대표하는 것처럼 들리더라구. 그건 아니잖아? 모든 짐승들 의견을 수렴해서 나온 제안이 아닌 것 같더라고. 생각해봐, 노루나 고라니가 그 의견에 찬성했겠어? 내가 볼 땐 꼭 신흥종교에 맹목적으로 빠진 인간들 같았어. 아니면 급진적 성향을 지닌 운동권이랄까. 멧돼지들은 자기들 야심을 숨긴 채 어떤 꼭두각시를 찾고 있는 듯했어."

원두막에서 흘러나오는 텔레비전 소리가 들려왔다. 총각은 입을 다문 늙은 사냥개를 개줄로 묶을까 잠시 고민하다가 포기했다. 줄이 문제가 아니란 생각에서였다. 눈치를 보던 개는 킁킁거리며 슬그머니 자기 집으로 들어갔다. 총각은 사료를 꺼내 개밥그릇에 말없이 넣어주곤 원두막으로 올라갔다. 텔레비전은 심야토론을 방영하고 있었다. 식어버린 부침개와 술을 앞에 놓고 생각에 잠겼다. 조금씩 고독해졌다. 늙은 사냥개가 대화를 거부해서가 아니었다. 산골짜기 당근밭 귀퉁이의 원두막에서 홀로 밤을 세워야 해서도 아니었다. 총각은 시가 있는 여성지의 한 페이지를 펼쳐놓고 눈으로 읽었다. 다른 때보다 가슴에 잘 들어오지 않았다. 안주머니에 넣어둔 자작시(사실은 아폴리네르의 시를 모방한 것)를 꺼내 읽었지만 마찬가지였다. 술맛도 마치 미지근한 수돗물 같았다. 이번에는 소리내어 자작시를 읽고 여성지에 실린 시를 읽었다. 고독한 영혼을 울리는 어떤 바람도 불어오지 않았다. 세 잔의 술이 더 들어가는 동안 총각은 자신의 시가 제대로 된 환멸을 거치지 않은 게 아닌가 하는 고민에 빠졌다. 담배를 피우며, 지금 이 시간까지 자신을 설명할 수 있는, 대표적인 여러 조건들을 나열해놓고 곰곰이 들여다보았다. 더이상 무엇이 부족하단 말인가! 자작시를 손에 쥔 총각은 백열등을 켠 뒤 기어서 원두막을 나가다가 손을 헛디뎌 개집 앞으로 곤두박질했다.

늙은 사냥개는 개집 안에서 우울한 눈으로 총각을 바라보았다. 밥그릇의 사료는 그대로 있었다. 총각은 씩 웃으며 귀퉁이가 찢어진 종이를 펼쳤다.

"내가 쓴 시를 읽어줄게. 잘 들어! 흠…… 좀 긴데 너라면 충분히 이해할 수 있을 거야. 제목은 '사랑받지 못한 사내의 노래' 야. 여기서 '사내'란 꼭 나를 지칭하는 것은 아냐. 너 같은 개도 될 수 있고 노루나 고라니, 멧돼지도 가능해. 중요한 건 '사내'가 누구냐가 아니라 그 앞에 있는 '사랑받지 못한'이란 수식어야. (총각은 자꾸만 개집 안으로 더 깊이 들어가려는 사냥개를 끌어내서 한 손으로 개목걸이를 잡은 채 시를 읽어나갔다) ……어느 모퉁이 선술집에서 / 그를 닮은 여자가 나왔지 / 아 그 여자의 무정한 시선 / 목의 맨살에 나 있는 상처 / 순간 나는 확인했어 / 사랑마저도 거짓임을…… 어때, 비장하지? 사내가 애인의 변심을 씁쓸하게 지켜보는 장면이야. (늙은 사냥개는 끙끙거리며 어떻게든 벗어나려 애썼지만 허사였다. 도리어 성의 없이 듣는다고 꿀밤 몇 대를 맞아야 했다. 개가 지루해하고 있음을 뒤늦게 눈치챈 총각은 목소리를 낭랑한 톤으로 바꿨다) 이 부분이 바로 클라이맥스야. 흠…… 미련 위에 세워지는 감옥 / 내 기원대로 망각의 하늘이 열리기를 / 그녀의 입맞춤에 세상의 왕들은 / 죽기라도 했을 거고 가난한 이들은 / 그녀를 위해 그림자라도 팔았을 거야……"

시낭송을 마친 총각은 겸손한 얼굴로 늙은 사냥개의 반응을 살폈다. 개집 속에 꼭 처박혀 두 눈만 깜박거리며 밖을 살피는 개는 마치 골짜기에 설치한 싱글스프링 강철덫에 걸려 오도 가도 못 하는 모습 그대로였다. 손을 내밀어 쓰다듬으려 하자 흰 송곳니를 드러내며 가늘게 으르렁거리기까지 했다. 시가 아니면 상상조차 할 수 없는 주인에 대한 반항이었다. 총각은 우울한 얼굴로 고개를 끄덕이며 밤의 당근밭을 지그시 내려다보았다.

"네가 현명한 결정을 하리라 믿어……"

폭포수처럼 떨어지는 잠에 쫓기다가 총각은 태아처럼 몸을 만 채 잠들었다. 창문을 빠져나간 백열등 불빛만 검초록의 당근밭에 고여 있었다. 잠결에 몸을 뒤척이면 그때마다 원두막은 삐걱거리는 소리를 뱉어냈다. 달은 구름 뒤에 숨었다가 나타나기를 반복하고 마사토 속에선 당근이 크느라 내뿜는 향이 진동하는 밤이었다. 바야흐로 노루나 고라니가 산에서 내려올 준비를 하는 시간, 총각은 여성지 속 반라의 여인에게 침을 흘리며 잠 속의 당근밭을 쏘다녔다. 잠 속과 잠 밖의 당근밭을 관통하는 개 짖는 소리가 늑대의 울음처럼 들려왔다.

고라니의 배짱은 갈수록 대담해졌다. 개 짖는 소리나 줄에 매달린 방울 소리 같은 원시적 방법에는 꿈쩍도 하지 않았다. 야생동물을 잡는 행위는 불법이기에 당근밭으로 내려오지 못하도록 겁을 주는 수밖에 없었다. 당근밭의 남쪽 끝에다가는 폐타이어로 불을 해놓고 북쪽에 자리잡은 원두막에 앉아 가끔씩 골짜기를 향해 폭죽을 쏘았다. 하지만 불이나 폭죽 소리의 효과도 그리 오래 가지 않을 것이었다. 어쩌면 고라니는 사람보다 더 적응력이 좋은 것 같았다. 깜박 잠이 들었다가 개 짖는 소리에 깨어난 총각은 당근밭의 동쪽에서 태연하게 어른거리는 고라니를 발견했다. 한 마리가 아니었다.

앞에총 자세로 공기총을 든 총각은 신발 소리를 죽이며 좁은 밭고랑으로 들어갔다. 공기총의 사정거리 안까지 녀석들에게 들키지 말아야 했다. 거의 앉은걸음으로 이동하는 터라 속도는 한없이 더뎠다. 죽이지는 못한다 하더라도 최소한 부상 정도는 입혀야 전과라고 볼 수 있었다. 총알이 빗나가면 총소리에 놀란 고라니는 당근밭에서 전방지축 들뛰다가 산으로 도망가기 때문에 발에 짓밟혀 죽는 당근이 더 많았다. 총각은 고라니와의 거리를 이십여 미터로 좁히는 데 성공했다. 가슴이 뛰는 소리는 마음에 드는 여자를 어렵게 만났을 때처럼 요란했다. 그러나 망원렌즈에 오른쪽 눈을 가져가자 어둠만이 가득했다. 망원렌즈를 사용하지 않으면 명중률은 현저하게 떨어졌다. 더 가까이 다가가는 수밖에 없지만 고라니도 바보가 아닌 이상 언제까지 망부석이지는 않을 터였다. 총각은 잠시 갈등했다. 당근 향이 코끝을 간질여 재채기를 할 뻔했지만 잘 참아냈다. 고라니는 여전히 당근잎을 뜯어먹는 데에 열중하고 있었다. 윷판의 모를 선택한 총각은 다시 조심조심 몸을 이동시켰다. 공기총은 엽총과 달리 위력이 떨어져 덩치가 큰 짐승을 잡으려면 급소를 맞혀야 했다. 마침내 급소를 공략할 수 있는 거리에 도착해서 재빨리 조준에 들어갔다. 때맞춰 짙은 구름에 가렸던 달까지 나왔다. 호흡을 멈추고 방아쇠만 당기면 되는 순간이었다.

바로 그때 당근잎을 문 고라니가 고개를 들어 총각을 바라보았다. 한없이 평화로운 눈빛으로.

"……"

입에 물었던 당근잎을 마저 먹은 고라니는 방아쇠를 당기지 못하는 총각에게 이렇게 말했다.

"이건 꿈이야. 넌 꿈과 현실도 구분 못 해? 그러다 어느 세월에 이 지긋지긋한 당근밭을 떠나겠어!"

총각은 배를 채우고 당근밭을 떠나 산으로 돌아가는 고라니들을 멍하니 바라보았다.

원두막으로 터벅터벅 걷는 신발 소리만 공허하게 울리는 밤이었다. 당근밭의 남쪽에서 타오르는 불길은 점점 약해졌다. 무척 피곤한 꿈을 꾸고 있다는 생각이 들었다. 고라니가 내뱉은 말은 사라지지 않고 머릿속에서 끝없이 재생되었다. 그 말을 떼어놓으려고 조금씩 발걸음을 빨리 옮겼다. 뛰기 시작했다. 일부러 신발 소리를 크게 냈다. 할 수만 있다면 계속 달리다가 꿈 밖으로 도망치고 싶었다. 한달음에 사다리를 올라 원두막으로 들어간 총각은 좁은 바닥에 누워 눈을 감은 채 숨을 골랐다. 먼 데서 들려오는 개 짖는 소리가 점점 커지고 있었다.

"잠이나 자빠져 자려고 여기 왔냐?"

문을 열어젖힌 밭주인은 총각을 내려다보며 혀를 찼다. 이불을 밀치고 앉은 총각의 머리카락은 동서남북으로 뻗었고 알코올을 소화시키지 못한 얼굴은 퉁퉁 부어올라 있었다. 열린 문으로 들어온 햇살이 정면에서 비추고 있어 눈조차 제대로 뜰 수 없었다. 손을 더듬어 시계를 찾았다. 여덟시도 되지 않았음을 확인하곤 짧은 한숨을 내뱉었다.

"당근밭은 쑥대밭이고, 개는 또 어디로 갔냐?"

여전히 밭주인은 햇살을 등진 채 원두막 안으로 힐난의 말을 툭툭 던졌다. 이쯤 되면 아무리 졸음이 등덜미를 잡고 늘어져도 일어나지 않을 도리가 없었다. 개가 없다니. 주섬주섬 옷을 찾아입고 사다리 옆의 개집을 살폈다. 늙은 사냥개는 밭주인의 말대로 보이지 않았다. 총각은 밭주인의 따가운 시선을 피했다. 아침 햇살 속의 당근밭은 엷은 안개를 토하는 중이었다.

"어디 놀러 갔겠죠 뭐. 그나저나…… 멀쩡한데 어디가 쑥대밭이란 거예요?"

"여기서 보면 세대로 보이냐! 들어가봐!"

밭주인이 가리키는 곳은 간밤 고라니가 일갈을 했던 자리였다. 총각은 나무작대기를 들고 그곳으로 향했다. 잠이 덜 깬 머릿속으로 당근밭의 안개가 꾸역꾸역 밀려드는 것 같았다. 늙은 사냥개는 가축의 자리를 포기하고 기어코 산으로 들어간 걸까. 총각은 계속해서 머리를 가로저었다. 자작시 낭송도 별 영향을 끼치지 못한 걸까. 왠지 모를 배신감이 밀려왔다. 오래된 약속 하나가 간단하게 깨어진 기분이었다. 당근밭의 동쪽은 밭주인의 표현 그대로 쑥대밭이었다. 밭고랑에 찍혀 있는 사람 발자국에 신발을 맞춰보았다. 신발 밑창의 무늬도 확인했다. 발자국이 끊긴 자리에 앉아 가래가 올라오는 담배를 피웠다. 잠기운은 어디론가 달아난 지 오래였다. 고라니가 있던 자리로 갔다. 그곳엔 콩보다 조금 큰 고라니 똥이 소복하게 쌓여 있었다.

꿈이 아니었단 말인가……

햇살에 밀려 허공으로 사라지는, 당근밭의 안개 속에서 총각은 담담한 얼굴로 한참을 앉아 있었다. 속이 쓰렸다. 고라니의 말대로 당근밭에 갇혀 영영 떠나지 못할 것만 같았다. 하룻밤 사이에 한층 더 짙어진 초록의 두둑들이 거친 파도처럼 밀려와 총각을 익사시킬 것만 같았다. 더이상 물러설 수 없는 당근밭의 절벽 위에서 지독한 악몽을 꾸는 거라고 결론지었다. 불행하게도 그 악몽을 빠져나가는 문의 열쇠를 아직 찾지 못했다고 다시 고개를 끄덕였다. 그제야 가라앉았던 기분을 조금은 회복시킬 수 있었다.

"고라니 한 마린 꼭 잡아야지……"

정오의 당근밭을 지나가는 햇살은 뜨거웠다. 바람마저 잠들었다. 늙은 사냥개는 밥 때가 되어도 돌아오지 않았다. 더위를 견디며 원두막에 엎드려 시를 쓰는 일은 생각보다 힘든 일이었다. 두 줄을 완성하고 당근밭을 한 삼십 분 노려보았다. 다시 세 줄을 겨우 연결시키자 졸음이 몰려왔다. 가물거리는 눈으로 골짜기를 바라보았지만 낯익은 사냥개의 얼굴은 어디에서도 나타나지 않았다. 하긴 새로 시작한 시가 완성되기도 전에 원두막으로 돌아와도 문제였다. 새로 쓰는 시는 한 집에서 십여 년을 산, 늙은 사냥개에게 바치는 시였다. 총각은 삼분의 일쯤 완성된 시를 누워서 낭송하고, 일어나 앉아 낭송한 뒤 공기총으로 버드나무에 매달린 깡통을 명중시키며 뒷부분의 시구를 찾았다. 늙어 망령이 들었다 하더라도 만이천여 년 전에 이미 가축으로 전향한 짐승이 다시 야생으로 돌아간다는 것은 해프닝에 불과할 뿐이었다. 물론 가십난에 실릴 정도의 반향이야 불러일으키겠지만. 십오 년 만에 집으로 돌아온 총각이 지난 봄날, 식목일과 낙향 기념으로 산에서 어린 자작나무 한 그루를 캐어온 적이 있었다. 하지만 울타리 안 어디에도 그 나무를 심을 곳이 없었다. 총각이 선정한 열 곳의 자리에는 이미 밭주인과 밭주인의 아내가 그 십오 년 동안 심어놓은 그 무엇이 땅 속에 자리잡고 있었다. 그렇다고 자존심을 팽개치고 울타리 밖에다 자작나무를 심을 수는 없었다. 그 자작나무는 어디로 갔는가. 후미진 뒤꼍, 반쯤 무너진 담 아래에 겨우 뿌리를 내리는 수모를 당했다. 언제 마저 무너질지 모르는 담을 불안하게 바라보며. 그 해프닝을 늙은 사냥개에게 들려주지 못한 게 못내 아쉬웠다. 그렇지만 그 내용으로 총각은 시의 뒷부분을 이을 수가 있어서 내심 만족했다. 이제 약 세 줄 정도의 마무리만 있으면 늙은 사냥개를 위한 시가 완성될 것이다. 이를테면 마지막 한 줄만 남았다는 것이다.

담배 맛은 달았다. 골짜기를 향해 연기를 내뿜던 총각은 눈을 비볐다. 잘못 본 게 아닌가 싶어 다시 눈을 비볐다. 고라니 한 마리가 골짜기 입구에서 태연하게 당근잎을 뜯어먹고 있었다. 간밤의 그 고라니인지는 알 수 없었지만 들고 있던 시와 담배를 던져버리고 즉각 공기총을 움켜잡았다. 겁도 없이 대낮에 당근밭으로 내려오다니! 총각의 동작은 막힘이 없이 유려하게 흘러 오른쪽 검지는 단호하게 방아쇠를 당기고 나서 멈췄다.

"탕!"

총알은 고라니의 한쪽 다리에 맞은 모양이었다. 잠깐 운행을 정지한 듯한 사위의 모든 것들이 빠르게 활동을 재개했다. 고라니는 절뚝거리며 본능적으로 달아났다. 공기총을 든 채 벌떡 일어난 총각은 아주 잠깐 바닥에 떨어져 있는, 마지막 한 줄이 빠진 시를 내려다보곤 원두막 밖으로 뛰어나갔다. 고라니는 용케 골짜기 입구의 덫과 올무를 피했다. 총각도 익숙하게 덫을 피한 뒤 피를 흘리며 도망치는 고라니를 쫓았다. 범위를 넓게 잡아도 야산 하나만 넘으면 잡을 수 있는 상황이었다. 발목에 감기는 풀들은 비명을 내질렀고 골짜기를 덮은 소나무는 가시 같은 햇살을 뿌렸다. 턱에 차오르는 총각의 숨소리가 거칠어질수록 고라니와의 거리는 점점 가까워졌다. 햇살은 점점 골짜기의 나무와 풀들을 노랗게 변색시켰고 어느 순간부터 총각은 두 발이 땅을 벗어나 붕붕 뜨는 것 같았다. 노란 골짜기가 자꾸만 샛노란 진물을 울컥울컥 게워놓는 것 같아 마침내 총각은 달리기를 멈췄다. 고라니도 지쳤는지 그 자리에 주저앉았다. 그곳은 뜀박질이 처음 시작된 골짜기 입구였다.

총각은 공기총으로 고라니의 머리를 겨냥했다. 위험을 눈치챈 고라니는 비틀거리며 일어났을 뿐 더이상 달아나지 못했다. 그 녀석이 간밤 자신을 농락한 고라니란 사실을 총각은 의심하지 않았다. 승부는 결정난 것이었다. 대세를 인정한 고라니는 힘겹게 몸을 돌려 총각을 바라보았다. 두 번 속을 수는 없었다. 총각은 웃음을 흘리며 한 걸음 더 앞으로 나갔다.

"철컥!"

골짜기는 일시에 캄캄하게 변했다.

어두운 골짜기의 이곳저곳에서 눈빛을 번쩍이는 산짐승들이 빠져나왔다. 총각의 수변으로 다가오는 짐승들이 달빛 속에서 하나둘 제 모습을 드러냈다. 탈진상태에 빠진 총각의 벌어진 입에선 아무 소리도 새어 나오지 못했다. 짐승들은 총각의 몸에 코를 들이대며 냄새를 맡았다. 풀숲에 떨어진 공기총은 멧돼지가 뒷발질로 차버렸다. 자꾸만 감기려 하는 눈을 뜨려고 애를 썼지만 총각은 그 작은 일마저 힘에 부쳤다. 혹시나 하는 심정으로 늙은 사냥개를 짐승들 무리 속에서 찾았지만 허사였다. 어떤 결정이 임박했다는 것은 몸을 파고드는 기운만으로도 알 수 있었다. 마침내 앞발을 절뚝거리는 고라니가 다가와 총각의 다리를 물끄러미 바라보았다. 발목은 싱글스프링 강철덫에 감각조차 없는 상태로 갇혀 있었다. 고라니가 못마땅한 얼굴로 입을 열었다.

"왜 그런 표정을 하고 있어? 뭐가 불만이야? 자업자득이잖아!"

멧돼지가 다가와 총각의 볼에 코를 비비며 더운 입김을 내뱉었다.

"사람 고길 먹으면 어떤 냄새가 날까?"

총각은 눈을 감은 채 무엇인가를 기다렸다. 늙은 사냥개에게 바치는 시의 마지막 한 줄은 아직 떠오르지 않았다.

이제 그는 시인을 믿지 않는다

어느새 울음을 그친 Y는 그의 응답도 듣지 않고
자신의 두번째 시집에 들어 있는 시를 낭송하기 시작했다.
그는 짧은 숨을 삼키곤 이불과 방바닥에 피를 묻히며 뛰어다니는 토끼들을
불안한 눈빛으로 좇았다.
어떤 놈은 이불 위에서 사지를 뻗은 채 죽어갔다.
수화기를 통해 게으르게 건너오는 Y의 시낭송을 멈추게 할 수도 없었다.
죽어가는 토끼를 흐뭇한 얼굴로 바라보는 노모는 구석에 앉아
푸른 달빛을 반사하는 칼을 갈았다.
어서 빨리 시낭송이 끝나야 토끼를 살릴 수 있었다.

"큰 놈으로 꺼내!"

노모의 명령에 그는 어쩔 수 없이 넓은 축사 안으로 들어갔지만 위험을 감지하고 뜀박질을 시작한 토끼를 잡기란 쉬운 일이 아니었다. 토끼들은 철망을 따라 운동장을 돌듯 달리다가 그의 손 앞에서 뿔뿔이 흩어졌다. 어정쩡한 폼으로 헛손질을 한 번씩 할 때마다 땀이 솟고 머리가 근질거렸다. 보다 못한 노모는 그깟 토끼 한 마리 못 움킨다고 혀를 차며 집으로 들어가더니 족대를 가져와 철망 안으로 던졌다. 앞산의 단풍을 몰고 온 바람이 지붕 없는 축사를 한 바퀴 돌아나가자 그는 마침내 족대의 그물에 토끼를 담을 수 있었다.

"나오지 말고 한 마리 더 잡아."

노모의 손에 두 귀를 잡힌 토끼는 발버둥을 쳤지만 지푸라기 하나 날리지 못하는 헛발질일 뿐이었다. 그는 철망에 기대 담배에 불을 붙였다. 노모는 미리 준비한 쇠부지깽이로 몇 빈 조준을 한 뒤 구부러진 부분으로 토끼의 머리통을 연달아 세 번 정확하게 가격했다. 개들이 일제히 짖어댔다. 온몸을 부르르 떨던 토끼는 이내 작은 입으로 단풍 같은 피를 흘리며 축 늘어졌다. 입에 문 담배를 떨군 그는 고개를 돌린 채 구역질을 삼키느라 심호흡을 했다. 순식간에 축사 주변이 노랗게 물들었다.

"한 마리 더 잡으라니까!"

애당초 번식력이 강한 토끼를 기른 게 잘못이었다. 그는 축사를 나와 노모에게서 애써 시선을 돌렸다. 토끼를 기르지 않았으면 민박 손님들이 요리를 해달라고 청하지도 않았을 터였다. 그의 등뒤에서 다시 뼈와 쇠가 딱, 딱, 딱, 부딪치는 둔탁한 소리가 피어났다. 그는 다시 피워문 담배를 풀숲에 내던져버리곤 민박집을 나왔다.

"다음부턴 니가 잡아! 사내놈이 토끼 한 마리 못 잡으니……"

절터로 올라가는 길엔 떨어진 단풍이 가득했다. 빠르게 흘러가는 계곡물은 끊임없이 단풍을 하류로 실어날랐다. 그는 얼굴을 찡그리고 시선 둘 데를 찾아 두리번거렸다. 그나마 바람이 심하게 불지 않아 다행이었다. 끝물의 단풍이 동쪽 산을 넘어온 샛바람을 만나면 산과 산 사이의 허공은 온통 붉고 노란 불잉걸로 뒤범벅이 되었다. 토끼의 입에서 흘러나온, 채 식지 않은 피처럼.

"야, 살아 있었구나!"

"……"

"혹시나 하는 심정으로 전화번홀 눌렀거든."

실수였다. 민박으로 걸려오는 전화는 거의 노모를 찾는 것이기에 혼자 있을 때면 아무리 전화벨이 울려도 받지 않았다. 받아도 아무런 해결책을 줄 수 없는 전화였다. 노모에게 전해달리는 이야기를 언제부턴가 그는 전하지 않았고 그들은 아무렇지 않게 다시 통화를 했기 때문이었다. 아직도 그는 그런 민박 전화를 그날 왜 받았는지 알 수 없었다. 오래 전 친구인 Y의 과도한 감격을 그는 잘라버리지 못했다. Y는 사변 때 헤어진 가족을 만난 것처럼 반가워했다. 사변 땐 태어나지도 않았으면서.

"다른 사람은 몰라도 넌 꼭 와야 한다!"

무릎까지 올라온 풀이 서서히 말라가는 절터는 스산했다. 주말이나 국경일이 아니면 사람의 흔적조차 찾을 수 없는 곳이었다. 아득한 옛날 태풍과 대홍수가 일으킨 산사태에 묻혀버린 절은 다시 복원되지 않았다. 더이상 하루 세 번 뿌연 쌀뜨물도 흘려보내지 못했다. 남아 있는 것은 잘려나갔거나 일부를 도둑맞았을 부도와 삼층석탑, 석등이 전부였다. 그마저도 일 년이 다르게 금이 커져가고 조여오는 이끼의 공격을 견뎌야 했다. 그는 기단부만 남은 부도에 기대앉아 산을 내려오는 단풍의 사태에 시린 눈을 감았다. 마른 풀에서 피어나는 냄새가 코끝을 간질였다. 손을 뻗어 기단부의 연잎 위에 있었을, 지금은 없는 둥근 돌을 조심스럽게 어루만졌다. 얼굴도 모르는 노스님의 머리를 몰래 쓰다듬듯이. 계곡을 빠져나온 바람이 그의 손가락 사이로 서늘하게 지나갔다. 그 서늘함이 뜨거운 불기운으로 변하자 그는 황급히 손을 내렸다.

"생각나냐?"

"……그래."

Y의 물음에 그는 웅얼거리듯 짧은 대답만 남겼다. 그사이에도 창문 너머 단풍나무는 불이 붙은 듯 후드득후드득 잎을 떨궜다. 수화기를 내려놓은 그는 얼마간 꼼짝 않고 창 밖을 내다보다가 전화기가 놓인 탁자

의 서랍을 열고 두통약을 꺼내 물 없이 씹었다. 식은 옥수수밥 같은 알갱이들이 씁쓰레한 쓸개즙 냄새를 풍기며 목구멍을 넘어갔다. 그는 전화를 받은 것을 거듭 후회한다는 듯 수화기를 잡았던 손을 얼굴 앞에 놓고 들여다보았다.

등이 구부러진 노모는 토끼장 옆에 앉아 그가 내려온 길을 보며 담배를 피웠다. 죽은 토끼는 가느다란 철사에 목이 감긴 채 담 옆 흰 자작나무 가지에 매달려 있었다. 나무 밑에는 작은 식칼과 세숫대야, 휴대용 펌프가 놓여 있었다. 그는 절터에서 너무 일찍 내려왔다는 걸 알았다. 나무에 매달린 토끼 두 마리를 향해 개들은 끙끙거리며 연신 침을 흘렸다.

"이젠 힘이 없어 펌프질도 못 하겠다."

펌프질이 계속되자 나무에 매달린 토끼는 금방이라도 터져버릴 듯 부풀어올랐다. 노모는 토끼 항문에 펌프와 이어진 고무호스를 꽂은 채 손가락으로 배를 찔러보며 적당한 상태를 가늠했다. 토끼털로 만든 럭비공처럼 변해가는 토끼를 보며 그는 허리를 구부렸다가 펴기를 반복했다. 옛 친구의 늦은 결혼식엔 가도 그만 안 가도 그만이었다. 지난번처럼 무심코 민박 전화를 받는 실수만 하지 않으면 되었다. 살아가면서 만날 일도 없었다. 결혼식에 가지 않았다고 해서 강원도 산골짜기에 자리한 민박집으로 Y가 찾아올 이유도 없었다. 그렇다. 그는 그 사실에 자신이 너무 민감하게 반응한다는 것에 화가 났다. 아직도 기억 속에 남아 있는 어떤 그림자의 출현에 인상을 찡그리다니. 펌프의 손잡이를 움켜잡은 그의 두 손이 순간 탄력을 잃자 고무호스에서 바람 빠지는 소리가 새어나왔다. 자작나무에 매달린 둥근 토끼 두 마리가 풍선처럼 흔들거렸다. 노모는 숫돌에 갈아 날이 시퍼런 식칼을 들고 토끼 가죽을 벗길 준비를 했다.

"개 잡는 법도 배워야 돼. 민박만 쳐서 몇 푼이나 벌겠냐."

쇠사슬에 묶여 있는 개들이 노모의 말을 들었는지 일제히 낑낑거렸다.

단풍철이지만 평일에 변변한 관광지가 없는 골짜기 민박으로 찾아오는 손님은 그리 많지 않았다. 조용한 곳에서 정말 쉬고 싶어하는 연인들 아니면 이런저런 이름의 계가 전부였다. 노모의 공략 대상은 물론 계였다. 먹을 것을 준비해오는 그들에게 울타리 안과 밖에서 기르는 닭, 오리, 토끼, 개에게 토종이라는 모자를 씌워서 권하기를 잊지 않았다. 아무리 준비해도 한 끼 정도는 빈틈이 생길 거라는 믿음을 가지고서.

그는 큰 쓰레기통과 빗자루를 들고 간밤 손님이 머물렀던 방으로 들어갔다. 늦은 밤 자가용을 끌고 찾아왔다가 정오가 넘어서 나간 연인들이었다. 방은 깨끗했다. 빈 술병이나 먹다 남은 음식 찌꺼기도 없었다. 재떨이도 텅 비었고 휴지통도 마찬가지였다. 털 한 오라기 떨어져 있지 않았다. 화장실의 세면대와 변기도 물방울 하나 없이 깨끗했다. 방바닥에 깔아놓은 담요와 이불이 없었다면 사람이 머물고 간 사실마저도 의심할 정도였다. 빗자루를 든 채 의자에 걸터앉은 그는 산그늘이 내려오는 계곡을 보며 간밤에 보았던 두 사람의 얼굴을 떠올리려 애를 썼지만 그럴수록 왠지 그들의 모습은 기억 속에서 빠르게 사라지는 것 같았다. 그는 의자에서 내려와 이불 속으로 손을 디밀었다. 따스했다. 손바닥을 타고 졸음이 번져왔다. 그는 조심조심 몸을 이불 속으로 들여보냈다. 베개에 얼굴을 묻자 비로소 실오라기 같은 어떤 냄새가 피어나 눈을 간

게 만들었다.

Y는 수화기 속에서 훌쩍거렸다. 그는 다시 전화를 받은 사실에 화가 치밀어 입을 다물었다. 희부연 달빛이 들어와 있는 방엔 입에서 피를 흘리는 토끼들이 도망치고 있었지만 출구가 없었다.

"네게 들려주고 싶은 시가 있어."

어느새 울음을 그친 Y는 그의 응답도 듣지 않고 자신의 두번째 시집에 들어 있는 시를 낭송하기 시작했다. 그는 짧은 숨을 삼키곤 이불과 방바닥에 피를 묻히며 뛰어다니는 토끼들을 불안한 눈빛으로 좇았다. 어떤 놈은 이불 위에서 사지를 뻗은 채 죽어갔다. 수화기를 통해 게으르게 건너오는 Y의 시낭송을 멈추게 할 수도 없었다. 죽어가는 토끼를 흐뭇한 얼굴로 바라보는 노모는 구석에 앉아 푸른 달빛을 반사하는 칼을 갈았다. 어서 빨리 시낭송이 끝나야 토끼를 살릴 수 있었다. 의미를 이해하기 힘든 Y의 시는 결국 낭송자의 격한 감정을 이겨내지 못하고 잠시 멈췄다. 그러나 그의 안도의 한숨이 그치기도 전에 Y는 다시 서글프게 울음을 터뜨렸다. 당황한 그는 피 흘리는 토끼에게로 가던 손을 멈췄다. 그는 방금 전 Y가 낭송하다가 중단한 구절을 떠올리며 울음의 요소가 어디에서 나왔는지 찾으려고 했지만 쉽지 않았다. 달빛에 번쩍이는 노모의 식칼은 부풀어오른 토끼의 배를 갈랐다. 노모는 회를 뜨듯 재빠른 손놀림으로 가죽과 살을 분리해나갔다. 수화기를 잡은 그의 손으로 끈적한 땀이 흘러내렸다. 다행히 울음을 그친 Y의 입에서 다시 시가 흘러나왔다. 그는 벽에 등을 기댄 채 힘을 풀고 있다가 비로소 기억의 어느 작은 방에서 떠오른 풍선을 잡을 수 있었다. 오래 전에도 이와 별반 다르지 않은 일을 겪었다는 것을.

"네게 바치는 시야."

오래 전에도 Y는 같은 말을 했다.

"……고마워."

그는 벗겨진 토끼 가죽과 피로 어지럽혀진 방을 둘러보며 대답했다. 노모는 양동이 가득 토끼 고기를 담아 들고 방을 나갔다.

"올 거지?"

끈질긴 부탁이었다. 그는 결국 고개를 끄덕였다.

가을이 가고 있었다. 밤새 산을 내려온 붉고 노란 낙엽들은 이슬에 젖은 채 마당을 덮었다. 그는 두툼한 점퍼를 걸치고 민박집을 나섰다. 개들도 추운 모양인지 우리 속에서 웅크린 채 꼼짝하지 않았다. 엷은 아침 안개로 가득한 골짜기를 올라가며 그는 들이켠 담배연기보다 훨씬 많은 가래를 뱉어냈다. 볼에 달라붙는 안개의 서늘한 감촉도 간밤의 무수한 불꽃들을 머릿속에서 쫓아내지 못했다. 그는 꿈결인 듯 절터를 향해 안개 속을 걸었다. 길섶의 나무들은 유령처럼 서 있고 나뭇가지에 매달린 무수한 불잉걸도 잠시 회색의 재에 덮여 잠든 것처럼 보였다. 기억 속에 아직도 그토록 많은 방들이 잠들지 못한 채 작은 불꽃을 지키고 있다는 사실에 그는 적이 놀랐다. 이미 오래 전 폐가로 변한 줄 알았던 그 불꽃들이 친구의 이해할 수 없는 자작시 한 편과 울음에 심지를 돋우다니. 안개는 그가 걸음을 내딛는 꼭 그만큼의 시정거리만 열어주었다. 나무들이 먼저 걸어나오지도 않았고 어슬렁거리며 길을 건너는 산짐승늘도 볼 수 없었다. 그는 돌계단 위에 서서 마른 풀과 뒤섞여 또다른 바다를 이루고 있는 절터를 보았다. 삼층석탑과 저만치 떨어져 있는 서등은 밤새 밀려온 안개에 갇혀 오도 가도 못 하는 나그네였다.

그는 바짓가랑이를 적시는 이슬을 털며 석등으로 다가가 언젠가 갖다 놓은 초에 불을 붙였다. 안개 바다에 서 있는 석등의 화창(火窓)이 발 갛게 변해갔다.

나프탈렌 냄새가 배어 있는 양복은 답답했다. 그는 피로연 자리의 구석에 앉아 술잔만 비웠다. 십여 년 만에 보는 문학회 사람들은 반은 즐겁고 반은 덤덤하다는 표정들이었다. 더러 시인이나 소설가가 된 이들도 있었지만 다른 길을 선택한 이들이 더 많았다. 건축업을 하는 선배는, 세월이 흘렀음에도 불구하고 이렇게 많은 사람들을 결혼식에 불러모은 걸 보니 과연 Y의 인간성이 좋은 모양이라고 목소리를 높였다. 후배들 잘 챙기고 선배들한테 깍듯했지. 연말이나 새해가 되면 잊지 않고 연하장 보내는 놈은 얘밖에 없어. 느들, 얘 데뷔하기 전에 시 쓴다고 우리집에 와서 얼마나 개갠 줄 아나? 우리도 없는 살림에 술 사먹였지, 용돈 줬지…… 소설 쓰는 선배의 말이었다. 폐백을 드리느라 아직 피로연장에 도착하지 않은 Y를 안주 삼아 술자리는 조금씩 익어갔다. 그는 나프탈렌 냄새를 지워볼 요량으로 연거푸 술을 들이켰다. 술 취하면 말썽도 엄청 피웠지 뭐. 자기 시 이해 못 한다며 한밤중에 물에 빠져 죽겠다고 행방불명된 거 기억나? 나고말고. 그날 밤 Y 찾느라 저수지 주변을 헤맨 거 생각하면 아직도 치가 떨린다. 그때 정말 죽었으면 이렇게 장가도 못 갔지. 물에 안 들어갔어? 들어가긴! 지 자취방에서 술에 곯아떨어져 자고 있었지. 연애 사건도 그거 못지않게 굉장했어. 우리 과가 여학생이 많다보니 나만 보면 여자 소개시켜달라고 조르는 통에 골치가 아팠다구. 눈은 또 되게 높아요. 그럼 오늘 결혼한 신부가 몇번째야? 인마, 그걸 다 어떻게 헤아려! 너, 신부 오면 그런 얘기 절대 하지 마라. 그는 슬그머니 술자리를 빠져나왔다. 양복에 밴 나프탈렌 냄새와 급하게 마신 술 때문인지 머리가 지끈거렸다. 작은 은행나무 그늘에 앉아 토요일 오후의 나른한 길거리를 바라보았다. 집으로 돌아갈 시간이었다. 강원도로 가는 승차권은 양복 안주머니에서 끊임없이 그에게 시간을 확인하라고 재촉했다. 하지만 그의 발걸음은 노랗게 물들기 시작하는 은행나무 밑을 쉽게 떠나지 못했다. 빚을 받으러 왔다가 소심한 성격 탓으로 말도 꺼내지 못하고 서성거리기만 하는 사람처럼. 그는 저편 길모퉁이를 돌아오는 Y가 흔드는 빈 손을 보았다. 빈 손 옆에는 한복을 입은 여자가 있었다. 그는 어색한 미소를 지으며 생각했다. 내가 무엇을 꿔준 거지? 아무것도 꿔준 게 없는데 착각에 빠진 건 아닐까. 그는 Y가 손을 내밀 때까지 그렇게 어색한 미소 속에서 빠져나오지 못했다. 네가 올 줄 알았어. Y의 얼굴에서 화장품 냄새가 심하게 풍겼다. 와줘서 고마워요. 한복을 입은 여자의 붉은 입술이 열렸다가 닫혔다. 왜 나와 있어? 자, 들어가 한잔해야지. 미끈거리는 Y의 손에 끌려 그는 피로연장으로 다시 들어갔다. 박수 소리와 함성, 야유가 골고루 피어났다. 고맙습니다, 이렇게 많이들 찾아주어서. 무엇보다도 저 멀리 강원도에서 온 내 오랜 친구 P에게 고맙다는 말을 먼저 전합니다. P와 함께 시를 쓰던 때가 가장 행복했습니다(물론 그는 정반대였다). 또 지난날 저의 천방지축을 물심양면 받아주신 선배님들께…… 그는 Y의 인사말이 계속되는 동안 해 뜨기 전 골짜기 절터를 덮었던 안개 속에 묻혀 있던 불 꺼진 석등처럼 웅크리고 앉아 있었다. 심심찮게 건너오는 술잔들은 제 주인을 찾아가지 못하고 탁자 위에 부도밭을 만들었다. 그는 술잔의 부도밭을 걷다가 가끔 한복을 입은 Y의 신부를 훔쳐보았다.

신부는 술병을 들고 Y 옆에 서 있었다. 야들아, 그해 신춘문예 사건 기억나냐? 문학회 창립 멤버인 선배가 취한 얼굴로 물었다. 크리스마스 이브 날 Y 자취방에서 고스톱 치며 단체로 당선 소식 기다린 거 말이다! 아아, 그 사건! 눈이 지독하게 내리던 날이었다. 모두 개인 전화가 없는 유학생들이었고 신춘문예에 함께 응모한 터라 그 초조함을 달랠 요량으로 Y의 자취방에 모여 술에 취해 고스톱을 치며 내심 초조하게 당선 통보를 갈망하던 시간이었다. 모두들 크리스마스 이브에 당선 통보가 온다고 믿고 있었다. 연락처는 물론 주인집 전화였다. 사실 그때 귀는 모두 Y네 주인집 아주머니에게 쏠려 있었잖아. 맞아, 고스톱은 핑계였어. 그런데 정말 주인 아주머니의 목소리가 문 밖에서 울렸다. Y 학생 전화 받아! 신문사라는데. 화투판은 일시에 얼음장으로 변했다. Y는 예, 하는 소리와 함께 들고 있던 화툿장을 팽개치고 한달음에 방을 뛰쳐나갔다. 누가 말하지 않아도 화투판이 끝났다는 것을 알 수 있었다. 방에 남아 있는 사람들은 군용 담요 위에 있던 자신의 판돈을 챙기고 고역스런 침묵에 잠겼다. 창문 너머로 내리는 폭설은 현실의 눈이 아닌 것 같았다. 아니 그러기를 바라고 있었다. 술병의 술만 빠르게 키를 줄여갔다. 한마디로 비참했지! 일 년 농사가 망한 기분이니까! 그리고 마침내 Y가 방문을 열고 들어왔다. 모두들 Y의 얼굴을 주시했다. 자식, 그래도 표정 관리는 할 줄 아네, 라는 속말을 삼키며. 그때 Y는 울상을 지었던가, 아니면 허탈한 웃음을 흘리며 입을 열었던가. ○○일보 지국인데, 올해 가기 전에 그 동안 밀린 구독료 내라는 전화야. 그는 사라지지 않는 나프탈렌 냄새를 맡으며 조금씩 취해갔다. 근데 신춘문예 당선 통보 가는 날이 그날이 아니라며? 맞아, 대부분 12월 20일 전

후에 통보가 끝나지. 그럼 그때 우린 사나흘 동안 헛물만 켠 거 아냐?

Y의 늦은 결혼 피로연은 쉽게 끝나지 않았다. 신혼여행을 아예 다음 날로 정한 신랑 신부의 배려도 한몫 거들었다. 넓은 창 밖으로 가로등 불빛을 뒤집어쓴 은행잎들이 즐비한 맥주집이었다. 그는 유효시간을 넘겨버린 승차권을 동그랗게 말아 재떨이에 버렸다. 노모는 민박 주방에 쭈그리고 앉아 구시렁거리며 토끼찜을 요리하고 있을 터였다.

"사실은 네가 오지 않을 거라고 생각했어."

받아마신 술에 취한 듯한 Y가 그의 옆자리로 와 어깨를 안으며 히죽 웃었다. 반대편에 있는 신부를 힐끔 훔쳐본 그도 희미하게 웃어주었다. 결혼식을 마친 지 얼마 안 된 신랑의 행동과 감정은 조금 과잉돼 있기 마련이었다. 갓 시의 비밀을 엿본 시인처럼. 어쩔 수 없었고 이해하지 못할 것도 아니었다. 덤덤하게 앉아 있는 게 더 이상할 것이다. 그는 진심으로 축하한다며 술잔을 건넸다. Y도 진심으로 고마워하며 술잔을 받는 것 같았다.

"생각나? 우리가 처음 만나던 날?"

스무 살 어느 날로 돌아가는 일은 간단했다. 기억 하나면 족했다. 정체를 알 수 없는 갈증에 사로잡힌 그가 정처 없이 쏘다니던 때였다. 우연찮게 발견한 박노해의 시를 읽고 그중 몇 편을 이리저리 뜯어내고 고쳐서 만든 시 한 편을 학교 신문에 투고한 게 화근이었다. 수소문해서 그를 찾아온 Y와 학교 앞 막걸리집에서 술을 마신 뒤 곧장 시내의 어느 음악 카페로 이동했나. 그로서는 태어나 처음 섭하는 시낭송 행사였다. 자리는 동이 났고 대부분의 청중들은 서 있거나 바닥에 앉아 진지한 얼굴로 시낭송을 듣고 있었다. 시낭송 내내 그는 정체 모를 두근거림으로 가슴을 진정시킬 수 없었다. 밖에서는 최루탄과 화염병이 밤낮을 가리지 않고 뒹굴던 때였다. 스피커에서 튀어나오는 Y의 카랑카랑한 목소리에서 그는 자신의 갈증을 달래주는 그 무엇이 번개처럼 머리를 뚫고 나가는 걸 느꼈다. Y는 시낭송 도중에 끝내 울음을 터뜨렸고 카페를 꽉 메운 청중들은 박수로 격려했다. 울먹이며 Y가 시낭송을 이어가는 동안 그는 시첩을 펼쳐들고 복받치는 울음을 불러온 그 시를 읽고 또 읽었다.

무수한 장미꽃이 여학생들의 손을 통해 Y의 가슴으로 옮겨가는 장면을 그는 보았다. 이제야 찾았다! 시를 써야겠다! Y의 손에 끌려 간 문학회 시낭송 뒤풀이 장소에서도 그는 막걸리에 곤달걀을 안주로 먹으며 다짐했다. Y 옆에 쌓여 있는 장미꽃을 훔쳐보며. 그날 밤 만취해서 자취방으로 돌아왔지만 정신은 가을밤의 별처럼 또렷하게 빛을 내뿜었다. 스무 살에 시인을 꿈꾸지 않는다는 것은 치욕 중의 치욕이란 각오를 되새겼다. 하지만…… 가지고 온 시첩을 뒤져 Y의 시를 마음으로 읽고 낮은 소리로 읽고 큰 소리로 읽었지만 끝내 눈물 한 방울을 볼에 매달 수 없었다. 그 충격적인 사실을 확인한 그는 그 동안의 구태의연했던 사고를 털어버리려고 방바닥과 벽에 머리를 찧고 또 찧었다. 날이 밝아올 때까지. 시를 찾고서 대면한 첫번째 절망이었다.

"……나는 늘 네가 부러웠어."

그는 취기의 도움을 받고서야 Y에게 말을 건넸다. Y는 무슨 소리냐고, 다소 과장된 표정으로 물었다.

"스무 살 때…… 사실 난 네 장미가 부러웠어."

잠들지 않은 채 시마(詩魔)라는 것의 방문을 기다리는 외롭고 깊은 밤이면 그는 언제나 장미를 떠올렸다. 붉은 꽃잎이 겹겹이 포개져 한 송이 꽃을 이루고 그 꽃이 점점 수분을 잃고 말랐을 때 피는 또다른 꽃을 상상하며 수음에 몰두했다. 밤하늘엔 별이 총총한데 좁은 자취방엔 너무 희어서 눈이 시린 함박눈이 내렸다. 눈 위에 손가락으로 써내려간 시는 이내 길을 잃고 눈더미에 파묻혀 얼어갈 뿐이었다. 밤거리를 배회하던 그 많은 랭보와 보들레르 발레리 김수영 박인환 이성복……들이 취한 몸으로 찾아와 방문을 두드렸다. 그들은 품에 안고 있거나 책가방에 꽂혀 있던 구겨진 장미를 아무렇지 않게 방으로 던지며 그를 불러냈다. 개나리와 벗꽃이 앞다투어 피어나는 봄밤이었다. 토사물이 널려 있는 어두운 골목을 지나 강으로 가거나 일찍 잠든 또다른 장미의 자취방을 찾아가 닫힌 대문 앞에서 노래를 불렀다. 그는 늘 그들 뒤편의 담벼락에 기대 머뭇거렸다. 마침내 랭보가 Y의 어깨를 타고 올라가 담을 넘었고 잠든 장미의 문을 열었다. 장미의 방에 술병과 담배연기, 노래가 차올랐다. 오르페의 기타가 두툼한 노래책의 페이지를 앞에서 뒤에서 넘겼다. 사랑한다는 선언이 토사물과 함께 방바닥에 쏟아졌다. 그는 온 공력을 쏟아 장미가 그 선언을 받아들이지 말라고 기도했지만 허사였다. 거부하기는커녕 세숫대야에 토사물을 담고 있었다. 심판의 문은, 그때, 벌컥 열렸다.

"당신들이 인간이야!"

주인집 아주머니의 상기된 얼굴엔 분명 인간이 아니라고 씌어 있었다. 어둠이 벗겨지는 거리를 그들은 숙일 수 있는 최대한 깊이 고개를 숙인 채 걸었다. 모든 순례가 그렇듯 밤의 순례도 고단했다. 청소부는 밤새 떨어진 꽃잎을 쓸고 늙어서 독실한 신자들은 예배당으로 가고 있었다. 밤을 새워 몸으로 쓴 시는 증발하는 알코올처럼 그렇게 사라졌다. 그는 조금씩 물러가는 어둠과 동시에 지워지는 그들의 모습을 환영인 듯 뒤쫓았다. 온밤 형형하게 타올랐던 시와 시인들은 힘을 잃고 곧 꺼져버릴 듯 위태롭게 자신들의 작은 방을 찾아 비척비척 걸었다. 몰려드는 졸음을 겨우 달래던 그는 걸음을 멈췄다. 함께 걷던 Y가 오지 않았다.

"거기서 뭐 하는 거야?"

Y는 보도에 쪼그리고 앉아 울었다. 둥글게 휘어진 등을 움찔거리며.

"왜 우는 거야?"

그는 Y의 손가락이 가리키는 곳을 보았다. 수많은 장미꽃들이 Y를 선호하는 까닭을 조금이나마 눈치챌 수 있었다. 동시에 부끄러웠다. 똑같은 길을 걸었음에도 불구하고 그의 눈과 마음은 볼 수 없었던 그 꽃을 그는 참담한 심정으로 내려다보았다. 보도의 갈라진 틈에서 핀, 작고 앙증맞다는 그 민들레를.

"너, 그때 쇼한 거지?"

"응?"

말을 꺼내는 순간 그는 후회했지만 시끄러운 노랫소리에 묻혀 다행히 Y는 듣지 못했다. 대신 빈 술잔에 술을 따라 Y에게 내밀었다. 신부는 다른 사람들과 함께 무대에서 노래를 불렀다. 그는 Y에게 손을 내밀었다. 취기가 만만찮았다.

"그만 갈게."

"어디로 갈 건데?"

"여관에서 자고 내일 일찍 내려가야지."

Y는 무대로 올라가 신부를 데리고 왔다. 그는 신부에게 인사를 했다. 문득 토사물을 치우던 장미의 얼굴이 떠올랐지만 이내 지워버렸다. Y가 선배들에게 이끌려 무대로 가자 장미는 수줍은 듯 손을 내밀며 입을 열었다.

"형, 와줘서 정말 고마워요."

여관을 찾아가는 밤거리에서, 술에서 깨어나 계속되는 꿈을 꾸었던 새벽 내내, 그리고 바짝 마른 장작개비 같은 몸을 실은 고속버스에서 그는 장미의 마지막 말이 키워낸 덤불 속에서 쉽게 빠져나오지 못했다. 추억이 되지 못한 기억들이 머릿속에서 마구잡이로 날뛰는 통에 급기야는 버스 짐칸에 매달린 검은 비닐봉지를 가져다가 입을 막아야 했다. 삭지 않는 기억들인 양 시큼한 냄새를 풍기는 물이 입술을 비집고 흘러내렸다. 꽃의 화염이 지나간 자리마다 얼룩져 있던 상흔이 불길을 못 이기고 터져나가는 기왓장처럼 마음 곳곳을 찔러댔다. 그는 차창으로 몰려드는 기억의 대대적인 공습에 손가락 하나 까딱하지 못하는 부상병처럼 그렇게 반쯤 누워 산사태로 폐허가 된 절터 아래로 돌아왔다.

"몰골이 그게 뭐냐?"

민박 옆 고추밭에서 고추를 따던 노모는 밭고랑에 엉덩이를 까고 앉아 소변을 보다가 골짜기를 올라오는 그를 발견하곤 태연하게 말을 건넸다. 그는 노모의 펑퍼짐한 엉덩이에서 눈길을 돌렸다. 마른 젖꼭지들을 가을볕에 내놓고 잠을 자던 개들이 반갑다고 짖었다. 마당엔 서울 번호판을 붙인 자가용 두 대가 주차돼 있었다. 꽤나무 아래 평상 귀퉁이에 걸터앉은 그는 노모가 따놓은 붉은 고추를 만지작거렸다. 단풍은 하루가 다르게 산을 내려오는 속도가 빨라졌다. 그 끝은 세상을 덮는 폭설일 것이다. 하루에 두 번씩, 차가 다닐 수 있도록 큰길까지 눈을 쳐야 하는 계절이 멀지 않았다.

"손님들이 저놈을 먹고 싶어하더라."

목과 허리에 두른 보자기에 가득한 고추를 쏟으며 노모는 꼬리를 흔들며 재롱을 부리는 개를 가리켰다. 아무것도 모르는 개에게 다가가 그는 머리를 쓰다듬어주었다. 이 년 전에 집으로 들여온 암컷인데 어찌된 일인지 발정 한 번 내비치지 않아 노모의 구박을 받는 개였다. 그의 손길을 받은 개는 드러누운 채 오줌을 질금거렸다. 그는 생기를 띤 적이 없는 젖꼭지와 까칠까칠한 성기를 만져주었다.

"널 잡아 팔고 싶다는데 어떡했으면 좋겠냐?"

"개가 사람 말 알아들어!"

개는 그의 사타구니로 머리를 디밀고 들어왔다. 다른 개들은 부러운 듯 낑낑거렸다.

"새끼라도 낳았으면 밉지나 않지. 맨날 처먹는 거나 밝히고."

절터로 올라가는 내내 개는 그의 오른편 왼편을 쏘다니며 개줄을 그의 다리에 감았다. 방으로 들어가 피곤한 몸을 누이고 싶었지만 그럴 수 없었다. 오랜만에 외출을 한 개는 떨어지는 단풍잎이 신기한 듯 짖는가 하면 코를 흥흥거리며 마른 풀숲을 기웃거렸다. 벌써 잎을 모두 떨군 나무들은 서서 청하는 긴 겨울잠을 준비하고 있었다. 그는 그물처럼 펼쳐진 나뭇가지들을 올려다보았다. 와줘서 정말 고마워요. 오후를 건너가는 햇살이 그물을 빠져나와 장미의 마지막 말을 반복해서 들려주었다. 개도 그 말을 들었는지 허공에 대고 몇 번 짖었다.

석등의 촛불은 꺼져 있었다. 흘러내린 촛농은 딱딱하게 굳어 이미 오래 전에 불을 잊었다는 표정이었다. 그는 녹슨 만(卍)자 모양의 철책에 개줄을 묶고 정수리가 벗겨지는 듯한 활엽수들의 우듬지를 눈길로 쏘다녔다. 절터를 에워싼 채 대머리가 되어가는 나무들은 간밤의 술자리처럼 석등 옆에 앉아 있는 그와 개를 굽어보고 있었다. 개는 끙끙거리며 그 자리를 떠나고 싶어했지만 줄을 끌고 반원만 그리는 게 전부였다.

"같이 산으로 들어갈까?"

그는 개가 바라보고 있는 골짜기를 가리키며 물었다. 개는 긴 혀를 내밀어 그의 손을 핥아주곤 이내 머리를 돌렸다. 먼 기억 속의 어느 깊은 밤 장미의 냉랭한 도리질을 흉내내듯. 그는 곡예를 하듯 나뭇가지를 내려오는 단풍들을 보며 고개를 끄덕였다. 하지만 썩어지지 않는 시처럼, 마음속에서 치밀고 올라오는 화를 삭이는 일은 그리 간단하지 않았다.

"Y야!"

닫혀 있는 대문을 열지 못한 그는 담을 넘다 취기를 이기지 못해 거꾸로 뒷마당에 처박혔다. Y의 방 창문을 통해 흘러나오던 불빛은 쿵, 소리가 울림을 멈추기도 전에 사라졌다. 개 짖는 소리만 어두운 자취촌을 떠돌았다.

"Y야!"

방 안에서는 어떤 소리도 흘러나오지 않았다. 방문도 잠겨 있었다. 그는 방문턱에 앉아 볼을 타고 흐르는 피를 옷소매로 닦아내며 힘들게 담배연기를 빨아들였다. 방문 밑에 놓인 장미의 신발을 고통스럽게 들여다보며.

"Y야, 나야!"

공을 들여 그는 방문을 두드렸다. 어둠이 배를 붙이고 있는 창문 너머에서 장미의 가느다란 웃음이 키득키득 새어나오다가 멈췄다. 그는 다시 이름을 불렀고 그제야 Y는 아주 두꺼운 솜이불 밑에서 중얼거리는 듯한 목소리를 내보냈다.

"어…… 내가 지금, 손 뗄 수 없는 세계명작을 읽고 있거든! 미안하지만 내일 보자, 응?"

두 무릎 사이에 얼굴을 묻은 채 그는 깜박깜박 졸다가 깨어나기를 반복하면서 방 안에서 흘러나오는 Y와 장미의 세계명작을 듣고 또 들었다. 신발 옆에다 수북하게 꽁초를 쌓으며. 영원히 끝날 것 같지 않은 처용가의 시간이었다. 그는 신발이 바닥과 닿는 소리까지 죽이려 애를 쓰며 방문 앞을 떠났다.

골짜기를 쓸고 가는 바람이 개울 옆 늙은 미루나무의 마른 잎사귀를 와스스와스스 뒤흔드는 밤들이 이어졌다. 뒤숭숭한 잠에서 깨어나 마당에 나가 소변을 볼 땐 수시로 바뀌는 바람의 방향을 따라 맴을 돌아야 했다. 까딱 잘못했다간 얼굴에 오줌 세례를 받을 수도 있었다. 온몸이 땀으로 젖는 악몽은 언제나 희미한 그림자만 남길 뿐 정확한 정체를 그의 머릿속에 남기지 않았다. 그렇다고 해서 그가 매일매일의 밤손님을 거부한 것은 아니었다. 꿈 없이 깨어난 날은 도리어 섭섭한 마음마저 들 때가 있었다. 그런 날이면 민박집의 고요에 금을 내는 전화벨 소리에 전과 달리 깜짝 놀라는 일이 잦아졌다. 일고여덟 번 벨이 울리고 멈출 때까지 숨쉬는 것마저 멈춘 채 탁자 위의 전화기를 노려보았다. 근질거리는 마음과 손을 꽁꽁 묶어놓고서. 대상을 움켜쥐지 못한 마음과 손은 피가 멈춘 듯 저려왔고 문 밖에서는 말라버린 미루나무의 낙엽들이 몰려다녔다. 벽을 뚫고 건너오는 민박 손님들의 비둘기 울음과 바람 소리에 뒤척이고 뒤척이다 새벽 무렵에야 간신히 잠이 들면 스물한 살의 장미가 최루탄 냄새를 풍기며 나타나 충혈된 눈으로 경멸을 드러냈다.

"형 시에선 부르주아 냄새가 나!"

끝물의 단풍을 보려는 사람들이 골짜기로 밀려들었다. 노모는 방값을 올리고 손님들에게 토종닭과 오리, 토끼, 개를 권했다. 소나 돼지를 길렀다면 아마 그것들까지 권했을 것이다. 방을 청소하고 이부자리를 가는 일은 그의 몫이었다. 그는 손님들의 입을 통해 절이 복원될지도 모른다는 소문을 들었다. 절터에 가득한 풀들이 사라지고 그 위에 들어설 사찰을 상상해보았지만 쉽지 않았다. 단지 복원이란 낱말에서 번지는 파문만이 잔잔하게 마음을 적셨다. 자연이 휩쓸어버린 거대한 사찰을 복원하려는 불심이 어디에서 오는 것인지 알 수 없었다. 노모는 소문만이라도 좋은지 그 말을 전해준 손님들에게 특별히 닭국을 한 그릇씩 돌렸다.

"참, 니 친구 중에 Y라고 있냐?"

"……?"

"돌아오는 주말에 여기로 놀러 오겠단다. 방도 예약했다. 시인이라며?"

그는 수저를 놓고 노을이 걸린 서쪽 하늘을 물끄러미 바라보았다. 가을 노을은 짧지만 강렬했다.

"오면 시 한 편 받아둬라. 요즘은 그런 거 걸어놓는 게 유행이다. 연예인 사인이면 더 좋겠지만."

민박을 나서는 그의 등에 달라붙는 노모의 욕심이었다. 그는 노을을 등지고 계곡으로 올라갔다. Y는 무엇을 복원하고 싶은 걸까. 억지로 복원해서 무얼 어쩌겠다는 걸까. 멀어지는 햇살의 자리를 비집고 찬 공기가 들어왔다. 무수한 뱀이 우글거리는 듯한 숲은 넘치는 어둠을 밖으로 내보냈다. 그는 걸음을 빨리 했다. 누군가가 쫓아오는 것 같아 자주 뒤돌아보았지만 흔한 다람쥐 한 마리 보이지 않았다. 하지만 그는 의심을 떨쳐버리지 못하고 모퉁이를 돌면서 재빨리 전나무 뒤에 숨었다. 전나무에는 사람이 들어갈 정도의 구멍이 나 있었다. 숲의 고요는 숨소리마저 흡수할 것 같았다. 그는 어두워지는 전나무가 두터운 껍질을 열어 자신을 받아들이기를 기다렸다. 오래 전 시의 화염에서 도망친 자를 추격하는 시인들을 따돌리려는 듯.

그는 어둠이 계곡을 완전히 덮을 때까지 그렇게 아름드리 전나무에 뚫린 구멍에 숨어 있다가 나왔다. 절터도 어둠 속에 묻혀 있었다. 중천에서 모습을 드러낸 반달에 의지하여 종 모양의 탑신을 잃어버린 부도를 찾았다. 탑신이 놓였던 자리에는 나무를 떠난 붉은 낙엽이 용케 올라앉아 있었다. 바람이 불면 떠나갈 낙엽이. 그는 허리가 잘린 부도 옆에 앉아 원형의 돌에 새겨진 용을 손으로 쓰다듬었다. 부리부리한 눈과 큼직한 코와 입, 유려한 털을. 당장이라도 되살아나 그를 휘감을 것만 같은 혓바닥에선 전기에 감전된 듯 화들짝 손을 뗐다. 세 마리의 용들이 잃어버린 탑신을 찾아 곧 돌을 떠날지도 모른다는 생각을 하며 반달을 마지막으로 시야에 가둔 뒤 가만히 눈을 감았다.

쌓이지 않는 눈이 무섭게 휘날렸다. 그는 자취방을 나왔지만 몇 걸음 옮기지 못하고 멈췄다. 가로등 불빛 속으로 들어온 눈송이들은 무수한 멸치 떼처럼 이리저리 방향을 바꾸다가 한데 뒤섞였다. 밤하늘의 모든 눈이 지상의 가로등을 향해 몰려오는 것 같았다. 그는 모자가 달린 두껍고 긴 외투에 최대한 몸을 감춘 채 천천히 골목길을 빠져나가 다른 골목길로 접어들었다. 첫번째 방문에는 두툼한 자물쇠가 매달려 있었다. 얼어붙어 미끄러운 언덕길을 올라 도착한 두번째 집에선 방문을 포기하고 반 뼘쯤 열려 있는 작은 창문을 통해 안을 들여다보았다. 한 시인이 더이상 더러워지려야 더러워질 수 없는 솜이불에 기대 딸꾹질을 하며 잠들어 있었다. 그 옆에는 빈 술병과 먹다 남은 찌개 냄비가 신문지를 깔고 앉아 천장의 흐린 형광등을 올려다보고 있었다. 시인의 입에서 흘러나온 토사물이 방바닥에 널려 있는 시집들을 덮어갔다. 이삿짐을 싸고 있는 세번째 집 앞에서 그는 웅얼거리듯 짧은 인사를 하고 돌아섰다. 눈보라는 밤이 깊어갈수록 더 기승을 부렸다. 가로등이 없는 골목에선 바로 앞도 잘 보이지 않았다. 그는 언덕 중간에 자리한 포장마차에 들어가 급하게 소주 한 병을 비우고 나왔다. 비틀거리며 장미의 방을 찾아갔지만 문도 두드리지 못하고 돌아섰다. 부르주아의 배회를 장미가 좋아할 리 없기 때문이었다. 다리가 후들거리고 허리가 아파 어딘가에 앉고 싶었지만 혹한의 눈보라는 그것마저도 허용하지 않았다. 그렇지만 자취방으로 되돌아가긴 싫었다. 그는 미로 같은 골목을 걷고 또 걸었다. 한 번 망설일 때마다 수천 수만의 눈송이가 그를 때리고 다시 허공으로 사라졌다. 그렇게 그는 좁은 골목을 왔다갔다 서성이다가 따스한 오렌지빛이 담겨 있는 Y의 방문 앞에 도착했다. 댓돌에는 Y의 신발과 장미의 신발이 나란히 놓여 있었고 가을 오후 도토리가 굴러가는 듯한 정겨운 웃음소리가 방에서 새어나왔다.

"……Y야!"

그러나 그는 알고 있었다. Y를 부른 그의 목소리는 방문에 닿기도 전에 눈보라가 데리고 갔다는 것을. 그는 방문 앞에 쪼그려앉아 장미의 신발 속에 들어간 눈을 털어주곤 그 집을 나왔다. 다시 좁고 구부러진 골목길을 걷고 또 걸었다. 두번째 집의 반 뼘쯤 열려 있는 창문 대신 손가락이 달라붙을 듯 차가운 문고리를 당겼다. 새우처럼 몸을 말고 잠든 시인은 여전히 딸꾹질을 하는 중이었다. 그때마다 시인의 입에선 멀건 물이 흘러나왔다. 그는 그 앞에 앉아 빈 잔에 술을 따르고 비웠다. 작은 창문을 흔들던 눈보라는 시린 눈송이 몇 점을 그의 머리에 떨궈놓았다.

"형…… 나 이제…… 떠날 거야."

오른편으로 조금 굴러갔지만 반달은 더 밝아졌고 별들도 많아졌다. 그는 생각을 바꿨다. 천여 년 전 부도의 둥근 탑신은 산사태에 쓸려간 게 아니라 스스로 떠난 것이라고. 아래위에서 부도를 지키는 두 마리 사자와 세 마리 용도 벌써 떠났다고. 남아 있는 것은 그 형상을 기억하는 돌로 된 허물이라고. 그는 덜덜 떨리는 몸을 추스르며 부도를, 석탑을, 석등을 차례로 떠났다. 계곡에서 부는 바람에 실려온 단풍의 불잉걸이 그의 등과 머리에 달라붙었지만 옷과 머리카락을 태우는 연기와 냄새는 피어나지 않았다. 민박으로 돌아가는 그의 발걸음은 언덕길을 굴러가는 둥근 부도처럼 홀가분해졌다. 꽃대만 남은 절터의 부도를 잊은 것은 아니었지만.

노모는 거실에서 텔레비전을 켜놓은 채 잠들어 있었다. 베개도 없이 겹쳐놓은 두 팔 위에 머리를 얹은 채 가느다랗게 코를 골았다. 그는 안

방에서 베개와 담요를 가져왔다. 노모의 몸은 세월이 흐를수록 작아졌다. 닭 모가지를 따서 김이 솟는 피를 받거나 토끼 머리를 쇠부지깽이로 가격해 죽이는 걸로 마음의 건재를 과시했지만 몸으로 달려드는 노화엔 속수무책이었다. 기껏해야 콜드크림을 바르고 골다공증 약을 상용하는 게 전부였다. 마음은 그 몸을 끌고 나가 텃밭에 고추와 옥수수, 채소를 심고 가꾸는 것도 모자라 울타리 안팎에 섶을 세워 울콩을 키우고 산에 들어가 나물을 뜯는 혹사를 서슴지 않았다. 밥을 먹고 누우면 오 분을 견디지 못하고 잠드는 몸과 마음에서 간혹 튀어나오는 잠꼬대가 있었는데, 그것은 다름아닌 '어머니'를 부르는 소리였다. 그는 노모의 입에서 애절하게 흘러나오는 그 소리를 들을 때마다 알 수 없는 두려움에 사로잡히곤 했다. 노모의 어머니, 즉 그의 외할머니는 그가 어렸을 적에 꽃상여를 타고 집을 떠난 분이었다. 그 어머니를 간절하게 부르는 노모를 깨운 적도 있었고 그 소리가 듣기 싫어 술병을 잡은 적도 많았다. 언젠가 한번은 물어보았다. 꿈속에서 어머니와 만나 무엇을 하고 놀았냐고. 노모의 대답은 간단했다. 그런 적 없다. 작아지고 헐거워진 몸을 남겨두고 어느 날 홀연히 노모가 어머니를 따라 떠나버리면 민박집은 어떻게 될까 하는 생각이 드는 밤이면 그는 도리 없이 불면의 시간을 건너야 했다. 그 일이 벌어지기 전에 먼저 짐을 꾸려 떠날 계획도 짰지만 늘 허사로 돌아갔다. 시에서 그랬던 것과 달리 결코 앞뒤가 바뀔 수 없는 일이었다. 결국 가장 나중이 그의 차례였다. 닭과 오리, 토끼, 개들을 내보내고 텃밭과 울 밑에서 자라는 작물들이 여물기를 기다린 뒤에야 마지막으로 대문을 닫고 나갈 수 있을 터였다. 그는 잠든 노모와 텔레비전 앞에서 술잔을 비웠다. 시보다 몇백 배 더 떠나기 이려운 존재 앞에서 마시는 술은 그래서 독하고 혀에 착착 감겼다. 화장실 물이 내려가거나 문이 열리고 닫히는 소리, 산비둘기의 교성을 닮은 소리가 익숙하게 피었다가 사라지기를 반복하는 밤이었다. 텔레비전에서는 며칠 후 지구의 가을 밤하늘을 방문할 대규모 별똥별 쇼를 예고하고 있었다. 이번에 보지 않으면 당신들 생에서는 더이상 볼 기회가 없다는 멘트도 흘러나왔다. 아! 그가 무릎을 쳤을 때 민박의 전화벨이 울렸다. Y의 전화일 거라고 그는 예감했다. 잠에서 깨어나려고 뒤척이는 노모의 몸짓에 그는 수화기를 들었지만 아무런 말도 꺼내놓지 않았다.

"여보세요?"

Y가 아니었다. 장미였다. 머리에 띠를 두르고 단상에 올라가 '한 톨의 불씨가 광야를 불사른다'고 울부짖던 장미였다.

"여보세요? 형…… 내 말 듣고 있어요?"

"……응."

하수관을 빠져나가는 물소리가, 텔레비전 소리가, 산비둘기의 울음을 닮은 벌거벗은 남녀의 소리가, 미루나무를 흔드는 바람 소리가 가을밤을 지나가고 있었다. 장미의 짧은 침묵을 비집고 저편에서도 별똥별의 방문을 알리는 소리가 흘러나왔다.

"형…… 우리가 그곳에 가도 되는지 잘 모르겠어요. Y씨는 내 말을 듣지도 않아요."

"괜찮아. 산속이니까…… 별똥별이 더 잘 보일 거야."

서리가 내리기 시작했다. 아침에 일어나 밖으로 나가면 밤새 떨어진 낙엽 위에 싸락눈이 내린 것처럼 서리가 하얗게 얼어붙어 있었다. 해가 산을 넘어와야 비로소 안개를 게워내며 식은땀을 흘리듯 흥건하게 녹았다. 서리를 맞은 단풍의 색도 절정으로 치달았다. 온 산의 단풍은 큰 바람이라도 한번 불면 그야말로 추풍낙엽이 될 운명 앞에 당도한 것이다. 그는 변함없이 하룻밤 손님들이 떠나간 방으로 들어가 밤꽃 냄새 가득한 휴지통을 비우고 간혹 침대 시트에 떨어져 있는 붉은 장미꽃잎을 세탁기에 넣고 돌렸다. 붉은 장미는 잘 지워지지 않았다. 해질 무렵이면 낮 동안 마른 낙엽을 모아 태웠고 누렇게 말라가는 절터의 풀을 보며 한 겨울 폭설이 내린 다음날의 석등과 부도, 석탑을 떠올렸다. 꿈속으로 찾아온 장미는 전과 달리 미안하다는 말을 반복하며 눈물을 비쳤지만 그는 깊은 밤 이백여 킬로미터가 넘는 거리를 달려온 정성에 감격해서 괜찮다고, 이젠 아무렇지 않다고 도리어 위로의 말을 건네곤 했다. 물론 잠에서 깨어나면 그렇게까지 할 필요가 있었을까 하는 회의에 빠지기도 했지만 그 위로는 그의 이성으로는 어찌할 수 없는 영역에 자리잡고 있기에 내버려둘 수밖에 없었다. 노모는 그의 어떤 번민을 눈치챘는지 단풍철이 끝나면 곧바로 월동 준비에 들어가야 한다는 말을 입에 달고 다녔다. 그 월동 준비엔 먼 남국의 처녀를 신부로 데려와 부족한 일손을 메우자는 안도 들어 있었다. 그는 그때마다 고개를 끄덕였다. 사실 일이 층 합해 모두 열다섯 개의 방과 가축들 관리, 자잘한 밭일은 갈수록 힘이 달리는 노모와 게으른 그가 감당하기엔 버거웠다. 사랑이라는 감정 없이도 행복하고 싶다는 생각이 터를 넓혀가는 늦가을이었다.

"야, 좋다!"

"이런 데 숨어 사니 그 동안 연락이 없었지!"

"여기 있음 시 안 써도 살겠다!"

봉고에서 쏟아져나온 시인들로 골짜기가 부산스러워졌다. Y의 결혼식 뒤풀이는 아직 끝나지 않은 것 같았다. 개들이 짖어대고 단풍이 내려앉는 평상 위에 술상이 차려졌다. 장미도 그 사이에 앉아 있었지만 시선은 골짜기에서 홍수처럼 밀려오는 단풍에 더 많이 머물러 있었다. 오는 도중에 마신 술로 Y는 이미 취해 있었다. 그는 스무 살의 시인들이 건너온 강을 찬찬히 들여다보았다. 그 강의 빛깔은 아침에 서울을 떠나 태백산맥을 넘어 절터만 남은 한적한 골짜기에 시간을 어기지 않고 별탈 없이 도착했다는 표정과 그리 다르지 않았다. 평상 위에 앉아 적당한 알코올 기운에 기대 늦가을 오후의 단풍을 바라보는 것과도 비슷했다. 그는 뭔가 억울한 기분이 들었지만 동시에 풀풀 새어나오는 마른 웃음도 막을 수는 없었다.

"사실 여기 제일 오고 싶어한 사람은 우리 신부야! 우린 모두 끌려온 거나 마찬가지지."

"그럼, 신부가 가자면 군말 않고 따라가야지!"

"맞아! 신부가 벗으라면 벗고 혼자 자라면 혼자 자야지."

오징어를 찢어 개에게 던져주는 Y는 왠지 억지로 웃는 것 같았다. 그도 마른 웃음을 흘렸다. Y의 말은 농담으로 들으면 농담이고 숨은 뼈를 찾으려고 들면 얼마든지 찾을 수 있는 밧줄 위에서 위태롭게 줄타기를 하는 것 같았다. 그는 장미의 얼굴을 몰래 살폈지만 그녀의 시선은 아무렇지 않다는 듯 민박 주변을 쏘다녔다. 다른 시인들도 마찬가지였다. 오징어가 날아오길 기다리는 개만 Y를, Y의 손에 들린 오징어를 바라보았다. Y는 던질 듯 던지지 않고 개를 약올렸다. 개는 끙끙거렸다. 주변의 의식적인 무관심을 눈치챘는지 돌연 Y의 시선이 개를 떠나 선배 시인에게로 돌아갔다.

"형! 요즘 형 글을 보면…… 옛날과 많이 달라진 것 같아. 뭐랄
까…… 힘이 없다고 할까."

"먹고사느라 힘들어 그렇다, 됐냐?"

"야야, 술은 저녁에 마시고 단풍이나 제대로 보러 가자. Y 넌 한잠
자라."

"형들, 저 안 취했어요! 그냥 형 시 독자로서 하는 말이지."

내키진 않았지만 그가 나서야 했다. 취한 Y는 방으로 데려가 재우고
시인들에겐 절터를 안내하는 게 순서였다. 스무 살 적처럼 재떨이가 비
행접시로 변해 날아가는 장면을 다시 보고 싶지 않았다. 그는 Y의 손에
들린 오징어 다리를 빼앗아 개에게 던졌다. 개는 씹지도 않고 단숨에
삼켰다. 다른 개들이 짖기 시작했다.

"개나 한 마리 잡을까요?"

"개?"

"잡을 줄 알아?"

그는 고개를 끄덕였다.

골짜기의 활엽수들을 훑고 온 바람이 민박집의 마당에 아직 식지 않
은 무수한 알불을 떨궜다. 시인들이 방으로 절터로 떠나간 마당은 포연
이 휩쓸고 간 삭막한 전장처럼 보였다. 노모는 그의 말이 믿음직스럽지
않은지 마당까지 따라나왔다. 치우지 않은 평상에서 그는 먹다 남은 오
징어 다리를 집었다. 개들은 일제히 짖으며 꼬리를 흔들었다. 그는 노
모의 구박을 받는 개에게 다가가 오징어를 보여주고 머리를 쓰다듬어
주었다. 개줄을 풀자 그제야 노모도 믿는 눈치였다.

"못 받아도 십오만원은 받아야 한다. 요리까지 해주는 거잖아."

그는 고개를 끄덕였다. 하나씩 던져주는 오징어를 받아먹으며 개는 그를 따라왔다. 남아 있는 개들의 질투심 섞인 울음이 들렸다.

"정말 잡을 줄 아냐?"

노모는 왠지 걱정된다는 얼굴이었다. 그 뒤편에서 Y를 잠재운 듯 장미가 민박집을 나왔다. 그는 개줄을 단단하게 움켜잡았다. 장미는 노모에게 목례를 건네고 저만치 뒤에서 한 편의 시처럼 그를 천천히 따라왔다. 일행을 따라 절터에 가려는 모양이었다. 어느 곳으로 가든 개울에 놓인 난간이 없는 다리를 건너야 했다. 개는 습관처럼 다리 앞에서 잠시 머뭇거리다가 그가 내민 오징어를 보고 곧 마음을 바꿨다. 다리 밑 개울 옆에는 그가 미리 준비한 볏짚과 장작이 있었다. 개가 그것의 용도를 알 리 없었다. 다리 중간에 앉은 그는 오징어만 들어 있는 개의 선한 눈을 들여다보았다. 장미는 다리 입구에서 팔짱을 낀 채 담배를 피우며 그를 지켜보았다. 다리 아래를 흐르는 물 속은 온통 단풍으로 가득했다. 개는 긴 혀로 그의 손을 핥았다. 그는 두근거리는 가슴을 진정시키려고 심호흡을 했다. 고인 침을 삼켰다. 개줄을 꼭 잡은 채 오징어 다리를 꺼내 난간이 있어야 할 자리에 놓았다. 그리고 개의 엉덩이를 힘껏 밀었다.

곁으로 다가온 장미는 새 담배에 불을 붙여 그의 입에 물려주었다. 그의 두 손은 팽팽하게 긴장한 개줄을 잡고 있었고 두 다리는 개울로 떨어지지 않으려는 몸을 지탱했다. 담배연기가 자꾸만 눈으로 들어갔다. 그는 다리와 개울 중간에 목매달려 대롱거리는 개를 젖어가는 눈으로 내려다보았다. 혀를 내민 채 그를 올려다보는 개의 눈은 거짓말처럼 맑았다.

"Y는 약한 사람이에요. 곁에 제가 있어야 된다고 생각했어요."

그는 고개를 끄덕였다. 빙글빙글 돌아가는 개줄을 그만 놓아버리고 싶었다. 단풍은 끊임없이 떠내려왔다.

"여긴…… 처음 왔는데…… 낯설지 않아요."

그는 꿈 얘기를 하지 않았다.

다리 밑에선 더이상 신음소리도 올라오지 않았고 줄도 꼬이지 않았다. 절터에서 내려오는 시인들이 다리 위의 두 사람을 보고 손을 흔들었다. 그는 그들이 마치 산사를 털고 내려오는 도적 같다고 말했다. 장미도 고개를 끄덕였다.

함께 별똥별을 보기로 한 초저녁의 약속은 수포로 돌아갔다. 시인들은 개기름이 달라붙은 그릇들이 널려 있는 방에서 만취해 잠들었다. 그는 스키 파카를 입은 채 옥상 평상에 누워 동북쪽 하늘을 올려다보았다. 거대한 젖가슴처럼 생긴 카시오페이아 좌에서 별들은 돌아올 기약 없는 여행을 떠나고 있었다. 지구의 시간은 새벽 두시를 넘어가고 있었다. 짧은 섬광을 남기고 우주의 저편으로 가뭇없이 사라지는 별들에 대해 그는 어떤 논평도 할 수 없었다. 단지 바라볼 뿐이었다. 강원도 산골짜기에 자리한 민박집 옥상과 별똥별과의 거리는 멀고 또 멀었다. 시선은 그 먼 거리를 좇고 있었지만 마음은 옥상 아래에서 잠든 별들에게서 쉽게 빠져나오지 못했다.

"우리 신부는 나보다 널 더 좋아하는 것 같아!"

초저녁 그의 어깨를 끌어안은 Y의 목소리가 너무 비장해서 그는 아무런 대꾸도 하지 않았다. 다만 한 생각이 스쳐갔을 뿐이었다. 원수와 화해할 순 있어도 시인과는 결코 화해할 수 없을 것 같다는 생각을. 그는 담배에 불을 붙였다. 연기에 잠시 가렸던 별똥별은 떠나고 또 떠나고 있었다. 하룻밤 사이에 우주의 젖가슴이 텅 비어버릴 것 같았다.

"아직도 날…… 미워해요?"

장미였다. 그는 깜짝 놀라 눈을 비볐다. 장미는 알몸이었다. 춥지 않으냐고 물으니 춥지 않다고 대답했다. 앉아서는 별똥별을 볼 수 없었다. 그는 스키 파카를 열어 그 속으로 달빛 같은 장미의 알몸을 받아들였다. 아주 게으른 불꽃놀이를 하듯 별똥별은 잊을 만하면 떠나고 또 떠났다. 장미는 그의 눈동자에 비치는 별똥별을 본다고 중얼거렸다. 그는 조금씩 감기는 눈꺼풀을 밀어올렸다. 놀랍게도 밤하늘은 그사이에 막 세수를 끝마친 듯 말쑥하게 벗겨져 있었다. 둥근 탑신을 되찾은 부도도 떠 있었고 석등은 화창에 가득한 따스한 불빛을 내보내 풀을 뜯는 토끼들을 비췄다. 알몸의 장미는 조금씩 그의 몸을 파고들었다. 다시 별똥별 하나가 떠나자 오징어 다리를 잡으려는 듯 개 한 마리가 컹컹 짖으며 밤하늘을 가로질러 달려가고 있었다.

동부전선 별일 없다

나는 아버지 옆에 바짝 붙었다.

어둠에 잠기는 마을과 산의 모습이 평소와는 전혀 다른 기운을 내뿜고 있었다.

저녁이 되면 골짜기 골짜기에서 꽃처럼 다투어 피어나던 불빛이 사라진 마을은

말할 수 없이 괴괴했다.

하늘과 땅을 동시에 울리는 소리는 점점 가까이 다가왔다.

그게 포성이라는 것도 직감적으로 알아챘다.

전쟁이라니!

나는 이제 겨우 중학교 삼학년일 뿐인데.

꼬박 한 달을 준비한 웅변은 또 어떻게 된단 말인가.

"여러분, 제게는 꿈이 하나 있습니다. (십 초간 청중을 둘러본다)

지금으로부터 삼십 년 전 오늘, 저 천인공노할 김일성은 괴뢰군을 이끌고 삼팔선을 넘어 이 평화로운 땅에 전쟁을 일으켰습니다. 물론 그때 여러분과 저는 태어나지도 않았습니다. 그러나 우리는 그 전쟁을 너무도 자세하게 알고 있습니다. 삼십 년이 지난 지금도 그 전쟁의 유령은 사라지지 않고 우리들 곁을 배회하고 있습니다. 텔레비전 속에서, 어른들의 이야기 속에서, 휴전선으로 간 형님들의 편지 속에서 전쟁의 유령은 검은 그림자를 드러내며 우리를 놀라게 합니다. 그뿐입니까! 울진 삼척 지구에 침투한 무장공비들은 우리 고장의 반공 소년 이승복의 생명을 앗아갔고 문세광은 대통령 영부인을 살해했습니다. 아직도 보이지 않는 전쟁은 계속되고 있는 것입니다. 지난 봄 광주에서는 북괴의 지령을 받은 간첩들이 폭동을 일으켰다고 텔레비전은 생생하게 보여준 바 있는 것입니다. 이런 위기의 시대에 우리 학생들은 무엇을 하고 있습니까? 전자오락실에서 벽돌깨기나 하면서 태평한 생활에 빠져 있는 것은 아닙니까? 읽으라는 책은 안 읽고 혹시 무협지나 만화책만 보는 것은 아닙니까? 집안일은 돕지 않고 몰래 가출할 궁리만 하는 것은 아닙니까? 이렇게 세상 모르고 살다가 오늘 다시 제2의 6·25가 터진다면 여러분은 무엇을 하시겠습니까? 이 연사는 (오른손을 가슴에 얹는다) 그 사실이 궁금해서 오늘 여기에 서 있는 것입니다. (주먹으로 단상을 내려친다)

(차분한 목소리로) 만장하신 여러분, 제게는 꿈이 하나 있습니다. (십 초간 청중을 둘러본다) 그 꿈이 무엇이냐 하면,"

나는 웃음소리 때문에 웅변 원고의 낭송을 멈췄다. 주변을 둘러보았지만 울창한 녹음과 개울물 소리만 가득할 뿐 사람의 모습은 보이지 않았다. 하지만 웃음소리의 주인공이 누구인지 알 것 같았다. 염탐을 하다니! 나는 화난 표정을 추스르지 않은 채 개울가의 작은 돌멩이를 주워 숲의 이곳저곳을 향해 던졌다. 웅변 연습을 위해 비밀리에 만든 아지트가 단 이틀 만에 발각되다니. 내 손을 떠난 돌멩이는 유월의 연둣빛 이파리들 사이로 포물선을 그으며 날아갔다.

"어이쿠! 야, 그만 해라!"

함박눈이 덮인 무덤 같은 찔레덤불 속에서 튀어나온 비명은 남자의 목소리였다. 나는 투석을 멈추고 찔레꽃을 뒤흔들며 나오는 두 사람을 노려보았다. 옆집에 사는 동미는 대학생인 제 오빠 뒤에 숨어 여전히 키득대고 있었다. 나는 지그시 입술을 깨물었다.

"웅변 원고 좀 보자. 좀 전에 들어보니 문제가 좀 있는 것 같던데."

나는 들고 있던 원고를 뒤로 감췄다. 적이 데려온 책사에게 원고를 넘길 수는 없었다. 아무리 이웃집 형이라 해도. 대학에 다니는 형이 없는 게 정말 아쉬운 상황이었다. 이성이 힘을 발휘할 수 없을 때 무력을 써서라도 지킬 것은 지켜야 한다는 게 내 지론이다.

"네 원고에 중대한 오류가 있다니까 그러네. 난 누구 편을 드는 게 아니고 너희 둘 사이의 중재자야. 암마, 내가 애들이냐!"

몇 대의 꿀밤과 함께 내 원고는 동미 오빠의 손에 넘어갔다. 동미는 그 곁에 앉아 내 아지트를 흥미 가득한 눈길로 훑었다. 바위에 깔아놓은 돗자리 위에는 원고를 보충하기 위한 자료가 되는 책들과 간식으로 가지고 온 생라면이 흩어져 있었다. 그것들을 한데 모으며 원고를 읽고 있는 동미 오빠의 표정을 살폈다. 대학생이 하라는 공부는 안 하고 방학도 아닌데 시골에 내려와 여동생 책사 노릇이나 하다니 참으로 한심한 세상이었다. 웅변대회마다 동미가 일등을 하는 것도 알고 보면 동미 오빠의 덕택이란 것을 모르는 사람은 없었다. 국민학교 시절부터 중학교 내내 내가 이등이라는 백척간두에 서서 목만 잠기다 마는 것도 같은 이유였다. 다른 분야도 그러하겠지만 웅변이란 게 특히 그랬다. 직접 쓴 원고를 모두 외운 뒤 단상에 올라 청중을 상대로 목소리와 몸짓으로 내용을 전달하는 일은 쉽지 않았다. 목소리만 크다고, 몸짓만 아름답다고, 훌륭한 원고만 있다고 되는 게 아니었다. 삼박자가 조화롭게 흘러가야만 되는 것이다. 그런 면에서 보았을 때 내 약점은 원고에 있었다. 아무리 목소리를 깔거나 높이며 한껏 힘을 쥔 주먹으로 교탁이 부스러질 성노도 내려지거나 허공을 향해 두 팔을 뻗쳐도 소용없었다. 탁구공만한 능금을 주먹만한 사과라고 속일 수는 없는 노릇이었다. 중학생 작문 실력의 한계에서 내가 벗어나지 못할 때 동미 곁에는 대학생 오빠라는 존재가 큰 산처럼 버티고 있었다. 더군다나 시인 지망생이라지 않은가. 어차피 조용필처럼 작사 작곡 노래에 골고루 능통할 수 없다면 동미 오빠 같은 든든한 작사가가 있어야 되는데 내겐 그 작사가가 없었다. 농사일에 바쁜 부모님이야 그렇다 치더라도 매일 화장품만 만지작거리며 어떻게 하면 집을 떠날 수 있을까 고민하는 누나들에게 무엇을 바란단 말인가. 나는 돗자리 귀퉁이에 앉아 한숨을 내뱉었다. 내 원고를 읽던 동미 오빠는 어두워진 얼굴로 한숨을 뱉으며 담배에 불을 붙였다. 나도 다시 한숨을 쉬었다. 아지트까지 노출되고 원고 내용도 넘어간 이상 이번 '6·25사변 상기 웅변대회'는 차라리 포기하는 게 나을 듯싶었다.

"······너, 광주사태가 뭔지 알아?"

"텔레비전에서 봤어요."

"6·25사변은?"

"그것도 텔레비전이나 선생님한테······"

동미 오빠는 담배를 다 피울 때까지 말을 하지 않았다.

"······내 생각엔 너희 둘 다 이젠 웅변을 그만 하는 게 좋을 것 같아. 중학교 삼학년이니 공부에 더 전념해야지."

나는 고개를 저었다. 동미 오빠의 한숨 소리에 개울물 소리가 지워졌다가 되살아났다.

"내가 보기엔······ 너희 둘이 사이좋게 지내는 게 웅변보다 훨씬 더 좋을 것 같아. 겪어보지도 않은 6·25를 갖고 왈가불가하는 건 누구라도 눈치챌 수 있는 말장난이잖아."

동미와 나는 숲을 빠져나가는 동미 오빠의 축 처진 뒷모습을 바라보았다. 흰 찔레꽃이 분분히 떨어졌다. 동미 오빠의 모습이 사라지자마자 나는 동미에게 일침을 가했다.

"훔쳐볼 게 더 남았나? 니도 그만 가라."

"이등한테 뭐 훔쳐볼 거나 있니. 심심해서 그냥 한번 와본 거지."

"난 전혀 심심하지 않으니 제발 가줘라."

"너, 삐졌구나?"

"안 삐졌다."

"사실…… 오빠가 나더러 이제 웅변 그만 하라고 해서 너한테 온 거야. 니가 그만두면 나도 그러겠다고."

"난 그럴 생각 없다."

동미는 주머니를 뒤져 몇 겹으로 접은 십육절지를 꺼내 내게 건넸다. 군데군데 붉은색 볼펜으로 밑줄이 그어져 있는 그것이 무엇인지 나는 금방 알 수 있었다. 나도 모르게 목구멍에서 침이 넘어갔다.

"내 웅변 원고야."

찔레꽃과 아카시아꽃 향기를 남겨놓고 동미는 떠났다. 나는 자리에 누워 그 향기를 맡으며 연둣빛 이파리들이 반짝거리는 허공에서 내려오지 않았다. 가슴이 두근거렸다. 사타구니 위에 묵직한 무엇인가가 올려져 있는 것 같았다. 눈을 감았다. 노랗고 붉은 공기가 내 몸을 부드럽게 감싸왔다. 마치 봄날 아지랑이 위에 뜬 내 몸을 어루만지듯이. 나는 바지 속으로 손을 디밀어 사타구니를 만지작거렸다. 얼마 전 심부름을 갔다가 우연히 엿본, 부엌에서 목욕을 하던 동미의 뽀얀 알몸이 떠올랐다. 쪼그려앉은 엉덩이에는 구름과자처럼 비누거품이 묻어 있었다. 이윽고 내 사타구니로 무엇인가가 빠른 속도로 몰려왔다. 나는 자리에서 일어나 재빠르게 바지를 내리고 졸졸거리며 흘러가는 개울물 앞에서 몇 번이나 진저리를 쳤다. 챗불 같은 나뭇잎 사이로 빠져나온 햇살이 요동치는 오후였다.

나는 총상을 입고 너무 많은 피를 흘린 부상자처럼 자리에 누워 위문편지 같은 동미의 웅변 원고를 모두 읽었다. 그러나 위문편지는 부상자의 조속한 완쾌를 바라는 일반적인 내용이 결코 아니었다. 그렇다고 부상자를 일방적으로 매도하지도 않았다. 보기 흉한 상처를 정성스럽게 소독하고 약을 바른 뒤 붕대로 감아주는 수고도 마다하지 않는, 말 그대로 백의의 천사였다. 때론 눈물까지 글썽이는. 나는 가까스로 자리에서 일어나 긴 한숨을 내뱉었다. 몸과 마음이 한꺼번에 유린당한 기분이었다. 내 원고를 다시 들여다볼 조금만치의 의욕도 생기지 않았다. 나는 갓난애처럼 기어가 풀숲에 감춰두었던 담배와 성냥을 찾았다. 아버지가 피우는 '청자'였다. 담배 맛은 예상대로 독했다. 그 연기를 한 모금도 뱉어내지 않으려고 한껏 숨을 들이켰지만 곧 기침과 함께 코와 입으로 연기가 쿨럭쿨럭 빠져나왔다. 눈물까지 글썽거리는 것을 견디며 나는 담배 한 대를 모두 피웠다.

연둣빛 이파리들의 천장에서 햇살이 요동치는 유월이었다. 부모와 친척들을 통해 들은 6·25사변 얘기는 텔레비전과 책에서 보았던 내용과 별다른 게 없었다. 동미에게서 일등을 뺏어오려면 나만의 무엇이 절실하게 필요했지만 내가 간직하고 있는 것은 고작 마을 뒷산에서 주운 녹슨 탄피 몇 개가 전부였다. 북에서 날아온 삐라는 지서에서 공책으로 교환한 지 이미 오래되었다. 탄두도 없고 당연히 화약도 들어 있지 않은 녹슨 탄피를 가지곤 백의의 천사를 흉내내는 동미를 당해낼 수 없었다. 웅변대회는 결국 동미의 들러리로 전락하는 요식행사일 뿐이었다. 나는 집에서 가지고 온 몇 권의 책을 베고 누워 긴 한숨을 뱉었다.

아침저녁으로 마을의 앞산과 뒷산을 아무리 노려보아도 바짓자락에 흙을 묻힌 낯선 사내는 내려오지 않았고 이북 사투리로 담뱃값이나 지리를 물어오는 이도 없었다. 탐정처럼 마을을 쏘다니곤 했지만 오랜만에 갑자기 친척이 찾아왔다는 집의 소문도 들리지 않았다. 마을의 상점에서 술을 마시는 사람들을 기웃거렸지만 은연중에 북한을 찬양하는 목소리도 찾지 못했다. 마을은 너무나도 평화로울 뿐이었다. 학교에서 아무리 '상기하자 6·25'를 외치라고 주문해도 사실 교문을 빠져나오기도 전에 잊어버리는 게 정해진 수순이었다.

하지만 무슨 수를 써서라도 동미에게만은 꼭 한번 이기고 싶었다.

나는 몸을 뒤로 돌려 내 원고를 집어들었다. 처음부터 차근차근 다시 읽으면서 감정을 실어야 할 곳과 몸짓이 필요한 부분, 청중의 박수를 유도할 부분을 재점검했다. 강원도의 산골 마을 하나가 평화롭다고 해서 세상도 그렇다고 할 수는 없는 일이었다. 누군가의 말대로 6·25는 아직 끝나지 않은 전쟁이었다. 끝나지 않은 전쟁 속에 내가 속해 있다는 깨달음이 졸음을 몰아내길 바랐다. 나는 가짜 평화에 빠져 있는 우매한 청중들에게 전쟁을 상기시켜줄 책임을 지닌 연사였다. 아지트를 만들고 고민에 고민을 거듭한 보람이 햇살처럼 내 온몸을 휘감아주길 소원하며 원고를 읽어나갔다.

"여러분, 제게는 꿈이 하나 있습니다……"

깨달음과 졸음이 서로 밀고 당기는 유월의 오후를 나는 힘겹게 건너갔다. 원고 검토를 끝내고 본격적으로 발성 연습에 들어가야만 했다.

전쟁을 예방하는 것도 만만찮은 일이란 걸 비로소 알았다. 아마 거기쯤에서 잠이 들었던 것 같다. 내 잠을 깨운 것은 숲의 아지트를 쩌렁쩌렁 뒤흔드는 아버지의 고함이었다. 아버지는 다급한 목소리로 나를 찾았다. 눈을 뜬 나는 보이지 않는 아버지의 고함보다 사위에 가득한 어스름 때문에 더 놀랐다. 도대체 얼마 동안 잠들었단 말인가. 하지만 내 주변에는 시간을 알려줄 만한 것이 없었다. 아버지의 고함만 점점 더 가까이 다가왔다. 나는 담배와 웅변 원고를 먼저 챙기곤 숲을 빠져나갔다. 밤을 꼬박 새워도 모자랄 판에 잠이 들다니! 이래가지고 어떻게 6·25를 상기시키고 재발을 방지하는 데에 일조를 할 수 있단 말인가! 웅변에 입문한 지 사 년이 돼가지만 내가 일등을 하지 못하는 까닭을 절감하는 어둠 속이었다.

"아버지, 저 여기 있어요."

개울 곁에 있는 컴컴한 길을 따라 올라오는 아버지에게 풀이 죽은 목소리를 보냈다. 먼 데서 천둥이 치는지 하늘이 쿵쿵 울리고 있었다. 정전이 되었나. 저 아래 우리집은 물론 건너편 마을에서도 불빛 한 점 찾을 수 없었다.

"이놈의 새끼, 얼마나 찾았는데 이제 나타나! 니가 산짐승이냐? 산골짜기에서 이때까지 뭘 한 거야?"

"웅변 연습하다 깜박 잠들었어요."

웅변은 대개 고음이 동반되는 터라 저녁에 가족들이 라디오와 텔레비전의 연속극에 매달려 있는 시간이면 집 밖으로 쫓겨나기 일쑤였다. 아버지도 그걸 모르지 않았다. 하지만 어둠 속에 서 있는 아버지의 표정은 전과 달랐다. 아버지는 내 손을 잡아끌며 목소리를 높였다.

"전쟁이 터졌는데 웅변은 무슨 웅변이야!"

"전쟁이 터졌다고요?"

나는 아버지 옆에 바짝 붙었다. 어둠에 잠기는 마을과 산의 모습이 평소와는 전혀 다른 기운을 내뿜고 있었다. 저녁이 되면 골짜기 골짜기에서 꽃처럼 다투어 피어나던 불빛이 사라진 마을은 말할 수 없이 괴괴했다. 하늘과 땅을 동시에 울리는 소리는 점점 가까이 다가왔다. 그게 포성이라는 것도 직감적으로 알아챘다. 전쟁이라니! 나는 이제 겨우 중학교 삼학년일 뿐인데. 꼬박 한 달을 준비한 웅변은 또 어떻게 된단 말인가.

"왜 전쟁이 터졌어요?"

"그걸 내가 어떻게 알아!"

"그럼 학교는?"

집의 뒷문으로 들어가며 나는 답변 대신 꿀밤을 먹었다. 도무지 알 수 없는 일이었다. 어젯밤 마지막으로 본 텔레비전 뉴스 어디에서도 전쟁이 날 거란 소식은 없었다. 학교 선생님들도 마찬가지였다. 전쟁이 터질 것을 미리 알았다면 사전에 정신교육 정도는 있었을 것이었다. 나는 두근거리는 가슴을 쓰다듬며 고개를 끄덕였다. 필시 삼십 년 전의 6·25사변처럼 북한이 기습 공격을 한 거라고.

"짐은 다 쌌어?"

엄마와 누나들은 희미한 손전등을 켜놓고 불빛이 새나가지 않도록 담요로 문을 가린 방 안에서 짐을 꾸리고 있었다. 그 모습은 언젠가 미술선생님이 보여준 고흐라는 화가의 그림과 다를 게 없다는 생각이 들었다. 어두운 방에서 감자를 먹고 있는 사람들을 그린 그 그림과.

"피란 가는 거야?"

"당장 가는 게 아니라 만일을 위해 미리 준비하는 거다. 위험해지면 지서에서 사이렌이 울려. 너희들도 밖에 나갈 생각 말고 윗방에 가서 잠을 자둬라. 앞뒤를 예측하지 못하는 게 전쟁이야. 절대 전깃불 켜지 말고."

"라디오도 틀면 안 돼요?"

"틀어봤자 나오지도 않아."

누나들은 아버지의 명령에 따라 양초에 불을 붙여 들고 뒷방으로 건너갔다. 나는 벽에 기대앉아 엄마 아버지가 꾸리는 짐 속에 들어가는 물건이 무엇인지 살폈다. 그중 가장 부피가 나가는 것은 담요와 냄비였다. 먹고 자는 문제가 중요하긴 중요한 모양이었다. 나는 점점 가까이 다가오는 포성에 깜짝깜짝 놀라다가 엄마와 아버지의 얼굴을 훔쳐본 뒤에야 비로소 조금이나마 불안을 달랠 수 있었다. 과연 전쟁을 한번 겪어본 사람만이 지닐 수 있는 관록을 느낄 수 있었다. 짧은 시간 동안 내 머릿속으로 흘러간 전쟁의 파노라마는 그만큼 끔찍했다. 짐을 모두 꾸린 아버지는 벽에 기대 담배를 피웠다. 나는 텔레비전에서 본 6·25 사변 때의 피란 행렬을 떠올렸다. 내가 사는 오대산 아래에서 부산까지는 너무 먼 거리였다. 그 동안 자동차가 많아졌으니 그걸 얻어탄다 하더라도. 나도 모르게 새어나오는 한숨을 억제할 수 없었다.

"너도 가서 정리할 건 정리하고 잠을 자둬. 당신은 주먹밥이나 만들어놓고."

아버지는 아랫목에 누워 태평하게 잠을 청했다.

지붕이 무너져내릴 듯한 굉음이 들린 것은 아버지가 자리에 누운 지

오 분도 채 지나지 않아서였다. 뒷방에 있던 누나들이 비명과 함께 건너왔고 연이어 집을 뒤흔드는 포성이 지나가자 곧이어 허공을 찢어발기는 전투기 소리가 우박처럼 쏟아지기 시작했다. 캄캄한 방 안에서 두꺼운 이불을 뒤집어쓴 채 듣는 거대한 소리의 공습이었다. 우리 가족이 내지르는 비명은 소리의 끄트머리에도 매달리지 못했다. 어두운 어항 속에서 입만 벙긋거리는 물고기와 비슷할 뿐이었다. 손을 내밀어 어둠 속을 더듬다가 찾아낸 식구들의 존재가 그렇게 반가웠던 적은 일찍이 없었다. 밤하늘을 휘젓는 전투기들을 보고 싶은 충동이 없진 않았으나 이불 속에서 오줌만 지렸을 뿐 밖으로 나갈 엄두가 나지 않았다. 전투기의 긴 굉음이 잠시 사라지는 사이를 비집고 사이렌 소리가 저녁 종소리처럼 들려왔다. 전쟁에 대한 내 상식대로라면 공군이 먼저 휩쓴 다음에 지상군이 뒤를 이을 것이다. 사이렌 소리는 그 사실을 알려주는 것이었다. 아버지는 신중을 기해야 한다며 밤하늘의 진동이 완전히 사그라진 다음에 나갈 거라고 알려주었다. 나는 마침내 시작될 멀고 외롭고 불안한 피란길을 미리 상상했다.

끊이지 않는 사이렌 소리는 점점 애절해졌다. 포성은 산을 넘어오는 공룡의 발소리 같았다. 나는 아버지의 명에 따라 두꺼운 겨울 점퍼를 걸치고 방에서 나왔다. 동미네 식구들도 모두 나와 있었다. 훌쩍거리는 동미는 동미 오빠가 진정시켰다.

나는 궁금증을 이기지 못하고 조심스럽게 밤하늘을 보았다. 사실 방에서 나와 대문 밖까지 오는 동안 부서워서 하늘을 쳐다보지 못했던 것이다. 밤하늘에는, 그러나, 아무것도 없었다. 마치 아무 일도 벌어지지 않았던 것처럼 태연하게 별 몇 개만 반짝거렸다. 사이렌도 그쳤기에 멀리서 다가오는 포성마저 들리지 않았다면 의심에서 벗어나기 힘든 평온한 밤하늘이었다. 마을도 마찬가지였다. 불타는 산이나 집도 없었고 생사의 갈림길에서 들려오는 비명도 찾을 수 없었다. 그런데도 우리 가족과 동미네 가족은 짐을 꾸린 채 피란길에 접어들었다.

"어디로 가는 거야?"

아무도 내 물음에 대답하지 않았다. 그저 말없이 마을회관으로 이어지는 밤길을 걷기만 했다. 길이 다른 길과 만날 때마다 피란민들이 검은 실루엣으로 나타났다. 얼굴이 보이지 않아도 그들이 누구라는 것쯤은 쉽게 알 수 있었다. 친구들의 모습도 하나둘 늘어났다. 철이 없는 친구들은 소풍을 떠나는 것처럼 흥분해 있었지만 나는 이내 녀석들을 멀리했다. 줏대도 없이 상황에 따라 들뜰 정도로 나는 바보가 아니었다. 저런 녀석들이 바로 선생님 말대로 뒷주머니에 태극기와 인공기를 동시에 넣고서 깃발 쇼를 할 유력한 대상인 것이다.

포성이 어둠의 장막을 예리하게 조각내고 있을 때 누군가 입을 열었다.

"괜히 다리품 팔며 멀리 갈 필요가 있나!"

"맞아, 고생만 할 뿐이야."

"사실 우리 같은 농사꾼이 뭔 죄가 있는가. 동미 아버지 말대로 그곳으로 가자구."

"그럽시다. 거기서 당분간 상황을 지켜보는 게 좋겠어요. 농부가 농작물 놔두고 가면 어딜 갑니까!"

"그럼 그럼! 설마 지기야 하겠습니까. 게다가 사변 때도 거긴 포탄 한 방 안 떨어진 곳이잖아요!"

이미 어렸을 적에 전쟁을 겪어본 마을 사람들의 토론은 쉽게 결론이

났다. 다소 무모한 면이 없진 않았지만 그 결정에 반기를 들고 나 혼자 남쪽으로 피란을 떠날 수도 없었다. 아직 어른이 되지 못해 그 토론에 참가하거나 독자적인 행동을 할 수 없는 게 억울할 뿐이었다. 그곳 백일평(百一坪)이 어디에 있는지 모르는 마을 사람은 없었다. 그곳은 모함을 당했거나 죄를 짓고 도망다니다가 마지막으로 숨는 곳이었고 어떤 형은 군대에 가기 싫다고 그리로 들어간 적도 있었다. 말하자면 그곳은 마을의 북쪽에 자리한 돌산이 만들어놓은 천혜의 아지트였다. 아무리 지체가 높은 사람이라 하더라도 그곳에 가려면 까마득한 절벽 중간으로 뚫린 좁은 길을 밧줄에 의지해야만 했다. 언젠가 동미 오빠는 그곳을 일러 자궁 같은 곳이라 했다. 자궁과 천혜의 아지트가 어떻게 연결되는지는 잘 모르겠지만.

다시 울리기 시작한 급박한 사이렌이 마을 사람들의 결정에 힘을 실어주었다. 면사무소가 있는 아랫마을에서 왔다는, 숨을 헉헉거리는 누군가의 말에 의하면 인민군이 예상보다 훨씬 가까운 곳에 도착했다는 것이었다.

"자자, 절대 불 켜지 말고 조용하게 신속히 이동합시다! 자기 식구들 잘 챙기고."

6·25사변은 삼 년 정도의 시간을 잡아먹었다. 피란지에 임시 학교가 문을 열어 공부를 계속한 사람들도 있었다고 한다. 하지만 마을 사람들이 택한 백일평에서 그걸 기대하긴 어려울 것이다. 우선 가르칠 선생님이 한 분도 없다. 선생님들은 모두 면소재지에 살고 있으니까. 임시 학교가 생긴다면 장소는 면소재지 사람들의 피란처가 가장 유력했다. 산을 넘어서 그곳까지 갈 수 있을까. 보내주지도 않겠지. 웅변대회

에 대한 미련도 버리는 게 옳을 것 같았다. 하지만 나는 안주머니에 들어 있는 웅변 원고를 찢어버리지 못했다. 만약 그곳에서 예정대로 대회가 치러진다면 부모님 몰래라도 갈 수 있다는 자신감 때문이었다. 여자인 동미는 험한 산을 넘어 임시 학교까지 갈 엄두를 못 낼 테니까. 어떻게 보면 지금이야말로 '6·25사변 상기 웅변대회'를 개최할 최적의 상황과 조건이 갖춰진 것이다. '시기적절'이란 말이 달리 생겨나지는 않은 모양이다.

나는 밤하늘의 별이 뿌옇게 변할 정도로 긴 한숨을 올려보냈다.

"웬 애어른 같은 한숨?"

젠장! 달라진 게 없다. 피란을 가도 동미네는 옆 천막이다. 동미는 누가 들을까 작은 목소리로 말했다.

"근데 얘, 아무리 봐도 전쟁치곤 좀 이상하지 않아?"

"뭐가?"

"사이렌이 울리고 전투기만 왕왕거린다고 전쟁이라 할 순 없잖아? 하다못해 폭탄도 떨어지고 국군과 인민군도 보이고 뭐 이래야 되는 거 아냐?"

나는 한심하다는 얼굴로 동미를 바라보았지만 어둠 속이라 내 표정이 전달되지 않은 것 같았다. 훌쩍거리며 울 때는 언제고 이제 와서 전쟁이 이상하다느니 어쩌느니…… 도대체 전쟁이 무엇인지도 모르는 사람과는 얘기할 가치가 없었다. 현실감각이 바닥인 동미에게 매번 웅변 일등을 빼앗긴 것에 대한 나의 원인분석은 그러므로 정확했다.

"아쉽겠다! 전쟁 때문에 또 이등할 기횔 놓쳐서!"

내 얼굴에 담긴 경멸을 뒤늦게 눈치챈 동미는 화를 내며 가버렸다.

백일평의 밤은 길고 깊었다. 자정이 되면서 하늘은 온통 전투기의 소음으로 가득했고 당황한 사람들은 캄캄한 어둠 속에서 서로 뒤엉켰다. 한번 뒤엉킨 다음부턴 누가 누구인지 구분할 수조차 없었다. 그나마 위안이 된 것은 모두 같은 마을 사람들뿐이라는 점이었다. 어떤 전투기는 산에 닿을 듯이 낮게 떠서 지나가 고막이 터질 것처럼 먹먹했다. 북쪽에서 한차례 전투기의 행렬이 내려오면 얼마 있지 않아 남쪽에서 치밀고 올라오는 전투기들이 백일평의 밤하늘을 훑고 갔다. 처음엔 작은 소리조차 꺼내지 않던 피란민들은 어느 순간부턴 마음 놓고 비명을 내지르기 시작했다. 전투기의 굉음에 비하면 하잘것없었지만 그 비명은 일종의 애원과 원성에 가까웠다. 제발 실수로 이곳에 추락하지 말라는…… 대체 우리가 왜 집을 버리고 한밤중에 여기 와 있느냐는……

겨울 점퍼와 담요 속에서 나는 웅크린 채 다시 잠을 청했다. 전쟁도 잠의 영역에는 완전히 침입하지 못하는 모양이었다. 어깨를 맞대고 붙어 있는 다른 천막에서도 코 고는 소리와 가끔 잠꼬대가 새어나왔다. 어서 빨리 아침이 되었으면 좋겠다는 생각이 들었다. 어둠은 필요 이상으로 과장법을 사용해 잠들지 못한 사람을 불안에 떨게 만들었다. 숲에서 빠져나온 작은 소리에도 나는 숨을 죽인 채 신경을 곤두세웠다. 소변을 본 지 얼마 되지 않았는데도 다시 소변이 마려웠다.

"마침 자지 않고 있었구나."

등뒤에서 불쑥 튀어나온 소리에 나는 그만 바지를 적시고 말았다. 어둠이 고마울 때도 있었다. 농미 오빠는 텔레비전 특집 드라마에서 본 유격대원 같은 차림새였다. 시인 지망생으로 비쳤던 모습은 어디에도 없었다. 나는 오줌이 묻은 손을 몰래 닦았다.

"나와 함께 산으로 들어가자."

"……난 아직 중학생인데요."

"6·25 땐 중학생도 학도병으로 참전했어. 넌 웅변을 잘해서 전투병이 아니라 정훈병으로 내가 추천했지. 대원들 정신무장을 책임지는 거야."

동미 오빠는 허리춤에 괜찮아 보이는 권총까지 차고 있었다. 내 시선은 권총에서 떨어지지 않았다. 동미 오빠는 곧 내게 권총을 건네주었고 나는 그걸 만지작거리며 자연스럽게 걸음을 옮겼다. 산으로 들어간다는 쪽지 한 장 남기지 않은 게 마음에 걸렸지만 걸음을 되돌리게 만들진 못했다. 백일평 뒤편의 까마득한 벼랑 밑에는 산으로 가려는 마을의 형들이 여럿 모여 있었다. 나는 그들 사이를 돌아다니며 동미를 찾았지만 허사였다. 모두 남자들이었다. 뭔가 이상한 생각이 들었지만 결연한 표정을 짓고 있는 사람들이 만들어놓은 분위기 때문에 쉽게 입을 열기도 어려웠다. 내게서 자꾸만 도망을 가는 동미 오빠를 간신히 잡고서 동미는 어디 있냐고 물었다. 어쨌든 동미는 자타가 공인하는 웅변의 일인자였다. 동미 오빠는 짜증을 냈다.

"전쟁은 연애가 아냐!"

사람들은 흐린 달빛에 의지해 절벽의 지그재그 길로 들어섰다. 저 아래 백일평은 마치 깊은 우물 속 같았다. 동미 오빠는 연애라는 말로 나를 묶어버렸다. 연애라니, 도저히 용납할 수 없는 말이었다. 나는 대열에서 벗어날 기회를 노렸지만 좁은 길은 추월조차 힘들었다. 시간이 지날수록 내가 어디론가 끌려가고 있다는 느낌을 지울 수 없었다. 깊은 밤 마을 사람들 몰래 빠져나가는 것도 이상했다. 자식들이 학도병으로 전쟁터에서 죽길 바라는 부모는 없다고 하더라도 말이다. 동미 오빠가 대열의 맨 뒤에서 권총을 든 채 이탈자를 막으며 빨리 가자고 보채는 것도 이상했다. 내 의심은 결국 터지고 말았다. 기억은 어느 날 밤 동미 오빠의 방에서 흘러나오던 북한 방송에서 더이상 꼼짝도 하지 않았다. 전쟁은 소심했던 내게 담대함을 불어넣었다.

"형, 지금 어디로 가는 거야?"

"아, 이 자식 되게 성가시네!"

"형, 간첩이지?"

나만 이상하게 여긴 게 아닌 모양이었다. 절벽 중간에서 벌어진 말싸움과 두 패로 갈라진 난투극에 마침표를 찍어준 것은 다시 시작된 전투기들의 이동과 포성이었다. 혼란 속에서도 까마득한 절벽 아래로 떨어진 사람이 없다는 게 신기할 정도였다. 어떻게 다시 백일평의 천막으로 돌아와 잠들었는지 모르겠다.

늦잠에서 깨어난 나는 멍한 기분에 넋을 놓고 있었다. 동미 오빠를 따라 절벽으로 간 일이 꿈인지 현실인지 알 수 없었다. 두 손으로 머리를 잡고 흔들어보았지만 마찬가지였다. 함께 있었던 다른 사람들의 얼굴이 잘 생각나지 않는 걸로 보아 꿈이었을 가능성이 높았지만 속단할 순 없었다. 밖으로 나가 옆 천막에 동미 오빠가 있는지 없는지 물어보는 것도 쉽지 않을 것 같았다. 물론 북한 방송 청취 문제는 분명한 사실이었다. 가끔 몰래 동미를 엿보러 갔다가 겪은 일이었기에. 나는 도로 자리에 누웠다.

식구들은 모두 어디로 갔을까. 궁금증은 다시 밀려온 잠을 이기진 못했다.

"빨갱이보다 더 드러운 놈들! 가져갈 게 따로 있지!"

아버지의 화는 쉽게 풀어질 것 같지 않았다. 마을 사람들에 대한 배신감 때문이었다. 결국 엄마는 동미네 냄비를 빌려 점심때가 되어서야 밥을 지을 수 있었다. 그 동안에도 아버지는 백일평의 곳곳에 쳐놓은 천막을 돌며 도둑맞은 냄비를 찾았지만 허사였다. 그 시간이면 집에 가서 다른 냄비를 가져오는 게 더 나을 거란 의견을 나는 꺼내놓지 못했다. 동미 오빠의 행방불명이 더 마음에 걸렸기에. 아버지는 사라진 동미 오빠에 대해서도 의심을 던졌지만 이웃집인 관계로 대놓고 말하진 않았다. 하지만 나는 간밤 동미 오빠의 손에 권총밖에 없었다고 말하지 않았다. 물론 절벽에서의 일도 입을 다물었다. 왠지 그래야 할 것 같았기 때문이다.

"걱정 마라. 한나절이면 찾을 수 있어. 내 지금 두고 보는 거다."

나는 아버지의 각오를 듣고 천막을 나섰다. 가끔 친구들과 전쟁놀이를 하러 백일평에 왔을 때완 사뭇 분위기가 달랐다. 밤중에 대충 친 천막들과 곳곳에서 피어나는 연기가 이곳이 피란지라는 사실을 일깨워줬다. 마을 사람들의 얼굴은 하나같이 부석부석했다. 개울 옆은 세수를 하러 나온 사람들로 북적거렸다. 동미를 찾아 이곳저곳을 기웃거리는 동안 후미진 곳에서 볼일을 보는 아주머니들의 펑퍼짐한 엉덩이도 심심찮게 볼 수 있었다.

개울 상류의 작은 폭포 옆에서 나는 동미를 찾아냈다. 놀랍게도 동미는 폭포 소리 속에서 웅변 연습을 하고 있었다. 입을 다물 수가 없었다. 마치 간밤의 동미 오빠를 보는 듯했다. 갑자기 터진 전쟁으로 모두들 이상하게 변해가는 것 같아 조금씩 두려워졌다.

"너가 무슨 소리꾼이라도 되는 줄 아니? 폭포 옆에서 목을 따게."

"참견 말고 가라."

"니 오빠 어디 갔나?"

"모르겠다. 방해하지 말고 가라니까!"

"전쟁이 터졌는데 동생이 자기 오빠가 어디 간 줄도 모르나?"

"알아도 니한텐 알려줄 수 없다! 됐나?"

동미의 얼굴은 벌겋게 변했다. 내가 바위에 걸터앉아 물장난을 하자 분을 삭이지 못하고 식식대더니 제 물건을 챙겼다. 나는 근질거리는 입을 겨우 진정시켰다. 그래도 동미는 제일 가까운 여자 친구였다. 동미와 거리를 두고 개울물을 따라 내려갔다. 전쟁이 터졌는데 웅변 연습을 하는 동미의 심정을 알 것도 같았다. 평소엔 톡톡 튀는 성격의 동미가 잔뜩 기가 죽어 있는 게 자꾸만 마음에 걸렸다. 전쟁 기간엔 사람의 운명이 바뀌는 속도가 예측할 수 없을 정도로 빨라진다는 말이 맞는 모양이었다. 동미 오빠를 따라 산으로 들어가지 않은 것은 현명한 선택이었다. 누군가에게 그 선택의 순간을 자랑하고 싶었지만 동미를 생각해서 참기로 했다. 나는 물푸레나무 아래에 앉아 어깨를 떨고 있는 동미에게 다가갔다.

"나는 언제까지고 니 편이다."

내가 건넬 수 있는 말의 전부여서 조금 창피했다. 당연히 동미는 내 품에 안기지 않았다.

마을 어른들은 총을 든 경찰과 면사무소 직원이 있는 곳으로 모이고 있었다. 중학교의 성질 더러운 학생주임도 지휘봉으로 자신의 손바닥을 탁탁 치며 그 뒤편에 서서 백일평의 절벽을 감상하고 있었다. 뻐딱하게 철모를 쓴 예비군도 두서넛 보였다. 나는 습관처럼 하늘만 치다보았다. 전투기들은 낮에 잠을 청하는가. 유월 하늘은 더없이 평온했다. 천막으로 들어가는 동미를 따라가 못다 한 위로를 더 해주고 싶었지만 지서장이 전해줄 그 동안의 전황에 대한 궁금증을 버릴 수는 없었다. 오전인데도 술냄새를 풍기는 어른들 앞에 목을 빼고 앉아 지서장의 입이 열리기를 기다렸다. 어른들은 벌써부터 이런저런 이야기의 키를 키우고 있었다. 동미 오빠와 함께 산으로 들어간 사람들을 놓고 많은 말이 피어났지만 이해가 얽힌 민감한 문제인지라 결론을 내리지는 않았다. 지서장도 관할 밖의 일이므로 좀더 두고 보자며 입장을 보류했다. 마을 문제를 떠나자 얘기는 다시 활기를 띠었다. 남침을 한 인민군이 국군에게 하룻밤 만에 격파당해 휴전선 너머로 퇴각했다거나 정치적인 합의하에 전쟁이 종결됐다는 이야기들이었다. 현대전은 옛날과 달라 속전속결로 진행되며 피란조차 무의미하다고 목소리를 높이는 사람도 있었다. 문제는 핵폭탄인데 설마 북한이 공멸로 가는 최악의 수까지 두겠냐는, 바둑론적 입장도 제기됐다. 국가 기간시설인 방송국까지 마비된 상황에서 어정쩡한 휴전은 가당치도 않다고 고함을 치며 이 기회에 북으로 진군해 통일을 이뤄야 한다는 급진파도 있었다.

"자, 대충 상황이 이렇습니다. 그러니 고생스럽더라도 며칠만 더 불편한 생활을 하셔야 합니다. 여러분의 집과 농작물은 우리 경찰과 군이 책임지고 지키겠다는 각오를 전해드리는 것으로 전황 설명을 마치겠습니다. 다음은 간단한 피란 실태 조사가 있겠습니다. 어제와 오늘 사이 이 고장에 폭격은 없었으니까 사상자도 당연히 없겠지요?"

바위 위에 서 있는 지서장은 마을 사람들을 훑어보았다.

"여기로 피란 오다 넘어져서 발목을 삐었는데, 것도 부상에 늘어갑니까?"

지팡이를 한쪽 손에 잡고 있는 월남집의 정씨였다. 사람들이 와, 하고 웃음을 터뜨렸다.

"아, 웃지 말아요! 내 뒤에 따라오던 누가 고의로 민 거라니까 그러네!"

"알겠습니다. 그것도 포함됩니다. 예비군을 통해 응급약품을 보내드리겠습니다. 또 없습니까?"

사람들을 둘러보던 지서장의 눈이 한곳에 고정되었다. 손을 들고 있는 아버지였다. 내 얼굴은 화끈거리기 시작했다. 아무도 모르게 자리를 벗어나고 싶었지만 그럴 수조차 없었다. 나는 최대한 몸을 웅크린 채 아버지의 냄비 얘기가 지나가길 기다렸다.

"빨갱이들이 전쟁을 일으킨 마당에 마을 사람들이 단합은 하지 않고 도둑질이나 하고 있다니 이게 말이 되는 얘깁니까?"

"도둑질이라니 이 사람아! 말이 좀 심하네."

"도둑질이 아니면, 냄비에 발이 달렸단 말인가? 아니면 날개가 달려 하늘로 날아갔다는 겐가?"

"아아, 알겠습니다. 응급약품 보낼 때 냄비도 하나 같이 보내겠습니다. 됐죠?"

"서장님, 제 말을 잘못 이해한 것 같습니다. 범인을 잡아달란 얘깁니다. 그렇지 않으면 오늘밤 누가 또 무얼 잃어버릴지 모른다 이 말입니다. 지난 사변 땐 냄비가 아니라 무쇠솥을 지게에 지고 부산까지 피란을 갔습니다. 부산이란 먼 곳까지 그 무거운 솥을 짊어지고 간 이유가 뭐겠습니까?"

"아침 내내 자네가 이 잡듯이 백일평을 뒤지고 다녔는데 못 찾았다면서? 왜 같은 마을 사람들을 도둑으로 몰아, 이 사람아! 그것도 징역감이야!"

"도둑이 훔친 물건을 여봐라고 머리에 이고 다니는 거 봤나?"

발밑에 땅굴이 있다면 그곳으로 숨고 싶은 게 솔직한 내 심정이었다. 백일평에는 웃음과 고성의 파도가 번갈아 밀려왔다가 밀려가고 있었다. 나는 하늘을 깨부수는 전투기들이 나타나지 않음을 원망했다. 자식들을 배려하는 아버지들은 이 세상에 없는 것 같았다. 간밤 동미 오빠를 따라가지 않은 게 후회될 정도였다. 말싸움을 말리던 엄마들도 아예 포기한 듯 구경만 하고 있었다. 제풀에 지치기를 기다리며. 구원자는 정작 다른 곳에 있었다.

"적기다! 적기!"

골짜기 입구에서 예비군 한 명이 뛰어오며 다급하게 소리쳤다. 사이렌 소리도 잇달아 산을 넘어왔다. 마을 사람들은 순식간에 그때까지의 느긋했던 자세를 바꿔 자신들의 천막을 향해 달려갔다. 지서장의 고함은 귀에 들어오지도 않는다는 듯이. 나는 아버지의 우악스런 손에서 벗어나려고 했지만 허사였다. 대충 짐을 챙겼을 때 북에서 남으로 날아가는 전투기들이 폭탄처럼 굉음을 떨어뜨렸다. 지서장의 전황 보고가 한 시간도 지나지 않아 깨어지는 순간이었다. 짐을 챙긴 사람들은 앞을 다퉈 가까운 골짜기를 향해 달려갔다. 전투기에서 백일평 사람들을 봤다면 아마 바삐 움직이는 개미 떼를 연상했을 것이었다.

유월 하늘의 뭉게구름은 산산조각나고 있었다. 연기를 내뿜으며 하늘을 가르는 전투기 소리를 듣지 않으려고 두 귀를 손가락으로 막았지만 소용없었다. 적기인지 아군기인지 확인하는 것도 어려웠다. 방향을 보고 짐작만 할 뿐이었다. 백일평에다 그림자를 휙휙 떨궜다가 사라지는 전투기들을 나는 머루 덩굴 속에서 우울한 얼굴로 바라보았다. 이상한 전쟁 속에 들어가 있다는 생각이 비로소 들었다. 하늘만 시끄러울 뿐 동미의 지적대로 지상엔 오발탄 하나 떨어지지 않았기 때문이었다. 물론 백일평이 군사적으로 중요한 곳이 아닌 탓도 있었지만 어딘지 모르게 좀 시시한 전쟁이라는 느낌을 지울 수가 없었다. 아버지만 해도 그렇다. 고작 냄비 하나에 열을 올리고 있으니. 담배 생각이 간절했지만 아버지가 평소처럼 아무 데나 꺼내놓을 리 없었다. 담배 한 대도 어른들의 긴장이 풀릴 때까지 기다려야만 되니 과연 전쟁은 전쟁이었다. 나는 넓은 잎사귀를 쥐어뜯으며 동미 오빠를 떠올렸다. 정확한 물증도 없이 간첩으로 몰아붙인 건 심한 짓이었다. 대학생인 동미 오빠의 세계관에 대해 내가 알고 있는 것은 사실 없었다. 북한 방송은 나도 꽤 여러 번 들은 적이 있었다. 내 친구들도 마찬가지였다. 그렇다면 권총은? 학도병에게 권총이 지급되냐고 지서장을 찾아 묻고 싶었지만 간단한 일은 아니었다. 전투기의 소음이 사라진 백일평의 머루 덩굴 속은 답답함만 가득했다. 하지만 혼자서는 백일평을 떠나 아무 곳에도 갈 수 없다는 점을 나는 잘 알고 있었다. 이 전쟁이 삼 년 동안 지루하게 계속되더라도.

제 모습을 찾아가는 뭉게구름 아래에 마을 사람들은 앉아 있었다. 많은 날들이 흘러간 것 같았다. 전투기가 백일평 상공을 지나갈 때마다 나무 밑으로 숨었다가 나온 게 도대체 얼마나 되는지도 잊어버렸다. 그 와중에도 아버지는 집요하게 냄비를 찾는 일에 매달렸다. 마을 사람들

전체가 이상한 시간 속으로 들어가 허둥거린다는 생각이 들었다. 나는 내 웅변 원고를 만지작거리다가 박수 소리가 들리면 임시 단상으로 사용하는 바위 위의 동미를 바라보았다. 동미는 땀을 흘리며 열변을 토하고 있었다. 전쟁중 피란지에서 열린 웅변대회였다. 주동자는 지서장을 따라온 성질 더러운 학생주임이었다.

청중들의 열기는 제법 뜨거웠다. 동미는 내게 보여준 원고에서 많은 부분을 빼고 새 내용을 적절하게 집어넣는 민첩함을 보여주었다. 술에 취한 어른들은 동미가 이 땅에서 하루빨리 전쟁을 몰아내고 평화의 낙원을 만들자고 거듭 강조할 때마다 주먹을 쥔 손으로 허공을 가격하며 "옳소! 옳소!"로 맞받아주었다. 반응이 좋을 때마다 동미는 전쟁을 접한 마을 사람들의 두려움과 소망의 아궁이에 불쏘시개를 제공하며 마을과 크게는 나라의 평화를 선도하는 천사의 역할을 자임하고 나서는 교묘한 수법을 동원하고 있었다. 내 한숨 소리는 박수와 함성에 파묻혀 들리지도 않았다. 웅변을 하나마나 나는 다시 이등일 수밖에 없는 형국이었다. 천사와 잔 다르크의 가면을 동시에 쓴 동미를 당해낼 재간이 없었다. 나는 떨리는 가슴을 진정시키지 못한 채 동미 오빠의 북한 방송 청취와 권총 문제를 심각하게 떠올렸다.

술냄새를 풍기는 아버지도 무엇을 감지했는지 나를 찾아와 등을 두드려주었다. 사실 나는 아버지의 격려보다 웅변대회를 종료시킬 수 있는 전투기의 출현을 기다리고 있었다.

"니가 쟬 이길 수 있는 비책이 있다."

"……?"

"웅변에 냄비 이야길 집어넣어라! 그럼 이긴다!"

"창피하게……"

"이놈의 새끼, 피란지에서 솥 잃고 밥 굶는 게 진짜 전쟁이지 총알 하나 안 떨어지는 게 전쟁이냐?"

아버지의 우격다짐에 나는 보이지 않는 냄비 하나를 머리에 인 채 단상에 올랐다. 뭉게구름은 평화롭게 동쪽으로 흘러가고 있었다. 주먹으로 내려칠 탁자며 마이크도 없는 단상이었다. 박수 소리가 끝나길 기다린 나는 시선을 오른쪽에서 왼쪽으로 천천히 옮기며 청중들을 훑었다. 손까지 흔드는 사람들은 내 가족뿐이었다. 나는 일부러 아버지와 눈을 마주치지 않았다. 청중들은 침묵을 지키며 내 입이 열리길 기다렸다. 고작해야 십여 초에 불과한 그 침묵을 나는 최대한 음미했다.

"존경하는 여러분, 제게는 꿈이 하나 있습니다!

그 꿈이 무엇이냐 하면, 저 붉은 땅의 백성들과 이곳 푸른 땅의 백성들이 형제처럼 손을 맞잡고 나란히 살게 되는 꿈입니다. (엄숙한 목소리로) 제게는 꿈이 있습니다! 지독한 가난과 억압이 존재하는 저 붉은 땅이 가난을 벗어버리고 자유와 정의의 오아시스가 되는 꿈입니다. (큰 목소리로) 제게는 또하나의 꿈이 있습니다! (더 큰 목소리로) 지금 제게는 꿈이 하나 있습니다!"

"이놈의 새끼, 냄비 얘길 하라니까! 냄비 도둑!"

술 취한 아버지의 노한 목소리였다. 얼굴이 달아오를 정도로 창피했지만 단상에서 도망칠 수 없었다. 머릿속에서 차례를 기다리고 있던, 킹 목사의 연설문을 도용한 내 원고는 모두 어디론가 사라졌거나 뒤죽박죽이 된 것 같았다. 목이 말라왔지만 물컵은 당연히 보이지 않았다. 동미 오빠의 행적을 폭로해 수세에 몰린 국면을 회복하려던 생각도 까맣게 타버렸다.

"여러분, 제게는 꿈이 하나 있습니다! 제게는 꿈이 하나 있는 것입니다! ……더없이 평화롭던 우리 마을 사람들이 냄비 하나 때문에 피를 흘리는 일은 절대 일어나서는 안 된다는 것입니다. 냄비 하나 때문에 돈독했던 정이 깨지고 냄비 하나 때문에……"

청중들의 왁자한 웃음소리 때문에 내 목소리가 묻힌 것이 아니었다. 내 입은 벙긋거리고 있었지만 어떤 소리도 흘러나오지 않았다. 완벽하게 잠겨버린 목에선 흐, 흐, 하는 가쁜 숨소리만 새어나왔다. 몇 번이나 막힌 목을 뚫으려 큼큼거렸지만 허사였다. 웃음소리와 박수 소리, 휘파람 소리가 백일평을 가득 채우는 오후였다. 나는 바위 위에 멍하니 서서 꼼짝하지 못한 채 그 모든 풍경을 내려다보았다. 눈물을 흘리며. 오지 않는 전투기와 전폭기를 기다리며. 입 속의 침이란 침은 모두 긁어모아 목으로 넘긴 뒤 나는 청중들을 향해 두 팔을 벌리고 바람에 날리는 듯한 ㅎ자들을 간신히 토해놓았다. 그게 마지막 말이었다.

"혀허분, 제혜는 훔히 하나 흡히하!"

북호텔

그는 눈을 떴다.
계단과 복도가 만나는 곳에 산양이 서 있었다.
그는 잘못을 저지른 어린아이처럼
산양의 눈과 정면으로 마주치는 것을 피했다.
카메라 밑에 쪼그려앉은 자세도 풀지 않았다.
하지만 볼을 타고 흐르는 눈물만은 막을 수 없었다.
산양은 천천히 그에게 다가와 혀를 내밀어 눈물을 핥아주곤 말했다.
"여기 계속 있을 거야?"

무덤 옆의 산양은 흰 봉분을 지키는 석수(石獸)처럼 서 있다. 그는 산양의 눈길이 어느 곳을 향하고 있는지 몰라 뒤를 돌아다본다. 눈밭엔 소리없는 햇살만 가득하다. 제대로 눈을 뜰 수조차 없다. 눈밭 아래의 마을을 보려면 사팔뜨기모양 오른쪽이나 왼쪽으로 눈동자를 돌려놓고서야 가능하다. 그러나 산양의 주목을 받을 만한 무엇도 눈에 띄지 않는다. 그는 머리를 긁적이며 고개를 돌린다. 산양과의 거리는 이십여 미터 정도다. 오른손을 바지 주머니에서 꺼내 머뭇머뭇 가슴으로 가져간 그는 눈을 치켜뜨며 말없이 입술만 벌린다.

나?

바람 한 점 없는 날씨다. 산양은 천천히 고개를 끄덕인다. 이번에는 그의 입술이 앞으로 빠져나오며 열린다.

왜?

입 수변에 눈이 묻어 있는 산양은 검은 뿔을 주억거린 뒤 할 일을 다했다는 듯 골짜기로 몸을 돌린다. 그는 다소 멍한 얼굴로 산양의 뒷모습을 바라본다. 눈의 무게를 이기지 못한 소나무 가지가 몸부림을 치지만 한낮의 이상한 적막을 깨진 못한다. 그의 무릎도 순간 꺾였지만 눈밭에 주저앉기 전에 용케 자세를 수습한다. 그는 골짜기에서 눈을 떼지 않고 두어 번 머리를 좌우로 흔든다. 산자락을 돌아가던 산양은 걸음을 멈추고 목만 돌려 먼 눈길로 그를 바라본다. 골짜기에서 희미한 무슨 소리라도 내려오는 모양인지 그는 손바닥으로 귓바퀴를 만든다. 산양은 흰 눈 속으로 사라진다.

"낮에 산양을 봤어요."

"……"

밥상과 입 사이를 오가던 두 개의 수저가 잠깐 멈췄다가 다시 움직인다. 노부부의 얼굴엔 누적된 일상의 피곤이 두껍게 붙어 있다. 텔레비전의 오락방송도 저녁상 앞에 둘러앉은 그들의 얼굴에 미소를 불러오지 못한다. 젓가락으로 반찬만 뒤적거리던 그가 앞과 옆에 앉은 두 사람의 피곤을 정면으로 바라본다.

"나한테 뭐라고 말하는 것 같았어요."

노부(老父)의 입에서 빠져나온 수저가 밥상을 내리친다. 노부는 급하게 물을 마시곤 텔레비전 앞으로 옮겨앉아 채널을 옮긴다. 세 개밖에 없는 채널을. 노부의 구부러진 허리 너머에서 담배연기가 피어오른다. 주눅이 든 그의 얼굴은 밥상에 닿을 것만 같다. 겨울 동안 김치공장에 다니면서 고춧가루 냄새가 몸에 배어 있는 노모가 그를 위로한다.

"니 태어나던 정미년에 큰눈이 내렸는데 산양은 그때 씨가 말랐어. 노루나 고라닐 본 거겠지."

그는 체념한 듯한 얼굴로 밥상에서 물러난다.

"약은 제때 챙겨먹냐?"

건넌방으로 건너가는 그의 축 처진 어깨에 노모의 염려가 매달린다.

겨울밤을 건너가는 바람 소리가 만만찮다. 만나는 모든 것들을 얼려 버릴 태세다. 채 얼지 못한 눈은 허공으로 솟구쳤다가 구렁텅이로 몰려가 눈의 늪을 만든다. 사람도, 짐승도 쉽게 빠져나올 수 없는 늪이 도처에 숨어 있다. 길이 지워지고 달빛마저 제 구실을 하지 못한다. 난폭한 바람만 마구잡이로 산간 벽촌을 쏘다닌다. 눈에 파묻혀 낮게 엎드려 있는 듯한 집집에서 새어나오는 불빛마저 없다면 그야말로 흉흉하기 이를 데 없을 것이다. 눈이 그치고 혹한을 동반한 바람이 불어오는 밤이면 사람들은 집에서 꼼짝하지 않는다. 개들조차 짖지 않는 밤이 된다. 생장점을 안으로 안으로 말아감은 채 바람이 다 지나가기를 기다릴 뿐이다. 창문을 뒤흔드는 바람 소리는 잘못 들으면 꼭 누군가가 찾아와 문 밖에서 떨고 있다는 착각이 들게 하지만 그는 더이상 속지 않는다. 이불을 뒤집어쓴 채 라디오에서 흘러나오는 소리를 따라갈 뿐이다. 창문을 열자마자 바람이라는 거대한 강물이 눈보라와 함께 한꺼번에 들이닥쳤던 일이 멀리 있지 않다. 그 속으로 머리를 내밀고 누군가를 찾았던 기억도. 손가락조차 구부리지 못하게 만드는 밤의 추위를 뚫고 찾아올 사람은 없다. 산짐승도 마찬가지다. 그는 이불을 뒤집어쓰고 앉아 긴 겨울밤을 홀로 건너기 위한 약을 삼등분해서 탁자 위에 올려놓는다. 탁자 밑엔 예리한 과도가 숨어 있다.

물 한 컵을 더 마시고 나서야 목에 걸린 약을 마저 삼킨다. 벌레의 울음처럼 잉잉거리는 형광등을 바라보다가 눈을 감는다. 기실에서 건너오던 텔레비전 소리도 그친 지 오래되었다. 그는 자리에서 일어나 형광등에서 내려온 가느다란 줄을 한 손으로 잡는다. 그가 방금 전 빠져나온 솜이불은 옹관묘처럼 검은 구멍을 벌리고 있다. 딸깍, 하는 소리와 함께 빛이 사라진다. 더듬거리며 이불을 찾는다. 유리창이 바람에 덜그럭거린다.

"……누구세요?"

그는 어둠 속으로 손을 내밀어 더듬거리다가 창문을 연다. 푸른 달빛이 깔려 있는 눈밭 위에서 산양이 그를 바라보고 있다. 낮에 산 밑에서 보았던 그 산양이다. 창틀을 꽉 움켜잡은 그는 오른손에 쥔 과도를 감춘 채 산양을 노려본다. 두 다리를 떨고 있지만 산양이 눈치챌 정도는 아니다. 정지된 듯한 풍경 속으로 엷은 눈보라가 지나간다. 만만찮은 추위임에도 불구하고 그의 얼굴에 땀이 잡힌다. 이윽고 산양은 말없이 돌아간다. 창문도 닫지 못한 채 그는 방바닥에 주저앉아 약봉지의 약을 한꺼번에 삼키고 물을 찾는다. 먹물 속 같은 방 안으로 기침 소리가 쏟아진다.

"저…… 스님?"

"아, 처사님! 자주 보네."

한가한 탈의실의 평상에 알몸으로 앉아 발톱을 깎고 있던 중년의 스님이 그를 돌아보면서 미소를 짓다가 곧 무슨 일이냐는 표정으로 물었다. 그는 대형 거울 속에 들어가 있는 자신의 마른 몸을 곁눈질했다. 이발사는 의자에서 머리를 뒤로 젖힌 채 코를 골며 자고 있었다. 아침 손님이 모두 빠져나간 목욕탕에는 나른함이 끈적거렸다. 그는 머뭇거리다가 흰 수건으로 사타구니를 가렸다. 스님의 알몸은 나이에 어울리지 않게 뽀얗다.

"나중에…… 절에 한번 놀러가도 됩니까?"

"……그러든지."

스님의 늘어진 가슴살이 출렁하더니 곧 잠잠해졌다. 발톱을 자르는 손톱깎이 소리도 탈의실의 나른함을 넘어서진 못했다.

탕에도 몇 사람 없었다. 그는 신문을 보려고 몸에 물을 묻히지 않은 채 바로 한증막으로 들어갔다. 숨을 턱 막히게 하는 더운 공기가 한동안 몸을 감쌌다가 조금씩 풀어졌다. 신문은 한증막을 몇 번 들락거렸는지 이미 빳빳하게 울어 있었다. 고온을 견딘 뒤 땀을 불러내려면 멍하니 앉아서 헉헉거리는 것보다 다른 무엇이 필요했다. 그는 문 앞에 앉아 신문을 뒤적거렸다. 발톱을 모두 깎았는지 뿌연 유리창 너머로 샤워를 하는 스님이 보였다. 그 옆에는 비밀 도박장을 운영하고 있는, 그의 마을 선배인 건달 박(朴)도 있었다. 박의 등에는 색이 바래가는 용 두 마리가 뒤엉켜서 포효하는 중이었다. 세 사람은 목욕탕에서 안면을 튼 사이였다. 스님이 아침 예불을 건너뛴 채 산에서 내려올 수 없었고 아침까지 한창인 도박판을 박이 못 떠나는 것도 마찬가지였다. 새벽에야 겨우 잠이 드는 그의 처지까지 가세해서 세 사람은 자연스럽게 오전 끝 무렵의 한가한 욕탕을 함께 사용하게 된 것이었다. 그는 다시 신문을 뒤적거렸다. 피부는 끈적거렸지만 아직 땀은 흐르지 않았다. 신문을 탈의실에 갖다놓고 몸에 물을 묻혀 땀을 불러줄 마중물을 만들어야 했지만 그는 꼼짝하지 않았다. 그사이 샤워를 마친 스님이 문을 열어놓고 몇 번 심호흡을 한 뒤 들어왔고 뒤이어 박이 두 마리 용을 업고 한증막에 자리를 잡았다.

"집에 와 있냐?"

겨울 내내 목욕탕에서 만났지만 그에 대한 박의 물음은 변하지 않았다. 더이상 이어지는 말도 없었다. 그는 고개를 끄덕이곤 신문에 몰두했다. 일본 북쪽의 휴양지이자 요양지인 온천을 소개하는 기사였다. 온천은 춥고 긴 겨울이 머무르는 마을에 내려준 자연의 특혜였다. 그의 옆에 가부좌를 틀고 앉아 박의 등을 곁눈질하던 스님이 이번엔 신문을 기웃거렸다. 그는 그쪽으로 신문을 조금 내밀었다. 신문에 실린 사진은 안개가 피어오르는 노천탕에 들어가 있는 여자들을 담고 있었다. 배코 친 머리와 등, 목에 땀방울이 촘촘하게 잡히기 시작하는 스님이 사진을 보며 다소 비꼬듯이 중얼거렸다.

"좋은 곳이네! 용이 승천할 만한 자리야."

용이 승천한 뒤 온천이 터졌다는 사진 설명까지 읽은 모양이었다. 신문을 건너다본 박의 표정이 조금씩 변해갔다. 박이 두 손으로 얼굴과 목을 문지르자 땀은 물고랑을 내면서 흘러내렸다. 두 마리 낡은 용의 포효가 한증막을 곧 쓸어버릴 것 같았다. 그의 등에서도 마침내 땀이 잡히기 시작했다.

"스님, 살찐 돼지도 승천할 수 있습니까?"

그는 용의 포효를 듣지 못한 채 신문을 들고 숨을 참으며 한증막을 나왔다. 중도에 승천을 포기한 얼굴이었다. 탈의실에 신문을 던져놓고 냉탕과 온탕을 번갈아 들어갔다가 나오며 한증막을 살폈지만 두 사람은 여전히 안에서 나오지 않았다. 창틀에 있는 붉은 모래시계는 어느새 뒤집혀서 흘러간 시간의 알갱이를 현재로 되돌려보내고 있었다. 그는 다시 한증막으로 들어갈 준비를 마친 뒤 노송 가지에 올라앉은 학이 모자이크된 문을 열고 얼마간 기다렸다. 열린 문으로 더운 열기가 뭉실뭉실 빠져나왔다. 두 사람의 살덩어리는 기름 같은 땀 속에 갇혀 있었다. 붉은 모래의 하강을 노려보던 박이 먼저 입을 열며 자리에서 일어났다.

"어, 시원하다! 스님, 바쁜 일이 있어 먼저 가겠습니다."

벌겋게 달아오른 얼굴의 스님은 낡은 용 두 마리가 꿈틀거리며 빠져나가는 걸 바라보며 헛기침을 내뱉었다. 붉은 모래는 반도 채 내려가지 않은 시간이었다. 밖으로 나갈 예비동작으로 스님은 앉은자리에서 간단한 맨손체조를 시작했다. 냉탕에서 헤엄을 치는 박의 모습이 흐릿한 유리창 너머로 보였다.

"저…… 스님?"

스님의 눈빛에 짜증이 번졌다.

"꿈에 대해 좀 아세요?"

"꿈?"

실룩거리는 양 볼에서 끊임없이 땀방울이 떨어지는 스님에게 그는 진지한 표정으로 고개를 끄덕였다. 박은 뜨거운 가마솥에 빠진 개처럼 냉탕을 휘저었다. 그의 이야기가 길어질 기미를 보이자 스님의 얼굴은 일그러지고 있었다.

"꿈을 꿀 때마다 누군가가 절 보고…… 자꾸만 어디론가 같이 가자고 하거든요. 전 가기 싫은데. 가면 안 될 것 같은데…… 가야 된다고 윽박지릅니다. 꿈에서 깨어나도 그 생각 때문에 노이로제에 걸릴 지경이거든요. 어떻게 해야 될지 모르겠습니다. 아무리 꿈이라지만……"

어둠을 휘젓는 그의 손에 줄이 잡힌다. 형광등의 양 끝에서 붉은 빛이 몇 번 깜박대다가 사라지고 방 안의 어둠은 자취를 감춘다. 불면은 어둠 속보다 빛을 선호하는 모양이다. 그러나 지나치게 환하다. 그는 램프 스탠드를 켜고 형광등을 끈다. 탁상시계는 열한시 반을 넘어서고 있다. 짧은 그의 한숨을 바람 소리가 삼켜버린다. 그는 불빛 쪽으로 모로 누워 두께가 십 센티미터 조금 못 되는 오래된 국어사전을 아무 데나 펼친다. 고등학교에 들어갈 때 누군가로부터 선물로 받은 것이다. 집으로 돌아온 뒤 불면과 꿈의 공격에서 그의 방공호가 된 사전이다.

장미(薔薇) : [식] 장미과의 낙엽 활엽 교목. 높이는 2~3m, 가시가 많으며, 오뉴월에 여러 빛깔의 고운 꽃이 핌. 종류가 썩 많음. 영국의 국화. rose.

　　장미계 장미꽃부리 장미상화관 장미색 장미석영

장미소설(薔薇小說) : [문] 이탈리아의 시인 다눈찌오(D'Annunzio) 의 작품. '죽음의 승리'를 가리키는 말로, 일반적으로 퇴폐한 향기와 색채가 강렬한 연애 소설을 이름.

　　장미수 장미유

장미전쟁(薔薇戰爭) : [역] 1455~1485년 동안 영국 랭커스터 (Lancaster) 집안과 요오크(York) 집안 사이에 있었던 왕위 쟁탈전. 전자는 붉은 장미, 후자는 흰 장미를 휘장으로 하였음. the wars of the Roses.

그는 겨울 내내 사전을 옮겨적던 두툼한 노트를 밀쳐놓는다. 탁상시계는 아직 열두시를 넘지 못하고 있다. 일어나 앉아 두 눈을 문지르고 왼쪽 어깨를 두드린다. 창문은 잊고 있었다는 듯 다시 덜컹거린다. 두루마리 휴지를 찾아 몇 겹으로 접은 뒤 창문 틈새 이곳저곳에 끼운다. 그러자 이번엔 빈 양동이 두드리는 소리가 뒷마당 어디에서 들려온다. 누군가가 심심풀이로 양동이를 툭툭 치며 산책을 하는 것처럼. 그는 급하게 담배를 찾아 불을 붙인다. 두 손으로 귀를 막는다. 노트를 들고 장미에서 뻗어나간 낱말들을 낮은 목소리로 읽는다. 좁은 방을 빠져나가지 못한 담배연기는 게으르게 떠다닌다. 그는 앉은걸음으로 방문에 다가가 귀를 기울인다. 소리없이 손잡이가 돌아간다. 거실은 캄캄하다. 그의 방에서 긴 막대처럼 새어나온 빛에 의지해 주방을 더듬는다. 술병과 컵, 식은 찌개와 수저가 차례로 주방을 떠나 방으로 옮겨진다. 마지막으로, 방문이 그를 가둔다.

소주 반 병이 담겨 있는 컵이 비워진다.

식은 찌개 냄비는 뚜껑이 닫혀 있다.

벽에 기대앉은 그는 어둠을 업고 있는 창문을 노려본다. 양동이 소리는 사라지지 않는다. 탁상시계의 바늘이 열두시 반을 돌아간다. 자리에서 일어나 창문으로 갔다가 되돌아온다. 약봉지의 희고 파랗고 분홍인 알약들이 그의 입 속으로 들어간다. 남아 있는 술을 마저 컵에 따라 몇 번 만에 간신히 비운다. 담배를 반쯤 피우고서야 그는 처음으로 냄비의 뚜껑을 연다. 그러나 수저를 들기도 전에 냄비 속에다 방금 들어간 술과 아직 녹지 않은 색색의 알약을 게워버린다. 양동이에 발이 달린 것처럼 창 밖이 소란스럽다. 그의 얼굴에서 핏기가 사라진다. 눈은 다른 세상을 보는 것 같다. 과도를 쥔 채 창문을 연다. 푸른 눈밭 위에 있는 산양은 시린 물에 헹궈낸 별빛 같은 눈을 반짝이며 그를 바라본다. 그는 단숨에 창을 넘는다. 양말조차 신지 않은 채 눈밭을 향해 달려간다.

"으아아ㅡ!"

스님은 요구르트를 마시며 그의 이야기를 들었다. 차를 나르는 레지의 엉덩이를 힐끔거리며. 호텔 같지 않은 호텔 지하에 위치한 목욕탕에서 올라온 지 얼마 되지 않은 터라 볼의 살결은 아기 같았다. 그는 눈발이 드문드문 날리는 창 밖에다 시선을 얹어놓고 이야기를 마쳤다. 주방으로 돌아가는 레지를 보며 스님이 입을 열었다.

"반대가 크겠어."

"다른 방도가 없습니까?"

"부처님은 그런 데까지 신경 쓸 겨를이 없어. 그냥 받으면…… 한 삼년은 처사님 주머니에 돈복이 터질 텐데."

"받지 않으면요?"

"대개 죽지."

주방으로 들어갔던 핫팬츠의 레지가 다가와 스님 옆에 바싹 붙어앉으며 코맹맹이 소리로 물었다. 스님의 입꼬리가 금세 늘어났다.

"스님, 저도 요구르트 하나 마시면 안 돼요?"

"왜 안 되겠니!"

레지는 구르는 공처럼 주방으로 사라지더니 이내 요구르트를 들고 돌아왔다. 소파에 파묻힌 듯 처박혀서 그는 담배를 빨았다. 스님의 표정이 조금 엄숙해지더니 그 육중한 몸을 앞으로 내밀어 작은 소리를 그의 귀에 흘려보냈다.

"말이지, 온갖 귀신들과 놀면서 저승세계도 여행하고, 좋지 않아? 즐겁게 생각해!"

그의 고개가 게으르게 갸웃거렸다. 허벅지에 담뱃불로 지진 자국이 있는 레지가 말꼬리를 잡았다.

"스님들은 그렇게 못 해요?"

"우린 살이 너무 쪄서 날았다간 이내 떨어져 죽어."

겨울 동안 쌓인 눈이 무릎까지 올라오는 눈밭을 그는 맹수처럼 달려간다. 산양은 저 앞에서 그와 일정한 거리를 유지하고 있다. 그러나 그의 시선은 이미 산양에게서 떠나 있다. 머리까지 눈을 뒤집어쓴 채 허연 김을 토해내며 골짜기를 향할 뿐이다. 번갈아 눈을 빠져나오는 맨발은 발갛게 변했지만 아랑곳하지 않는다. 언덕 아래 그의 집은 곧 사라질 것 같은 작은 불빛을 흘린다. 눈을 털어낸 검은 나무들은 유령처럼 밤의 골짜기를 굽어본다.

밭과 밭 사이의 구렁에 그는 거의 거꾸로 처박힌다. 미끄럼을 타듯 눈보라가 지나가고 그는 구렁을 빠져나오려고 헤엄을 친다. 구렁의 눈은 그의 키를 넘는다. 헤어나려고 애쓸수록 더 깊이 빠진다. 그의 두 팔은 멈추지 않는다. 나무나 덩굴처럼 뿌리가 있다면 모를까. 뿌리 없는 눈을 필사적으로 잡아채고 과도로 난도질하는 노력은 허사로 끝이 난다. 언덕 위에 서 있는 산양이 그의 제자리 헤엄을 물끄러미 내려다본다. 산양은 구렁을 벗어나는 비책을 일러주지 않는다. 그의 손놀림이 조금씩 느려진다. 구렁 속에는 눈사람이 갇혀 있다. 눈사람은 조금씩 눈 속에 파묻힌다. 먼 별을 향해 산양이 고개를 쳐든다.

"으아아—!"

시퍼렇게 벗겨진 하늘에서 몇 개의 별똥이 산양의 울음에 답례라도 하듯 흘러간다. 산양은 그를 내버려두고 골짜기의 어둠 속으로 모습을 감춘다. 그는 구렁에 누운 채 동쪽 하늘에 떠 있는 북두칠성을 멍하니 바라본다. 그러다가 생각난 듯 두 발을 사타구니로 끌어모아 언 손으로 주무른다. 발과 손은 잘 여문 고구마 빛깔을 띠고 있다. 그는 제자리에서 일어나 발밑에 눈을 다져 어렵지 않게 구렁에서 빠져나온다. 좀 전의 허우적거림은 연기였다는 듯.

구렁 밖으로 나온 그는 몇 걸음 걷지 못하고 주저앉는다. 다시 발을 감싸안고 주무른다. 작은 불빛이 새어나오는 그의 방은 눈밭 저 아래에 있다. 앉은 채로 조심스럽게 한쪽 발을 눈 위에 올려놓았다가 불에 덴 것처럼 다급히 뗀다. 그는 웃옷을 벗어 양 소맷자락을 과도로 잘라내 그 속으로 발을 넣곤 남은 부분은 한 바퀴 감아서 동여맨다. 다시 불빛을 좇아 길 없는 눈밭을 절뚝거리며 걷는다. 한숨을 풀어놓지만 이내 자취를 감춘다. 눈을 나르는 바람이 잔뜩 어깨를 움츠리고 걷는 그의 모습과 먼 불빛을 번갈아 지웠다가 되살린다.

"니 서울서 무슨 가방공장 한다고 들었는데?"

"몸이 안 좋아 좀 쉬려고 내려왔어요."

호텔의 오층 스카이라운지의 창 밖으로 눈발이 드문드문 날렸다. 면소재지의 거리는 추위 탓인지 한산했다. 커피 배달을 나가는 다방 레지의 모습만 가끔 볼 수 있었다. 박의 두 눈은 충혈돼 있었다. 밤새도록 도박판을 관리한 탓이었다. 호텔의 어느 객실에서 박이 도박판을 열고 있다는 사실은 공공연한 비밀이었다. 박의 코스와 그의 코스가 자주 겹치는 것에 대해 두 사람은 어떤 조정도 하지 않았다. 그는 박이 사주는 맥주를 마시며 저 아래의 스산한 풍경을 내려다보았고 박은 소파에 기대 눈을 감은 채 휴식을 취할 뿐이었다. 출입문이 열리는 소리가 들릴 때마다 두 사람의 시선이 그곳으로 향했지만 스님까지 가세하는 상황은 벌어지지 않았다.

"니도 옛날에 나한테 많이 맞았나?"

그는 의아한 눈으로 박을 바라보았다. 목욕을 했는데도 박의 얼굴은 피곤에서 헤어나지 못했다. 등에 달라붙어 있는 두 마리의 용은 옷과 소파에 눌려 헉헉대고 있을 것이다. 그는 옛날을 추억하는 표정을 지었다.

"그때가 좋았지…… 나일 먹으니 사는 재미가 없어. 짭새들 피해 부엉이처럼 매일 밤이나 새우고."

"형은 주로 입 가지고 공을 찼지요."

"감독 겸 선수였지."

"게임 끝나고 맞지 않으면 그날 밤잠을 자지 못했어요. 불안해서."

"동네 축구는 애들을 때려야만 이기는 거야. 더구나 돈내기였잖아."

"이십 년도 더 지났는데, 난 아직도 가끔 형한테 뺏다 맞는 꿈을 꿔요."

"새끼, 소심하긴!"

그는 점퍼를 챙겨입고 자리에서 일어나 물었다.

"형은 삼청교육대에 안 끌려갔어요?"

눈송이는 어느새 함박눈으로 변했다. 사위는 어둑어둑해지고 스카이라운지는 허공에 뜬 섬 같았다. 그는 어지러운지 잠깐 비틀대다가 승강기를 탔다. 문이 닫히자 덜컹, 하는 떨림과 함께 승강기가 움직였다. 사층에서 문이 열렸지만 어둠침침한 복도에는 아무도 없었다. 삼층 복도에는 객실에서 나왔을, 신문지에 덮인 쟁반이 보였다. 이층에는 멈추지 않았다. 찬바람이 들어온 곳은 일층이었다. 승강기는 지하 일층에서 더 이상 내려가지 않았다. 맞은편 보일러실에서 윙윙거리는 소음만 건너왔다. 문을 닫고 일층을 누른 뒤 돌아서니 흐릿한 거울 속에서 한 여자가 걸어오고 있었다. 그는 손으로 벽을 짚은 채 중얼거렸다.

"결국…… 네가 오고 있구나……"

발에 박혀 있는 얼음은 좀체 풀리지 않는다. 가려움을 참지 못한 그의 손놀림이 바쁘다. 발가락 사이마다 끼워져 있는 휴지에 피가 잡혀 있다. 시간을 확인한 뒤 그는 한숨과 함께 램프 스탠드를 끈다. 소나무 숲을 빠져나가는 바람 소리가 어두운 방으로 들어온다. 새우처럼 몸을 오그린 채 솜이불을 머리까지 뒤집어쓴다. 손은 발가락 사이에서 떨어지지 않는다. 창문이 흔들린다. 어디선가 방울 소리 비슷한 소리가 들려온다. 말 울음도 섞인 듯하다. 짐승들이 서로 뒤엉켜 싸우는 것 같다. 그는 몸을 공처럼 만 채 이불 속에서 꼼짝 않는다. 창문은 금방 떨어져 나갈 듯 덜컹거린다. 창문을 열어달라는, 흐느낌이 섞인 여자의 애절한 목소리도 넘어오지만 그는 더더욱 이불을 끌어당겨 꼭꼭 여민다. 화끈거리는 발가락만 더 세차게 긁어댄다. 그때, 춥다고 징징거리는 아이의 울음을 지우며 잠가놓은 창문이 열리는 소리가 들린다. 닫히는 소리까지. 온갖 소리들이 봄날 눈 녹듯 사라지고 있다. 그의 목구멍에서 침 넘어가는 소리만 정적을 잠깐 흔들 뿐이다. 그는 조심스럽게 이불의 한 귀퉁이를 들어올리고 어두운 방을 살핀다. 손을 내밀어 더듬거리다가 램프 스탠드의 스위치를 찾아 누른다.

빛은 초록의 잔디밭을 향해 일제히 몰려가는 경기장의 조명처럼 방을 밝힌다. 그는 시린 눈을 감는다.

"이제 뭘 하지?"

그가 커피를 다 마시길 기다렸다는 듯 그녀가 물었다. 날은 이미 어두워져 있었다. 그는 빈 커피잔을 만지작거리다가 길 건너 시외버스 터미널에서 빠져나온 버스를 따라 시선을 옮겼다. 그녀의 인상이 어두워지더니 재빨리 입을 열었다.

"밥도 먹고 차도 마셨으니 술 한잔 걸칠까?"

"……"

"아까 들어오면서 보니 이 호텔 꼭대기층이 술집이던데, 밖으로 나갈 거 없이 그리로 가자?"

그녀를 뒤에 세운 그는 승강기를 이용하지 않고 계단을 택했다. 시멘트 계단은 두 사람의 신발 소리를 남기면서 왼편으로 완만하게 돌아갔다. 그녀는 불평 없이 그를 따랐다. 붉은 카펫이 깔린 이층 객실 복도는 어두웠다. 에로영화로 채워진 책꽂이에 꽂히는 희미한 조명 속을 그와 그녀는 지나쳤다. 삼층을 통과할 때 그녀는 걸음을 멈추고 짧은 한숨을 쉬었지만 그는 계속해서 계단을 올라갔다. 사라졌던 신발 소리 하나가 다시 울렸다. 벽 너머에서 승강기의 쇠줄 돌아가는 소리가 빠져나왔다. 그녀가 소리쳤다.

"그냥 돌아가란 뜻이야?"

밤의 스카이라운지에서 유리창을 통해 볼 수 있는 것은 면소재지를 밝히는 불빛의 여러 모습이었다. 움직이는 불빛과 고정된 불빛. 그녀는 그의 얼굴과 시선, 몸의 사소한 움직임을 뚫어지게 살폈다. 그 사이사이 참았던 숨을 쉬듯 술을 들이켰다. 그때마다 그는 그녀의 빈 잔에 술을 따랐다.

"내 눈으로 확인해야 인정하겠어."

그의 눈언저리로 샘물이 솟듯 차오른 눈물이 볼을 타고 흘러내렸다.

그녀는 한동안 그 모습만 바라보다가 키득키득 웃음을 토했다. 동서울행 막차가 사거리에서 좌회전을 하는 시간이었다. 정류장에는 운행을 모두 마친 시내버스들이 잠들어 있었다. 두 사람은 어색한 침묵을 이어가며 술잔만 비웠다. 안주에는 손도 대지 않고. 오층 높이의 허공에 떠있는 자신들의 모습을 쳐다보며. 그는 허공 속의 그녀를 향해 물기 하나 없는 질문을 보냈다.

"서울은 어때?"

그녀는 불빛으로 변했다가 다시 나타난 허공의 그에게 마지막 병을 흔들어 보였다.

"이제 뭘 할까?"

그는 깊은 잠에서 깨어난 듯 눈을 비비며 솜이불 속에서 빠져나와 어색한 표정으로 방을 둘러본다.

"뭐야, 손님 초대해놓고 주인이 먼저 떨어지고 말이야! 이제 정신이 들어?"

"처사님이 정신적으로 피곤한 게지. 우린 술이나 마시면 돼."

박과 스님을 그는 번갈아 바라본다. 그 옆에는 벽에 기댄 채 술을 마시는 그녀도 있다. 그는 머리를 휘휘 젓다가 갸우뚱거린다. 탁상시계의 바늘은 새벽 세시를 향해 이동하고 있다. 그는 눈 덮인 산사의 풍경이 담긴 달력을 올려다보고 생각난 듯 두 발을 살핀다. 너무 긁어서 피가 흐르던 발가락은 거짓말처럼 깨끗하다. 믿어지지 않는 듯 발을 얼굴 앞으로 끌어당겨 우스꽝스런 자세로 발가락 사이를 하나하나 점검한다. 그의 행동을 본 세 사람이 눈을 찌푸린다.

"아, 자식, 술맛 떨어지게 뭐 하는 거야?"

그러나 세 사람의 수저가 오가는 곳을 본 그는 놀란 입을 다물지 못하고 떨리는 손가락으로 냄비만 가리킨다. 박의 시선이 그의 얼굴과 손가락, 그리고 냄비를 빠르게 일주한다.

"왜 그래? 안주에 금덩이라도 들었어?"

그들은 태연하게 냄비에 든 그의 구토물을 안주로 먹고 있다. 욕지기가 올라오는 그의 얼굴은 벌겋게 변한다. 냄비를 보지 않으려고 애를 쓰지만 시선은 코뚜레에 꿰인 듯 되돌아온다. 그녀는 안주가 너무 맛있어 평소 주량을 초과했다고 말하며 배시시 웃는다. 그는 어색하게 고개를 끄덕이며 그녀가 내민 잔을 받는다.

"정말 내가 초대했어?"

"새끼, 그럼 우리가 몰래 쳐들어왔다는 거야 뭐야!"

"아니…… 기억나지 않아서. 설명 좀 해봐."

그는 그녀에게 도움을 청한다.

"스카이라운지에서 만났잖아. 밤이면 귀신들이 찾아와 설치는 통에 잠을 잘 수 없다며? 그러자 이분이 그까짓 귀신은 주먹 한 방이면 도망간다고 했고 스님은 목탁 몇 번만 두드리면 된다고 그랬어. 그런데 대체 귀신이 어디 있다는 거야?"

그녀의 물음에 대답이라도 하듯 유리창이 심하게 덜컹거린다. 안주와 술잔을 오가던 그들의 손길이 멈춘다. 스님은 바랑에서 목탁을 꺼내고 박은 옷소매를 걷어올린다. 그녀는 그에게 창문을 열어보라고 눈짓을 한다. 그는 자리에서 일어났지만 쉽게 창문을 열지 못한다. 온갖 괴이한 소리들은 조금씩 볼륨을 높여간다. 창문이 열리면 일제히 방으로 쏟아져들어올 것만 같다. 복장을 추스른 스님의 목탁 소리가 결진 의지를 확고하게 드러낸다. 그 옆에서 박은 손가락 관절을 하나하나 꺾은 뒤 검은 가죽장갑을 정성스럽게 끼고서 창을 노려본다. 하늘로 올라가지 못한 두 마리 용과 집돼지 한 마리의 비호를 받으며 호기심에 사로잡힌 그녀가 그를 밀치고 천천히 유리창을 연다.

울 안을 쏘다니던 눈보라가 창 밖에서 소용돌이치며 그들의 시야를 가린다.

"나도 한때 스님이 되고 싶었다고 하면 믿지 않겠죠?"

창 밖으로 담배연기를 흘려보내며 박이 스님에게 건넨 말이다. 창틀에 겹쳐 올려놓은 두 팔에 턱을 괸 스님은 미소를 지으며 고백한다.

"저 바람처럼 떠도는 멋진 건달이 되고 싶었지……"

밤바다를 관람하는 듯한 세 사람의 뒷모습을 보며 그는 초읽기를 하듯 술잔을 비운다. 냄비를 들어 입에 대고 훌훌 들이켠다. 세 사람은 여전히 눈에 덮인 밤의 골짜기를 바라보며 이야기를 나눈다. 눈밭에 서서 그의 창을 주시하던 산양마저 사라진 밤이다. 그의 고개가 힘을 잃고 꺾였다가 힘들게 제자리로 돌아온다. 이제 그만 돌아가달라는 그의 부탁은 바람 소리에 묻혀 세 사람의 귀에 도착하지 못한다. 그는 술잔에 약봉지를 털어넣고 마신다. 방바닥으로 튀어나간 분홍색 알약은 손가락으로 집어 먹는다. 벽에 기댄 그가 딸꾹질을 할 때마다 입술 사이로 멀건 물이 흘러나온다. 박과 스님 사이에 작은 새처럼 끼어 있던 그녀가 고개를 돌려 호기심 가득한 눈으로 묻는다.

"이제 뭘 할까?"

그 말에 그는 깊은 잠에서 깨어난 듯 눈을 떴다. 주위를 돌아보았다. 넓은 침대 위에 홀로 앉아 있었다. 낯선 방이었다. 두껍고 짙은 색의 커튼이 창을 가렸지만 너무 밝은 형광등이 켜져 있어 눈을 몇 번이나 비볐다. 방바닥은 맥주병과 안주 부스러기들로 어지러웠고 한쪽에는 여자의 겉옷과 속옷이 아무렇게나 흩어져 있었다. 그는 두 손으로 머리를 싸매듯이 감싼 채 여자의 속옷만 바라보았다. 하지만 그 부동의 자세는 금세 깨졌다. 퉁겨나가듯 침대를 내려온 그는 방을 가로질러가서 문을 열었다.

붉은 카펫이 깔려 있는 복도는 어두웠다. 술기운이 역력하게 남아 있는 그는 방에서완 달리 조심스럽게 걸음을 옮겼다. 철로 된 문마다 붙어 있는 번호는 그가 삼층 복도를 걷고 있다고 일러주었다. 그는 일직선으로 이어진 복도를 걸으며 문을 만날 때마다 걸음을 멈추고 귀를 기울였다. 아무 소리도 새어나오지 않았다. 복도의 끝에서 반대편 끝까지 걷는 동안 사람의 모습도 볼 수 없었다. 그는 계단을 통해 이층으로 내려갔다. 이층 복도도 어두웠다. 똑같은 모양의 철문들이 복도를 사이에 두고 양편에 도열해 있었다. 마치 거대한 납골당 같은 분위기였다. 손잡이를 잡고 돌려보았지만 철문은 잠겨 있었다. 이층에서도 사람을 만날 수 없었다. 다시 계단을 이용해 삼층으로 올라간 그는 삼층 복도를 일별한 뒤 곧바로 사층으로 올라갔다. 그의 걸음은 대단히 느렸다. 언뜻 보면 제자리에 서 있는 것 같은 착각을 불러일으킬 정도였다. 몽유병자의 보행과도 비슷했다. 그럼에도 불구하고 힘이 드는지 벽에 기댄 채 잠시 숨을 돌렸다. 저편 끝 천장 아래에서 어두운 복도를 내려다보고 있는 감시 카메라를 한참 동안 바라보더니 중얼거렸다.

"내가 지금 왜 여기 있지?"

그는 이마로 서너 번 벽을 찧었다. 두 손으로 머리를 감싸고 멍하니 복도 끝의 감시 카메라를 쳐다보았다. 제자리에서 맴을 돌다가 비로소 신발도 신지 않은 자신의 전형적인 알몸을 발견했다. 그녀의 부재로 인한 다급함 때문에 벌어진 일이었다. 그는 복도를 두리번거렸다. 복도에는 여전히 아무도 없었다. 천장에 박혀 있는 전구는 흐린 빛을 흘리고 있었다. 그는 삼층으로 내려가는 계단을 찾았다. 쓴웃음을 흘렸다. 걸음을 옮길 때마다 사타구니에서 성기가 덜렁거렸다. 두 손을 모아 사타구니를 가렸다. 삼층 복도 입구에서 생각에 잠겼다가 몸을 돌려 이층으로 내려갔다. 이층 복도 입구에서 좌우를 살펴 사람이 없는 걸 확인하고 철문에 붙어 있는 번호를 확인해나갔다. 복도 끝에는 사층에서처럼 감시 카메라가 내려다보고 있었다. 그는 감시 카메라 밑의 더이상 앞으로 갈 수 없는 벽에 이마를 대고 얼마간 그대로 서 있었다. 그러다가 순간 자세를 틀어 날랜 표범처럼 달리기 시작했다. 신발도 신지 않은 터라 복도에는 아무 소리도 피어나지 않았다. 그렇게 삼층 복도까지 왕복하고 사층 복도의 끝에 도착해 붉은 카펫에 쪼그려앉았다.

"……방 번호가 생각나지 않아."

잠든 건물의 어둡고 긴 동굴 같은 복도 끝에서 그는 더이상 갈 곳을 정하지 못했다. 희미한 불빛에 의지해 벽에다 손가락으로 호텔 내부의 약도를 그려나갔다. 지하의 남탕과 여탕, 일층의 다방과 카운터, 계단과 승강기, 이층에서 사층까지의 객실과 복도, 마지막 오층의 스카이라운지까지. 그는 고개를 저으며 아무것도 그려지지 않은 벽을 손바닥으로 지워버렸다. 그는 매달려 있거나 걸쳐지고 넣어진 게 전혀 없는 자신의 알몸을 손으로 더듬다가 포기했다. 두 무릎 사이에 머리를 파묻었다가 꺼내 천장을 바라보았다. 감시 카메라는 변함없이 검붉은 복도를 굽어보고 있었다. 멍하니 카메라의 턱밑을 쳐다보다가 일어나 두 손으로 세수하듯 얼굴을 쓰다듬었다. 처음 상을 받는 배우처럼, 아니 처음 무대에 오르는 신인배우처럼 다소 굳은 자세로 카펫 위를 걸어나가다가 걸음을 멈추고 뒤돌아섰다. 그는 검은 렌즈 앞에서 한 손으로 사타구니를 가린 채 무언극을 시작했다. 렌즈 너머의 깨어 있을 그 누군가를 향해.

온몸이 땀에 젖은 채 그는 잠에서 깨어난다. 집 안은 무덤처럼 조용하다. 탁상시계는 아침 열시로 이동하고 있다. 자리에서 일어나지 않고 모로 누워서 마개를 닫지 않은 술병과 냄비에서 빠져나온 역한 냄새가 배어 있는 방을 살핀다. 담배를 찾아 불을 붙이자마자 튀어나오는 기침으로 재떨이에다 한 수저 분량의 가래를 뱉어낸다. 두 다리를 끌어당겨 얼굴 위에 띄워놓으니 발가락 사이에 말라붙은 피딱지가 간밤의 전황을 대신 설명해준다.

"하룻밤 건너는 데 천 년이나 걸린 것 같아……"

절뚝거리면서 그는 화장실과 안방 거실을 점검한다. 상보가 덮인 밥상에는 반찬들이 옹기종기 모여 있다. 그는 밥상 앞에 주저앉아 숟가락도 들지 않은 채 한참 동안 들여다보기만 하다가 상보를 덮는다. 주전자의 물만 비운다. 뱃속의 물이 목까지 차오를 때까지. 자리에서 일어나려다가 상보 끝으로 튀어나온 수저와 젓가락 손잡이를 보고 한숨과 함께 다시 주저앉는다. 그러나 공기에 반도 채우지 않은 밥을 비우지 못하고 도로 수저를 놓는다.

창문 옆에 의자를 놓고 앉아 담배를 피우며 눈 위에 찍혀 있는 간밤 그의 발자국을 따라가다가 돌아오고 다시 따라간다. 도처에서 튀어나오는 햇살은 자꾸만 눈을 감게 만든다. 아직 약을 먹지도 않았는데 그는 깜박깜박 선잠 속을 드나든다. 창 밖의 눈은 영화처럼 일시에 산을 지워버리고 끝이 보이지 않는, 햇살이 작열하는 눈의 사막으로 변한다. 눈의 사막에서 길을 찾거나 만들기는 쉬운 일이 아니다. 멀리 갔는데 결국 출발지로 돌아오는 둥근 길만 있을 뿐이다. 도중에 장님이 되기도 한다. 그는 눈으로 들어간 담배연기에 눈물을 흘리며 잠 밖으로까지 따라나온 악몽을 물리치듯 낮은 목소리로 중얼거린다.

"장미, 장미계, 장미꽃부리, 장미상화관, 장미색, 장미석영…… 장미소설, 장미수, 장미유, 장미전쟁."

그는 눈을 떴다. 검붉은 복도에서의 일인 무언극은 효과가 있었다. 계단과 복도가 만나는 곳에 산양이 서 있었다. 그는 잘못을 저지른 어린아이처럼 산양의 눈과 정면으로 마주치는 것을 피했다. 카메라 밑에 쪼그려앉은 자세도 풀지 않았다. 하지만 볼을 타고 흐르는 눈물만은 막을 수 없었다. 산양은 천천히 그에게 다가와 혀를 내밀어 눈물을 핥아주곤 말했다.

"여기 계속 있을 거야?"

몇 걸음 앞에서 걷는 산양을 따라가는 그의 모습은 마치 유인원이 된 것 같았다. 산양은 가끔 고개를 돌려 그의 상태를 점검했다. 그는 어디로 가는 거냐고 산양에게 묻지 않았다. 이 호텔의 주인이냐고도 묻지 않았다. 겉옷과 속옷을 모두 벗어놓은 채 사라진 그녀의 행방도 묻지 않았다. 산양은 사층 계단을 내려가 삼층 복도로 들어섰다. 똑같은 문들이 번호만 달리한 채 도열해 있는 검붉은 복도를 잠시 바라본 산양은 그에게 계단 바로 앞의 방문을 눈짓으로 가리켰다. 그가 그토록 찾아헤

맸던 방을.

"시간이 얼마 남지 않았어."

문 앞에서 망설이는 그의 등에 대고 산양이 말했다. 그는 손잡이를 돌리지 못했다. 문에 붙은 방 번호를 손가락으로 닦으며 물었다.

"왜 나지?"

대답을 찾아 몸을 돌렸지만 어두운 복도 어디에도 산양의 모습은 보이지 않았다. 그 어둠에 대고 다시 물었다.

"왜 나냐고?"

그는 철문의 손잡이를 돌렸다. 그러나 문은 열리지 않았다. 그는 문을 부숴버릴 듯이 두드렸다.

무덤 옆의 산양은 흰 봉분을 지키는 석수 같다. 지팡이를 든 그는 불룩 튀어나온 점퍼의 가슴 부분을 손으로 쓸어내리고 산양을 향해 다가간다. 밤새 얼었던 눈은 내딛는 그의 발밑에서 한 박자 늦게 무너져내린다. 강한 햇빛을 막으려는 그의 시선은 눈이 모두 떨어진 검초록의 소나무 가지에 닿아 있다. 산양은 참을성 있는 표정을 한 채 그가 가까이 다가오길 기다린다. 많은 눈이 내리면 산 속의 짐승들은 먹이를 찾아 양지 쪽으로 모이거나 심한 경우에는 탈진해서 마을로 내려온다. 산짐승들의 천적은 다름아닌 눈인 것이다. 고향을 떠나 산 지 오래되었지만 그는 그 사실을 잊지는 않았다. 산양과의 거리가 십여 미터로 좁혀지자 산양은 골짜기로 몸을 돌리며 말한다.

"이제 가자."

그는 서두르지 않는다. 의심이 가는 곳은 지팡이로 먼저 찔러본 뒤 산양을 따라간다.

열리지 않는 문 앞에서 그는 다시 주저앉았다. 두 손으로 알몸을 뒤져 담배를 찾으려 했지만 허사였다. 그는 문에 등을 기대고 앉아 계단과 승강기를 번갈아 살폈다. 떠나간 산양을 다시 불러올 수 없다면 누가 보아도 남은 방법은 창피함을 무릅쓰고 일층의 카운터를 찾는 것뿐이었다. 돌아가지 않는 철문의 손잡이를 잡고 그는 일어났다. 계단을 향해 한 걸음 나갔다가 마지막이라는 표정으로 한 번 더 문을 두드렸다. 십여 초의 기한은 속절없이 흘러갔다. 그는 사납게 머리를 긁으며 계단을 향했다.

철문은, 삼류영화처럼, 그가 계단 하나를 내려갔을 때 작은 소리를 내며 열렸다. 그는 영화 속 등장인물처럼 고개를 돌렸다. 한 뼘쯤 열린 문틈으로 역시 알몸의 그녀가 부스스한 머리만 내민 채 거슴츠레한 눈으로 그의 모습을 아래위로 훑었다.

"⋯⋯미쳤어? ⋯⋯왜 거기 있어?"

산양은 그의 인내심이 허용하는 거리를 알고 있는 것 같다. 너무 가깝지도 않고 멀지도 않은 간격을 유지한 채 계속해서 산을 올라간다. 그의 얼굴은 땀으로 젖어간다. 계속해서 누런 가래를 눈 위에 뱉어놓으며 거리를 좁히려고 애를 쓴다. 그는 점퍼 속으로 손을 디밀어 무엇인가를 확인한다. 산양의 발자국을 그의 신발이 밟아나간다. 행여 시야에서 놓치더라도 걱정할 필요가 없는 것이다. 그는 산마루를 넘어가는 산양의 엉덩이에 회심의 예고탄을 쏘아보낸다.

"넌 오늘, 죽었어!"

눈 덮인 겨울 산은 메아리조차 울리지 않는다. 그는 헉헉거리며 설산을 올라간다.

"날 찾아 나갔다고? 무슨 소리야, 난 계속 여기 있었어!"

"……너는 없고 니 옷만 있었어."

"정말…… 병에 걸린 모양이네. (그녀는 발기되지 않은 그의 성기를 만지작거린다) 그 병에 걸리면…… 사랑도 못 한다면서?"

"……"

"그럼 앞으로 뭘 하지?"

소나무에 기댄 채 그는 소변을 본다. 소변 색깔은 지나치게 노랗다. 저편 바위에 앉아 있는 산양의 코에서도 김이 피어나고 있다. 그는 잘 려나간 소나무 그루터기에 앉아 담배를 피운다. 산 아래 눈밭에 있는 그의 집은 나뭇가지 하나에도 지워진다.

"스님, 우리나라 속담을 바꿔야겠습니다!"

한증막에서 나온 박이 온몸에 땀방울을 매단 채 이죽거렸다. 등에 업힌 두 마리 용도 땀으로 뒤범벅이었다. 거울 앞에 바짝 붙어앉은 스님은 눈빛으로 박을 쏘아주곤 배코 친 머리에 다시 비누칠을 했다. 스님의 오른손엔 일회용 면도기가 들려 있었다. 박은 능글능글 웃으며 스님 옆을 떠나지 않았다.

"아냐, 속담을 바꿀 수야 있나! 스님, 면도기 이리 주세요. 제가 깎아 드리겠습니다."

"됐다, 이놈아! 손도 없는 뱀새끼한테 면도길 주느니 차라리 머리 길 러 환속하겠다."

"아 참, 뱀이 아니라 용이라니까 그러네! 스님, 거울 보고 뒷머리 면 도하는 게 쉬운 일인 줄 알아요? 참견 안 할 테니 혼자 잘해보세요."

"그게 용이면 절간 추녀에 있는 용은 다 미꾸라지겠다!"

그는 온탕 속에서 머리만 내놓은 채 박과 스님의 수제비태껸을 구경했다. 툴툴대며 냉탕을 한바탕 뒤집어놓은 박은 다시 학이 지키고 있는 한증막으로 들어갔다. 스님의 머리 깎기는 마치 사과의 껍질을 얇게 벗기는 것 같았다. 머리의 굴곡을 따라 흰 비누거품이 밀려간 자리는 넉가래가 만든 눈길이었다. 그는 공들여 제 머리를 미는 스님의 뒷모습을 입을 벌린 채 훔쳐보다가 그만 외마디 비명을 토했다. 스님의 손놀림도 멈췄다. 잘 닦인 거울 같던 스님의 뒤통수에서 빠져나온 검붉은 피가 실뱀처럼 꿈틀거리며 어디론가 떠나가고 있었다.

그는 손으로 눈을 퍼서 먹는다. 걸음을 옮길 때마다 다리가 후들거린다. 옷은 이미 눈과 땀에 모두 젖었다. 눈 위에 찍힌 산양의 발자국은 끊임없이 어디인가로 가고 있다. 이제 그의 집도 보이지 않는다. 소나무 사이로 보이는 해는 어느새 나무 그림자를 동남쪽으로 옮겨놓았다. 그는 손수건으로 감은 과도를 안주머니에서 꺼내 옆에 있는 소나무에 꽂는다. 칼끝은 예리하게 반짝인다. 손수건으로 싼 다음 다시 호주머니에 넣는다. 산양은 저 앞에서 그는 안중에도 없다는 듯 고개를 숙인 채 묵묵히 걸어간다. 오르막길에서 산양을 따라잡는 것은 무리다. 능선에서 눈이 많은 골짜기로 몰아야 한다. 흘러내리는 땀을 눈으로 씻어내며 비탈을 오르다가 그는 발을 헛디뎌 눈 속에 처박힌다. 일어나려고 지팡이를 잡은 손에 힘을 주지만 지팡이마저 미끄러진다. 눈 속에다 거친 숨을 쏟아낸다. 간신히 머리를 드니 능선 위에서 산양이 그를 물끄러미 내려다본다. 싸리나무 줄기를 잡고 일어난다. 그는 타임을 외치듯 손을 들어 산양에게 신호를 보내곤 옷에 묻은 눈을 턴다. 고사목 등걸에 앉아 장화를 벗으니 아무렇게나 반죽이 된 눈이 떨어지고 양말에선 모락

모락 김이 올라온다. 가래를 뱉어내며 담배를 피운다. 산양도 눈에 주저앉아 휴식을 취한다. 그는 자꾸만 감기는 눈을 뜨려고 눈썹에 힘을 준다. 동남쪽으로 누워 있는 나무들의 그림자가 점점 길어진다.

눈보라가 일렁거리는 창 밖을 보며 담배를 피우던 스님과 박, 그녀가 술자리로 돌아왔다. 그는 딸꾹질에서 벗어나지 못한 채 벽에 기대 계속해서 물만 토했다. 그런 그를 보는 세 사람의 표정이 점점 어두워져갔다. 그는 침묵 속으로 딸깍딸깍 건너가는 탁상시계의 초침 소리를 들었다. 술잔을 비운 세 사람은 어떤 결심을 굳힌 듯 서로 눈빛을 교환했다. 그는 어둠이 배를 붙이고 있는 창을 바라보며 입을 열었다.

"저 밖에서…… 누군가 날, 데려가려고 해."

스님이 대표로 대답했다.

"잘 갔다 오게."

그와 산양은 마침내 한데 엉켜 산비탈을 굴러간다. 소나무에 부딪혀 잠깐 멈췄다가 다시 굴러간다. 굴러갈수록 부피를 더해가는 눈덩어리가 된다. 그의 두 손과 발은 오래 전부터 한몸이었다는 듯 산양에게서 떨어지지 않는다. 다섯 개의 산을 넘고서야 된 한몸이 된 감격을 쉽게 놓아버리지 않겠다는 듯. 눈덩어리는 마침내 골짜기로 곤두박질한다. 그는 입에 가득한 눈을 뱉어내고 숨을 고른 다음 산양의 그렁그렁한 눈에 대고 말한다.

"……난 호텔에 가서 목욕하고 싶어."

그의 품에서 나온 과노가 산양의 목을 파고든다. 가느다란 휘파람 소리가 목에서 새어나온다.

"바보같이…… 나는…… 너야."

서쪽 산에서 건너온 그림자가 골짜기를 덮고 있다. 그는 홀로 눈구덩이에 갇혀 멈추지 않는 딸꾹질을 하고 있다. 그의 집은 붉은 지붕만 보인다. 더이상 손을 움직여 갈증을 해소하지 못한다. 다리를 움직여 눈을 파헤치지도 못한다. 과도가 파고든 목에서 흘러나오는 피는 난분분 떨어지는 꽃잎처럼 눈을 물들인다. 겨우겨우 고개를 돌린 그의 입이 눈을 조금 베어먹는다. 입술도 붉게 변한다. 골짜기에서 시린 바람이 내려오고 산그늘은 점점 더 짙어진다.

"젠장! 또 지긋지긋한 밤이 오네."

그는 늘어지게 하품을 하고 눈을 감으며 중얼거린다.

"장미, 장미계…… 장미꽃부리, 장미색, 장미……소설…… 장미……전쟁……"

눈밭에 북호텔이 서서히 모습을 드러낸다.

불개

오늘밤 이동.
　　　　　　　리의 신호다.
그때까지 날개 달린 새로 변신할 수 있을까.
　　　　　　　　아니면 단숨에 철책을 뛰어넘을 수 있는 다른 산짐승으로.
왜 대답이 없어?
　　　　　　　북으로 돌아가면 제일 먼저 뭐 할 거야?
오입이나 실컷 해야지. 너는?
　　　　　　남쪽에서 머물렀던 시간만큼 잠을 자겠어.
　　　　　　　　　　　아니면 술을 마시거나.
　　　　　　　아니면 면도를 하거나.
　　　아니면……

돌산이 강과 만나는 곳을 휘감고 돌아가는 도로엔 차량 행렬이 끊이지 않는다. 이십여 초 안에 산을 내려가 도로를 건너야 한다. 숨어 있는 적들의 눈은 계산에 없다. 그들의 눈까지 계산에 포함시킨다면 길을 건너는 것을 포기해야 한다. 운명의 몫은 남겨두는 법이다. 운명. 나는 비트의 덮개를 내리고 다시 수첩을 펼친다. 가느다란 햇살을 수첩에 올려놓는다. 11월 5일, 잣나무숲에서 사망. 틀림없는 내 필체다. 하지만 나는 내 손으로 일 주일 뒤의 내 운명을 적은 기억이 없다. 더구나 지난 사십이 일 동안 이 수첩에 기록된 내용은 모두 과거의 일이다. 건너편 비트에 은신해 있는 리(李)의 짓으로 보기도 어렵다. 우리가 장난으로 돌산에 숨어 있는 것은 아니니까. 나는 볼펜으로 마지막 기록을 까맣게 지워버린다. 그러나…… 그 내용은 더욱 또렷하게 머릿속에 새겨진다. 심한 요의가 밀려온다. 사타구니에 몰린 긴장을 풀자 아랫도리가 따스하게 젖어간다.

얼음이 얼기 전에 저 강을 건너야 해.

도로를 건너면 다음엔 강이다. 하지만 단풍이 아직 한창인데 얼음이 얼 것 같진 않다. 시간이 흐를수록 리의 조바심은 수위를 높여간다. 한 달음에 휴전선까지 달려가겠다는 표정이다. 나는 좁은 비트 속으로 몸을 디밀며 리의 조바심을 풀어줄 만한 우스개를 찾는다.

기저귀 차고 있으니 꼭 애가 된 기분이야!

리는 무표정한 얼굴로 소총에 새 탄창을 넣고 실탄을 장전시킨 뒤 감쪽같이 몸을 감춘다. 그 자리엔 낙엽만 무성하다. 멀리서 군견이 짖는 소리가 메아리로 변하고 있다. 나도 내 모습을 산비탈에서 지워버린다. 적들의 추격을 따돌리려면 당분간은 움직이지 말아야 한다. 부족한 수면을 보충할 수 있는 시간이다. 겨울잠을 자는 산짐승들이 이러하리라. 쫓는 자와 쫓기는 자가 있다. 어쩔 수 없이 쫓는 자는 직업적이고 쫓기는 자는 필사적이다. 쫓는 자는 속옷에다 대변을 보면서까지 쫓진 않는다. 그들이 혁대를 풀고 바지와 속옷을 내려 볼일을 볼 때 쫓기는 자는 엉덩이에 말라가는 대변을 붙인 채 십 리를 달려간다. 하지만…… 쫓기는 자는 시시각각 스스로를 태워 소모하는 촛불을 닮았다. 사십여 일을 달려온 리와 내게 남은 초의 양은 얼마일까. 적들도 아마 같은 계산을 하고 있을 것이다.

검은 바다 위로 잠수함이 떠오른다.

물개 같은 정찰조원들이 하나둘 재빠르게 잠수함 속으로 들어간다. 내가 마지막 차례다. 우리가 떠나온 해안선은 짙은 어둠에 묻혀 있다. 멀리 있는 불빛은 한없이 게으른 자의 집에 걸려 있는 외등 같다. 이번 임무도 별탈 없이 마쳤다. 돌아갈 일만 남은 것이다. 닫히는 해치 소리가 무겁게 등허리에 달라붙는다. 담배 생각이 간절하다. 숨겨둔 술로 대신할 수밖에 없다. 잠수함은 그르렁거리며 바다 속으로 들어간다. 술기운이 퍼지기 무섭게 졸음이 밀려든다. 한잠 자고 나면 연락소가 있는 낙원항에 도착할 것이다. 나는 이박 삼일 동안의 피로가 배어 있는 몸을 누인다. 승조원들의 잡담이 벌 떼의 닝닝거리는 날갯짓 소리로 들린다. 옆자리의 리는 벌써 코를 곤다. 동해바다 속을 오르내린 지가 벌써 몇번째던가. 귀가 먹먹해진다. 심해로 들어가는 모양이다. 가물거리는 눈으로 승조원들의 뒷모습을 바라본다. 언제부터…… 복장이 바뀌었지? 승조원들은 모두 검은 두루마기를 걸친 채 갓을 쓰고 있다. 누가 봐도 잠수함같이 협소한 공간에서 착용하기엔 실용성이 떨어지는 복장이다. 행여 옷자락이 예민한 기계에 말려버리기라도 한다면 돌이킬 수 없는 불상사가 벌어질지도 모를 일이다. 나는 지나가는 승조원의 옷을 잡고 묻는다.

　불편하지 않습니까?

　납빛 얼굴의 승조원은 잠깐 나를 내려다보더니 말없이 가버린다. 찬바람만 남겨놓은 채. 잠기운이 달아난다. 그러고 보니 리와 나만 얼룩무늬 군복 차림이다. 더 깊은 곳으로 잠수함이 내려가는지 점점 귀가 아파온다. 왠지 모를 이상한 기운이 감돌고 있음을 비로소 눈치챈다. 검은 두루마기를 입은 승조원들에게서 살아 있는 사람의 기운을 느낄 수 없다. 나는 즉각 총을 잡고 잠든 리를 흔든다. 리는 깨어나지 않는다. 납빛 얼굴의 승조원들이 하나둘씩 내게 다가온다. 걸음을 옮길 때마다 잠수함이 흔들거린다.

　뭐야! 네놈들 정체가 뭐야?

내 총구가 불을 뿜어낼 때마다 검은 옷을 입은 승조원들이 한 명 한 명 바닥으로 쓰러진다. 붉은 단풍이 떨어지듯.

차량이 굽이를 돌 때마다 산을 올라온 불빛이 내가 은신해 있는 비트 앞의 단풍을 휘감았다가 사라진다. 온몸이 식은땀으로 젖었다. 전투원이 아닌 승조원들이 아직까지 살아 있을 가능성은 희박하다. 잠수함을 빠져나온 이상 그들은 악어가 우글거리는 늪에 버려진 초식동물이나 마찬가지다. 그들과 헤어지는 것은 당연한 절차였다. 죄책감을 느낄 필요도 없다. 그들은 기지로 돌아갈 잠수함을 좌초시키는, 돌이킬 수 없는 실수를 저질렀다. 그런데 왜 이렇게 끈질기게 쫓아오는가.

나는 주머니를 뒤져 피우다 만 담배꽁초를 찾아낸다. 불빛이 새어나갈 염려는 없다. 밤이 되면서 올라오는 땅 속의 한기가 만만찮다. 입고 있는 옷과 낙엽으로 견디는 것에도 한계가 있다. 날씨는 하루가 다르게 추워진다. 어쩌면 리의 말대로 곧 얼음이 얼지도 모를 일이다. 식량이 떨어지기 전에 길과 강을 건너야 한다. 남은 식량은 라면 세 봉지와 얼마간의 쌀, 그리고 고구마가 전부다. 꽁초를 피웠는데도 머리가 빙빙 돈다. 기분이 나쁘지는 않다. 독한 술이 있다면 금상첨화겠지만 바랄 수 없는 일이다. 부지런히 발가락을 움직이고 손바닥이나 비비는 수밖에. 리는 잠들었을까. 아무 신호도 보내지 않는다. 하긴 이 시간에 좁은 비트 속에서 깨어 있는 게 되레 고역일 것이다. 잠들 수 있으면 잠들어야 한다. 악몽에 사로잡히더라도. 적들의 정황을 보건대 이삼 일은 더 이곳에 은신해 있어야 될 것 같다. 이 싸움은 어쩔 수 없이 서로간의 인내심 싸움이 되어가고 있다. 나는 쌀을 꺼내 한 숟가락 정도를 입에 넣고 침을 섞어가며 천천히 씹는다. 입 속에서 죽이 쑤어질 때까지. 물론 이렇게 쏜 죽이 밥이 될 가능성은 없겠지만.

뛰어! 최대한 빨리 이 지역을 벗어나야 해!

그러다 노출되면 끝장이야!

아직 시간이 있어!

얼굴에 묻은 피를 채 닦지도 않은 리는 큰 도박을 고집한다. 지금까지의 이동방법과는 정반대의 행마를. 나는 망설인다. 리가 다시 재촉한다.

어차피 우리 목표는 휴전선이야! 시간 끌수록 힘들어져.

달린다. 평원이 아닌 험준한 산자락을. 리가 앞장서고 내가 뒤따른다. 노랗고 붉게 물든 단풍들이 몸을 휘감았다가 풀어진다. 쓰러진 고사목을 뛰어넘고 바위를 오르고 뛰어내린다. 신발이 쑥쑥 들어가는 소나무숲을 통과한다. 민간인들과 그곳에서 맞닥뜨릴 줄은 전혀 예상하지 못했다. 먼 곳에서 발견했더라면 내가 먼저 피했을 것이었다. 순식간에 만났다. 송이를 따고 있던 그들의 놀란 얼굴이 바로 곁에서 따라온다. 코앞에 있는 벌집을 만난 듯한 표정. 혀를 날름거리는 살모사와 대면한 표정. 총성이 메아리가 되어 되돌아온다. 사그라들지 않고 계속해서. 이명처럼. 달리고 있는 리의 뒷모습은 살쾡이 같다. 덤불을 빠져나가는 모습은 산돼지 같다. 바위를 타넘을 땐 날다람쥐 같다. 내 뒷모습도 저럴 것이다. 숨이 턱까지 차오르고 가슴속에서 잉걸불이 타오르지만 멈출 수 없다. 나를 겨냥하는 무수한 총구에서 발사된 탄두가 뒷덜미까지 도착한 듯 서늘하다. 리가 균형을 잃고 산비탈을 구른다. 그러다 다시 일어나 달린다. 산그늘이 내려온다. 해가 지고 있다. 어둠이 빠르게 번지고 있다. 나무들에 부딪히고 돌부리에 걸려 넘어진다. 몇 시간을 달린 걸까. 달려도 달려도 새로운 산이 나타난다. 갑자기 리가 몸을 던져 나를 쓰러뜨린다.

저 아래 골짜기에서 한 점 불빛이 희미하게 반짝인다. 깊고깊은 산 속에 불빛이라니.

리와 나는 무엇에 홀린 사람처럼 한마디 말도 없이 불빛을 향해 휘청 거리는 걸음을 옮긴다. 폭설로 며칠을 굶은 산짐승이 모든 전의를 잃고 민가를 찾아가는 것 같다. 머릿속엔 다른 아무것도 떠오르지 않는다. 우리는 울타리 뒤에 서서 섬돌에 흩어져 있는 신발들을 물끄러미 보다 가 마당으로 들어선다. 아이들의 웃음소리가 불빛 속에서 흘러나온다. 나는 리를 향해 고개를 끄덕인다. 리가 윗방 문을 연다. 나도 재빨리 아 랫방 문을 열고 들어간다.

아버지!

저녁을 먹고 있던 가족들이 일제히 함성을 내지른다. 숟가락을 든 채 달려오는 내 아이들을 나는 멍하니 바라볼 뿐이다. 어깨에 매달린 아이 들을 두 팔로 안고 있을 뿐이다. 아내는 말없이 눈물만 훔친다. 김이 솟 는 밥상을 얼마 만에 보는지 모르겠다. 권총을 쥔 손에 몰린 힘이 스르 르 풀린다. 신발도 벗지 않은 채 방으로 들어왔음을 비로소 깨닫는다. 운동화는 그 동안 내가 달려온 길을 그대로 보여준다. 밥그릇에 밥을 담는 아내의 눈에 다시 눈물이 고인다. 나는 아이들에게 이끌려 밥상 앞에 앉는다. 침샘이란 침샘에선 갓 판 우물처럼 군침이 솟고 있다. 이 자리로 돌아오려고 적지에서 수십 개의 산과 길을 건너는 수고를 했던 것이다. 밥 한 공기가 금세 사라진다. 아내는 물을 내밀고 다시 밥을 푼 다. 그릇에 밥을 담는 시간보다 먹는 시간이 더 적게 걸린다. 나를 보는 아내의 얼굴이 조금씩 밝아진다. 아내는 술도 한잔 따라 내놓는다. 더운 음식이 몸 속으로 들어가자 오랜만에 느껴보는 나른한 기운이 기분 좋게 퍼진다. 밥을 먹다가 그대로 잠들 것 같은 기분이다. 막 감기려는 눈을 뜨며 아내에게 묻는다.

근데, 언제 이살 했지?

어느 틈에 내 권총을 가져간 아내가 가면을 벗는다. 아이들의 얼굴에서도 가면이 떨어진다. 권총의 총구는 내 가슴을 노려보고 있다. 두 손을 든 채 내 앞의 낯선 얼굴들을 바라본다.

무장을 한 군인들을 태운 트럭 행렬이 도로를 메우고 있다. 나는 서둘러 권총을 찾는다. 싸늘하게 식어 있다. 총구를 내 가슴으로 돌려본다. 명치 근처가 근질거린다. 비트로 들어오는 한 오라기 햇살을 손바닥에 올려놓는다. 기름이 끓듯 요동친다. 적당하게 달궈지면 볼에다 문지를 생각이다. 붕붕거리는 차량 소음에 맞춰 굳어버린 듯한 몸을 조금씩 움직인다. 관절과 뭉쳐 있는 근육을 차례차례 풀어준다. 하루가 다르게 기온이 떨어진다. 물드는 단풍만 봐도 알 수 있다. 서리가 내리고 얼음이 얼고 눈이 올 것이다. 그전에 철책을 넘을 수 있을까. 모르겠다…… 마침내 겨드랑이와 등줄기에서 더운 땀이 새어나온다. 들척지근한 땀냄새가 진동한다. 뱃속에서 신호가 온다. 무장한 군인들을 태운 트럭의 행렬은 끊이지 않는다. 어쩔 수 없는 노릇이다. 아랫배에 힘을 준다. 뭉툭한 덩어리가 몸을 빠져나가면서 냄새를 피워올린다. 땀냄새는 아무것도 아니다. 가급적 엉덩이를 바닥에서 들어올리려고 애를 쓰지만 여유가 없다. 기저귀 밖으로 똥이 새나가지 않기를 바랄 뿐이다. 그래도…… 내게 권총을 겨눈 자가 아내가 아니었다는 게 다행이다.

리의 신호가 건너온다. 적들의 동네가 심상치 않다는 내용이나. 물론 예상한 일이다. 나는 두툼한 기저귀 뭉치를 발밑에다 파묻는다. 공기를 환기시키기 위해 덮개를 조금 열어놓는다. 단풍 너머 11월의 하늘은 아득하게 푸르다. 그러나 지상의 전장은 리와 나의 바람과는 달리 점점 좁아지고 있다. 단 한 번의 노출이 불러온 결과였다. 아니 어쩌면 예정된 차례일 것이다. 그 마지막 격전지로 우리와 석들은 한 발 한 발 이동하고 있을 뿐이다. 나는 생라면을 씹으며 도로를 살핀다. 건너가야 할 강의 폭을 가늠한다. 강을 건너다 사람들 눈에 발견되면 그야말로 최악이다. 그럼에도 불구하고 우리가 선택할 수 있는 최선은 저 강을 건너는 것이다. 우리의 흔적을 추적해오는 적들이 이곳에 도착하기 전까지. 나는 주머니에서 수첩을 꺼낸다. 지워버린 기록 아래는 여전히 백지로 남아 있다. 하루가 지났으니 죽음까지 엿새가 남았다. 비트 주변에는 잣나무가 보이지 않는다. 지워버린 기록이 사실이라면 최소한 저 길과 강에는 죽음의 냄새가 배어 있지 않다는 얘기다. 다행이다. 물에 팅팅 불은 채 떠내려가고 싶진 않다. 아스팔트 위에다 피를 뿌리는 것도 질색이다. 나는 수첩을 한 장씩 되넘기다가 첫 장에서 멈춘다.

마침내 시작됐군.

리가 산봉우리로 접근하는 헬기를 노려보며 중얼거렸다. 산 아래 골짜기 마을로 속속 군용 트럭이 도착하고 무장을 한 군인들이 내렸다. 무수한 총구가 잠수함을 빠져나온 우리들을 향해 조여들었다. 헬기가 다른 산으로 옮겨가자 이번엔 확성기에서 흘러나온 소리가 쩌렁쩌렁 울렸다.

동지들, 산에서 얼마나 고생합니까? 나는 동지들과 함께 침투한 조타수 최광수입니다. 나는 지금 동지들을 실리기 위해 이 방송을 합니다. 동지들은 지금 이중 삼중으로 완전 포위되어 벗어날 수 없습니다. 동지들! 이제 동지들은 임무도 완수 못 하고 북으로 돌아간들 처벌밖에 없습니다. 그 고통을 어떻게 견디겠습니까? 귀중한 목숨을 위해 더이상 저항하지 말고 자수합시다. 새로운 삶을 위해 귀중한 생명을 버리지 맙시다. 동지들! 결단을 내립시다. 동지들은 아직까지 국군에게 피해를 준 것은 없습니다. 더이상 지체하지 말고 자수하여 같이 삽시다.

나는 리의 담배에 불을 붙여주며 물었다.

내용이 좀 촌스럽지 않아?

자수할 생각조차 아예 달아났어.

내려가서 문장 좀 다듬어주고 올까?

그러든지.

북쪽 봉우리를 돌아나온 헬기는 기관총을 밖으로 내놓은 채 다시 리와 내가 있는 봉우리를 맴돌고 있었다. 정상에다 병력을 내려놓으려는 것 같았다. 아래위에서 양동작전을 펼치겠다는 것이었다. 소총을 나뭇가지에 걸쳐놓은 리는 헬기가 돌아오길 기다렸다. 이윽고 총성이 울렸다. 열려 있는 헬기의 문 너머에서 적 한 명이 쓰러졌다. 리와 내가 다음 엄폐물을 향해 몸을 틀면서부터 헬기의 기관총은 우박을 퍼붓듯이 탄피를 쏟아냈다. 햇살에 반짝이는 허공의 무수한 탄피들.

순간, 내 머리카락이 곤두섰다. 이어 바로 뒤에 있는 나무가 쌀가마니 터지는 소리를 내질렀다. 리와 나는 거의 동시에 뒤돌아보았다. 소나무 중동이 여지없이 꺾여 있었다. 나는 다급히 리의 눈빛을 읽어낸 뒤 떨면서 고개를 끄덕였다. 샤타구니는 흥건하게 젖어버렸다.

다시 머리카락이 곤두서는 느낌이다. 사십여 일 전 내 미리의 한 뼘쯤 위로 지나간 탄두가 불러일으킨 서늘한 바람을 생각하면 아직도 온몸에 소름이 돋는다. 아마도 내 인생에 있어 내 몸의 가장 가까운 곳까지 접근했던 탄두일 것이다. 그 바람은 이 세상의 바람이 아니다. 어쩌면 나는 다른 무엇도 아닌, 그 바람의 냄새에서 달아나려고 이곳까지 밤과 낮을 가로질러 도망쳐왔다는 게 맞을 게다. 그러고 보면 몸에 밴 대소변 냄새는 살아 있음을 증거해주는 너무도 인간적인 증거다.

사람을 죽인 건 처음이야……

나도 그래.

죽이지 않으면 결국 내가 죽는 땅에 버려진 것도 처음이야.

……

위에선 왜 아무 연락이 없는 거지?

리가 보내오는 신호에는 깊은 우울이 묻어 있다. 나는 수첩의 검게 지워진 마지막 기록을 보다가 덮는다. 검게 지워진 곳에서도 그 서늘한 바람이 새어나오는 것 같다. 나는 리에게 다가올 11월 5일에 대해 말하지 못했다. 리는 눈이 내리기 전까지 휴전선을 넘을 수 있겠느냐고 묻지 못했다. 물론 내 대답도 듣지 못하겠지만. 나는 수첩을 호주머니에 넣는다. 비트에서 벗어나지 않는 한 기록할 내용은 없다. 공식 기록에 악몽까지 포함하라고 요구할 사람은 없을 것이다. 이 땅구덩이에서 나가지 못하면 수첩의 여백도 침묵에서 벗어날 수 없을 것이다. 한숨이 자주 나온다. 도로에는 끊임없이 차량들이 지나다닌다. 어디로 저리 바쁘게 달려가는 것일까. 노래가 흘러나오는 버스에선 아예 모두 일어나 춤을 추고 있다. 설악산 단풍놀이? 나는 꽁초를 찾아 불을 붙인다. 북에서도 단풍놀이를 가느라 우리를 까맣게 잊은 게 아닐까.

194

다시 팔다리가 저려온다. 같은 자세로 너무 오래 버텼다. 땅에서 올라오는 냉기도 만만찮다. 어두워지면 무리를 해서라도 밖으로 나가 마른 낙엽을 긁어와야겠다. 나는 강을 배경으로 서 있는 도로변의 은행나무를 보며 몸을 풀어준다. 바람 속에서 유독 노랗게 물든 한 그루가 눈에 들어온다. 해가 뜰 무렵 강물이 피워올린 안개 속에 갇혔다가 모습을 드러내는 은행나무는 아름다웠다. 북에 있었다면 나도 한 사람을 아무렇지 않게 잊어버리고 단풍을 보러 떠날 수 있을 거란 생각이 든다. 가지를 떠난 은행잎들이 바람에 날려 강물로 내려앉는다. 젠장! 땅구덩이 속에 너무 오래 처박혀 있으니 공상만 오만 가지로 뻗어나간다. 차라리 잠드는 게 낫다. 술이라도 있으면 좀더 쉽게 잠을 청할 수 있을 텐데……

리의 신호에 잠을 깬다. 사방이 어둠에 휩싸였다. 야광시계는 자정 근처를 기웃거린다.

십 분 뒤 이동.

상황은?

양호. 지나가는 차량만 조심하면 돼.

……마침내 떠나는군.

새벽이면 휴전선 밑에 도착해 있겠지. 개새끼들! 우리 힘으로 돌아가서 다 부숴버리는 거야.

도로를 건너는 것은 간단했다. 차량도 달려오지 않아 그림자를 남기시 않았고 매복중인 석군노 깨우지 않았다. 다만 어둠 속으로 은행잎 몇 개가 떨어졌을 뿐이었다. 리와 나는 도로 아래의 비탈을 단숨에 내려가 강안에 다다른다. 도로 건너편에서 비트를 만들고 기회를 엿본 지난 노력이 허무해질 정도였다.

예상대로 물은 차갑다. 너무 깊지 않기를 바랄 뿐이다. 내가 앞장서고 소총을 든 리는 뒤를 경계하며 강을 건넌다. 가끔 지나가는 차량의 불빛은 구불구불한 도로 여건상 우리가 건너는 지점을 비추지 못한다. 누군가 도로에서 차를 돌리지 않는 한. 다만 건너편이 문제다. 낮 동안은 문제 없었지만 어둠을 틈타 적의 매복조가 들어왔을 가능성이 있기 때문이다. 역시 그것은 운명의 몫이다. 물은 점점 깊어진다. 달도 뜨지 않은 밤 검은 강을 건너기란 쉽지 않다. 기억을 되살려 오로지 감각으로 건너야 한다. 물살이 급하지 않은 게 그나마 다행이다. 나는 건너편 산봉우리를 기준으로 삼는다. 물은 이제 사타구니까지 차오른다. 헤엄을 쳐야 할 때가 된 것이다. 시린 물에 저려오던 다리가 화끈거리기 시작한다. 리에게 신호를 보낸 뒤 머리만 수면 위로 내놓는다. 온몸으로 전류가 지나가는 것 같다. 머리만 남은 괴물 같은 모습의 리가 이빨을 다닥거리며 나지막하게 투덜거린다.

돌아가기만 해봐라. 연락소 새끼들, 몇 배로 갚아줄 테니.

강물이 끝나는 곳은 갈대밭이다. 리와 나는 우리가 건너온 강을 뒤로 하고 산을 향해 키를 넘는 갈대밭 속으로 들어간다. 아무 난관도 없이 도로와 강을 건넌 게 오히려 이상하다. 차가운 물에서 빠져나와 옷이 모두 젖었는데도 춥기는커녕 묘한 긴장감이 우리를 휘감고 있다. 지난 며칠 동안 트럭으로 이동한 수많은 적군들은 모두 어디에 있단 말인가. 적들이 쳐놓은 교묘한 덫을 향해 조금씩 들어가는 것은 아닐까. 리도 같은 불안이 든 모양인지 침 삼키는 소리가 내 귀에까지 들린다. 갑자기 갈대밭에 대낮처럼 밝아지는 조명탄이 뜨고 화염방사기가 일제히 불기둥을 뿜어내는 환영이 사라지지 않는다. 갈대밭에는 사람의 기척에 잠을 깨고 날아가는 새 한 마리 없다. 말라가는 갈대가 신발에 밟혀 조용히 허리를 꺾는 소리가 고작이다. 나는 걸음을 멈춘다.

지나치게 조용하지 않아?

그믐밤일 뿐이야. 어쩌겠어. 가자구, 앞으로 가는 수밖에 없어.

네 발 달린 짐승처럼 몸을 낮춘 리가 앞서 걷는다. 검은 소나무들로 가득한 산까지 가는 길이 한없이 늘어나는 것 같다. 젖은 바지가 허벅지에 붙었다가 떨어지면서 싸늘한 기운이 몸을 휘감는다. 무사히 적지를 통과해 휴전선을 넘으면 누가 우리를 기다릴까. 이름도 없는 잠수함을 타던 남파 공작원에서 인민의 영웅으로 승격될까.

큭! 인민의 영웅……

갑자기 힘이 빠진다. 옷을 벗어 물을 짜던 리도 바위에 걸터앉아 강 건너 도로를 물끄러미 바라볼 뿐 자조 섞인 내 말의 의미를 캐묻지 않는다. 나타났다가 사라지기를 되풀이하는 자동차의 불빛만이 건너편의 전부다. 그러다 그마저 자취를 감춘다. 짐처럼 매달리는 축축한 옷을 입고 나는 일어선다.

자, 마지막 도박을 해보자구.

지도상으로 볼 때 적과 만나지만 않는다면 세 시간이면 휴전선까지 도착할 것이다. 어쩌면 내일은 따뜻한 밥상을 점심으로 받을지 모른다. 정신을 잃을 때까지 술잔을 비울 것이다. 아니면 밤새도록 아내와 뒤엉켜 돌아가겠지. 마침내 산짐승에서 인간으로 돌아가는 것이다.

무모한 짓이야!

리는 내 의견을 거부했다. 내 속내까지 의심하는 얼굴이었다. 적의

1차 포위망을 뚫고 나온 대관령 구간이었다. 나는 서쪽을 가리켰고 리는 태백산맥을 고집했다. 1차 포위망을 뚫은 건 결국 동료들의 희생 덕분이었다. 나는 목소리를 높였다.

남조선 인구가 얼만 줄 알아? 자그마치 사천만이야! 총구 사천만 개가 우릴 찾고 있어.

그러니까 태백산맥을 택한 거야.

그 루트는 어린아이도 눈치챌 수 있어!

산을 벗어나자고? 도시로 들어가 남조선 사람인 척하자고? 거지 행세를 하며?

도시로 잠입해 남조선에서 활동하는 공작원과 접선해 때를 기다리자는 계획이었다. 하지만 좌초된 잠수함에서 빠져나온 지 보름이 지났는데 어느 쪽에서도 아무런 연락이 없다는 게 문제였다. 어디에 살고 있는지도 모를 공작원을 무작정 찾아갈 수 없다는 리의 주장도 틀린 말은 아니었다. 사건의 파장이 어느 정도 가라앉기를 기다리는 거라고 설득했지만 허사였다. 태백산맥은 지난날 울진 삼척 지구에 상륙했던 선배들이 퇴각하다가 전멸한 곳이었다. 그 루트를 되밟는다는 게 어떤 결과를 불러올지 알 수 없었다. 선택은 오로지 우리 두 사람의 몫이었고 나는 결국 리의 손을 들어주었다. 대관령을 건너면서 리는 내게 말했다.

승산은 반반이야.

산 아래 저 멀리에서 반짝이는 마을의 불빛은 낮은 곳을 찾아가는 강물 같다. 무리지어 모여 있거나 외따로 반짝이는 불빛도 보인다. 끊어질 듯 위태롭다가도 되살아나는 불빛의 띠가 서쪽으로 흘러간다. 사람들은 저 불빛 아래에서 잠들어 있을 것이다. 동쪽 하늘의 어둠은 조금씩 묽어지고 있다. 리도 갈등에서 쉽게 빠져나오지 못한다. 젖었던 옷이 모두 말랐다가 다시 땀냄새를 풍기는 시간, 우리 두 사람은 휴전선 바로 아래에 도착했다. 길고길었던 장정의 거의 끝자락에 다다른 것이다. 이 지점은 북과 남의 거리가 가장 짧은 곳이다. 상대편의 고함까지 들릴 정도로. 철책만 무사히 통과한다면 일출은 금강산에서 볼 수 있다.

너무 쉽게 여기까지 도착한 게 왠지 꺼림칙해.

생소납지 않은 갈등이다. 서로의 마음이 뒤바뀐 것 같다. 이곳에 비트를 파고 적들의 동향을 다시 며칠에 걸쳐 파악할 생각을 하니 온몸이 근지럽기 시작한다. 수첩 속 지워버린 기록도 떠오른다. 그 날짜 전에 휴전선을 넘어야 한다. 땅구덩이 속에서 산 아래의 불빛을 바라보는 데에도 한계가 있다. 이제 그만 나를 따스하게 비춰주는 불빛 속으로 들어가고 싶은 것이다.

가자. 우린 적을 따돌린 거야. 여긴 진짜 절벽이야. 시간 끌 장소가 아냐.

안 돼. 이건 함정이야. 민통선을 통과하면서 적 매복조와 만나지 않았다는 게 더 이상한 일이야.

동쪽 하늘은 조금 더 벗겨졌다. 리의 진단은 내 귀에 들어오지 않는다.

그럼 여기서 헤어지자. 조국 땅에서 다시 만나.

한 몸에 두 개의 머리를 달고 있었던 것 같은 리와 나는 헤어진다. 뒤를 돌아봐도 리는 따라오지 않는다. 어쩔 수 없다. 각자가 선택한 길을 믿는 수밖에. 민둥산에는 억새만 무성하다. 권총을 쥔 손에 땀이 흐른다. 잠수함이 좌초된 이후의 불안하고 고독한 시간들이 빠르게 되살아났다가 사라진다. 전에도 없었고 앞으로도 결코 두 번 다시 다가오지 않을 시간들일 게다. 어쩌면 나는 철책을 넘는 순간부터 심심하고 무료한 일상 속으로 접어들게 될지 모른다. 능선을 넘는다. 저 아래편에서 투광등이 철책을 밝히고 있다. 그 너머로 금강산의 봉우리들이 어두운 하늘을 짊어지고 있는 게 보인다. 나는 마른 풀숲에 엎드려 호흡을 가다듬는다.

새라면……

투광등과 투광등 사이의 사각지대. 경계병 둘이 다음 초소로 떠난 지 정확하게 오 분이 지나자 나는 재빠르게 능선을 타고 내려간다. 적들이 손에 손을 잡고 지키지 않는 한 철책을 넘는 것은 간단한 일이다. 죽고 살기로 도망치는 자는 있어도 죽고 살기로 쫓아가는 자는 드문 법이다.

퍽!

이런 제기랄! 철책에 다가가기 무섭게 긴 탐조등 불빛이 나를 휘감는다. 벗어나려 하지만 허사다. 빛의 난폭한 혓바닥이 나를 핥고 있다. 철책을 올라가며 탐조등을 향해 권총 방아쇠를 당긴다. 벌집을 건드린 모양이다. 사방에서 어둠을 찢어발기는 총성이 울린다. 악착같이 철책을 올라간다. 그 서늘한 바람이 다시 내 곁을 지나간다. 손에서 피가 흘러내린다. 윤형 철조망 속으로 몸을 디밀면서도 내 권총의 총구는 지상으로 내려온 햇덩이 같은 탐조등을 향해 괴성을 내지른다. 젠장! 저 불기둥만 삼켜버릴 수 있다면. 가시에 걸린 옷이 떨어지고 살이 찢어진다.

북쪽, 밤의 금강산 일만이천 봉우리는 여전히 어둡다. 몸의 곳곳이 낚싯바늘 같은 윤형 철조망에 걸려 움직이지 않는다. 이게 무슨 망신이란 말인가. 북과 남을 가르는 철조망 꼭대기에 구멍이 숭숭 뚫린 오징어처럼 걸려 오도 가도 못 하게 되었으니. 죽어도 이렇게 죽을 순 없는 것이다. 망막을 태워버릴 듯 노려보는 탐조등을 향해 나는 방아쇠를 당긴다. 그 빛이 일시에 사라지는 소리마저 쓸쓸하다.

무슨 일이야? 왜 끙끙거려?

……

가을이 깊어지고 있다. 온몸으로 시린 바람이 드나드는 것 같다. 시간과 날씨를 확인한다. 저 아래 기울어진 햇살이 미끄러지는 도로와 강, 건너편 갈대밭을 확인한다. 길옆 찬란하던 은행나무는 그사이 거짓말처럼 잎을 모두 떨궈버린 채 다소 참담하다는 듯 서 있다. 바람이 낙엽을 쓸어나른다. 리는 더이상 신호를 보내지 않는다. 몸살이 도지는 모양인지 등줄기가 오슬오슬 떨린다. 짧은 시간 동안 너무 멀리 여행을 갔다 온 모양이다. 두 손으로 다리부터 주무른다. 짐승처럼 두터운 피부와 털을 갖지 못한 고충이다. 한숨을 겨우 삼킨다. 오 분만 더 빨랐더라면 철책을 넘을 수 있었다. 이렇게 똥냄새가 피어나는 좁은 땅구덩이 속으로 되돌아오지 않을 수 있었는데. 꿈속에서는 왜 영원히 죽을 수 없는 걸까. 그랬더라면 철조망에 걸려 있는 내 모습이 세상의 웃음거리가 되었을 텐데. 몸이 조금씩 더워진다. 잎을 모두 버리고 더워지기란 쉽지 않다. 때가 밀릴 때까지 손바닥을 움직여야 한다. 얼굴을 더듬는다. 사십여 일 동안 깎지 못한 수염이 무성하다. 거울이 있을 리 만무하고 면도기도 마찬가지다. 나조차 나를 알아보지 못할 것 같다. 내 몸과 마음이 다른 누군가와 뒤바뀐 듯하다. 좌초된 잠수함에서 태어나 지금 어디로 가고 있는 중일까. 내가 묻혀 있는 이 땅의 이름이 무엇인지 모르겠다. 사타구니에 손을 넣는다. 진흙 반죽을 주무르는 느낌이다. 아내의 얼굴이 떠오른다. 아내의 그곳이 떠오른다. 물컹거리던 반죽의 한 곳이 이내 터진다. 손가락 사이로 개구리알을 감싸던 점막이 터져 흘러 내리는 것 같다. 시큼한 냄새가 피어난다. 노을이 건너가는 강을 멍하니 바라보다가 꽁초에 불을 붙인다. 양 볼이 시큰거리며 달아오른다.

오늘밤 이동.

리의 신호다. 그때까지 날개 달린 새로 변신할 수 있을까. 아니면 단숨에 철책을 뛰어넘을 수 있는 다른 산짐승으로.

왜 대답이 없어?

북으로 돌아가면 제일 먼저 뭐 할 거야?

오입이나 실컷 해야지. 너는?

남쪽에서 머물렀던 시간만큼 잠을 자겠어. 아니면 술을 마시거나. 아니면 면도를 하거나. 아니면……

되게 많구만! 하긴 산속에서 달포를 버텼으니. 그나저나 그럴 여유가 있겠어? 한동안 환영행사 참석하기도 바쁠 텐데.

그렇겠지? 번잡한 덴 체질에 맞지 않아 걱정이야.

영웅이 되었는데 어쩌겠어. 감당해야지.

그래야겠지.

……

……

술 남은 거 있어?

없어.

담배는?

꽁초뿐이야.

너하고 이런 얘기 하는 것도 참 오랜만이네.

그러게. 꽁초라도 던져줄까?

됐어.

바람이 어둠을 불러온다. 강은 점점 더 검어지고 있다. 끊겼던 리의 신호가 다시 건너온다.

돌아갈 수 있을까.

나는 대답 대신 수첩 속 지워버린 기록을 중얼거린다. 리의 속내도 점점 숯덩이가 되어가는 모양이다. 한 달이 지났지만 먹통이나 다름 없는 단파수신기를 부숴버릴 때 이미 짐작했던 일이다. 믿을 것은 권총 과 소총 한 자루, 그리고 수류탄이 전부다. 오대산을 통과한 뒤 민가에 서 절취한 십만분의 일로 축적된 지도마저 없었다면 그야말로 고립무 원의 지경에 떨어졌을 것이다. 어쩌면 그 배신감에 이를 갈며 우리는 끝없이 이어지는 이백오십여 리 산길을 달려온 것인지도 모른다. 조국 을 위해. 조국 통일의 성스러움을 위해…… 그것들은 서리를 맞기도 전에 모두 다 떨어져버린 낙엽 같은 결의문이 되었다.

지금 남조선에선 우릴 놓고 뭐라 할까?

리의 질문이 갑자기 많아졌다. 오랜 묵언에서 해제된 사람처럼. 발언 의 수위도 왠지 위태롭다. 땅구덩이 속이란 것을 감안하더라도.

잠이나 자두자. 멀고 고된 길이 될 것 같은데.

이핼 바라는 건 아니지만…… 그럴 수밖에 없었잖아?

상은 섶게 얼어버린 늦하다. 굽이를 돌아가는 차량의 불빛이 그 위를 핥을 때마다 번들거린다. 짐이랄 것도 없는 짐을 꾸린다. 바람은 낮보 다 거세졌다. 비가 내리기를 바랐는데 어쩔 수 없다. 나는 비트의 덮개를 천천히 밀어올린다. 마치 무덤의 봉분을 들어올리고 나가는 기분이다. 바람에 날리는 낙엽들이 나의 출토를 반겨준다. 비트 속으로 들어갈 땐 물든 잎이 무성했는데 이제는 빈 가지만 흔들리고 있다. 리의 덮개도 움직인다. 두 손이 나오고 헝클어진 머리가 따라나온다. 나는 어둠 속에 웅크리고 앉아 잠시 리의 얼굴을 바라본다. 낯설다. 리 역시 내 앞으로 얼굴을 들이민다. 비트는 허물지 않고 다시 덮개를 닫아 위장해놓는다. 훗날 누군가 다시 이곳에 올지 모르기 때문이다.

도로를 건넌다.

허벅지까지밖에 잠기지 않는 강을 건넌다. 수면을 핥고 온 바람이 매울 뿐이다.

갈대밭 입구에서 나는 뒤돌아본다. 때론 악몽보다 더 얕게 흐르는 게 현실의 강물인 것 같다. 물론 적의 포위망이 이동할 때까지 엉덩이에 똥딱지를 붙인 채 땅구덩이 속에서 버틴 덕이기도 하지만.

동쪽 설악산으로 치달리는 산줄기를 벗어나 북쪽 능선으로 방향을 바꾼다. 울창한 소나무가 비탈에 가득하다. 긴장했는지 앞서 걷는 리의 걸음이 조심스럽다. 새벽까지 휴전선 근처에 도착하지 못할 것 같다. 잡목의 틈입을 허용하지 않는 소나무숲의 생리로 인해 지형이 너무 탁 트인 때문이다. 적 매복조와 만나면 꼼짝없이 당할 장소다. 그렇다고 나무 뒤로 숨을 수는 없는 노릇이다. 나는 손짓으로 아래편 계곡을 가리킨다. 리가 고개를 끄덕인다. 시간이 다소 걸리더라도 우회하는 게 상책이다. 리의 몸이 계곡으로 틀어지는 순간 나는 숨을 멈춘다. 소총의 노리쇠뭉치가 잘 칠한 기름에 미끄러져들어가는 소리가 묵직하게 들렸기 때문이다.

뛰어!

저 앞 소나무와 소나무 사이에서 총성과 함께 불꽃이 튀어나온다.

무장공비다아!

매복조의 간격이 어떻게 될까. 후퇴하느니 차라리 돌파하는 게 낫지 않을까. 추격을 따돌리고 비트로 은신할 시간은 없다. 산비탈을 내리달리는 적의 그림자가 점점 많아진다. 계곡은 고립의 장소다. 나무를 엄폐물로 삼은 리의 소총도 탄피를 내뱉는다. 갈 길은 하나다. 왔던 길을 되돌아가는 것. 일단 적의 시야에서 사라지는 게 급선무다. 리의 엄호에 힘입어 나는 수류탄 두 개를 연거푸 던진다.

내 안의 무엇인가가 몇 초 간격을 두고 폭발하는 소리가 저 뒤편에서 들린다. 여기까지 와서 되돌아가야 한다니. 휴전선 너머 북쪽에선 도대체 무얼 하고 있는가. 산비탈의 경사가 급해진다. 우리가 건너왔던 강이 보인다. 굽이를 돌아가는 차량의 불빛이 꼬리에 꼬리를 물고 있다. 그사이 강폭은 배나 넓어진 것 같다. 나는 절벽을 뛰어내리려는 리를 잡는다.

건널 수 없어! 조명탄이 뜨면 끝장이야!

그럼 어디로 가자고?

축제가 벌어진 듯 밤하늘 곳곳에서 펑펑 조명탄이 터진다. 물 밖으로 머리를 내밀 수 없다. 얼마 동안 숨을 참을 수 있을까. 갈대로 급조한 빨대로 조금씩 물이 스며든다. 리와 나는 물살에 떠밀려내려간다. 조명탄은 끊임없이 밤하늘에 거대한 불꽃을 터뜨린다. 물 속에서 흐릿한 물 밖을 보게 될 줄은 몰랐다. 숨이 막힌다. 공기 대신 물이 들어오는 빨대를 뱉어버린다. 조명탄의 밝기가 저만한 게 그나마 다행이다.

코와 입만 수면에 띄워놓은 채 나는 흘러간다. 총탄이 한차례 소나기처럼 수면을 두드린다. 그때마다 물 속으로 들어갔다가 나온다. 마치 물고기로 변한 기분이다. 이 물은 어디로 흘러가는 걸까. 북으로 가진 않을 것이다. 거슬러올라간다면? 그러나 내게는 강물을 거슬러오를 힘이 남아 있지 않다. 물살에 실려내려가며 밤하늘에서 명멸을 거듭하는 불꽃놀이를 그저 바라볼 뿐이다. 가끔 지느러미와 꼬리를 움직여 방향을 잡으며.

도로변 잎이 떨어진 은행나무는 행려병자처럼 서 있다. 산자락의 단풍도 아침저녁이 다르다. 세월에 풍화된 봉분 같은 리의 비트 덮개 위에는 낙엽이 수북하게 쌓여 있다. 강 건너편 갈대밭은 모두 불탄 채 바람이 불면 검은 재만 흩날린다. 강물은 색색의 낙엽으로 가득하다. 계속해서 나는 아랫배에 힘을 주고 있지만 대변은 좀체 나오지 않는다. 머릿속만 홧홧 달아오른다. 뜨겁게 달아오른 차돌이 굴러다니는 것 같다. 몸 밖으로 내보내려고 아무리 애를 써도 허사다.

아낼 만났어.

리가 보내는 신호다. 지겹게 계속되는 꿈 타령이다.

다른 놈이랑 손을 잡고 있더라고. 화를 냈더니 전에 내가 사준 화장품을 반으로 갈라 던져놓곤 가버리는 거야. 그게 무슨 뜻일까?

얼굴에 바르라고 준 거겠지.

손 잡고 있던 놈은?

……혼자 찾아오기 무서우니까 동행을 구한 거겠지.

……그런 건가. 근데 왜 자꾸만 울화가 치솟지?

아랫배에 힘을 준다. 미주알이 튀어나와 살갗이 벗겨진 것처럼 쓰리다. 며칠째 변을 보지 못하는지 모르겠다. 뜨거운 물에 엉덩이를 담그고 싶지만 불가능한 일이다. 이렇게 있다간 온몸이 폭발할 것 같다. 그 상상을 하니 끔찍하다. 나는 계속해서 배를 주무른다. 하늘도 잔뜩 가라앉아 있다. 남은 식량을 한꺼번에 먹어버릴까.

아내랑 손잡고 있던 놈 얼굴이 낯설지 않아. 분명 내가 알고 있는 놈이야.

개꿈이란 게 원래 그래. 이제 그만 해!

짜증이 왈칵 난다.

얼음이 얼기 전에 저 강을 건너야 되는데. 오늘이 며칠이지?

나는 유리에 거미줄처럼 금이 간 시계를 들여다본다. 바늘은 멈춰 있고 날짜는 11월 5일을 가리킨다. 시계에서 한참을 눈을 떼지 못하다가 나는 비죽비죽 새어나오는 웃음을 도저히 참지 못하고 내뱉는다. 비트의 덮개가 들썩거릴 정도로.

하조대

차를 마시고 정물처럼 앉았다가 사라지는 밤의 손님들은
또 어느 조그만 등대나 포구를 찾아가는 순례자들 같다.
그들의 품에 숨겨져 있을 날 선 기억들에게 그녀가 해줄 수 있는 일이란
김이 솟는 차 한 잔을 대접하는 게 고작이다.
어느 시간의 오후에 도착해야 둥글어질 수 있을까 생각하면 숨이 턱 막히곤 한다.
어느 시간의 저녁에 도착해야 고단한 다리를
주무를 수 있는 정자 한 채 만날 수 있는지도 알 수 없다.
그녀는 유리창에 떠 있는 자신의 굳은 표정을 향해 눈을 부라린다.
그래야만 어느 시간의 달도 없는 밤 등대로 들어가
작은 불빛일망정
비로소 밖으로 내보낼 수 있을 것이다.

"혹시…… 수평선까지 거리가 얼마나 되는지 아세요?"

병맥주를 더 주문한 소설가는 촛대처럼 치솟은 거대한 바위 사이로 보이는 바다에서 시선을 떼지 않은 채 그녀의 답변을 기다린다. 그녀도 오후의 햇살이 깔려 있는 바다를 잠깐 바라본다. 수평선까지의 거리라니. 이곳에 살면서 별의별 질문들을 손님들로부터 받았지만 수평선까지의 거리를 물은 사람은 없었다. 이런 부류의 인간들은 늘 엉뚱한 질문으로 작업을 시작하지. 어련하겠어. 천천히 고개를 돌리는 소설가에게 그녀는 미소만 지어주다가 이내 멈칫한다. 소설가의 눈은 곧 눈물을 흘릴 것처럼 잔뜩 흐려져 있다. 그녀는 다소 당황한 얼굴로 수평선을 찾는다. 수평선은 바다의 끝과 하늘 사이에서 분명하게 두 세계를 가르고 있다. 날씨가 너무 좋아도 탈인 것이다.

"달이나 태양처럼 아주 멀리 있는 것도 거리를 아는데…… 수평선은 도무지……"

소설가의 시선은 어느새 수평선으로 돌아가 있다. 바위 아래에선 부서진 파도가 자갈을 핥는 중이다. 그녀는 그제야 애초부터 소설가가 답을 구하려고 했던 것은 아니란 사실을 깨닫는다. 그러자 슬며시 부아가 치민다.

"수평선은 거리를 잴 수 없는 거 아닌가요?"

소설가는 그녀의 대꾸에 수평선을 향해 고개만 끄덕인다. 빈 쟁반을 들고 돌아서자 다시 터무니없는 질문이 건너온다.

"저기…… 그러면 파도는 하루에 몇 번이나 칠까요?"

그녀는 돌아서지 않은 채 한숨만 내뱉는다.

스위치를 누르자 장대에 매달아놓은 작은 간판에 불이 들어온다. 등대. 창문의 가장자리를 따라 쳐놓은 크리스마스 트리 용 전구는 군데군데 이가 빠진 채 반짝거린다. 하루에 두서너 개씩 불이 나가지만 교체가 불가능한 전구라 달리 어떻게 해볼 방법이 없다. 같은 줄에 달린 전구인데도 수명이 저마다 다른 게 신기할 뿐이다. 그녀는 주문이 끊긴 틈을 이용해 자리에 앉아 다리를 주무르며 어두워지는 창 밖을 눈으로 쏘다닌다. 기암괴석과 소나무 군락 사이를 가르는 해안 철책에도 투광등 불빛이 내려와 있다. 그 너머의 바다는 캄캄하다. 수평선도 어둠에 묻혔다. 소설가는 ㄱ자로 구부러진 구석자리에 앉아 여전히 맥주를 홀짝이고 있다. 매번 다른 여자들과 오다가 처음으로 혼자 와서 낮과 밤을 가로질러 청승을 떠는군. 글 쓴다고 하는 인간들은 도대체 이해할 수 없는 족속들이야. 차도 가져오지 않은 것 같은데 밤중에 어떻게 가려고 저렇게 대책 없이 술을 마신담. 하긴 취하면 차가 무슨 소용이 있겠는가마는. 그녀는 가느다랗고 긴 담배에 불을 붙이는 자신의 모습이 비치는 유리창을 들여다보다가 깜짝 놀라 뒤를 돌아본다. 그러나 주방과 이어진 계산대에는 아무도 없다. 이웃 군부대에서 건너오는 초병들의 군가 소리가 그녀의 굳은 얼굴을 풀어준다. 그녀는 아릿한 통증이 번지는 어깨를 주무른다. 어둠이 번지는 유리창은 깊고 넓다.

"언니? 무슨 생각을 하기에 사람이 들어오는 것도 몰라요?"

양희다. 입고 있는 제복이 추워 보인다. 관광안내소 근무가 이제 끝난 모양이다. 그녀는 조심스럽게 양희의 어두컴컴한 우물 속 같은 눈을 살핀다.

"양희야, 이제…… 정말 안 보이는 거 맞지?"

"언니, 왜? 또 이상해? 안 보여…… 정말이야!"

뒷덜미에 묵직한 쇳덩어리를 매달고 사는 듯한 날들이 있었다. 찜질방을 들락거리고 한의원을 찾아가 부항단지를 붙이고 침을 맞아도 소용이 없었다. 양약을 먹어도 마찬가지였다. 누군가 운동을 권해 아침마다 졸린 눈을 비벼뜨고 뱃살을 출렁거리며 달리기도 했다. 하지만 목과 어깨에 몰려 있는 뻑뻑한 통증은 사라지지 않았다. 통증의 강도는 혼자 있는 시간을 택해서 더 높아지는 터라 어쩔 수 없이 술병을 잡은 날도 많았다. 그래야만 간신히 눈을 붙일 수 있었다. 그즈음에 양희가 나타났다. 카페 건너편에 자리한 관광안내소의 새 직원으로 왔다며 인사차 찾아온 것이었다. 함께 근무하는 공익요원의 뒤를 따라 들어온 양희는 그녀를 보자마자 손으로 입을 가렸지만 비명 소리를 다 막을 수는 없었다.

"헉!"

양희는 출입문에 달려 있는 방울 소리가 채 잦아들기도 전에 겁에 질린 얼굴로 뛰쳐나갔다. 난처해진 사람은 며칠 전부터 새 직원의 외모에 대해 자랑을 늘어놓으며 같은 여자니까 한번 살펴봐달라고 부탁했던 공익요원이었다. 첫 대면을 하자마자 비명을 내뱉고 카페를 뛰쳐나가다니. 그녀의 마음도 동시에 부산스러워졌다. 공익요원은 미안하다며 몇 번이나 머리를 조아리고 양희를 쫓아갔다. 그녀는 계산대에 앉아 저편 관광안내소로 도망치듯 들어가는 양희와 화가 잔뜩 난 공익요원의 뒷모습을 보다가 손거울을 찾았다. 동그란 거울 속에는 힘들게 마흔을 향해 가는 한 여자의 푸석푸석한 얼굴이 담겨 있었다.

"누님…… 아, 이거 어떻게 얘길 꺼내야 할지."

공익요원은 그녀의 눈을 직접 바라보지 못하고 주변에서만 허둥거렸다. 양희를 쫓아갔다가 한참이 지나서야 카페를 찾아온 그의 표정은 혼란스러워 보였다.

"괜찮아, 얘기해."

"얘기해도 되는 건지…… 잘 모르겠어요."

"피곤하니까, 안 할 거면 그만 가고!"

분명 양희의 입을 통해 나온 말을 전하려고 온 것은 알겠으나 그녀는 슬슬 짜증이 났다. 왠지 모를 불쾌감이 가득이나 욱신거리는 어깨와 목에 거머리처럼 달라붙는 것 같았다.

"말할게요. 양희 말론…… 피를 철철 흘리는 웬 남자가 누님 뒤에 매달려 있는 게 보인대요. 그래서 무서워 도망쳤대요."

"……"

그녀는 눈썹조차 움직이지 않고 공익요원의 허둥거리는 눈동자를 바

214

라보다가 천천히 고개를 뒤로 돌렸다. 아무도 없었다.

"잘못 본 게 아니냐 물었더니 절대 아니래요. 전에도 여러 번 이런 일이 있었대요. 하지만 제 눈에는 안 보이거든요. 그러니 믿어야 될지 믿지 말아야……"

"……나는 괜찮으니 가서 데리고 올래? 물어볼 게 있다고 그래."

한 해가 저무는 밤에도 해안 부대의 병사들은 무거운 그림자를 끌며 철책 근무를 나가고 있다. 느린 걸음으로 투광등 불빛 속을 빠져나가는 그들의 모습은 늘 고독한 짐승처럼 보인다. 매일 밤 초소에서 검은 바다를 바라보는 기분은 어떤 것일까. 그녀는 언젠가 환한 대낮에 몰래 들어가본 해안 초소의 삭막한 풍경을 떠올린다. 의자 하나 없고 진흙 바닥엔 군화 자국만 어지럽게 꽃을 피우고 있던 그곳을. 떨어지면 흔적 없이 사라질 것 같은 초소 앞의 절벽 때문이 아니라 그 바위틈에서 자라고 있는, 꽃과 잎은 모두 떨어지고 줄기에 무수한 가시만 매단 채 흔들리는 해당화나무를 보고 눈물을 찔끔 흘렸다. 양희는 그녀의 표정을 살피며 녹차를 홀짝거리다가 구석자리의 소설가가 주문하는 소리를 듣고 토끼처럼 달려간다. 그녀는 두 사람이 잘 어울린다는 생각을 이내 털어버린다. 공익요원이 알면 달가워할 리 없기 때문이다. 무슨 소리를 들었는지 깔깔거리는 양희의 웃음소리가 세밑의 조여드는 어둠을 잠시 주춤하게 만드는 것 같다. 보나마나 수평선까지의 거리를 묻고 하루에 파도가 몇 번 치는지 아냐고 중얼거렸겠지.

"언니, 소설가 이저씨 오늘 밤 여기서 새우려는 모양이야. 바쁘면 나불러."

맥주를 들고 가는 양희에게 그녀는 고개를 끄덕여준다. 이해할 수 없는 것도 아니다. 이런 곳에 있다보면 어쩔 수 없이 손님들의 행태를 조금씩 엿보게 된다. 더군다나 빼어난 경치 앞에선 누구나 다물었던 입을 조금씩 벌리기 마련이다. 소설가도 그렇게 그녀의 기억 속에 언제부턴가 자리를 잡았다. 매번 다른 여자와 찾아오는 까닭이 그녀의 궁금증을 간질였다. 하지만 그건 묻기 힘든 질문이다. 당사자가 먼저 입을 열기 전에는. 주문한 차나 맥주를 탁자에 내려놓으며 듣게 되는 단편적인 이야기론 엉성한 밑그림밖에 그릴 수 없다. 양희는 뭐가 그리 재미있는지 깔깔거리는 웃음소리를 그치지 않는다.

병사들이 사라진 계단에서 그림자 두 개가 내려온다. 해안 부대의 손중사일 것이다. 그녀는 일부러 주방과 계산대가 있는 안쪽으로 자리를 옮긴다. 변함없이 손중사는 당번병을 데리고 카페로 들어온다. 전반 근무자들을 초소에 투입시킨 뒤 커피 한 잔을 마시고 가는 게 그의 일과 중 하나다.

"결국 눈다운 눈 한 번 내리지 않고 해가 가네요. 여기 커피!"

가끔 손중사는 군인답지 않게 감상적인 척한다. 여름이 끝나갈 무렵 하조대로 온 손중사는 단풍이 들기 무섭게 눈 얘기를 입에 달고 다녔다. 곧장 바다로 내리는 눈과 백사장을 덮은 눈이 파도에 녹는 장면을 이야기할 때는 마치 시인이라도 되는 것처럼 눈을 반짝였다. 왜 그렇게 눈을 좋아하냐고 물었더니 어디서 주워온 듯한 대답을 늘어놓았다. 모든 걸 용서하는 게 눈이라고. 하지만 그녀는 이미 눈치채고 있다. 손중사의 반짝이는 눈빛 뒤편에 숨어 있는 그림자의 정체를. 한없이 깊고 캄캄한 밤, 그녀의 창문을 열고 들어오려 하는 그 그림자의 정체를. 눈은……그러니까 손중사의 눈은 그 그림자를 덮어버리려는 눈인 것이다.

"사장님은 어떻게 올해 소원성취했습니까?"

그녀는 고개를 젓고 음악의 볼륨을 조금 높인다.

"손중사님은 어땠어요? 빨리 결혼해야 할 텐데."

"짝사랑만 하다 끝났습니다. 무슨 방법이 없을까요?"

방법이 없다는 말 대신 그녀는 솔잎 냄새가 나는 진토닉 한 잔을 마신다. 탁자 위에 놓인 손중사의 반들반들하게 닦인 소총의 총구는 보이지 않는 바다 쪽을 향하고 있다. 혹시 나타날지 모르는 외부 순찰차량의 불빛을 놓치지 않으려는 듯 당번병은 창 밖 언덕길에 고정된 시선을 거두지 않는다. 커피 한 잔과 담배 한 개비의 시간이 한없이 길게 느껴져 그녀는 다시 술잔을 채우고 얇게 자른 레몬 조각을 띄운다.

"하기야…… 사람 일이 마음대로 되겠습니까. 젠장, 하필 근무지도 이런 절벽 꼭대기니 어떤 여자가 좋아하겠어요! 근데 사장님은 여기가 맘에 듭니까?"

그녀를 노려보는 손중사의 눈은 기름칠을 한 총구처럼 번들거린다. 그녀는 짧은 한숨을 쉰다.

"지금까지 등대 밑에서 건진 시체만 해도 자그마치…… 에이, 그만 둡시다. 야, 가자!"

손중사와 당번병은 등대가 있는 북쪽 철책을 따라 순찰을 나선다. 탁자 위에 놓인 만원짜리 지폐의 세종대왕은 커피가 조금 부족한 듯한 표정을 짓고 있다. 그녀는 오디오의 볼륨을 다시 제자리로 돌려놓는다. 도대체 뭐야. 내가 왜 오늘 같은 밤 저 인간 푸념을 들어야 되는 거야. 그녀는 잔에 남은 술을 비우곤 담배에 불을 붙인다.

등대는 어둠이 덮여 있는 소나무숲 너머 바위절벽 위에 있다. 밤의 등대로 가려면 삼 미터가 넘는 철책을 넘어야 한다. 어느 곳에서 총구가 불을 내뿜을지 알 수 없다. 육지에서는 무인 등대에서 반짝이는 불빛을 쉽게 볼 수 없다는 얘기다. 언젠가 그녀의 바람을 눈치챈 손중사가 자신의 근무시간에 밤의 등대를 보여준 적이 있었다. 온몸이 송곳에 찔린 것처럼 쑤시던 날이었다. 집채만한 바람이 부는 등대 아래서 그녀는 흘러내리는 눈물을 주체할 수 없었다. 어디에 서 있는지조차 헛갈렸다. 곧 부서질 것 같은 뗏목 위에서 등대의 불빛을 바라보는 사람인지, 캄캄한 밤의 바다를 향해 애절한 실오라기 빛을 내보내는 등대인지. 한몸인데도 낮의 등대와 밤의 등대는 그렇게 달랐다. 그날 손중사는 미미한 바람에도 날려가는 낙엽 같은 그녀의 몸 위에 바위를 올려놓았다. 바위 같은 몸을. 밤의 등대는 손중사가 그녀에게 준, 해당화와 비슷한 화대였다. 흰 등대에 빽빽하게 씌어져 있는 무수한 맹세들. 아무리 덧칠을 해도 늘 새롭게 피어나는 꽃처럼 아름다운 맹세들. 사랑해. 영원히. 변치 말자. 그녀는 그 무수한 맹세들이 밤이면 등대의 꼭대기로 올라가 낮 동안 충전된 태양열로 반짝거린다는 사실이 두려웠다. 그 무서운 희망을 한시라도 빨리 꺼버리고 싶은 마음뿐이었다.

"언니, 오늘 좀 이상하다."

볼이 발갛게 변한 양희가 손님이 나간 탁자를 치우고 그녀의 얼굴 앞에서 손바닥을 흔든다. 그녀의 희미한 미소가 촛불처럼 흔들리다가 제자리로 돌아온다. 화장실에서 나오는 소설가는 취했는지 조금 비틀거리며 자리로 돌아간다. 바닷가 카페에서 밤새 술을 마시면 수평선까지의 거리를 깨달을 수 있을까. 그녀의 표정에 다시 그늘이 내린다.

"양희야, 무섭지 않아?"

“뭐가 무서워요?”

“다른 사람 눈엔 안 보이는 게 보이는 거.”

“……보일 때만 무서워요. 언니, 나 시 쓸까? 소설가 아저씨가 그러는데 나 같은 사람은 무당 기질이 있기 때문에 시를 써야만 된대.”

“시?”

“응, 다른 사람이 보지 못하는 걸 보는 게 시인이래.”

그녀는 천천히 고개를 끄덕인다. 어둠이 가득 들어찬 유리창에 비친 그녀의 얼굴은 비현실적으로 보인다. 이제 남편은 어디로 갔을까. 혹 다른 사람의 뒷덜미에 매달려 피를 흘리며 울고 있는 건 아닌지 모르겠다. 그러지 말았으면 좋겠다. 가기 싫은 마음이야 이해하지만 죽은 이들이 간다는 그곳으로 무사히 건너갔으면 좋겠다. 세상은 교통사고로 비명횡사한 젊은 화가를 되살릴 방법을 아직도 찾아내지 못하고 있다. 그나마 양희의 눈에 띄었기에 망정이지 그렇잖았다면 평생 죽은 남편을 매달고 살아야 했을 것이다.

“괜찮아…… 내 뒤에 매달려 있는 사람에 대해 자세히 말해봐.”

공익요원의 손에 끌려온 양희는 한쪽으로 고개를 돌린 채 벌벌 떨었다. 결코 그녀를 향해 얼굴을 돌리지 않을 듯한 자세였다. 공익요원이 냉수를 내밀며 양희를 다그치자 조금 돌아오던 얼굴은 불에 덴 것처럼 다시 제자리를 찾아갔다. 그녀의 입에서도 침이 말랐다. 누가 바늘로 사정없이 찌르는 듯 어깨와 목이 아팠다. 그녀는 주방에 들어가 드라이 진과 토닉 워터를 병째 가져와 신토닉을 만들어 양희에게 내밀었다.

“마셔, 좀 괜찮을 거야.”

양희는 덜덜 떨리는 손으로 술잔을 입에 댔지만 반은 흘렸다. 얼굴은 돌리지 않은 채 두 눈동자만 왼편 구석으로 몰려 있는 양희의 모습은 대단히 희극적으로 보였지만 그녀는 술로 속을 진정시키며 양희의 입이 열리기를 기다렸다.

"……봉두난발한 아저씨가 매달려 있어요. 얼굴은 온통 피범벅이고…… 울고 있어요. 날보고…… 참견하지 말고 빨리 가라면서 화를 내요. 어떡해요?"

"괜찮아! 조금만 더 있어. 혹시 이 사람이니?"

그녀는 일어나려는 양희를 앉히고 주머니에서 사진 한 장을 꺼냈다. 아예 돌아앉은 양희는 사진을 보더니 처음 그녀를 보았을 때와 똑같은 비명을 지르며 카페를 뛰쳐나갔다. 공익요원도 그녀와 탁자 위의 사진을 재빨리 훑어보곤 곧 양희를 뒤쫓아나갔다. 출입문의 방울 소리가 사라지지 않고 그녀의 귓속에서 요령처럼 울리고 있었다.

"왜…… 안…… 가고 있는 거야?"

미완성인 백 호짜리 그림 앞에 앉아 있는 사진 속의 남자에게 그녀는 울먹이는 소리로 물었다. 남자는 대답 없이 웃기만 했다. 그녀는 드라이진을 병째 들고 마시다가 기침을 쏟아냈다.

"대체 날 보고 어쩌라는 거야! 응? 내가 무슨 잘못이라도 한 거야? 말 좀 해!"

시곗바늘은 한 해의 끝을 향해 조금씩 속도를 올리는 듯하다. 나가고 들어오는 손님들의 얼굴에도 어느 때보다 진한 시간의 그림자가 얹혀 있다. 텔레비전은 동해안으로 달려오는 자동차들의 긴 불빛 띠를 보여준다. 밤이 지나면 떠오를 해를 보기 위해서란다. 동해안의 숙박업소는 빈방이 없다고 간판불을 모두 꺼버렸는데도. 그녀는 꽉 막힌 도로 어디쯤에 남편과 함께 오도 가도 못 하고 있는 것 같다는 생각을 한다. 너무 늦게 출발한 것이다. 하긴 일출을 보러 가자는 결심도 출발 한 시간 전에 했으니 어쩔 도리가 없다. 자동차 안에서 일출을 보는 것도 그리 나쁘지 않을 것 같다. 경포대며 낙산, 정동진같이 유명한 곳은 이미 발 들여놓을 자리가 없을 것이다. 하조대 어때? 하조대? 어디 있는 곳인데? 남편은 오대산의 남쪽 자락을 넘어가는 진고개에서 그녀에게 하조대를 권했다. 어떻게 아는 곳이야? 여기서 가까워? 그냥 뭐…… 어디서 들은 거 같아. 그녀는 진토닉 잔 속의 얼음 알갱이가 녹은 물을 마신다. 밍밍하다. 그러나 그해 겨울밤 그녀와 남편은 끝내 하조대에 도착하지 못했다. 멀리서 떠오르는 해도 볼 수 없었다. S자로 구부러진 고갯길의 어느 지점에서 두 사람의 시간은 캄캄한 수렁 속으로 곤두박질쳤을 뿐이다.

"언니, 이제 한 시간 남았어요! 소설가 아저씨가 와인 사겠대요. 같이 마셔요."

"소설가가 돈이 많은 모양이네. 근데 넌 오늘 같은 날 데이트도 없어?"

열한시를 가리키는 둥근 벽시계에서 출발한 그녀의 시선은 구석자리의 소설가를 거쳐 양희의 얼굴에서 멈춘다. 쟁반 위에 유리잔과 와인을 올려놓는 양희가 입술을 삐죽 내민다.

"다 시시해서 취소했어요!"

시시하다. 그녀는 양희의 등에 대고 고개를 끄덕인다. 그날 지친 몸과 마음을 끌고 처음으로 하조대에 도착했을 때 그녀의 기분도 비슷했던 것 같다. 재로 변한 남편의 무게도 어딘가 비현실적으로 느껴졌고 정자와 등대에서 바라본 풍경도 그랬다. 벼랑 끝에서 아슬아슬하게 자라는 노송마저 왠지 시시해 보였다. 밀려오는 파도와 맞부딪치는 바람은 바다 위에 무수한 메밀꽃만 피웠다. 그 시시한 풍경을 보려 밤을 새우고 생과 사를 넘나들었던 게 한심스러웠다. 그녀는 모든 사실을 빠짐없이 확인시켜주듯 곳곳에 남편의 재를 뿌렸다. 어떤 헛것에 씌었던 것 같은 그 밤을 부숴뜨리고 싶었던 것이다. 텔레비전은 끊이지 않고 있는 일출 행렬을 보여준다. 새해의 첫 해가 끌어당기는 자력에 속수무책으로 몰려드는 부나방 떼를 연상시킨다. 교통사고 소식도 곳곳에서 들려온다. 그녀는 그 소식들에 얼굴을 찡그리곤 텔레비전의 볼륨을 아예 없애버린다. 화면은 한 방향으로 흘러가는 빛의 물결로 찰랑거린다. '등대'라는 이름을 가진, 정자와 등대 사이에 자리한 지붕이 낮은 카페에서 그녀는 낮술을 마셨다. 죽어서야 하조대에 도착한 남편에게 그녀는 잔 가득 술을 따라주었다. 그날 밤 둘이서 함께 무사히 도착했더라면 아마 따스한 차를 마시며 해를 기다렸을 카페였다. 그녀는 계속해서 남편의 잔에 술을 따랐다. 탁자를 타고 흘러내린 술은 나무 바닥의 좁고 어두운 틈새로 사라졌다. 행주를 가지고 온 주인에게 그녀는 붉어진 눈으로 물었다. 이 카페를 제게 파시겠어요? 주인은 의자 위에 놓인, 흰 보자기로 싼 상자만 말없이 바라보았다. 그녀는 그 자리를 바라본다. 시간이 흐르고 흘러 그녀가 앉았던 자리엔 소설가가 앉아 있고 상자가 놓였던 자리는 비어 있다. 그녀는 계산대를 떠나 밤의 수평선쯤에 놓인 듯한 시시했던 날의 의자를 향해 걸어간다.

"정말 그랬을까요?"

소설가의 얼굴에는 정말 궁금하다는 글씨가 매직펜으로 굵게 씌어 있는 것 같다. 거리에 대한 의문을 포기하더니 이제는 사랑의 전설에 매달려 있다. 마찬가지로 그녀가 해줄 답변은 없다. 옛날 조씨 성을 가진 두 자매가 하씨 성을 가진 남자를 동시에 사랑했고 이루어질 수 없는 사랑을 비관해 셋이 함께 바다로 몸을 던진 전설에 대해 그녀가 무어라고 말할 수 있단 말인가.

"그게 사랑일까요?"

"눈에 콩깍지가 씐 거죠. 그나저나 내 생각엔 그 하씨 총각 아무래도 바람둥이 같아."

"죽음도 갈라놓지 못할 운명 같은 사랑이 과연 있을까요?"

소설가는 취한 모양이다. 어두운 창 밖을 바라보는 얼굴이 자꾸만 껴인다. 긴 세월 동안 파도에 시달려 둥글게 변해가는 등대 아래의 바위들처럼 사랑의 전설도 하조대라는 이름만 남긴 채 그렇게 의문의 칼날에 모난 부분을 쪼이며 변해왔을 것이다. 수평선처럼 둥글게. 그녀는 자신의 붉은 잔을 상자가 놓였던 의자 앞에 옮겨놓고 자리에서 일어난다. 양희가 그녀의 옮겨진 술잔을 묘한 눈빛으로 들여다본다.

차를 마시고 정물처럼 앉았다가 사라지는 밤의 손님들은 또 어느 조그만 등대나 포구를 찾아가는 순례자들 같다. 그들의 품에 숨겨져 있을 날 선 기억들에게 그녀가 해줄 수 있는 일이란 김이 솟는 차 한 잔을 대접하는 게 고작이다. 어느 시간의 오후에 도착해야 둥글어질 수 있을까 생각하면 숨이 턱 막히곤 한다. 어느 시간의 저녁에 도착해야 고단한 다리를 주무를 수 있는 정자 한 채 만날 수 있는지도 알 수 없다. 천도재로 떠나갈 형상이었다면 남편은 차라리 처음부터 나타나지 말았어야 했다. 피눈물 흘리는 얼굴로 뒷덜미에 매달리지 말고 한 번만이라도 눈

앞에 나타나 가기 싫다고 말했어야 옳았다. 그녀는 유리창에 떠 있는 자신의 굳은 표정을 향해 눈을 부라린다. 그래야만 어느 시간의 달도 없는 밤 등대로 들어가 작은 불빛일망정 비로소 밖으로 내보낼 수 있을 것이다.

"언니, 건배해요! 소설가 아저씨 애인이 돼줄까 했는데 술이 약해 다 틀렸어요."

양희는 붉은 술이 찰랑거리는 잔을 가져와 내민다. 그녀의 시선은 의자에 앉은 채로 잠든 구석자리의 소설가에게서 영시에 몰려 있는 시침과 분침으로 돌아온다. 그녀와 양희가 잔을 부딪치자 카페 오른편 언덕을 넘어온 자동차 불빛이 허공에서 출렁하더니 경적과 함께 마당으로 깔린다. 그 소리와 함께 차에서 내려 뛰어오는 공익요원을 발견한 양희의 표정 속으로 심술기가 모래알처럼 가득 박히자 그녀는 엷은 미소를 짓는다. 문을 열고 들어온 공익요원의 양손엔 머리통보다 큰 꽃다발과 케이크가 들려 있다. 양희의 얼굴에 박혀 있던 심술기가 방울 소리와 함께 미소로 변하는 것을 보며 그녀는 붉은 잔을 마저 비운다. 술맛은 알코올이 모두 날아간 듯 밍밍하다. 그녀는 다시 흰 보자기로 싼 상자가 놓였던 자리를 살피곤 목덜미를 주무른다.

"양희야, 내 뒤에 아무도 없니?"

"언니, 무서워! 그만 해! 정말…… 아무도 없어."

왜 그 먼 곳으로 도망치듯 떠나느냐는 숱한 물음에 그녀는 답하지 않았다. 짐도 별반 없는 이삿짐 트럭의 조수석에 앉아 눈을 감은 채 오지 않는 잠을 억지로 청했다. 대답을 하자면 못 할 것도 없겠지만 그 답은 또다른 물음들을 불러올 뿐이었다. 그렇게 도착한 하조대엔 겨울의 마지막 눈이 먼지처럼 흩날리고 있었다. 짐도 채 정리하지 않은 채 그녀는 카페의 문이란 문은 모두 닫아걸고 못 잔 겨울잠을 뒤늦게 보충하듯 잠에 빠져들었다. 누군가 문을 두드리는 소리나 소나무숲을 지나가는 바람 소리에 잠깐씩 눈을 뜨기도 했지만 이내 다시 잠들었다. 하지만 남편은 단 한 번도 그 긴 잠의 어지럽고 진땀이 흐르는 꿈속으로 찾아오지 않았다. 그 사실을 깨닫고 나서야 그녀는 휘청거리는 몸을 간신히 일으켜세워 오랫동안 멈춘 시계에 떨리는 손으로 밥을 주듯 문을 열고 밖으로 나갔다.

붉은 햇살이 눈을 시리게 만드는 아침이었다.

"……등대에…… 가도…… 되나요?"

카페를 나와 주차장을 건너오는 그녀를 관광안내소에서 줄곧 지켜보던 안내원은 한참 만에 고개를 끄덕였다. 그녀는 등대로 가는 계단의 난간을 잡고서 부들부들 떨리는 걸음을 힘겹게 옮겼다.

수평선 위로 띠처럼 깔려 있는 짙은 구름 위에 붉은 해는 떠 있었다. 남편과 그녀가 밤을 가로질러가서 보려 했던 바로 그 해였다. 미끄럼을 타듯 수면을 건너온 햇살은 그녀의 얼굴을 한 송이 해당화로 변화시켰다. 그녀는 젖은 눈을 닦지도 못한 채 아무도 없는 등대의 작은 나무의자에 쓰러지듯 앉았다. 지옥에서 올라오는 듯한 파도 소리가 발밑에서 들끓었다. 가지에서 떨어진 해당화가 바람에 쓸리듯 그녀는 엉금엉금 기어서 벼랑 끝으로 다가갔다. 짙은 청색의 바다가 등대 아래의 벼랑에서 끊임없이 깨져나가고 있었다. 그러나…… 눈을 부릅뜨고 감기를 거듭했지만 어디에도 남편은 보이지 않았다. 바위에 엎드린 그녀의 발목을 움켜잡은 건 관광안내소에 있던 안내원이었다.

"해 뜰 때까지 여기서 파틸 즐기며 놀 거야!"

양희 옆에 앉은 공익요원은 짝짓기를 시도하는 수컷처럼 부산하다. 케이크에 초를 꽂고 불을 붙이자 빈 술병마다 꽂아놓은 장미는 옷을 갈아입은 듯 새롭게 보인다. 양희도 싫지 않은 표정이다. 공익요원이 들어오고 얼마 있지 않아 후반 순찰중에 들른 김중위는 왠지 우울해 보인다. 당번병은 변함없이 출입문 옆에 앉아 바깥을 살핀다. 겨울밤을 반으로 갈라 한쪽씩 맡은 손중사와 김중위는 쉬는 날도 없이 해안 철책을 돌면서 밤을 보낸다. 오지 않는 그 무엇을 기다리다 피곤을 못 이겨 초소에서 잠든 병사들을 깨우기 위해. 김중위에겐 하조대가 어떤 곳으로 자리하고 있는지 궁금하지만 그녀는 물어본 적이 없다. 다만 중위에게 묻어 있는 새벽의 한기를 조금 녹여줄 뿐이다.

"이곳을 운영한 지 얼마나 됐습니까?"

빈 잔에 새 커피를 따라주는 그녀에게 중위는 고맙다며 방한모를 벗고 머리를 끄덕인다. 짧게 친 옆머리로 바위와 부딪친 시린 바닷물이 흘러내리는 듯하다.

"……봄이 오면 등대의 해당화가 다섯번째 꽃을 피울 거예요."

"해당화요? 아! 꽃은 일 년에 한 번 피는 거지. 마치…… 유배지 애길 하는 것 같습니다."

"유배자죠 뭐."

"그렇군요…… 전 가끔 고려말 이곳으로 은둔해 조선의 개국을 기다렸다는 하륜(河崙)과 조준(趙浚)을 생각합니다. 그들은 대체 어떤 신념으로 고려의 오지에서 저 지루한 바다를 보며 시간을 견뎠을까요? 병사들처럼 초소에서 잠이나 자며 시간을 때우진 않았을 거 아닙니까?"

"설마…… 칼만 갈며 견뎠겠어요? 잠도 자고 바다도 보며 살았겠지요."

그녀는 출입문 옆에서 언덕을 살피는 앳된 당번병을 보며 낮은 소리로 말한다. 당번병은 얘기를 들었어도 듣지 못했다는 표정을 잘 만들 줄 알아야 한다. 김중위는 우울한 표정이다.

"하지만 이렇게 긴 밤의 철책선을 선임하사와 단둘이서 지킬 수는 없어요."

"다소…… 극단적인 판단을 하는 것 같네요."

"그럴지도 모르죠. 아 참, 지난 오 년 중에 등대의 해당화가 피지 않았던 해는 없었습니까?"

그녀는 당번병이 잡고 있는 출입문으로 나가는 중위를 멍하니 바라본다. 마치 이상한 연극 한 편에 등장한 기분이다. 양희와 공익요원은 무슨 재미난 얘기를 하는지 연신 키득거리고 구석자리의 소설가는 자세를 흩뜨리지 않고 잠을 잔다. 그리고 낯선 손님들…… 시곗바늘은 새벽 세시를 넘어서고 있다. 남편과 그녀가 지독한 정체상태의 영동고속도로를 포기하고 국도를 타기 위해 진부(珍富)란 마을로 빠져나온 시간이다. 얼어붙어 울퉁불퉁한 눈길을 달리는 차에 탄 것처럼 온몸이 쑤시기 시작한다. 기억만으로 몸이 요동하다니. 그녀는 소파 안으로 두 다리를 들여놓고 깍지 낀 손으로 꼭 감싸안는다. 길고긴 밤에 갇혀 있는 기분이다.

"언니, 후회한 적 없어요?"

정오의 바다는 잔잔했다. 바람에 긴 머리카락을 날리며 등대에 기대 커피를 마시던 양희가 건넨 질문이었다. 양희는 남편의 천도재가 끝날 때까지 자리를 지켜주었다. 사실 눈에 보이지 않는 남편의 존재를 믿는다는 것은 쉬운 일이 아니었다. 양양과 속초의 용하다는 점쟁이들을 기웃거린 뒤에야 비로소 결심을 굳힐 수 있었다. 어느 점쟁이는 그녀가 법당으로 들어서기 무섭게 얼굴을 돌린 채 나가라고 고함을 쳤다. 그럴 사람이 아니에요. 투정이나 부리는 어린아이가 아니라니까요. 눈물을 쏟으며 남편을 변호했지만 허사였다. 왜? 왜죠? 그녀는 양희의 곁에 앉아 캔맥주를 마시며 멀어질수록 진한 색깔로 변하는 바다를 향해 같은 질문을 되풀이했다. 변변한 흙 한 줌 없는 바위틈에 뿌리를 내린 채 꽃을 피우고 있는 해당화에게도. 등대를 향해 휘어진 가지에 핀 해당화는 그래, 그래, 그래…… 고개를 까닥거렸다. 담배를 피우며 등대에 씌어진 글을 읽는 양희에게 그녀는 후회하지 않는다고, 하조대에 정착한 건 잘한 일이라고 속삭였다.

"언니도 여행 가면 이런 거 남겼어요?"

양희는 하트 속에 들어 있는 연인의 이름과 사랑의 글을 가리켰다. 못으로 쓴 사랑의 맹세를 그녀는 찬찬히 들여다보았다. 필기구가 있다면 아무도 몰래 그 하트 속에다 잘 가세요, 라고 쓰고 싶은 마음이 간절했다.

"유치하기도 하고 안쓰럽기도 하고 어떻게 보면 애틋하기도 하고…… 하여튼 되게 복잡하네!"

조금의 미동도 없는 듯한 새벽을 흔드는 종소리가 요란하게 울린다. 사복을 입은 손중사는 술에 취한 채 출입문에 매달려 힘을 잃은 파도처럼 밀려갔다 밀려오기를 반복한다.

"해피 뉴 이어!"

전반 근무를 마치고 시내에 나가 술을 마시고 들어온 모양이다. 언덕 길을 걸어서 넘은 모양인지 추위에 얼굴빛이 파랗게 변한 손중사에게 그녀는 따뜻한 엽차를 건넨다. 손중사는 손사래를 치더니 냉장고 속의 맥주를 가리킨다. 팔짱을 낀 채 난감해하는 그녀의 표정을 본 손중사는 엽차를 한 모금 마시는 시늉을 하곤 주머니를 뒤져 아무렇게나 접힌 지 폐를 내놓으며 맥주를 요구한다.

"가뜩이나 기분 더러운데 사장님까지 그러지 말고 빨리 주쇼!"

그녀는 카페의 조명을 조금 어둡게 조절한다. 밤의 가장 깊은 곳으로 들어와 있는 것이다. 시계를 보지 않아도 어둠의 밑바닥에 엎드려 있는 시간에 도착했음을 느낄 수 있다. 공기의 움직임마저 둔해진 시간 속에 서는 말을 꺼내놓는 것조차 버거운 법이다. 손님들이 내뱉은 담배연기 마저 허공에 멈춰 있는 침침한 카페를 그녀는 둘러본다. 무엇을 기다린 다는 것은 잔인한 형식이라고 웅얼거린다. 웅크린 채 술을 마시는 손중 사는 조금씩 어깨를 들썩거린다. 울고 있는 걸까. 양희와 공익요원은 어깨를 기댄 채 끝이 없을 것 같은 이야기를 소곤소곤 나눈다. 그리고 여전히 잠들어 있는 구석자리의 소설가. 이야기를 나누다가, 술잔을 비 우다가 깜박 잊고 있었다는 듯 바다가 있는 어두운 창 밖으로 고개를 돌리는 손님들. 하지만 창 밖의 어둠은 얼마 있지 않아 해가 뜰 것이라 는 믿음을 주기엔 너무 캄캄하다. 실망한 그들은 휴대폰이나 손목시계 로 눈을 돌려 시간을 확인하는 것으로 위로를 삼는다.

"나쁜 년!"

손중사를 에워싼 공기가 심상찮다. 그녀는 오디오의 볼륨을 높인다.

"갈보 같은 년!"

손중사는 누군가 자신의 뇌관을 밟아주길 기다리고 있다. 어쩔 수 없이 그 뇌관에 가장 가까이 있는 사람은 그녀다. 그녀는 폭탄의 위력을 예측해보려고 하지만 쉽지 않다. 순찰중인 중위를 찾을 수 있을까. 감당하기 힘든 기억을 끌고 두 해가 맞물려 있는 밤을 통과하기란 간단하지 않을 것이다. 그녀는 조심스럽게 담배에 불을 붙인다. 밤의 등대에서 돌아와, 바스락거리는 그녀의 몸을 바위처럼 누르던 그 손중사는 어디에도 없다. 어느 사이에 손중사도 곧 바스러질 듯한 낙엽으로 변해 있다.

"손중사님…… 술 한잔 주세요."

팽팽한 거미줄모양 핏줄이 번진 손중사의 눈에서 붉은 눈물이 흐른다. 그녀는 새 담배에 불을 붙인다. 내가…… 도와줄 게 없구나……

"다 똑같아! 다……"

그녀는 엽차잔에 맥주를 따라 마신다. 손중사의 손에 잡힌 잔과 술병은 바닥과 출입문으로 날아가 차례로 깨진다. 그녀는 중사의 앞자리에 앉아 담배를 피우고 술을 마신다. 해를 기다리던 낯선 손님들은 하나둘 자리에서 일어나 어둠 속으로 사라진다. 해가 뜨려면 아직 시간이 남았지만 어쩔 수 없는 일이다. 말리려고 온 공익요원에게 그녀는 그냥 놔두라는 눈짓을 보낸다. 손중사는 탁자 위에 남아 있던 그녀의 엽차잔까지 바닥에 던져버린다. 그녀는 몸의 저 밑바닥까지 담배연기를 빨아들이려 입에 힘을 주었다가 숨이 막히면 허공으로 연기를 풀어놓는다. 잠에서 깨어난 소설가는 아무 생각 없는 얼굴로 손중사의 행동을 바라본다. 계산을 마친 손님들에게 그녀는 바닥의 유리 조각을 조심하라고 일러준다. 손중사의 눈에선 도깨비불이 타고 있다. 그녀는 아주 잠깐, 혹

남편이 손중사의 목에 매달려 있는 것은 아닌가 하는 생각을 했다가 이
내 날려보낸다. 유리창 가장자리에선 변함없이 이가 빠진 크리스마스
트리 용 전구들이 반짝인다. 손중사의 왼쪽 손목에서 이윽고 붉은 피가
뚝뚝 떨어진다.

"으아아—!"

유행가 가사처럼, 늘 가깝지도 않고 멀지도 않은 자리에 앉아 술과
차를 마시던 손님들은 모두 나갔다. 다시 잠든 소설가만 빼고. 쓰레받
기에서 플라스틱 휴지통으로 들어가는 유리 조각들은 깨어질 때만큼
소란스러웠다. 그녀는 다른 조명을 모두 끄고 갓등 하나만 남겨놓았다.
새 손님이 폭탄을 품고 찾아와 또다시 '해피 뉴 이어'를 외칠지 모르므
로 출입문도 잠갔다.

"자세힌 모르겠지만…… 아마 기다리는 일에 지친 모양입니다."

손중사를 데려가려고 온 김중위가 남긴 말이었다. 그녀는 고개만 끄
덕였다. 무엇을 기다리고 있었는지 물어보고도 싶었지만 애써 참았다.
김중위는 뭔가 한마디 더 하려다가 입을 다물었다.

"언니, 괜찮아요? 우린 여기 남아서 아침까지 있을게."

하얗게 질려 있는 얼굴을 보고 떠나지 못하는 양희에게 그녀는 괜찮
다고, 혼자 있고 싶다고, 곧 문을 닫을 거라고 안심시켰다. 양희는 유리
가 깨어진 출입문으로 들어오는 바람 소리를 들으며 망설였다. 그녀는
마분지와 테이프로 간단하게 구멍을 막으며 씩 웃어주었다.

창 밖엔 검은 바위와 소나무들이 서 있다. 그녀는 진토닉을 만들어
마시며 어둠 속에 자리를 잡고 있는 것들을 하나하나 눈에 담는다. 오
년 가까이 매일 보아왔던 돌 나무 들이지만 끝물의 짙은 어둠이 가세한

터라 그 모습을 마음속에다 복원시키기란 쉽지 않다. 어쩌면 지난 오 년이라는 시간은 그녀의 기억 속에 자리한 하조대의 절경을 그저 그런 풍경으로 바꿔놓은 듯하다. 하조대를 한번 거친 사람은 저절로 딴사람이 되고 십 년이 지나도 그 얼굴에 하조대의 기상이 서려 있게 된다는 옛말의 또다른 의미를 그녀는 곰곰이 되씹는다. 카페의 벽마다 걸려 있는 죽은 남편의 그림들도 언제부턴가 눈에 들어오지 않고 있었다. 그녀는 새 진토닉에 레몬 조각을 띄운 뒤 한 번에 잔을 비운다. 마침내…… 쓰다듬으면 모난 데 하나 없는 넓적한 바위가 된 걸까. 지루하고 권태롭고…… 반전 없는 시간 속으로 들어간 것일까. 그녀는 다시 진토닉을 만들어 손에 든 채 홀짝거리며 어둠이 촘촘하게 스며들어온 카페를 서성거린다. 거울을 들여다보고 미완성인 백 호짜리 그림 앞에 서본다. 마른 먼지가 몰려가는 밤의 사구를 걷고 있는 것만 같다. 갈증을 달래려고 술잔을 비운다. 기암괴석들은 모두 어디로 갔을까? 노송들은? 노송들 사이에 있는 정자도 보이지 않는다. 그럼 등대는? 모래에 발이 빠져 몇 번이나 넘어지면서도 등대가 있는 곳으로 가는 걸음을 멈추지 않는다. 입 속으로 들어온 모래를 뱉어내자 다시 갈증이 휘감는다. 다행히 술병은 그대로 있다. 그녀는 갈증과 허탈감에 사로잡혀 술을 마신다. 양희를 보내지 말걸 그랬다. 탁자 위에 얼굴을 묻고 잠든 소설가를 깨울까. 병 조각으로 손목을 그은 손중사는 어떻게 되었을까. 조금 있으면 새해 일출을 보기 위해 많은 사람들이 하조대를 찾아올 텐데…… 등대와 정자, 노송들은 모두 모래에 묻혀버렸단 말인가. 그녀는 수시로 무릎이 꺾이는 모래언덕을 올라간다. 언덕 위의 의자에는 남편의 재를 담았던 흰 상자가 놓여 있다. 그녀는 술을 따라 상자 위에 놓는다. 술은 이내 잔에서 모두 사라진다. 그것을 본 그녀는 사방을 휘돌아보더니 갑자기 뛰기 시작한다. 저편 모래언덕에 남편이 서 있는 것이다. 피눈물을 흘리며. 모래를 쓸고 가는 바람이 행여 남편을 지워버릴까봐 그녀는 눈을 부릅뜬 채 달려간다. 오 년 전에 입었던 옷을 그대로 입고 있다니. 새 옷을 가져올걸. 바보같이 그 생각도 못 했다니. 그녀는 옷소매로 남편의 얼굴을 닦아준다. 남편은 말을 잃어버린 모양이다. 아무 말도 없이 그저 그녀의 얼굴만 바라본다. 어디 가지 말고 여기서 삼산만 기다려. 가서 옷을 가져올게. 여기 있어야 돼. 그녀는 다시 발이 푹푹 빠지는 모래언덕에서 되돌아온다. 마치 헤엄치듯. 미끄럼을 타듯. 숨의 뿌리마저 곧 목구멍 밖으로 뽑혀나올 것 같다. 언덕의 중간쯤에서 그녀는 어떤 예감에 사로잡혀 달리기를 멈추고, 거부할 수 없는 운명처럼 뒤를 돌아본다.

어둠은 물러갔지만 해는 아직 뜨지 않았다. 그녀는 소설가가 타온 커피를 마시며 등대를 찾아가는 사람들을 본다.

"구름을 보니 일출은 기대하기 어려울 것 같아요."

소설가의 말에 그녀는 고개를 끄덕인다.

"그래…… 밤새 수평선까지 거리가 얼마나 되는지 알아냈어요?"

소설가는 피식 웃는다.

"죽음도 갈라놓지 못할 사랑이 있다고 봐요?"

그녀는 소설가의 딥을 기다리지 않는다. 태양의 마법에 걸린 사람들이 검푸른 기운이 번지는 유리창을 가득 채우고 있다. 등대와 정자에 도착한 이들은 열두어 시간 만에 다시 돌아올 해를 기다리고 있을 것이다. 아니 삼백육십오 일 만에 다시 떠오를 해를. 습관적으로 목과 어깨를 주무른다. 달의 숭배자들은 이제 잠들어야 할 시간이다. 그녀는 길게 하품을 하고 소파에 기댄 채 눈을 감는다.

잘 있으라는 한마디 말도 못 하다니⋯⋯

"⋯⋯이상한 꿈을 꾸었어요. 처음엔 꿈인 줄 몰랐어요. 나는 저 자리에서 술에 취해 잠들었고⋯⋯ 당신은 이 자리에서 누군가를 기다리며 혼자 술을 마셨어요. 그런데 어느 순간 이곳이 사막 비슷한 곳으로 변했어요. 당신은 기다리다 지쳤는지 술병을 들고 길을 떠났어요. 끝없이 이어지는⋯⋯ 모래언덕을 넘고 또 넘었죠. 사라진 등대를 찾아야 한다며⋯⋯ 모래바람은 불고 또 불었지요. 나는 모래언덕에 놓인 의자에 앉아 자고 있는 나를 보았지요. 그제야 나는 내가 어떤 이의 쓸쓸한 꿈을 들여다보고 있다는 걸 알았어요. 당신은⋯⋯ 모래언덕에서 누군가를 만났고⋯⋯ 누군가를⋯⋯"

출가

"혹자는 이렇게 말할지도 모릅니다.
나이 마흔을 바라보는 노총각이 홀어머니가 해주는 반찬에 불만을 품고 있다가,
스카이라이프라는 위성방송의 복잡한 리모컨 사용법을 계기로
출가를 결행했다니 한마디로 우습고 어이없고 한심하다고.
객관적으로 보면 그 비웃음은 흠잡을 데 없이 타당합니다.
하지만……
당신들의 기억을 들여다보길 바랍니다.
그 기억 어디쯤에 자리한 당신들의 사랑,
이별에선 그러한 적이 없었던가를."

그는 집을 나왔다.

남쪽 하늘에 뜬 달은 밝았고 겨우내 녹지 않고 첩첩이 쌓인 눈은 멍이 든 것처럼 푸르게 빛났다. 왼쪽 어깨에 배낭을 멘 그는 대문 없는 대문을 나섰지만 쉽게 걸음을 옮기지 못했다. 좁은 눈길은 얼어붙은 개울을 끼고 외롭게 큰길을 찾아가고 있었다. 눈보라를 몰고 오는 바람. 그는 어렵게 담배에 불을 붙이고 외등만 켜진 집을 쳐다보았다. 개집에서 나온 늙은 개가 꼬리를 흔들어 그의 다리를 툭툭 쳤다.

담배 한 대를 다 피웠지만 집은 변함없이 고요했다. 울 안에 사는 모든 것들은 깊은 잠에 들어 있을 시간이었다. 그는 배낭을 고쳐메고 뒤돌아섰다. 떠남에는 주저함이 없어야 한다. 사사로운 정을 단호하게 끊지 못해 결국 마흔 문턱까지 오지 않았는가. 예정일보다 걸행 날짜를 앞당긴 것이 차라리 어떤 운명처럼 느껴졌다. 술기운이 다소 도움을 주었지만 그렇다고 뿌리도 없는 일에 즉흥적으로 매달린 게 아닌 이상 문

제될 게 없었다. 술은 결행에 힘을 불어넣어주었을 뿐이다. 후일 누군
가가 그의 결행을 놓고 평할 때, 술에 취해 욱하는 성질을 이기지 못하
고 노모와 다툰 뒤 결국 그리 되었다는 소리는 정말이지 듣고 싶지 않
았다. 그는 달빛에 드러난 눈길을 지그시 바라보며 고개를 끄덕였다.
그리고 여전히 그의 주변을 오가며 꼬리를 흔드는 늙은 개에게 출가일
성을 남겼다.

"집 잘 봐라!"

간간이 눈보라가 밀려왔다가 사라졌다. 걸음을 옮겨놓을 때마다 신
발 밑에서 얼었던 눈이 바스러지는 소리가 들렸다. 그는 고개를 숙이고
입술을 깨문 채 좁은 눈길을 내려갔다. 바람 소리를 뚫고 누군가 뒤에
서 부르는 것 같았지만 고개를 돌리지 않았다. 불 꺼진 방들에 일제히
불이 켜지고 왁자한 웃음소리가 피어나는 환상이 따스한 외투처럼 등
에 달라붙었다. 곧 부러질 것 같은 마른 쑥대들이 눈밭에서 애처롭게
흔들리는 달밤이었다. 그는 이해했다. 풀도 그러한데 사람의 탈을 쓰고
서 어찌 번민이 전혀 없다고 하겠는가. 한 걸음 멀어질 때마다 옷을 갈
아입은 기억이 화해의 손짓을 보내는 건 당연한 일이었다. 그는 눈보라
를 피하는 척 뒤돌아섰다.

"따라오지 마! 돌아가라, 응? 네게 개골산은 너무 멀어."

늙은 개는 무심한 눈빛으로 그를 바라보았다. 그는 온갖 감정이 모
두 들어 있는 듯한 개의 눈빛을 읽는 것을 포기하고 눈을 뭉쳐 개에게
던졌다. 벗어나기 힘든 외가닥 좁은 눈길은 집 아니면 집 밖을 가리켰
다. 눈뭉치는 개의 앞과 옆에 떨어졌다. 개는 물끄러미 그것을 들여다
보다가 결심한 듯 꼬리를 내리고 뒤돌아섰다. 그는 돌아가는 개와 외

등만 켜진 집을 한눈에 담았다. 모든 것을 짊어지고서 떠날 수는 없는 일. 더구나 늙은 개를 끌고 개골산으로 들어갈 수는 없는 노릇이다. 개는 두어 걸음 옮길 때마다 고개를 돌렸다. 그때마다 그는 어서 돌아가라고 손짓을 했다. 그가 떠나온 집은 그 뒤편에서 녹지 않은 눈을 지붕에 올려놓은 채 굳은 침묵을 지켰다. 마당 왼편 헛간 지붕에 설치해놓은 낯선 위성방송 수신 접시는 여유작작한 자태로 밝은 달을 우러르고 있었다.

그래도 늙은 개한테 배웅이란 걸 받는구나. 그는 걸음을 빨리했다. 큰길로 나가야 택시를 탈 수 있었다. 작은 다리를 건너 지난 여름 푸르렀던 당귀밭을 뒤로하자 비로소 정류장을 비추는 가로등 불빛이 나타났다. 골짜기 그의 집만 잠든 게 아니라 마을 전체가 깊은 잠에 빠져 있었다. 술에 취해 길을 잃은 누군가가 눈 속에 파묻혀 죽어가도 해가 뜨기 전엔 아무도 모를 그런 깊은 잠에. 그가 부른 친구의 개인택시는 약속한 시간에 정류장에 도착해서 붉은 등을 깜박거렸다. 어깨에서 흘러내리는 배낭을 추스른 그는 눈이 묻은 바지를 털며 집이 있는 골짜기를 돌아보았다. 가슴이 콩닥거렸다.

"에잇! 야, 돌아가라니까 그러네. 이 개새끼야! 돌아가라구……"

먼 길 떠나는 아들을 배웅하는 어머니처럼 늙은 개는 다리 위에서 달빛을 등에 지고 있었다. 당귀밭을 건너온 눈보라가 온몸을 따갑게 때려도 아랑곳하지 않고서. 그는 배낭을 눈 위에 던져놓고 시린 눈을 뭉쳐 계속해서 개에게 던졌지만 제대로 날아가는 것은 없었다. 늙은 개는 꼼짝하지 않고 그 자리를 지켰다.

평소와 달리 그는 술잔을 잘 비우지 못했다. 다섯 병의 맥주를 사들고 여관방에 들어온 지 한 시간이 지났지만 중구난방 쏘다니는 마음을 뒤쫓느라 채 두 병을 비우지 못하고 계속해서 담배만 피웠다. 안주머니에서 꺼내 큼지막한 거울 귀퉁이에 꽂아놓은 십육절판 크기의 〈금강전도〉는 접힌 자리마다 보풀이 일었다. 그는 가부좌를 틀고 앉아 텔레비전과 옆방에서 들려오는 마귀들의 요사스런 소음을 견디며 숨은그림찾기를 하듯 눈을 부릅뜨고 그림에 몰두했다. 반야바라밀다심경을 암송하며. 세상의 다리 하나를 건너는 게 이처럼 어려운데 속세를 떠나는 일은 말할 것도 없었다. 그는 그림 맨 아랫부분의, 산문이라 할 수 있는 장안사 비홍교(飛虹橋)를 아직 건너지 못하고 있었다. 금강산 일만이천 봉우리는 그 위로 아득하게 치솟은 채 위용을 자랑했다. 〈금강전도〉를 그린 화가는 비홍교 아래의 속세를 냉정하게 잘라버렸다. 그는 독경을 잠시 멈추고 그가 떠나온 다리 아래편을 내려다보았다. 경대 위에는 스킨과 로션, 빗, 콘돔과 화장지가 가지런하게 놓여 있었다. 전화기와 텔레비전은 창문 아래를 차지했다. 그가 화가였다 해도 당연히 지워버릴 만한 물품들이었다. 그는 텔레비전을 끄고 만폭동을 빠져나온 물이 저 아래로 흘러가는 다리를 미련없이 건넜다. 그림은 곳곳에 크고 작은 절을 숨겨놓았다. 그 절들의 이름과 내력을 알아내려고 그 동안 꽤 많은 시간을 바쳤다. 옛날 사진 속의 이층 대웅보전과 그림 속 건물의 일치로 장안사를 찾았고 표훈사는 조선족 동포가 그린 그림지도가 찾는데 한몫 거들었다. 그림 속에 분명하게 표시된 구리기둥은 절벽에 달라붙은 보덕암이 분명했고 그 위 바위를 쪼아 만든 불상과 작은 암자는 당연히 묘길상 아미타여래상과 묘길상안이었다. 마하연과 정양사는 만

240

폭동을 경계로 갈라졌다. 그런데…… 아아, 이름을 찾지 못한 암자는 아직 많고 비로봉은 구름에 가려 모습을 감췄는데 내금강 깊은 속까지 따라와 오욕의 소음을 풀어놓는 저 마귀들을 대체 어찌할 것인가. 그는 발로 연거푸 벽을 걷어찼지만 잠깐의 침묵이 사라지기 무섭게 옆방 마귀들의 합창은 무수한 바퀴벌레처럼 벽을 비집고 고름처럼 흘러내렸다. 욱신거리는 발가락을 한 손으로 주무르며 미적지근한 맥주를 급하게 비웠다. 하지만 〈금강전도〉는 아랑곳없이 완곡하고 장대한 겹겹의 꽃잎으로 보이지 않는 무엇인가를 품은 듯 떠받쳤다. 골짜기 골짜기에서 쏟아져내려온 물은 만폭동에서 만나 장안사 비홍교로 내리달렸고 그가 침대에 기대 있는 여관방으로 금방이라도 우당탕퉁탕 들이닥칠 것만 같았다. 그는 그제야 전라의 여인으로 변신한 보살들이 부처를 유혹하려 했던 일화를 떠올렸고 옆방에서 들려오는 남녀의 사랑가에 빙긋이 미소지을 수 있었다. 졸음을 불러오는 온천수처럼 따스한 물이 여관방으로 차오르자 지그시 눈을 감았다. 늙은 개는 여전히 외가닥 눈길 위에서 그를 배웅했다.

"스카이라이프란 걸 달았는데 어째 아침부터 테레비가 하나도 안 나온다!"

"이거 언제 달았어요?"

초상집에 갔다가 삼 일 만에 쓰린 속을 달래며 돌아온 그에게 노모는 근심 가득한 얼굴로 텔레비전을 가리켰다. 파란 화면에는 '신호가 미약하여 수신이 불가능합니다'란 글만 떠 있었다.

"니 가던 날 달았는데, 잘 나오더니 갑자기 안 나온다."

"이게 사용법이 얼마나 복잡한데 달았어요!"

"기사 말이, 젊은 사람들은 잘 다룬다고 하던데……"

사십여 개의 버튼이 무슨 암호처럼 자잘하게 박혀 있는 리모컨이었다. 눈치를 살피던 노모는 사용법이 적힌 책자를 밀어놓고 슬그머니 물러났다. 그는 어두컴컴한 동굴 같은 방에 앉아 리모컨 여기저기를 눌렀지만 화면은 처음 그대로였다. 안테나에 연결해서 보았던 기존의 세 채널도 아예 잡히지 않았다. 부엌에 있던 노모는 문 너머로 텔레비전과 그의 표정을 훔쳐보다가 저녁상을 들고 들어왔다.

"……고장났어?"

"내일 전화해서 기사 오라고 해요."

그는 신경질적으로 리모컨을 던져버리고 저녁상 앞에 앉았지만 한동안 수저를 잡지 않았다. 늘 들리던 텔레비전 소리가 사라진 골짜기 외딴 집의 고요는 생각보다 심각했다. 속마음까지 다 보일 것 같았다. 젓가락을 깨작거렸지만 밥알의 수는 눈으로 헤아릴 수 있을 정도였다. 구운 김은 축 늘어졌고 된장국은 일 주일 전과 다를 게 없었다. 꺼내놓은 지 오래된 김치는 바짝 말라 있었다. 어림잡아 열흘 가깝게 노모는 같은 종목의 반찬으로 달리기를 하는 중이었다.

"웬만하면 반찬에 신경 좀 써요."

"나도 이젠 며느리가 차려주는 밥상이란 걸 받고 싶다. 색신 언제 데려오냐?"

그는 쓰린 속을 손으로 주무르며 냉수를 마셨다.

"전에도 말했지만, 요즘 세상에 누가 이런 시골로 오겠어요. 밖에 임대 아파트라도 하나 있어야지."

"그건 널 보고 오는 게 아니라 집 보고 오는 거야. 그런 여잔 쉽게 오고 쉽게 떠난다!"

"됐어요, 관둬요."

그는 반찬을 놓고 한소리 한 걸 후회하는 얼굴로 냉장고에서 소주를 꺼내 시위하듯 밥 한 숟가락에 술 한 잔을 쓰린 속으로 들여보냈다. 요동치는 뱃속으로 들어가 수위를 높여가는 소주는 당연히 평소보다 배나 빠른 속도로 불붙기 시작했다. 조금씩 상체를 흔들며 던져버렸던 리모컨을 다시 잡고 한 손으로 만지작거렸지만 파란 화면의 텔레비전은 신호가 미약해서 어쩔 수 없다는 완고한 표정을 바꾸지 않았다.

"기사 말이, 젊은 사람이 전화하면 자기들이 안 와도 금방 고친다던데……"

"고장난 걸 어떻게 고쳐요! 기사가 와야지!"

"다른 집들은 다 잘 나온다던데. 대낮에도 나오고. 큰댁 아연이한테 전화할까? 아연인 지 보고 싶은 거 다 본다고 하던데."

"그냥 내일 낮에 전화해서 기사 오라고 해요. 그게 빨라요."

그는 쓰린 배를 움켜쥔 채 밥상에서 물러나 건넌방으로 갔다. 알코올은 모두 한숨으로 변한 것 같았다. 바람조차 잠든 골짜기의 무거운 고요가 촘촘하고 끈적끈적한 거미줄처럼 집을 에워쌌다. 겨울이 긴 고장의 길고 깊은 밤을 술과 노름을 멀리하고 수월하게 건너가려면 텔레비전은 없어서는 안 될 가전제품이다. 그는 눈 덮인 뒷마당으로 담배연기와 한숨을 함께 내뱉었다. 가수 전인권, 인순이, 그리고 마라톤 선수인 이봉주에 이어 산골싸기 외딴 집에도 위성방송 수신 접시가 달리다니. 그럼 나더러 평생 농사지으며 사용하기 힘든 리모컨이나 작동하라는 뜻이렸다…… 무료한 겨울날 젊은 혈기를 이기지 못하고 단조롭고 단조로운 농촌을 뛰쳐나갈지도 모르니 사전에 백여 개의 다양한 채널로 붙잡아보겠다는 의도렸다. 젊다니…… 그는 허물어지듯 이불 위로 쓰러졌다.

"승복만 입으면 누가 봐도 스님이라 믿겠습니다! 내가 오대산 중들 머리 배코 쳐봐서 아는데 머리 형태는 연꽃 봉오릴 닮은 게 최고죠."

입냄새를 풍기는 이발사는 면도날로 비누거품을 밀며 거울 속의 그에게 계속해서 중얼거렸다. 당연하게도 그는 고개를 끄덕이거나 입을 열 수 없었다. 거울 속에 자리잡은 빡빡머리는 이발사의 말 때문인지 정말 터지기 직전의 꽃봉오리를 닮았다. 예리한 면도날은 결 고운 나무를 깎듯 그의 목과 얼굴을 오르내렸다. 오른쪽 어깨에 놓인 손바닥만한 종이 위엔 면도날이 밀어온 거품과 짧은 머리카락이 두고 온 번뇌인 듯한 획 한 획 자리를 넓혀갔다. 그는 눈을 감고 싸락눈을 밟듯 삭삭거리는 면도날 소리를 들었다.

"말이 나왔으니 얘긴데, 절간을 뛰쳐나오거나 쌈질이나 하는 땡중들 중엔 결단코 이런 머리가 없죠. 대부분 네모꼴이거나 뒤집어놓은 삼각형이죠."

그는 이번에도 고개를 끄덕이지 못했다. 눈도 뜨지 않았다. 감은 눈의 막막한 저편에 서 있는 늙은 개는 아직도 그 자리를 지키고 있었다. 그의 콧구멍으로 뜨거운 숨이 빠져나왔다.

"테레비가 또 안 나온다! 저번처럼 퍼렇기만 하고 말도 화면도 아예 안 나와. 집엔 언제 들어와?"

집.

그는 쓰디쓴 인진(茵蔯)환처럼 어금니에 붙어 떨어지지 않는 '집'이란 낱말을 삼키거나 뱉으려고 애를 썼다. 털모자를 눌러쓰고 스승을 만나러 가는 직행버스 안이었다. 집을 나온 지 겨우 이틀 지난, 저물어가는 오후였다. 그는 지난번과 토씨 하나 다르지 않은 처방을 다른 승객들의 눈총을 받으며 십여 분에 걸쳐 화난 목소리로 반복해서 일러주었다. 노모가 한글을 읽을 줄 알아서 그나마 다행이었다. 전화를 끊자마자 오지 않는 잠을 억지로 청하듯 의자를 한껏 뒤로 젖히고 몸을 뉘었다.

금강산은 먼 신기루로 아른거리는 산 같았다. 안주머니에서 〈금강전도〉를 꺼내 펼쳤지만 위력을 발휘하지 못하고 텔레비전이 고장난 집의 어두운 적막 속에 음화로 앉아 있는 노모의 모습만 떠다녔다. 윙윙거리는 버스의 소음에 한숨이 보태질 때마다 쑤군대는 승객들과 운전기사는 경멸의 눈빛을 감추지 않은 채 그의 동태를 곁눈질했다. 그는 치미는 분을 다독이며 털모자를 벗어젖히고 자리에서 일어나 통로로 나갔다. 버스는 즉각 속도를 늦췄고 승객들은 표정을 바꾼 채 눈으로 그를 뒤좇았다.

"혹자는 이렇게 말할지도 모릅니다. 나이 마흔을 바라보는 노총각이 홀어머니가 해주는 반찬에 불만을 품고 있다가, 스카이라이프라는 위성방송의 복잡한 리모컨 사용법을 계기로 출가를 결행했다니 한마디로 우습고 어이없고 한심하다고. 객관적으로 보면 그 비웃음은 흠잡을 데 없이 타당합니다. 하지만…… 당신들의 기억을 들여다보길 바랍니다. 그 기억 어디쯤에 자리한 당신들의 사랑, 이별에선 그러한 적이 없었던가를. 철없던 시절의 일이라고요? 그렇군요…… 철부지 적 일이군요. 하지만 저는 더이상 견딜 수 없었습니다. 그대로 있으면 터져버렸을 겁니다. 이해를 구하는 건 아닙니다. 여비를 마련하기 위해 이 자리에서 볼펜을 강매할 생각도 없습니다. 다만…… 다만…… 당신들은 그러지 않길 바랍니다. 최소한 삶의 본질과 종교의 앞날, 나아가 조국의 미래를 위해 출가하길 바랍니다."

그렇다고 노모를 홀로 두고 도망치냐는 욕설을 시작으로 쓰레기를 담은 비닐봉투가 연거푸 그에게 날아왔다. 개중엔 신발도 있었다. 버스를 되돌리라는 고함도 튀어나왔다. 출가해도 다를 게 없다는 한 중년 사내의 점잖은 충고는 곧 묻혀버렸다. 그는 심하게 흔들리는 통로에 우두커니 서서 낯익은 일가친척들의 얼굴로 변해가는 승객들이 내지르는 아우성에 고스란히 뭇매를 맞았다. 좁은 고갯길에서 반대로 방향을 바꾸려는 버스는 금방이라도 골짜기로 떨어질 것처럼 위태위태했다. 그만두라고 고함치다가 그는 의혹에 사로잡혔다. 노모는 나 하나를 집으로 데려가려고 이들을 보냈단 말인가…… 그는 비틀거리며 운전석으로 다가가 기사가 움켜잡은 핸들을 반대로 돌리려고 안간힘을 썼다. 앞유리창으로 눈 덮인 겨울 산과 하늘이 번갈아 자리잡기를 반복하다가 손쓸 여력도 없이 버스는 길을 벗어나 골짜기로 내달리기 시작했다. 그는 눈을 부릅뜬 채 눈덩어리들이 앞다퉈 굴러가는 골짜기를 노려보았다.

"설마 금강산 어느 암자에 눌러앉아 중이 되려는 건 아니겠지?"

입을 다문 채 십여 분 가량 술잔만 만지작거리던 스승의 질문이었다. 그는 마른 웃음을 흘렸다.

"선생님, 내공으로 치자면 제가 스님보다 못할 게 없습니다. 아마 당장 화장을 해도 제 몸에서 더 많은 사리가 나올 겁니다."

"사리? 그건 무슨 소린가?"

"스님들이야 애초에 세속의 욕망을 끊자고 결심한 채 절이라는 공간에서 살아가는 분들 아닙니까? 하지만 저는 그러겠다고 한 번도 마음먹은 적이 없을뿐더러 산속도 아니라 저잣거리에서 그렇게 살고 있으니 과연 누가 더 내공이 세겠습니까."

인문학을 연구하는 스승은 제자의 말에 고개를 끄덕여주었다. 공감하는 바가 많았는지 술자리가 시작되고 처음으로 그에게 자신의 술잔을 건넸다. 얼굴에 내비치진 않았지만 그는 다소 참담한 심정으로 술잔을 받았다.

"자넬 보면 말이야, 아주 오래된 사람 같단 생각이 들어."

"무슨 뜻입니까?"

"21세기에 말이야. 산골 마을에서 가난한 총각이 홀어머니 모시고 농사지으며 살고 있잖아. 그 총각이 지금 농한기를 이용해 금강산 유람을 떠나려고 하잖아. 의미심장하지 않아?"

"박물관에 들어갈 이야기 속에 갇혀 사는 거죠."

"아니야, 그렇지 않아! 얼마 지나지 않아 그렇지 않다는 걸 자네도 알게 될 거야. 자, 우리 금강산을 위해 건배하지!"

그는 목젖까지 올라와 찰랑거리는 말들을 술에 섞어서 삼키고 또 삼켰다. 몸 속에다 사리를 만드는 일은 간단했다. 튀어나오려 기승을 부리는 말들을 일일이 되돌려보내는 수고만 하면 되었다. 힘이 부칠 때도 없진 않았지만 얼마간의 방황을 통과하면 제자리로 돌아오는 것은 그리 어려운 일이 아니었다. 그런데…… 그는 안주머니에 〈금강전도〉를 간직한 채 벽에 기대놓은 배낭을 계속해서 만지작거렸다. 스승은 그런 그에게 자꾸만 빈 술잔을 내밀었다.

"선생님, 저…… 실은…… 금강산에 가서 돌아오지 않을 계획입니다."

"그래? 그럼 앞으로 난 누구랑 술 마시지? 근데 말야, 아는지 모르겠다. 이제 금강산엔 선녀가 없다는 거. 게다가 아직 한겨울이야!"

"선녀 만나러 가는 거 아닙니다."

"그럼 정말 중이 되려고?"

"선생님, 제가 중노릇은 잘할 것 같습니까?"

눈이 얼어붙어 미끄러운 골목길의 술집들을 그와 스승은 늦게까지 순례하다가 헤어졌다.

그는 회색 반바지와 반팔 상의를 입고 주말의 북적거리는 찜질방 한 증막 한쪽에 누웠지만 잠은 어디론가 달아난 지 오래였다. 집을 나와 똑같은 옷을 입고 뜨거운 열기에 땀을 흘리는 사람들은 긴 겨울밤을 건너려는, 불가마 속의 고행자들 같았다. 그는 모로 누워 한쪽 손으로 머리를 괸 채 접어놓았던 〈금강전도〉를 펼쳤다. 금강산의 골짜기 골짜기를 빠져나온 물은 변함없이 만폭동에서 만나 장안사 비홍교를 향해 흘러갔다. 그림을 들여다보며 그는 스승이 하지 않은 말과 그가 묻지 못한 질문의 대답을 찾아나섰다. 목과 명치께서 처음 샘솟기 시작한 땀은 서서히 온몸으로 번져갔다. 운동장 같은 찜질방은 묘한 기운에 휩싸여 있었다. 앉은 사람들은 그림 오른편의 무수한 기암괴석들을 닮았고 눕거나 벽에 기댄 사람들은 그림 왼편의 소나무가 자라는 토산(土山)을 연상시켰다. 그의 시선은 사람들 사이를 게으르게 쏘다니며 숨어 있는 암자를 찾거나 개울의 돌다리를 건너고 단숨에 봉우리까지 올라가기도 했다.

"너…… 금강산 이화동(梨花洞)이라고 들어봤어?"

어깨동무를 한 채 비틀거리며 스승의 아파트로 가는 도중에 건너온 질문이었다. 그는 대답하지 않았다. 가로등 아래서 걸음을 멈춘 스승은 어지럽게 흘러내린 머리카락을 추스른 뒤 중요한 비밀을 전하듯 주위를 둘러보더니 그의 귀에 입을 대고 소곤거렸다. 스승의 충혈된 눈에는 물기가 가득했다.

"배꽃이 필 때면 온 골짜기가 환하게 밝아져서 마치 눈이 온 날 아침 같다고 하는구나. 물론 아무나 갈 수 있는 곳이 아니겠지. 도피자들이 숨어 사는 마을이란 거야. 멋지지 않아?"

"……예, 선생님."

"너 먼저 가서 터 잡고 있어. 쫓겨나면 나도 그곳에 갈 테니."

어두컴컴한 아파트 숲으로 고개를 숙인 스승의 모습이 사라질 때까지 그는 한참을 그 자리에 서 있었다. 왼편의 속세간과 오른편의 피안이 함께 들어 있는 안견의 〈몽유도원도〉가 이화동을 제치고 왜 갑자기 떠올랐는지 알 수 없었다. 두루마리 그림의 왼편 귀퉁이에 자리한 불안한 집을 찾아가는 스승의 마지막 말을 되새기며 그는 택시를 기다렸다. 스승이 몸담고 있는 대학의 학과가 없어질 거란 얘기는 소문의 옷을 벗고 현실의 옷으로 갈아입는 중이었다. 매운 바람이 몰려다니는 겨울밤의 도로변에서 오지 않는 택시를 기다리느라 그는 자꾸만 왼편으로 고개를 돌렸다.

온몸의 냄샘이 일세히 문을 열고 있있지만 그는 힌증막을 너기지 않았다. 턱밑에 매달렸던 땀방울이 그림 위로 뚝뚝 떨어졌다. 스승이 말한 이화동도 일만이천 봉우리 사이 어딘가에 있을 것이다. 하지만 보이지 않았다. 배나무라고 고집할 만한 나무도 찾을 수 없었다. 차라리 〈몽유도원도〉의 오른편 복숭아나무숲이 더 적당할 것 같았다. 금강산에 숨어 있는 여러 개의 현묘한 문을 비밀스럽게 간직하고 있는 그림이라고 누군가 말했지만 그의 눈에는 모든 곳이 그곳 같았고 동시에 아니었다.

그는 반바지 주머니에서 울리는 전화기를 들고 한증막을 나왔다. 집이었다. 새벽의 집에서 걸려온 전화였다. 전화기를 노려보았지만 이내 다시 걸려온 전화는 울림을 멈추지 않았다.

"지금이 몇신데 전화하고 그래요!"

"자고 있었냐?"

다급한 목소리의 노모는, 절실해야 보이거나 열린다고 일침을 놓는 것 같았다. 그의 가슴이 두근거렸다. 심호흡을 한 뒤에야 그는 입을 열 수 있었다.

"……집에 무슨 일 있어요?"

"테레비에서 요상한 게 나온다! 벌거벗은 연놈들이 껴안고 돌아가느라 정신이 없어. 아무리 눌러도 케이비씨로 돌아가질 않아!"

"그냥 끄면 되잖아요!"

그의 목소리가 새벽의 찜질방을 울렸다. 마치 일만이천 봉우리가 돌아보듯, 잠들지 않은 사람들의 시선이 일제히 그에게로 향했다. 그는 도망치듯 다시 한증막으로 들어갔다. 마음속에서 피어났던 불안한 상상들은 흔적도 없이 사라지고 대신 화가 치밀고 올라왔다. 끓어오르는 화의 색깔은 다양했다. 새벽잠이 없는 노모는 무료함을 달래려고 습관대로 텔레비전을 틀었으리라. 정규방송이 나오지 않자 리모컨으로 채널을 돌리다 심야에 방영되는 낯뜨거운 성인영화를 보고 놀란 것이다(볼륨은 또 얼마나 크게 해놓고 듣는가!). 그 놀란 마음이 시간도 잊고 아들을 찾은 것이리라. 그는 가부좌를 한 채 허리를 곧추세웠다. 반복해서 심호흡을 했다. 새벽에 집에서 전화가 걸려오면 무슨 큰일이 생긴 게 아니냐고 지레짐작하는 마음과 그 불안한 상상의 목록을 떨쳐버리지 않고선 어디에도 갈 수 없었다. 단 한 발짝도 떼어놓지 못할 게 분명했다. 노모는 누구보다도 그의 착한 천성을 잘 알고 있었다. 외양간에서 도망치는 소를 멍하니 바라보기만 하는 주인이 어디 있겠는가. 그 동안 돈도 안 되는 농사일 하느라 고생했다며 잘 가라고 손 흔드는 주인은 또 어디 있겠는가. 얼굴에 매달려 있던 땀이 그의 긴 한숨에 후드득 떨어졌다. 결코 만만한 대결이 아님을 인정하는 한숨이었다. 곧추세운 허리에 통증이 몰려왔지만 그는 이를 악물고 참았다. 금강산 가는 버스에 몸을 실으려면 하루하고도 열두 시간을 더 견뎌야 했다. 눈을 감자 눈길에서 배웅하던 늙은 개가 돌연 자세를 바꿔 송곳니를 드러낸 채 사납게 짖으며 쫓아왔다. 허허. 그는 감은 눈을 뜨지 않고 전과 달라진 개를 노려보았다.

"흐흐…… 그러니까 그 나이에 가출을 했구나! 그럼 올해부턴 농산 어떻게 해?"

"농사짓는 게 빚더미에 앉는 거니 차라리 도지 주는 게 낫다. 그 돈으로도 노인네 혼자 먹고살고 남아."

"불효자구나."

"야, 가만 보니 백사장이 아니라 백설장(白雪場)이네!"

남측 집결지인 금강산 콘도 해변의 백사장을 모두 덮은 눈을 보며 그는 중얼거렸다. 속초에서 한달음에 달려온 친구는 그의 옆모습을 보며 근심 어린 표정을 풀지 않았다. 발자국 하나 찍히지 않은 눈을 파도가 모두 허물어뜨릴 수는 없을 것 같았다. 바다 위에는 녹지 않은 눈뭉치가 성엣장처럼 떠다녔다. 두 사람은 한동안 담배만 피우며 바다에서 눈을 떼지 않았다. 커피숍은 금강산으로 가려는 단체여행객들이 들어오면서 부터 부산스러워졌다. 그들을 보더니 친구는 이내 얼굴을 찌푸렸다.

"……새끼야, 넌 연로하신 어머닐 남겨놓고 도망치는 거야."

그는 바다에 떠다니는 눈뭉치는 처음 보았다. 물에 젖은 소금덩어리 가 생각났다.

"어떤 변명을 끌어붙여도 용납이 안 돼. 지나가는 아무나 붙잡고 물 어봐. 뭐라고 대답하나."

전화를 받지 않자 노모는 그의 절친한 친구를 찾는 수고를 마다하지 않았다. 오후 두시로 이동하는 시계는 바다를 등진 채 벽에 걸려 있었 다. 그는 일어나기 쉽게 친구의 시선을 피해 배낭끈을 가지런히 정리했 다. 고통 없는 출가는 없는 법이었다. 가출로 알고 있는 친구가 차라리 고마웠다.

"내가 돌아오지 않으면 니가 우리집에 가서 농사지으면 되겠다. 시 간 많이 나잖아."

"새끼, 말하는 거하곤! 그 집 아들이 나냐? 니 답답한 거 아니까 지금 이 자리서 안 잡는 거야! 돌아다니다 봄 되기 전에 들어가라. 그때도 안 들어가면 내가 전국을 뒤져서라도 잡으러 다닐 테니까."

"간다."

그는 단체여행객들의 끄트머리를 따라나섰다.

"내 말 명심해! 안 돌아오면 넌 인간도 아냐!"

그는 휴대폰의 전원을 껐다. 마지막으로 노모와 통화하고 싶은 마음이 없지 않았지만 애써 참았다. 전원이 꺼지는 짧은 순간, 마음의 일시적인 정전이라고 할까, 그 동안 관계했던 한 세계의 화면이 영원히 사라지는 느낌을 받았다. 그를 찾는 전파는 허공을 쏘다니다 휴전선 근처 남측 CIQ(세관·출입국 관리 및 검역)의 물품보관소에서 발길을 돌릴 것이다. 홀가분한 것도 아니고 반대로 무겁지도 않았다.

어떻게 통행검사를 마치고 버스에 올랐는지 알 수 없었다. 다만 몽롱할 뿐이었다. 버스는 눈 덮인 비무장지대를 한 시간 가까이 달려 북측 CIQ에 도착했지만 떠오르는 풍경은 많지 않았다. 뒤편에서 무엇인가가 뭉텅뭉텅 떨어져나가는 듯도 했고 또 무엇인가가 악착같이 쫓아오는 것 같아 자주 차창 밖을 기웃거렸다. 그러다 잠들었다. 북측에서 하는 통행검사 내내 하품을 쏟아냈고 졸음에 밀려 온천욕과 저녁식사도 생략한 채 숙소인 해금강호텔에서 이불을 뒤집어썼다. 버스를 타고 지구 반대편으로 쉬지 않고 달려간 듯한 피로감이 몸과 마음을 빈틈없이 동여맨 듯한 기분이었다.

단잠에서 깨어났지만 그는 베개에 등을 기댄 채 침대 위에서 꼼짝 않았다. 함께 방을 쓰는 사내는 일찍 술에 취했는지 옆 침대에서 심하게 코를 골았다. 서울에서 사업을 하다 정리하고 잠시 쉰다고 했던가. 잠든 사이에 찾아온 두통이 사내의 코 고는 소리와 박자를 맞춰 그의 머릿속에서 쿵닥거렸다. 스탠드 불빛 속으로 배낭을 끌어왔지만 이내 포기했다. 두통약이 있을 리 없었다. 할 수 없이 그는 몸을 일으켜세웠다. 냉장고로 가는 짧은 동안에도 무거운 쇠구슬을 닮은 두통은 제멋대로 요동을 쳤다. 그는 물컵을 든 채 창문 앞에 서서 커튼을 조금 젖혔다. 동서남북이 어디인지 짐작할 수는 없었지만 맥박처럼 뛰는 두통을 견디며 검은 산을 오래 바라보았다. 그가 있는 온정리는 〈금강전도〉에 들어 있지 않았다. 〈금강전도〉는 금강산의 남쪽에서 북쪽을 내려다보는 형식으로 그린 그림이고 온정리는 동쪽에서 서쪽에 있는 금강산을 조망하는 곳이었다. 여행사에서 정한 관광 코스에도 〈금강전도〉의 중심을 이루는, 장안사 비홍교에서 만폭동으로 거슬러오르는 코스는 없었다. 여행객들은 사실 그림의 바깥 부분만 관광하게 되어 있었다. 장안사, 유점사지가 휴전선 가까이 인접해 있기 때문이었다.

그는 침대 머리맡으로 탁자를 옮겨놓고 옆 침대의 사내가 사왔을 북한산 진달래술을 허락도 구하지 않고 마셨다. 머리에 금이 갈 것 같은 두통을 다스릴 수 있는 가장 가까운 방법이었다. 탁자 왼편에 놓인 〈금강전도〉의 무수한 기암과 소나무는 그의 두개골을 열어놓은 풍경인 듯 어지럽게 보였다. 그의 입으로 들어간 독한 진달래술은 그림 속의 골짜기 골짜기를 하나도 빠뜨리지 않고 휘돌아흐르는 것 같았다. 하지만 언제까지 두통의 돌기들을 진달래 향으로 적신단 말인가. 그것은 햇볕 쨍쨍한 여름날 달아오른 바위를 식히려고 작은 술잔으로 물을 떠서 붓는 거나 마찬가지였다. 그는 술잔을 포기하고 물컵의 반쯤 술을 따라 한 번에 마시고 불을 껐다. 왕복 네 시간이 소요되는 둘째 날의 구룡연 코스를 소화하려면 당연한 순서였다.

"……제발!"

스탠드 불빛은 〈금강전도〉를 휘감는 여린 호박색으로 쏟아졌다. 불을 끈 지 삼십 분도 채 지나지 않았다. 그는 두 손으로 머리를 움켜잡고

서 사납게 흔들었다. 연결고리가 풀어진 기계처럼 머리 속이 덜컹거렸다. 술병을 잡았다가 갈등 끝에 포기했다. 옆 침대의 사내는 코 골기를 멈추지 않았다. 천하 명산의 문턱까지 겨우 찾아왔는데 두통약이 없어 고전하다니. 그는 결국 전화기로 손을 뻗어 호텔 프런트를 찾았다. 노모가 받을지도 모른다는 터무니없는 불안을 만지작거리며.

"이 오밤중에 니가 먼저 전화할 때도 다 있구나."

그는 귀에 붙였던 수화기를 들여다보았다. 노모의 목소리였다. 젠장! 대체 여기가 어디란 말인가.

"여보세요?"

"그래, 에미다. 밥은 꼬박꼬박 챙겨먹는 게냐?"

노모의 목소리는 의외로 따듯했다. 그의 마음속에서 모래산 하나가 가라앉았다.

"……관절염은 좀 괜찮아요?"

"그래, 술 조금 마시고. 옷은 든든하게 입고 나갔어?"

눈 녹듯 두통이 가라앉는 기미를 보이자 그는 하마터면 울음을 터뜨릴 뻔했지만 간신히 견뎠다. 노모의 변화를 어떻게 이해해야 될지 몰라 그의 마음은 허둥거렸다.

"그만 주무세요. 끊을게요."

"여비는 충분해?"

침대를 비추던 불빛을 어둠이 삼켜버렸다. 그는 이불을 머리까지 뒤집어쓴 채 눈을 감았다. 허둥대던 마음이 조금씩 평온해지자 어둠 속으로 금강산 봉우리 봉우리가 점점 그 절경을 드러내기 시작했다. 수백 번도 더 펼쳐들었던 그림 속의 산이었다. 날아다니는 침대를 타고 다니며 공중에서 내려다보는 것 같았다. 눈 덮인 골짜기와 수직으로 얼어붙은 폭포, 검푸른 소나무숲의 호위를 받고 솟아오른 총석(叢石)들이 한데 모여 연꽃처럼 피어 있었다. 그러나 토산 아래에 자리잡은 채 일만 이천 봉우리를 경배하던 그림 속의 절들은 아무리 찾아도 보이지 않았다. 그는 눈을 부릅뜨고 아래로 아래로 내려갔다. 절이 없는 산에서 출가하는 것은 힘든 일이었다. 만폭동 깊은 골짜기를 몇 번이나 오르내렸지만 그의 노력은 결국 무위로 끝나고 말았다.

짐승들의 발자국만 어지럽게 찍혀 있는 눈의 골짜기에서 낙심하고 돌아서려던 그를 사로잡은 것은 다른 데에 있었다. 들어가는 길이 곧 나가는 길인 골짜기의 절벽 턱밑에서 나무를 하는 사내를 발견한 그는 반가운 표정을 감추지 않았다.

"말 좀 묻겠습니다. 이 골짜기에 절이 없습니까?"

나무꾼은 수건으로 땀을 닦으며 그의 행색을 살폈다. 그는 서둘러 담배를 권했다.

"절간은 왜 찾수?"

갓 잘라낸 나뭇등걸에 걸터앉은 그는 눈 위에 소복하게 쌓인 톱밥을 어루만졌다. 참나무로 만든 발구에는 나뭇단이 가득했다. 나무꾼은 그와 비슷한 연배로 보였다.

"중노릇이나 해볼까 하고요."

나무꾼은 피식 웃음을 흘렸다. 그도 따라 웃었다.

"너무 늦게 왔소. 오십여 년 전에 왔더라면 모를까."

"……그렇네요. 늦게 와도 한참 늦게 왔군요."

"담배 보실 받았으니 답례로 술 헌잔 드리리다."

나무꾼은 나뭇가지에 걸어놓은 배낭에서 술을 꺼냈다. 그는 맑고 독한 술을 몇 잔 받아마셨다. 고라니 고기를 삶아 말렸다는 안주에선 노린내가 났다.

"이 산속에서 혼자 삽니까?"

"아니요, 어머니와 함께 산다오."

그는 나무꾼의 얼굴로 지나가는, 너무 익숙한 그늘을 놓치지 않았다. 동병상련을 느끼기까지 그리 많은 시간이 필요하지 않았다. 입고 있는 옷의 색깔만 서로 조금 다를 뿐이었다. 눈 쌓인 골짜기의 절벽 아래서 아주 오래된 거울을 들여다보고 있는 것 같았다. 취기가 오르고 짧은 해가 절벽의 그림자를 늘어뜨리자 나무꾼은 마른 나뭇가지를 모아 모닥불을 피웠다. 누군가가 대화를 엿들었다면 필시 홀어머니를 모시고 사는 가난한 두 노총각의 넋두리라고 폄하할지도 모르지만 두 사람은 개의치 않았다. 그가 처녀들의 이기적인 결혼관에 대해 신랄하게 성토하자 나무꾼은 한술 더 떠서 맞받았다. 산림정책의 비현실성이 도마 위에 올랐고 늘어만 가는 농가부채가 그 뒤를 따랐다.

격론이 휩쓸고 간 골짜기는 늘 쓸쓸한 법이었다. 토로할 대상은 얼마든지 더 있었지만 그와 나무꾼은 입을 다문 채 모닥불을 쬐며 까마득한 절벽만 바라보았다.

"혹시 이 산 어딘가에 있다는 이화동이라고 압니까?"

나무꾼은 고개를 저었다. 그는 모닥불 위에 새 나뭇가지를 얹었다. 전설만 남았을 뿐 세상에 도피처는 없는 모양이었다. 그는 검검한 아파트 숲으로 비틀거리며 사라지던 스승을 떠올렸다.

"옛날에…… 한 나무꾼이 이 산에 살고 있었소."

담배에 불을 붙인 나무꾼은 차분한 목소리로 이야기를 이어갔다. 익히 알고 있는 이야기였지만 그는 내색하지 않았다. 홀어머니를 모시고 산속에서 가난하게 사는 착한 총각 나무꾼(좋지 않은 조건만 두루 갖추고 있다). 어느 날 변함없이 나무를 하는데 사냥꾼에게 쫓기는 사슴을 만난다. 나무꾼은 사슴을 숨겨준다(어느 날…… 불현듯 찾아올지도 모를 그 무엇을 기다리는 막막한 심정을 그가 왜 모르겠는가!). 하여튼 이쯤 되면 사슴이 인간의 말을 하는 것은 문제도 아니다. 천상의 선녀들이 금강산으로 내려와 목욕을 한다고 해도 하나 이상할 게 없다. 더구나 목숨을 구해준 답례로 떠꺼머리 총각을 선녀와 맺어주려고 비책을 일러주지 않는가. 그는 참을 수가 없어 나무꾼의 말을 잘랐다.

"그럼…… 지금 사슴을 기다린단 얘깁니까?"

나무꾼이 모닥불을 뒤적거리자 자잘한 불티들이 허공으로 치솟았다가 재가 되어 날아갔다.

"당신도 그 비슷한 걸 찾아 헤매는 거 아니오?"

자리에서 일어난 나무꾼은 장갑을 끼고 낫을 잡았다. 푸른 생솔의 가지들은 나무꾼의 낫질에 여지없이 잘려나갔다. 그도 나뭇등걸에서 엉덩이를 뗐다. 떠나야 할 시간이었다. 나무꾼과 나누는 악수는 역시 쓸쓸했다. 그는 들어올 때 찍어놓은 발자국을 밟으며 골짜기를 내려갔다. 사슴이 일러준 대로 옛날 옛날의 한 나무꾼은 목욕하는 선녀의 깃옷을 감춘 뒤 선녀와 결혼했다. 아이 둘을 낳고 잘살았지만 한순간의 실수로 아내는 아이들을 데리고 하늘나라로 돌아갔다. 그리고 우여곡절의 막이 다시 올랐다. 눈길을 내려가는 그의 다리가 자주 휘청거렸다. 나무꾼과 마신 술 때문이 아니었다. 그는 걸음을 멈췄다. 나무꾼도 낫질을 멈추고 그를 바라보았다. 그는 한쪽 손을 어정쩡하게 들어올렸다가 이내 내렸다. 옛날이야기의 골짜기에서 나무를 하며 사슴을 기다리는 나무꾼도 장갑 낀 손을 흔들었다.

"낮에 점 봤다!"

떠돌이 점쟁이가 마을에 왔다는 얘기는 그도 들어 알고 있었다. 그는 일부러 점괘가 어떻게 나왔냐고 묻지 않았다. 저녁상에만 몰두했다. 연초마다 되풀이되는 노모의 행사니 색다를 것도 없었다. 집 곳곳에 붙어 있던 낡은 부적이 새 부적으로 교체될 것이다.

"나는 늙어 죽을 때까지 여기서 니랑 산단다!"

맙소사! 그는 표정을 일그러뜨리지 않으려고 애를 썼다. 방금 넘긴 밥과 반찬이 목구멍으로 올라오려 하는 것도 간신히 진정시켰다. 잘났다는 형, 누이들은 대체 어떤 운명을 타고났기에 이렇게 요리조리 잘도 빠져나간단 말인가. 그는 냉수를 들이켜고 점괘에 만족해하는 노모에게 미소를 보냈다.

"전에도 말했다시피 난 나이 마흔이 되면 중이 될 거야. 장난삼아 하는 말이 아니라니까."

노모는 그의 인생 설계에 이의를 제기하지 않았다. 점쟁이의 말을 전폭적으로 신뢰한다는 눈빛이었다. 그는 슬그머니 술병을 끌어당겼다. 도끼를 들고 점쟁이를 무찌르러 가려면 약간의 술이 필요했기 때문이다.

북측 CIQ를 출발한 관광버스는 비상등을 깜박이며 전전히 비무장지대로 접어들었다. 남에서 발원해 북으로 가는 유일한 강이라는 남강은 얼음과 눈에 덮여 마치 비무장지대를 빠져나오는 거대한 백사 같았다.

나무꾼을 만났던 만폭동 어느 골짜기에서 졸졸거리던 물도 남강과 섞인다는 것을 그는 알고 있었다. 나무꾼은 사슴과 만나게 될까. 그는 차창 너머로 펼쳐진 남강 주변을 우울한 표정으로 훑었다. 스무서너 살 무렵 남강의 남쪽에 자리한 건봉산 꼭대기에서 소총을 들고 질리도록 본 산이 금강산이었다. 그 지루함을 견디지 못하고 휴전선을 넘은 어느 사병은 북풍에 실려온 삐라 속에서 어색하게 웃고 있었다. 금강산 표훈사에서 고운 한복을 입은 여자와 손을 잡은 채. 바람마저 잠든 새벽이면 월북을 권하는 그 사내의 목소리와 남쪽의 유행가가 어지럽게 뒤섞이곤 했다. 그는 안주머니에서 〈금강전도〉를 꺼내 펼쳤다. 몇 번만 더 접었다 펼치면 닳아서 조각조각 나뉘어질 것 같았다. 그는 접힌 선을 따라 그림을 찢었다. 모두 여섯 장으로 나뉘어진, 삐라 같은 그림은 의자의 등받이에 달린 그물 휴지통 속으로 들어갔다. 차창 밖의 금강산도 조금씩 뒤편으로 밀려났다. 그는 나무꾼에게 제대로 된 이별주 한 잔 건네지 못한 게 아쉬웠다. 시간 속을 벗어나 길 위에서 둥둥 떠가는 것만 같던 버스도 마침내 남쪽 철조망 앞에 도착했다. 마치 다른 시공간을 여행하고 돌아온 기분이었다. 긴 한숨을 내뱉고 그는 피곤한 눈을 감았다. 기다렸다는 듯 나무꾼은 그의 옆에 앉은 것처럼 못다 한 이야기를 속삭였다. 다시 나타난 사슴의 도움으로 하늘에서 내려온 두레박을 타고 올라가 처자와 만난 나무꾼의 이야기를. 그러나 지상에 남은 홀어머니에 대한 죄책감으로 시달리다 아내가 주선해준 용마를 타고 집으로 내려온 나무꾼. 어머니는 아들이 좋아하는 팥죽을 쑤어 먹이다가 그만 뜨거운 죽을 말 등에 흘렸다는 묘한 이야기를. 놀란 말은 홀로 승천하고 늘 하늘만 쳐다보던 나무꾼은 죽어 수탉이 되었다는 이야기를.

봄눈이 내렸다. 어두운 하늘에서 퍼붓는 눈을 쳐다보며 그는 눈물을 흘렸다. 늙은 개는 솥뚜껑 같은 위성방송 수신 접시가 달려 있는 헛간 지붕의 그를 향해 마당에서 사납게 짖었다. 외등이 켜지고 얼마 있지 않아 허리가 몹시 굽은 노모가 밖으로 나와 개를 달랬다. 늙은 개는 노모의 어르는 소리에 꼬리를 흔들더니 다시 지붕을 향해 짖어댔다. 그제야 노모는 힘겹게 허리를 펴고 침침한 눈으로 헛간 지붕을 살피다가 놀란 입을 다물지 못했다.

"저놈의 수탉의 새끼가 미쳤나! 오밤중에 지붕엔 왜 올라가 있어!"

그는 노모의 욕설에도 아랑곳없이 눈이 퍼붓는 밤하늘을 올려다보며 서럽게 울었다.

"꼬끼오오오─!"

검은 하늘을 이고 잠들다

술에 취해 붉게 상기된 얼굴의 박종포는
폈던 오른손을 지그시 뭉쳐 주먹으로 만들고
왼쪽 끝에서 오른쪽 끝으로 시선을 천천히 이동시킨 뒤
선사가 일갈을 하듯 소리쳤다.

"싸북은 노동자 땅이다아!"
열광하는 함성과 박수가 박종포의 뒤편에서 일당백으로 쏟아졌고
앞쪽에선 우레와 같은 웃음소리가 파도처럼 밀려왔다.
태양은 변함없이 희고 높은 위령탑 위에서 뜨겁게 타올랐다.

그 약속의 땅

어둠은 끝이 보이지 않았다.

박종포는 신발 밑에서 이를 가는 자갈 소리를 들으며 주머니란 주머니는 모두 뒤졌지만 불을 찾지 못했다. 서늘한 기운이 몸을 부르르 떨게 만들었다. 어디선가 규칙적으로 떨어지는 물방울 소리도 들려왔다. 두 발은 쉽게 떨어질 것 같지 않았다. 너무 지독한 어둠이라 마치 장님이 된 것만 같았다. 침 넘어가는 소리가 너무 커서 깜짝 놀랄 정도였다. 바람 한 점 볼을 스치고 가지 않았다.

"여기…… 누구 없소?"

간신히 내뱉은 그의 작은 목소리는 웅웅거렸다. 제풀에 놀라 뒷걸음질치는 그의 발밑에서 다시 자갈이 이를 갈았다. 그는 조심조심 두 팔을 어둠 속으로 내밀었다. 몇 번의 헛손질 끝에 무언가가 만져졌다. 손바닥으로 천천히 쓰다듬었다. 갱목이었다. 이번에는 한쪽 발로 바닥을 더듬거리다가 곧 멈췄다. 엉거주춤 쪼그려앉아 발이 걸린 곳으로 손을 가져갔다. 차가운 쇠의 감촉에 감전이라도 된 듯 흠칫 놀란 손이 튕겨졌다. 그는 비로소 자신이 어디에 있는지, 어떤 어둠 속에 있는지 분명하게 눈치챘다.

"나 박종포야! 아무도 없는가? 내 목소리 안 들려?"

쩌렁쩌렁한 그의 목소리가 만든 메아리만 놀란 박쥐처럼 갱도의 어둠 속으로 흩어졌을 뿐 아무런 응답도 없었다. 탄덩이로 레일을 두드렸다. 쇠를 울리는 소리가 검은 뱀처럼 어디인가로 계속해서 흘러갔지만 싸늘한 레일에 붙인 귓바퀴 속으로 들어오는 답신은 없었다.

"뭐야! 나만 두고 모두 어디로 간 거야?"

그러나 대상을 찾지 못한 고함 소리는 고스란히 그의 귓속으로 되돌아와 아우성을 쳤다. 그는 두 손으로 어둠을 휘저으며 일어나 방향을 가늠했다. 한 방향은 막장일 것이고 다른 방향은 지상으로 연결되는, 빛 한 점 없는 가혹한 갱도 위에 그가 있었다. 손길은 점자책을 읽는 맹인처럼 어둠 속을 짚어나갔지만 곧 힘을 잃고 호주머니 속으로 돌아갔다. 그렇다고 언제까지 그 자리에 서 있을 수는 없는 노릇이었다. 박종포는 오른손과 왼손으로 양편의 어둠을 한 줌씩 끌어모아 번갈아 냄새를 맡았다. 그리고 고개를 끄덕였다. 태어나 처음으로 왼손에게 부여한 특혜에 만족한다는 끄덕임이었다. 신뢰할 만한 후광을 업고 있는 것은 아니지만.

젊은 날들을 고스란히 보낸 갱도였지만 걸음은 순탄하지 않았다. 몇 걸음 못 가 침목에 걸려 비틀거렸고 방향을 잘못 잡아 하리(천장에 대는 갱목)를 받치는 아시(벽면에 대는 갱목)에 이마를 찧었다. 탄좌의 수많은 갱도 중에서 어느 지점을 걷고 있는지도 알 수 없었다. 그나마 위안인 것은 발밑의 철로가 막장 아니면 지상으로 연결돼 있다는 기억뿐이었다. 그러나…… 기억은 그것뿐이었다. 아무도 없는 탄광 속에 왜 들어와 있는지 도무지 알 수 없었다. 함께 일하던 동료들은 모두 어디로 갔는지도. 매캐한 다이너마이트 냄새와 눈을 뜰 수 없게 만드는 탄진, 쉴새없이 흘러내리는 땀방울도 언제 감쪽같이 사라졌는지 모를 일이었다. 보이는 것은 어둠이 전부였다. 기억도 그 어둠 속에 묻혀 빛을 발하지 못했다.

침목에 걸려 넘어지지 않고 비틀거릴 때마다 몸 속의 기운이 양동이에 담긴 물처럼 쏟아졌다. 언제 마지막 밥을 먹었는지 떠올려보았지만 역시 감감했다. 후들거리는 다리를 진정시키려고 바닥에 주저앉았다. 호흡이 가빠지지 않는 걸 보니 공기는 충분한 것 같았다. 술과 담배 생각을 하자 오른손이 가볍게 떨렸다. 빛 한 점 없는 땅 속이었지만 몸은 잊어버린 게 없는 모양이었다. 졸음도 마찬가지였다. 박종포는 좀더 편안하게 갱목에 몸을 기댔다. 눈을 뜨고 있어도 무엇 하나 볼 게 없는 눈은 눈꺼풀을 슬며시 닫았다.

"컹!"

잠은 박종포의 몸을 갱목에 기대앉은 자리로부터 수천 미터 아래로 더 끌어내리는 중이었다. 마치 새로운 갱을 뚫어나가는 것 같았다. 용암이 들끓고 있다는 지구의 저 깊은 속까지.

"컹—!"

볼 것 하나 없는 밖을 향해 박종포는 간신히 눈꺼풀을 삼분의 일쯤

밀어올렸다. 개가 짖다니. 캄캄한 막장을 더듬고 있는 존재가 또 있다는 사실이 신기했다. 그것도 사람이 아닌 개가. 박종포는 허물어지고 있는 몸을 갱목에 의지해 일으켜세웠다. 가느다란 현이 울리듯 어둠을 건너오는 개의 울음을 따라 휘청거리는 걸음을 옮겼다. 두 손으로 나팔을 만들어 소리쳤다.

"멍멍아!"

"컹—!"

막장에 들어온 지 얼마나 되었는지 모르지만 이상한 일은 아니란 생각이 들었다. 지극히 당연하다고 박종포는 고개를 끄덕였다. 후산부터 시작해서 선탄부까지 다다른 광부 인생의 갑방 을방 병방의 쳇바퀴에서 벗어나 살아온 지난 몇 년은 과도한 빛에 노출된 현기증의 날들일 뿐이었다. 흘러간 젊음을 막장에 남겨놓고 바깥으로 나왔지만 짙은 선글라스도 그의 휘청거림을 막아주진 못했다. 폐에 탄가루가 쌓이더라도 그가 살 곳은, 돌아갈 곳은 어쩔 수 없이 막장이었다. 달리 막장 인생이라고 했던가. 쓰러지더라도 갱목을 지고 사갱을 기어오르는 게 낫지 고층 아파트의 수위실에서 까딱까딱 조는 일은 도무지 못 해먹을 일이었다. 졸았다고, 술을 마셨다고, 피둥피둥 살이 찐 부녀회장의 구박을 들으며 산 세월은 지울 수 있다면 차라리 지워버리고 싶을 정도였다. 물론 지장산 속 깊고깊은 막장으로의 귀환을 이해해주는 사람은 없었다. 가장 가까운 곳에 있었던 가족조차도. 박종포는 다시 고개를 끄덕였다. 그들을 이해하지 못하는 것은 아니라고.

개 짖는 소리는 점점 더 분명하게 들려왔다. 주인을 잃고 떠돌던 개가 비를 피해 폐광으로 들어왔다가 길을 잃은 게 틀림없었다. 갈림길이 많은 폐광의 미로 속에서 출구를 찾지 못한다면 개는 아마 장님이 되거나 굶어 죽을 것이다. 박종포는 후들거리는 다리에 억지로 힘을 불어넣으며 소리를 따라 방향을 바꿨다. 그를 발견한 개가 굶주림으로 인해 달려들지도 모른다는 불안도 없진 않았지만 호기심을 누를 정도는 아니었다. 개 짖는 소리는 바로 앞에 있는 어둠을 밀어낼 정도로 가까운 곳에서 들려왔다. 한 마리가 짖어대는 것이 아니었다. 박종포는 입 속의 침이란 침은 모두 긁어모아 삼키곤 조심스럽게 모퉁이를 돌았다.

빛은, 조명탑에서 초록의 잔디구장으로 일시에 내리꽂히는 것처럼 박종포의 부릅뜬 눈을 향해 몰려들었다. 침을 흘리며 덤벼드는 사나운 개 떼와 맞닥뜨린 것처럼 박종포는 뒷걸음 한 번 못 치고 그대로 눈을 감아버렸다. 온몸이 갈가리 뜯겨나가는 듯한 느낌이었다. 눈을 감았지만 하얗게 타버린 시야는 사라지지 않았다. 아무리 힘을 주어 감아도.

"자자, 일어들 나요! 강씨 아저씨, 일어나라니까! 여기가 여관인 줄 알아!"

박종포는 실눈을 뜬 채 바깥을 살폈다. 젊은 역무원이 만만해 보이는 강(姜)을 흔들어 깨우곤 대합실을 빠져나가는 게 보였다. 하지만 긴 나무의자를 하나씩 차지하고 누운 사람들 중 어느 누구도 일어날 기미를 보이지 않았다. 눈만 겨우 가느다랗게 뜨고 있을 뿐이었다. 유리창 너머 역전에는 변함없는 폭염이 아스팔트를 하얗게 변색시켰다. 박종포는 다시 눈을 감으려다가 곧 포기했다. 이글거리는 지열을 내뿜는 역전의 아스팔트로 한 마리씩 모습을 드러내는 개들을 보고 몇 번이나 눈을 비비고 머리를 흔들었다. 머리를 맞대고 누워 있는 황(黃)의 땀에 절어 뒤엉킨 머리카락을 잡아당겼다. 소주 냄새가 진동했다.

"저것 좀 보라구!"

"……끙, 자는 건 개도 안 깨운다고 공잔가 맹잔가가 말했을 텐데 형님은 또 왜 그러슈?"

황이 얼굴을 돌려 투덜거리자 소주와 안주로 먹은 고등어 통조림이 뒤섞인 냄새가 코를 찔렀다. 잘려나간 무릎 아래를 감싸던 바지가 힘을 잃고 의자 아래로 축 늘어졌다. 언제 보아도 마음 한구석이 덜컹 내려앉았다. 박종포는 유리창 밖을 손가락으로 가리켰다.

"저 개들 좀 봐!"

"……개 첨 보우? 찌는 날씨니 형님도 강가모양 오락가락하는 모양이네."

"자세히 좀 봐봐!"

"……어라? 저게 웬 조화냐!"

박종포와 황은 의자에서 일어나 앉아 맨손으로 얼굴을 씻고 멍한 눈으로 밖을 내다보았다. 개들의 숫자는 점점 늘어났다.

"저것들이 단체로 미친 모양이네!"

어디선가 들려오는 뽕짝을 들으며 두 사람은 서로 눈빛을 교환했다. 허옇게 말라붙은 침을 턱에 붙이고 있는 강이 일어났고 젖무덤이 다 보이는 헐렁한 옷을 걸친 정선댁도 부스스한 머리를 다듬었다. 폭염을 건너온 뽕짝은 대합실의 나른함을 완전히 쫓아내지 못했다. 정선댁과 강은 다시 누워버렸다. 개들도 더운지 역사의 그늘 속으로 모여들었다. 황은 미처 눈치채지 못한 다른 사람들이 듣지 못하게 박종포의 귀를 끌어당겨 속삭였다.

"종포 형님, 지금 우리가 헛것을 보는 모양입니다."

"헛것이 아닌 것 같은데……"

"헛것이 아니면, 대명천지에 개새끼들이 만원짜리 지폐, 그것도 단체로 물고 다니는 게 있을 수 있는 일입니까?"

"돈이다아!"

다시 잠든 줄 알았던 강이 어느새 일어나 침을 흘리며 개들을 향해 걸어갔다. 큰 엉덩이를 흔들며 정선댁도 그 뒤를 따라 뛰었다. 목발을 움켜쥔 황이 망설이다가 박종포의 의중을 물었지만 박종포는 대답하지 않았다. 뽕짝 소리는 점점 가까이 다가왔다. 끙! 소리와 함께 때에 전 붕대가 감긴 황의 목발이 대합실을 딱딱 두드렸다. 박종포는 새우처럼 어깨를 구부리고 앉아 역전의 '지폐 수거 작전'을 눈으로 좇았다.

정선댁은 말과 손짓으로 개를 어르고 달래는 전술을 썼으나 번번이 코앞에서 놓쳤고 강도 어슬렁거리는 개의 꽁무니만 쫓아다닐 뿐 실속이 없었다. 그에 비하면 황은 단연 달랐다. 한자리에 가만히 서 있다가 정선댁과 강이 놓친 개가 옆을 지나치면 벼락 치듯 목발로 후려갈겼고 그때마다 만원짜리 지폐는 나비처럼 팔랑거리다가 바닥에 내려앉았다. 목발에 일격을 당한 개는 깨갱거리며 역전을 빠져나가거나 성질 사나운 놈은 저만치에서 어금니를 드러낸 채 짖어댔다. 초반 실적에서 황이 앞섰다면 중반부터는 강의 독무대였다. 목발을 의식한 개들의 몸놀림이 빨라지자 황은 번번이 허탕을 쳤고 제 동작에 말려 넘어지면서 힘을 잃었다. 강의 호주머니에서 나온 안주용 오징어는 단번에 개들의 시선을 집중시켰고 녀석들은 당연하게 땀에 전 오징어 다리 하나와 만원짜리 지폐를 교환했다. 일종의 상거래인 셈이었다. 실적이 저조한 정선댁은 어쩔 수 없이 어부지리 전술로 몇 장을 건졌다. 황에게 으르렁거리는 개들이 흘린 지폐를 줍는 게 그것이었다. 그러나 후반부는 어느새 냄새를 맡고 달려온 역전 조무래기들의 독무대였다. 빠른 기동력과 두세 명이 한 조가 돼 포위하는 전술로 몰아쳤기에 황과 강, 정선댁은 줄줄 흐르는 땀을 닦으며 그저 고개만 돌리느라 바빴다. 대합실의 박종포는 그 모든 상황을 낱낱이 살피면서 때론 고개를 끄덕이고 때론 한숨을 토했다. 포장을 친 용달차 한 대가 안경다리 쪽에서 올라오자 역전 일대의 모든 아우성은 뽕짝의 가락 속으로 한꺼번에 빨려들었다. 개들과 사람들이 한데 어울려 즐거운 운동회를 치르는 것 같았다.

"대체…… 저 많은 개 떼가 다 어디서 온 거야?"

대합실을 나온 젊은 역무원이 팔짱을 끼고 바깥을 내다보다가 던져놓은 말이었다. 박종포는 대합실 출입문을 닫고 사무실로 들어가는 역무원의 뒤에 대고 중얼거렸다.

"저 개들이 어디서 왔는지 니놈이 알 턱이 없지."

안개처럼 피어나는 먼지를 뒤집어쓴 채 돌아가는 역전을 박종포는 전황판을 들여다보듯 세심하게 살폈다. 뽕짝을 틀어놓은 용달차 기사는 반쯤 내린 차창에 턱을 괸 채 구경을 했다. 특별한 규칙이 필요 없는 상황이었다. 도망가는 개를 향해 먼지를 일으키며 우르르 쫓아가기만 하면 그만이었다. 뽕짝과 웃음소리, 함성이 화기애애한 삼박자를 이루며 흘러갔다. 대합실에 있는 박종포의 표정만 끝까지 엄숙함을 잃지 않았다. 경기가 끝날 때까진 결코 웃음 한 점 흘릴 수 없다는 철학을 지닌 감독 같았다. 박종포는 철로 건너편 변변한 나무 한 그루 없는 검은 지장산 자락에 서 있는 동원탄좌의 케이지타워를 뒤돌아보며 입 속의 어금니를 앙다물었다. 케이지타워는 폭염에도 불구하고 한껏 발기한 거인의 무지막지한 성기 같았다. 호주머니에서 소주를 꺼내 병나발을 분 박종포는 트림을 뱉으며 케이지타워를 향해 포문을 열었다. 선전포고를 하듯.

"곧 널 접수하러 가마!"

물고 있던 지폐를 빼앗긴 개들은 긴 혀를 늘어뜨린 채 역전을 떠났다. 남아 있는 개들도 얼마 되지 않았다. 황이 먼저 손을 털었고 강과 정선댁이 그 뒤를 따라 화장실을 찾아갔다. 역전파라 부르는 조무래기들만 남아서 개들의 꽁무니를 쫓았다. 뽕짝을 내보내던 용달차는 시내로 내려갔다.

박종포는 시선을 개찰구에 걸어놓고 나무의자에 누웠다. 개찰구는 닫혀 있었다. 녹슨 철로와 자갈, 플랫폼도 뜨거운 햇살에 하얗게 색이 바래갔다. 홍익매장 뒤편에 정차해 있는 기관차도 마찬가지였다. 끌고 갈 무개차를 오래 전에 잃어버린 채 탈진해서 잠들어 있는 것 같았다. 박종포는 매표소 상단에 걸려 있는 시간표와 시간을 확인했다. 열차가 도착할 시간이었다.

"종포 형님, 오랜만에 공돈 생겼는데 한잔 빨러 갑시다!"

"어디로 갈 건데?"

개찰구를 보며 박종포가 물었다. 황이 목발로 허공에다 가슴과 엉덩이의 볼륨을 맘껏 부풀린 여자를 그렸다.

"정든 님?"

누런 이를 드러내며 황이 고개를 끄덕였다.

"먼저 가 있어. 조금 있다가 따라갈 테니."

"누굴 기다립니까?"

고개를 끄덕인 박종포는 수전증으로 떨리는 손에서 피어난 라이터 불을 입으로 가져갔다.

"나 같은 놈……"

미세하게 진동하던 대합실이 잠잠해졌다. 플랫폼에 정차한 영동선 무궁화호 열차에서 승객들이 내렸다. 박종포는 나무의자에 앉아 소주를 마시며 열린 개찰구를 초조하게 바라보았다. 사북역에 내린 손님은 많지 않았다. 변변한 그늘조차 없는 건널목을 건너오는 손님들을 살피던 박종포는 어깨에 국방색 가방을 멘 청년을 발견하자 곧바로 자리에서 일어났다. 두근거리는 가슴을 진정시키느라 몇 번이나 심호흡을 했다. 대합실을 빠져나간 청년은 가방을 고쳐멘 뒤 역전 아래편으로 다닥다닥 붙어 있는 회색 지붕들을 내려다보았다. 호기심과 두려움이 절반씩 섞인 표정으로. 박종포는 단번에 알 수 있었다. 청년이 사북이란 탄광촌에 처음 발을 내디뎠다는 것을. 얼마 있지 않아 저 깊고 어두운 막장으로 들어갈 거라는 사실을. 또 얼마 있지 않아 남겨둔 아내와 자식들을 데리고 올 것임을. 역전의 땡볕 속에 있는 청년은 우람한 어깨를 지니고 있었지만 쉽게 걸음을 떼어놓지 못했다. 박종포는 비틀거리는 걸음으로 청년에게 다가갔다. 팔을 건드리자 청년은 덩치에 걸맞지 않게 깜짝 놀랐다.

"담배 가진 거 있소?"

"예? 아, 예."

청년은 주머니에서 담배를 꺼내 건네고 불까지 붙여주었다.

"동탄에 가려고?"

"예?"

"동원탄좌 말이야."

"아, 예."

박종포는 손가락 사이에 담배를 끼운 손으로 사북역 뒤편을 가리켰다. 변변한 나무 한 그루 없는 폐석산을. 청년은 한참 그 산을 바라보더니 천천히 고개를 끄덕였다.

"내 꼬라지 되기 싫으면 지금 그냥 돌아가는 게 나을 텐데?"

청년은 잠깐 병나발을 부는 박종포를 바라보더니 한숨 같은 웃음을 흘리며 대꾸했다.

"돌아갈 곳이 없습니다."

"돌아갈 곳이 없다…… 죽이는 팔자군."

"그럼, 이만."

청년은 가방을 고쳐메고 동원탄좌로 통하는 안경다리를 향해 걸었다. 우람했던 어깨는 힘을 잃고 많이 꺼져 있었다. 술 한잔 걸치고 내일 일을 보라는 박종포의 갈라진 목소리가 뙤약볕을 건너갔지만 설득력은 희박했다. 박종포는 땀을 흘리며 반대편 언덕길을 비틀비틀 내려갔다.

"저때 되돌아갔어야 했는데…… 박종포 이 바보 같은 놈!"

폭염의 거리는 엿가락처럼 녹아흘렀다. 가끔 먼지를 매달고 구부러진 도로를 돌아가는 커피배달 자가용만 보일 뿐 인적은 찾기 힘들었다. 상가의 외벽과 전신주에 붙어 있는 똑같은 내용의 전단지들과 도로를 가로질러 걸어놓은 플래카드 행렬이 애타게 사람들을 찾고 있었지만 폭염 아래에서는 속수무책으로 보였다. 회생당 한약방 옆 골목을 빠져나온 박종포는 허공에 걸린 붉은 글씨를 쳐다보았다. 돌멩이에 맞은 유리창처럼 두 눈의 실핏줄이 금방이라도 터질 것 같았다. 검게 그을린 박종포의 볼로 눈물이 흘러내렸다. 눈을 감았지만 허사였다. 흘러내리기 시작한 눈물은 그치지 않았다.

"다 늙어 눈물이 다 뭐야!"

주머니로 들어간 박종포의 손에 어김없이 소주병이 딸려나왔다. 한약방 처마 밑 그늘에 앉아 박종포는 소주를 마셨다. 주머니에서 이번엔 마른 오징어 다리가 나왔다. 오징어 다리를 돌돌 말아 입에 넣자 한쪽 볼이 불룩해졌다. 하지만 눈물은 그치지 않았다. 한약방 주인이 못마땅한 얼굴로 박의 옆모습을 쏘아보았다. 박종포는 침을 끌어모아 오징어 다리를 녹였다. 볼은 번갈아 부풀었다가 가라앉았다. 한약방 주인이 박종포에게 한마디하려고 나왔다가 순식간에 폭염이 달라붙자 포기하곤 도로 들어갔다. 마침내 박종포의 목이 움찔하며 오징어를 삼켰다. 가슴 근처에 붙어 있는 주머니를 뒤져 꽁초를 찾아냈다. 불을 찾느라 잠시 손이 분주해졌다. 담배연기를 뱉어내며 주머니 밖으로 나왔던 소주병과 남은 오징어 다리를 다시 거둬들였다. 자리에서 일어난 박종포가 비로소 한약방 주인과 눈길이 마주쳤지만 주인은 재빨리 텔레비전으로 얼굴을 돌려버렸다.

길은 하얗게 타들어갔다. 박종포는 고개를 숙인 채 걸었다. 생각 같아선 눈까지 감고 걷고 싶었다. 눈을 감는다고 해서 못 걸을 까닭은 없었다. 어디부터 오르막이고 어디쯤에서 꺾어야 하는지 잘 알기 때문이었다. 십여 미터 간격을 두고 걸려 있는 플래카드 밑을 박종포는 갈지자 보법으로 조금씩 이동했다. 멀리서 보면 뒤로 걷는지, 앞으로 걷는지, 제자리걸음을 걷는지 알 수 없을 정도로. 눈물의 양은 줄었지만 완전히 마르지 않았는지 찔끔찔끔 새고 있었다.

"형님, 빨랑 들어오시오! 지금 난리가 났어요, 난리!"

대낮인데도 어두운 '정든 님'에 들어서자마자 황의 목소리가 튀어나왔다. 선풍기 바람이 싣고 온 곰팡이 냄새를 맡으며 박종포는 실내를 두리번거렸다. 너무 크게 틀어놓은 텔레비전 소리가 어둠 속에서 왕왕거렸다. 역전 사람들은 '정든 님'의 이름만 주인인 맹호부대 김(金)과 함께 홀에 둘러앉아 그 좋아하는 술잔을 잡고 있는 게 아니라 텔레비전을 시청하고 있었다. 평소 보기 힘든 진지한 얼굴로. 날이 더우니 모두들 조금씩 어떻게 된 것 같았다.

"뭔 난리가 났다고 호들갑이야?"

"조용히 하고 테레빌 보시오. 저 속에서 난리가 났으니."

"……어디서 많이 보던 데네. 가만…… 이 동네잖아?"

텔레비전은 방금 전 박종포가 고개를 숙인 채 비틀거리며 걸어온 사북 거리를 보여주었다. 1980년 4월의 사북을. 컬러로 틀어도 여전히 흑백인 사북을. 이십여 년 전의 그 사북이 천천히 복기되는 것을 박종포는 몸을 떨면서 바라보았다. 안경다리와 사북지서, 어용 노조위원장의 처가 숨어 있던 주택을 지나 '사북사태' 최대 격전지인 동원탄좌로 가는 언덕길을 화면은 끈적거리는 땀을 흘리며 올라갔다. 억울하고 원통해 북망산 가는 길에 주저앉은 상여처럼. 박종포는 신음을 삼키며 술병을 움켜잡았다. 선풍기 바람은 뜨끈하게 달아오른 뒷덜미를 식혀주지 못했다.

"세상이 변하긴 변한 모양이네. 텔레비전에 나와 서런 얘길 믹 해도 안 잡혀가는 걸 보면."

"강씨 아저씨, 변힌 거 하나도 없어요. 저 양반들 방송 탔으니 이제

잽혀가는 건 시간 문제예요, 시간 문제!"

"설마…… 근데 바람 피우는 게 전문인 아줌씨가 저쪽 분얄 어찌 그리 잘 압니까?"

"이 양반이 막장에서 탄덩일 맞더니 정말 몰라도 도통 모르네. 바람을 피워도 정치 경제 문활 알아야 제대로 피울 수 있는 거예요. 저러다 시대가 변하면 저게 다 빌미가 돼요, 빌미! 지금 이불 쓰고 엎드려 있는 놈들이 뭐 할 거 같아요? 잡기장에다 저걸 다 적고 있어요. 나중에 복수하려고."

"……형님, 정말입니까?"

강이 겁먹은 얼굴로 박종포에게 물었다. 박종포는 텔레비전만 뚫어져라 들여다보았다. 술병이 비면 이내 손만 휘저어 다른 맥주병을 움켜잡으면서. 연행되었던 부녀자들과 광부들은 늙은 얼굴로 변해 경찰과 보안대에서 당한 욕설과 고문을 조목조목 말했다. 간혹 눈물을 글썽이며. 옷을 벗어 상흔을 보여주며. 화면에서 새어나오는 그 빛이 얼굴을 물들일 때마다 박종포는 전기에 감전된 것처럼 깜짝깜짝 몸을 들썩거렸다. 아직도 분을 삭이지 못한 한 노인이 급기야 욕설을 토해놓자 카메라는 황망히 뒤로 물러났다. 그 거침없는 욕설에 용기를 얻었는지 할머니 한 분이 벌떡 일어나 웃옷을 벗어부치다가 저지를 당하는 소동이 벌어졌다. 어떻게 성추행을 당했는지 재현하려는 의도였다고 얼굴을 감춘 목소리가 흘러나왔다. 박종포가 움켜쥐고 있던 술병이 어둠침침한 '정든 님'의 허공을 순식간에 날아가 벽에서 와장창 깨어진 것은 바로 그때였다. 텔레비전은 말할 것도 없고 이름만 주인인 맹호부대 김씨도 그 기분을 이해한다는 표정을 짓자 강의 손에서 떨고 있던 술병도

278

뒤이어 날아가 깨졌다. 자리에서 일어난 강이 주먹을 허공으로 내지르며 소리쳤다.

"어용 경찰 깨부수자아! 깨부수자아!"

"대낮부터 술 처먹고 뭐 하는 짓거리야?"

내실에서 잠을 자던 '정든 님'의 실질적인 여주인이 카랑카랑한 목소리를 앞세우고 나타났다. 그러나 평소에도 정신이 오락가락하는 강은 흥분에 사로잡혀 정황 파악이 서툴렀다. 손에 쥐고 있던 다른 병을 벽으로 날리며 두번째 구호를 외쳤다.

"씨북을 해방시키자아!"

"씨북을 해방시켜 약속의 땅 이룩하자! 이룩하자!"

발악에 가까운 여주인의 반발에도 불구하고 예사롭지 않은 눈빛들이 보내는 박수 소리가 '정든 님'을 가득 채웠다. 특히 박종포의 눈빛이 더 그러했다.

석탄기에서 온 손님들

태양은 위령탑 위에서 뜨겁게 타올랐다. 대형 화환이 긴 띠를 매단 채 속속 들어왔다. 국회의원과 각급 기관장들이 보낸 것들이었다. 현직 광부, 시민들은 대부분 일찍 도착해 땡볕의 자리를 지켰지만 앞자리는 대부분 비어 있었다. 앞자리의 주인들이 도착해야 위령제가 시작될 터였다. 박종포 일행은 위령탑 오른편 숲속에 숨어 행사를 기다렸다. 애당초 객식 끄트머리에라도 앉으려고 했던 계획은 주최측의 강력한 제지로 무산되었다. 약간의 실랑이가 있었지만 대의를 염두에 둔 박종포의 만류로 순순히 물러난 것이었다. 화가 덜 풀린 황이 목발로 행사장을 가리키며 불만을 토했다.

"내가 형님 아니었으면 아까 다 때려부쉈을 것이오. 개자식들, 이 다리가 왜 이 모양인데!"

박종포는 잘려나간 황의 다리를 힘없이 덮고 있는 바짓가랑이를 보며 고개를 끄덕였다. 박종포의 목소리는 낮았지만 힘이 있었다.

"잘 참은 거야. 이제 얼마 안 있으면 우리 존재를 온 탄광촌에 각인시킬 사건이 일어나는 거지. 지금까지 소외와 천대의 세월이었다면 이제부턴 진짜 노동자 세상을 건설하는 거야. 천민자본주의의 쇠사슬에서 벗어나는 첫 사건으로 훗날 역사에 기록될 거야. 그러니 모두들 맡은 바 임무를 완벽하게 수행한 뒤 약속한 장소에서 만나 축배를 들자고."

"경찰에 잡히면 뭐라고 말해요?"

"아따, 정선댁! 대체 몇 번을 얘기해야 알아들을 거요? 묵비권, 아니면 술 취한 척하라니까!"

"그러면 정말 풀어줄까요?"

"안 풀어주면 우리가 떼거리로 지서에 몰려간다니까 그러네!"

"쉿! 행사가 시작될 모양이야, 자 준비들 해."

비었던 앞자리가 모두 채워졌다. 탄광촌 국회의원과 군수, 경찰서장, 동원탄좌 사장의 양편으로 서열에 맞게 검은 양복들이 흰 장갑을 긴 채 도열했다. 땡볕은 안중에도 없다는 근엄한 표정을 지은 채. 그러나 국민의례가 모두 끝나기도 전에 앞자리의 검은 양복들은 수건을 꺼내 이마와 목을 닦느라 바빴다. 담배를 피우며 그들을 노려보는 박종포의 눈매가 매섭게 빛났다. 정선댁과 강은 이미 두 손에 계란을 들고 있었다. 단상 왼편의 사회자가 국회의원을 소개하자 마침내 박종포의 오른손이 천천히 허공으로 올라갔다. 정선댁의 침 삼키는 소리가 국회의원이 걸어나가는 짧은 침묵을 깨뜨리기 무섭게 박종포의 손과 명령은 일제히 위령탑을 가리켰다.

"돌겨억!"

절뚝거리며, 뒤뚱거리며, 지그재그로, 물밀듯이 숲을 통과한 박송포 일행은 아직 단상에 오르지 못한 국회의원과 앞자리에 도열한 검은 양복을 겨냥해 무차별 계란 폭격을 가했다. 전혀 예상하지 못했던 공격에 검은 양복들은 속수무책으로 깨진 계란을 뒤집어썼다. 젊은 행사요원 몇이 뛰어왔지만 황의 목발과 월남전 맹호부대 용사인 김의 각목을 뚫고 단상으로 올라오지는 못했다. 검은 양복들은 뒷걸음질을 치다 넘어지거나 뒷자리 사람들 속으로 숨는 게 고작이었다. 얼굴에 계란을 정통으로 맞고 불끈한 경찰서장은 습관적으로 오른쪽 바지춤을 뒤지다가 권총을 지참하지 않았다는 사실을 깨닫기 무섭게 웃옷을 벗어 방패로 사용하며 부하를 찾았다. 반면 앞자리의 검은 양복들을 제외한 나머지 사람들은 자리에서 일어나긴 했지만 곧 단상을 점령한 사람들이 박종포 일행이라는 것을 확인하곤 웃음을 흘리거나 어이없다는 얼굴로, 날아가는 계란의 궤적을 살피느라 눈동자를 바쁘게 움직였다.

박종포의 오른손이 다시 허공으로 올라가자 거짓말처럼 허공은 이내 조용해졌다. 미처 눈치채지 못한 강의 계란 하나만 외롭게 날아가서 쓰러진 의자의 다리에 맞고 깨졌다. 사람들은 모두 박종포의 오른손 끝을 주시했다. 고흰 정암시의 일광 스님만 손가락이 가리키는, 작열하는 태

양을 보느라 손차양을 만들었다. 술에 취해 붉게 상기된 얼굴의 박종포
는 폈던 오른손을 지그시 뭉쳐 주먹으로 만들고 왼쪽 끝에서 오른쪽 끝
으로 시선을 천천히 이동시킨 뒤 선사가 일갈을 하듯 소리쳤다.

"싸북은 노동자 땅이다아!"

열광하는 함성과 박수가 박종포의 뒤편에서 일당백으로 쏟아졌고 앞
쪽에선 우레와 같은 웃음소리가 파도처럼 밀려왔다. 태양은 변함없이
희고 높은 위령탑 위에서 뜨겁게 타올랐다.

새벽부터 내리기 시작한 비는 점심 무렵이 되어도 계속 같은 굵기로
역전의 아스팔트를 두드렸다. 역전에 내린 비는 고이지 않았다. 내리기
무섭게 언덕길을 타고 내려갔다. 대합실 입구에 놓인 텔레비전에서는
게릴라성 폭우를 동반한 구름이 한반도 상공을 떠다니고 있다고 알려주
었다. 언제 그칠지, 그쳐도 언제 다시 올지 모른다는 비였다. 박종포는
나무의자에 누워 눈을 감은 채 텔레비전 소리를 들었다. 술을 마시는 일
행들은 순직 광부 위령탑 점거시위의 흥분에서 헤어나지 못했다. 이틀
이 지났는데도. 그러나 박종포의 마음은 그렇게 편하지만은 않았다. 그
좋아하는 술까지 한나절이나 참아가며 앞으로의 계획을 짜는 데 골몰했
지만 일목요연하게 가닥이 잡히지 않았다. 위령탑 점거시위는 첫 포성
에 불과하기 때문이었다. 게릴라성 폭우도 가뭄의 땅을 예측하지 못하
면 그저 흔하게 쓸려가버리고 마는 물일 뿐이라는 게 박종포의 지론이
었다. 뚜렷한 대의와 명분의 구축, 일사불란하게 행동할 수 있는 조직력,
온갖 핍박에도 굴하지 않고 의연하게 버틸 수 있는 정신력, 이 세 가지
튼튼한 기반이 전제돼야만 사북을 노동자 세상으로 만들 수 있었다.

박종포는 결연한 얼굴로 눈을 떴다.

굵은 빗발은 역전과 역전 아래편 건물들 사이사이에 걸려 있는 플래카드의 붉은 글씨들을 장중하게 적셨다. 눈을 뜨길 잘했다고 박종포는 고개를 끄덕였다. 플래카드에서 떨어지는 빗물은 마치 깊고 어두운 막장에서 스러져간 동료들의 핏방울 같았다. 박종포는 뜨거워지는 눈시울을 지긋하게 누른 뒤 시국토론에 열중인 동료들을 둘러보았다. 한 면 모두 폐광 후 사북의 흉흉한 운명에 대해 다룬 강원일보는 소수병과 일회용 술잔, 과자 부스러기에 아무렇게나 깔려 있었다. 비록 술에 취했지만 녹슨 철길을 적시는 빗줄기와 빗소리를 배후 세력으로 두고 사북의 어두운 앞날을 걱정하는 표정들은 사뭇 진지했다. 술잔을 비운 박종포는 동료들의 시선과 일일이 눈을 맞춘 뒤 입을 열었다.

"동지들!"

난데없이 튀어나온 '동지들'이란 말에 박종포는 목이 메어오는 것을 느꼈다. 두 눈으로 뜨거운 무엇이 차올랐다. 박종포를 바라보는 눈동자들도 감격에 젖어갔다.

"우리 동지들은 이틀 동안 유치장에 갇혀 갖은 고초를 당했지만 결코 굴복하지 않고 꿋꿋하게 저항한 결과 이렇게 다시 만나 시국을 걱정하고 있습니다. 하늘도 동지들의 투쟁에 감격했는지 비를 내려주고 있습니다. 저 또한 다시 한번 동지들의 혁혁한 전과에 우레와 같은 박수를 보냅니다! (박종포를 따라 빗소리보다 묵직한 박수가 대합실에 퍼졌다) 바야흐로 이곳 탄광촌은 지금 절명의 위기 속으로 빠르게 진입하고 있습니다. 동지들! 지난 시절 우리가 갑방 을방 병방이라는 세 개의 막징에 갇혀 이 니리의 에너지를 캐내었던 게 마치 어제 일인 듯 생생한데 저들 극악무도한 어용 세력들은 탄광 폐쇄에서 그치는 게 아니라 아예 탄광촌 자체를 없애려는 계획을 수립했고 이미 도처에서 그 계획을 실행하고 있는 것입니다! 그렇다면, 이 위기 속에서 우리 전직 광부 동지들은 무엇을 해야 되겠습니까? 어떻게 행동해야 우리 후배들에게……"

상행선 화물열차가 빗발을 뚫고 사북역을 통과했다. 박종포는 목소리를 더 높였지만 기차 소리를 이길 수 없다는 사실을 깨닫고 잠시 연설을 멈췄다. 빗물에 번들거리는, 차창 하나 없는 검은 화물열차는 마치 저승으로 가는 기차처럼 보였다. 우산도 없이 플랫폼에 서서 붉은 깃발을 흔드는 역무원의 모습도 망자를 배웅하는 침통한 문상객 같았다. 박종포의 연설을 듣던 대합실의 사람들은 그 틈을 이용해 재빠르게 술잔을 비우고 안주를 씹었다.

"저쪽 분위기도 심상찮아. 곧 뭔가 터질 것처럼 아슬아슬해."

'정든 님'의 맹호부대 김이 미안한지 박종포에게 술잔을 건네며 동원탄좌 분위기를 전했다. 황이 거들었다.

"겉으로 내색은 못하지만 다들 위령탑 점거시위를 통쾌해하더라구. 특히 계란 투척 건은 대히트작이야! 나태한 기관장들 간담을 서늘하게 만든 사건이지."

박종포는 트림을 하며 고개를 주억거렸다. 화물열차의 꼬리가 역을 빠져나갔다. 젊은 역무원은 근엄했던 자세를 풀고 비 맞은 개처럼 역사 안으로 뛰어왔다.

"동지들! 튼튼한 조직력만이 우리의 살길입니다. 동지들도 눈치챘다시피 얼마 있지 않아 제2의 사북사태가 일어나리란 것은 명약관화한 일입니다. 우리는 그때를 대비해야 합니다. 저 80년처럼 또다시 어용 세력들에게 당하는 우를 범하지 않으려면 조직력과 정신력, 뚜렷한 이 념으로 무장해야 하는 겁니다."

"방법이 있나요?"

알록달록한 몸뻬를 입은 정선댁이 엉덩이에 붙은 옷자락을 떼어내며 물었다. 강은 그녀의 엉덩이를 게슴츠레한 눈으로 훔쳐보았다. 정선댁 은 사북사태가 끝난 뒤 경찰에 끌려가 입에 담지도 못할 봉변을 당한 터였다. 길바닥으로 나앉게 된 그녀의 모든 불행은 그곳이 출발선이었 다. 박종포는 망설이지 않고 자신 있게 대답했다.

"강한 투쟁만이 그 방법이지요. 저 비가 그치면 곧바로 행동에 들어 갈 겁니다. 보안 관계상 지금 알려드리지 못하는 게 아쉬울 뿐입니다."

"형님, 그나저나 우리도 조직 이름이 있어야 하지 않습니까? 짭새들 이 부랑자 부랑자 하는데 듣기에 영 안 좋습니다."

"옳소! 조직 이름이 있어야 경찰 새끼들이 깔보지 않지. 강씨도 이제 보니 제법이야!"

황이 목발로 바닥을 두드리며 찬성했다. 박종포가 회심의 미소를 지 으며 좌중을 돌아본 뒤 합당한 이름이 있으면 말해보라고 채근하자 모 두들 이름 짓기의 장고에 들어갔다. 짙은 회색 구름은 철길 건너편 지 장산 자락의 저탄장까지 내려왔다. 저탄장에서 시작된 검은 물줄기가 역사의 철길로 폭포가 되어 떨어졌다. 박종포는 연설로 칼칼해진 목을 소주로 풀었다.

"광부 동맹 어때?"

"사북 광부 동맹!"

"현직이 아니니까, 사북 전직 광부 동맹!"

"여자는 왜 빼요?"

대합실 안이 시끄러워졌다. 젊은 역무원이 주의를 주었지만 허사였다. 역무원은 소주나 한잔 얻어마시고 귀찮은지 이내 돌아갔다. 박종포는 그들이 꺼내놓은 이름들이 한 방향으로 길을 트도록 도움만 주었다. 미래의 조직원들 모두의 마음에 들어야 했기 때문이었다. 지상의 모든 것들과 부딪쳐 깨어지는 소리를 지르는 빗소리의 방해에도 불구하고 마침내 조직의 이름이 지어졌다. 준비한 술이 동난 뒤였다. 그들은 피곤했지만 자부심이 넘치는 얼굴로 박종포가 신문지에 커다랗게 쓴 이름을 들여다보았다.

'사북 전직 노동자 동맹'

박종포는 그 옆에다 근래 약칭 사용의 흐름을 따라 화살표를 긋고 다시 썼다. 그리고 이해하기 쉽도록 '사북 전직 노동자 동맹'의 첫번째 다섯번째 아홉번째 글자를 동그라미에 가두자 모두들 일제히 고개를 끄덕였다. 마침내 박수와 함성이 빗소리를 물리치고 대합실을 가득 메웠다. 이름하여 '사노맹'의 탄생을 알리는 역사적인 순간이었다.

동원탄좌 사택이 있던 지장산 자락을 향해 뚫린 길은 아스팔트로 새롭게 포장되었지만 걷기에는 쉽지 않았다. 사북 시내에서 올려다보면 검은 폐석산에 가려 잘 보이지 않는 곳이었다. 그렇다고 지나가는 차량을 세울 수도 없었다. 세워도 멈추지 않을 게 뻔했다. 다행히 보름달에 가까운 달이 중천에 떠서 어렴풋하게나마 길을 밝혔다. 가로등조차 없었다. 새롭게 들어선 메인 카지노로 가는 주도로는 고한에서 시작되기 때문이었다. 동원탄좌 본갱 입구를 지나면서부터 맹원들은 너나할 것 없이 숨을 헉헉거렸다. 가래침 뱉는 소리가 밤새의 울음마저 잠재울 정도였다. 미처 생각하지 못했던 체력 문제였다. 박종포는 제일 뒤편에 서서 맹원들의 산악 행군을 독려했다. 젊은 시절에는 시내에서 사택까지 이십 분이면 족했는데 세월은 어느새 그 자리를 한참 벗어나 있었다.

"야아, 저놈아들이 왜 산꼭대기에다 건물을 때려짓는가 했더니 이제 알겠네! 모두 쉬었다 갑시다!"

목발을 팽개친 황이 아스팔트에 드러누웠다. 며칠 전 사북을 적셨던 비가 간절하게 생각나는 밤이었다. 박종포는 술병에 담아온 물을 황에게 권했다. 불편한 다리를 감안해 사북에 남아 후방지원을 권고했지만 황은 일언지하에 거절했던 것이다. 자기를 장애인 취급하는 것은 다른 무엇보다도 참을 수 없다며 권고를 잘라버렸다.

"형님, 별이 많소!"

박종포는 황의 말이 가리키는 별들을 훑으며 소주 몇 모금을 들이켰다. 별은 많을뿐더러 영롱하게 반짝거렸다. 몸 속으로 퍼지기 시작한 소주는 숯불처럼 활활 타올랐다.

"집채만한 탄더미가 이 다릴 덮칠 때도 저렇게 많은 별이 떴었지……"

"에이, 막장에 무슨 별이 뜬다고 그래!"

"강가야, 니 정신이 갈 땐 별이 안 뜨디?"

"별은 무슨 별! 시커먼 죽탄에서 빠져나오기 바빴는데."

"강가야, 별은 하늘에도 뜨지만 마음에도 뜨는 거다. 니가 그 조활 아직 모르는 모양이다……"

"조환지 괴변인지 모르겠지만 아직 그런 별은 못 봤소."

가쁜 숨과 손 떨림을 달래려고 맹원들은 술을 택했다. 거사를 코앞에 두고 있었지만 적당량의 알코올은 감초와 같은 거라고 박종포는 결론 지었다. 폐 속에 검은 탄가루를 한 움큼씩 담은 채 살아가려면 알코올은 독이 아니라 약인 셈이었다. 들끓는 숨소리가 조금씩 가라앉을수록 밤하늘의 별들은 더 초롱초롱해졌다. 낮 동안 달아오른 아스팔트는 별의 온기인 양 따스했다. 황은 오래 전에 잘라버린 한쪽 다리의 장례식 상황을 별들에게 낮은 목소리로 들려주었다. 몇몇 별들은 숨이 막히는지 황의 얘기를 끝까지 듣지 못하고 하늘 저편으로 짧은 섬광만 남기고 사라졌다. 황도 손에 들고 있던 빈 술병을 놓아버렸다. 경사가 심한 아스팔트길로 빈 병이 자갈 구르는 소리를 내며 굴러갔다. 그 소리가 사라지자 황의 손때 묻은 목발이 검은 지장산 자락을 가리켰다.

"자, 갑시다!"

맹원들은 어둠보다 깊은 침묵에 잠긴 채 황이 흥얼거리는 노래를 들으며 언덕길을 올라갔다. 저 아래 사북은 시냇물처럼 낮게 엎드려 자잘한 개망초꽃 같은 불빛을 띄워놓았다. 대열의 끝에 선 박종포는 산자락이 마련해준 어둠 속에서 흐르는 눈물을 남몰래 닦았다. 둥근 달도 산 능선 너머로 잠깐 숨어주었다.

"불야성이구만!"

황야의 무법자들처럼 일렬 횡대로 아스팔트 언덕 위에 선 다섯 사람은 지장산 자락에 또하나의 산으로 우뚝 서 있는 이십여 층 높이의 휘황찬란한 카지노 건물을 바라보았다. 달빛과 별빛은 카지노에서 뿜어져나오는 불빛의 위세에 눌려 하늘 저만치로 밀려나 있었다. 산 아래 사북의 불빛들도 바람에 흔들리는 작은 촛불처럼 가랑가랑 떨었다. 황이 목발로 아스팔트를 두드리곤 입을 열었다.

"결국 저놈의 도깨비 같은 노름판을 세우려고 우리가 두더지처럼 땅속을 파들어갔단 말이지!"

"형님, 집 나간 내 아들놈이 저 자리에서 태어났소."

맹호부대 김이 담배연기를 뿜어내며 지장산 사택 터의 백팔십도 달라진 모습에 한숨을 쉬었다. 박종포는 타는 목을 소주로 축였다. 얼마 남지 않은 술은 정선댁의 입에서 동이 났다. 사레가 들린 듯 기침을 쏟아놓던 정선댁이 카지노 오른편을 가리켰다.

"아마…… 저쪽이 내가 신방을 차렸던 곳이지. 한겨울에 정선 읍내서 시집왔는데, 아닌 말로 오라지게 추웠지. 다 왔나 했더니 신랑이란 작자가 눈이 허연 산꼭대길 가리키더라고. 내 인생 새끼줄모양 꼬이기 시작한 게 그때부터지."

"아, 말은 바로 합시다. 정선댁 인생 꼬인 건 바람피우다 들통난 뒤겠지."

"황씨 아저씨, 함부로 남 인생 재단하지 마시우. 그 인간이, 자기는 탄 캐는 광부가 아니라 낮에만 일하는 기술자라고 속인 게 발단이우. 땅 속에서 나오질 않는데, 하루 이틀도 아니고 그 긴긴 밤 날더러 뭘 하란 얘기우? 그 인간도 원인 제공을 했다 이 얘깁니다!"

"남편은 돈 벌려고 막장에서 몸이 부서져라 탄 캐는데 밤이 길다고 집 나간 게 지금 옳다고 우긴다?"

"황씨 아저씨, 내가 지금 그 작자 고생 안 했다고 우기는 게 아니오. 사람이란, 아니 사람 맴 조화란 본인도 어쩌지 못하는 데가 있다 그거요. 사정이 그러하니, 결론은 그 작자도 불행하지만 나도 똑같이 불행하다, 이 말이오."

호주머니에서 새 술병을 꺼내 몇 모금 들이켠 박종포는 두 사람의 말다툼을 제지했다. 맹원들은 박종포의 지시에 따라 도로 주변에 널려 있는 폐석을 양껏 호주머니와 가방에 담았다. 카지노까지는 삼백 미터가 될까 말까 한 거리였다. 더군다나 건물 앞쪽은 자작나무들이 있는 공원이어서 접근이 더 용이했다. 박종포는 낮지만 단호한 목소리로, 산에 오르기 전 수차 설명하고 시범을 보인 행동을 간략하게 줄여 다시 숙지시켰다. 맹원들의 표정은 어느 때보다도 엄숙했다.

"동지들! 우리 광원 노동자들의 피와 땀이 묻혀 있는 곳에 쳐들어온 저 거대한 도깨비를 더이상 두고 볼 수는 없는 노릇입니다. 지금 우리는 부패하고 이기적인 자본주의의 심장을 향해 정의의 폭탄을 투척하려 하고 있습니다. 역사의 한 장면 속으로 바야흐로 들어가려는 순간입니다. 동지들! 맡은 바 임무를 완수하고 다시 만납시다. 우리 사노맹의 힘찬 투쟁은 이제 겨우 시작에 불과합니다. 노동자 세상이 되는 날까지 함께 갑시다!"

"사노맹 만세!"

묵직한 저음의 구호와 함께 맹원들은 하나둘 공원의 나무 그림자 속으로 속속 흩어졌다. 박종포의 오른편을 맡은 황씨는 목발임에도 불구하고 벌써 저만치 앞섰다. 첫 투척의 영예를 자신에게 달라고 거듭 요구했던 것이다. 뜨거운 무엇이 목젖을 치밀고 올라오는 것을 느끼며 박종포는 오른손에 쥔 폐석이 으스러질 정도로 세차게 움켜잡았다. 젊은 시절 막장에서 잃어버린 힘이 어느새 되돌아온 것만 같았다.

"카지노는 물러가라!"

황씨의 첫 고함이 마침내 지장산의 여름밤을 뒤흔들었다. 허공을 가로질러간 폐석은 목표로 삼은 대형 유리창을 정확하게 가격했다. 그러나 유리창은 금이 가거나 깨어지지 않았다. 제2, 제3의 폐석이 날아갔지만 역시 허사였다. 유리창은 스프링처럼 폐석을 퉁겨냈다. 출입문 근처에 있던 검은 양복이 소리를 지르며 황씨에게 달려왔다. 어디선가 날카로운 호루라기 소리가 끈적끈적한 공기를 갈랐다. 막 공원을 빠져나온 맹호부대 김과 박종포가 연이어 폐석을 던졌지만 유리창이 일시에 금이 가거나 깨어지는 소리는 들리지 않았다. 출입문을 빠져나오는 검은 양복들이 점점 많아졌다. 강과 정선댁도 폐석을 던지기 시작했다. 강의 고함은 호루라기 소리처럼 카랑카랑했다.

"카지노는 자폭하라아!"

정선댁이 그 뒤를 이었지만 흥분해서 엉뚱한 구호를 내뱉었다.

"꼬인 내 인생 보상하라아!"

맹원 한 명당 세 명의 검은 양복들이 달려들었다. 딱딱한 구둣발이 날아왔다. 검은 양복은 모두 건장한 청년들이었다. 준비한 폐석을 반도 투척하기 전에 벌어진 상황에 박종포는 당황했다. 주머니에서 꺼낸 소주병을 날렸지만 검은 양복은 간단하게 피했다. 황만이 유일하게 목발을 장검처럼 휘두르며 카지노를 향해 조금씩 나아갔다. 검은 양복 한 명은 황의 목발에 얼굴을 정통으로 가격당해 일어나지 못했다. 박종포도 마침내 시멘트 바닥에 쓰러졌다. 검은 구둣발들이 놈의 곳곳을 밟고 있어 꼼짝할 수 없었다. 주변은 일시에 노랗고 까맣게 변하기를 반복했다. 경찰차의 사이렌 소리가 점점 가까이 다가왔다. 한쪽 볼을 시멘트 바닥에 붙인 채 박종포는 의문에 사로잡혔다. 왜 이렇게 되었을까. 사전에 계획이 누설된 게 아닐까. 그게 아니라면 어디서부터 잘못됐단 말인가. 대형 유리창은 단단한 폐석에 맞고도 왜 깨어지지 않는 것일까…… 박종포는 한쪽 눈으로 거대한 카지노 건물을 바라보며 이해할 수 없다는 표정을 지었다. 그때, 저편에서 유리창에 금이 가는 소리가 들려왔다. 겨울밤 마을 개천의 얼음장이 쩍 갈라지던 그 소리가. 기어코 황이 해낸 것이었다. 이번 카지노 전투는 황의 승리라고 마음에 새긴 뒤 박종포는 힘을 풀었다.

더위는 경찰서 안이라고 해서 비켜가지 않았다. 땀에 전 하룻밤을 유치장에서 보낸 맹원들은 잠이 덜 깬 얼굴로 유치장을 나왔다. 지난번 일로 이미 경험을 쌓은 터라 표정들은 무덤덤했다. 다만 검은 양복들에게 얻어맞은 데가 욱신거릴 뿐이었다. 검은 양복들은 상처가 나지 않게 사람을 팰 수 있는 능수능란한 인간들이었다. 박종포를 선두로 조사실에 들어서자 기다리고 있던 카지노 사장이 목덜미의 땀 닦기를 중단하고 미소를 지으며 자리에서 일어났다. 옆에 있던 형사도 덩달아 일어났다. 뒤편에 서 있는 검은 양복의 비서만 미동도 하지 않았다.

"아이구, 이거 날씨도 더운데 밤새 고생하셨습니다."

"……"

사장이 직접 나타난 것은 의외였다. 사장은 형사의 양해를 구한 뒤 사노맹 조직원들에게 담배를 돌리고 일일이 불을 붙여주었다. 역시 예상하지 못했던 일이었다. 담배 맛은 달았지만 사장의 노림수가 무엇인지 알려고 박종포는 긴장을 늦추지 않았다. 형사가 입을 열었다.

"정식으로 하면 당신들 모두 영창이야. 카지노 사장님 배려로 훈방되는 거니 이 은혜 잊지들 말라구."

"조금 전 형사 선생으로부터 여러분들의 불만 사항을 모두 들었습니다. 저희가 아직 부족한 점이 많습니다. 카지노에선 단계적으로 폐광지역 경제 활성화 방안을 이미 세워놓고 있습니다. 일일이 다 열거하기가 힘들 정돕니다. 조금 더 인내를 가지고 지켜봐주시면 정말 고맙겠습니다. 이곳 폐광 지역은 이제 새로운 고원 문화 단지로 탈바꿈할 것입니다. 그러기 위해선 정말이지 여러분들 같은 지역민들의 성원이 절실합니다. 도와주십시오. 어젯밤은 미처 상황 파악을 못 한 저희 직원들이 결례를 저질렀습니다. 제가 이미 한 명도 빠뜨리지 않고 시말서를 받아놓았습니다. 다시 한번 카지노를 대표해서 사과드리겠습니다."

사장은 형사와 악수를 나누고 비서와 함께 나갔다.

"이봐, 황씨 아저씨! 당신이 깬 유리창 값이 얼만지나 알아? 카지노 사장님께서 없던 일로 해주셨으니 마음에 새겨두라고. 그리고 박종포씨! 당신 자꾸만 엉뚱한 일 벌이는데 앞으로 조심해요. 봐주는 것도 한두 번입니다. 모두 잘 들어요. 싸노맹? 그 개뼉다구 같은 거, 나라에서 허가한 조직이야? 앞으로 주시할 테니 처신들 잘하라구! 이게 뭐야, 애들 장난도 아니구."

경찰서 밖은 그늘 한 점 없었다. 다섯 사람은 갈 곳을 잃은 듯 땡볕 속에 서 있었다. 그때 저편 나무 그늘 아래 멈춰 있던 검은 자가용에서 내린 검은 양복의 사내가 그들에게 뛰어왔다. 카지노 사장의 비서였다. 비서는 사장님께서 장소가 장소인지라 전해주지 못했다면서 안주머니에서 꺼낸 흰 봉투를 하나씩 나눠주었다. 정선에서 시북으로 돌아갈 차

비와 식대라고 하였다. 다섯 사람은 그 봉투를 손에 든 채 모퉁이를 돌아가는 검은 자가용을 묵묵히 바라보았다. 입바람으로 봉투를 열고 그 안을 들여다본 황이 중얼거렸다.

"한 장 더 깨면 하룻밤 오입비 정돈 모으겠네……"

"비싸기두 해라! 나한테 오면 사흘 밤이유!"

정선댁의 항변에 모두들 헉헉거리는 웃음을 풀어놓았다. 땡볕은 그들의 머리 위에서 육중한 부처처럼 앉아 있었다.

사북으로 돌아온 이후 박종포는 동원탄좌로 올라가는 언덕길 아래 폐사택촌에서 꼬박 사흘을 두문불출했다. 물론 그 사흘을 여자와 뒹굴었을 리는 만무했다. 그 사이사이 맹원들이 입수한 동향을 분석하며 다음 전투를 치를 작전을 짜느라 바빴던 것이다. 카지노 사장에게서 받은 돈으로 술을 마시며. 폐사택촌은 갈 곳 없이 방황하는 사람들과 짐승들의 보금자리였다. 전기와 수도는 끊긴 지 오래됐지만 나름대로 흥취도 남아 있는 곳이었다. 허물어진 미로 같은 좁은 골목골목과 다닥다닥 붙은 집들에는 그곳을 떠나간 탄광 사람들이 남기고 간 수많은 사연이 사라지지 않고 있었다. 박종포가 자신의 거처를 폐사택촌으로 정한 가장 큰 이유 중의 하나도 그것이었다. 정통성 확보 면에서 단연 으뜸인 장소였다. 비록 술에 취해 사흘을 건넜지만 박종포는 분명하게 감지했다. 무더위에도 불구하고 술렁거리는 사북의 공기를. 카지노 사장의 머리가 어떻게 되지 않고서는 자신들의 적인 맹원들에게 봉투를 건넬 까닭이 없었다. 온몸이 근질거리는 인고의 사흘이 지나가자 맹원들이 찾아왔고 비로소 박종포는 오래 진에 쓰러진 대문을 밟고 밖으로 나왔다.

　사북을 내려다보는 지장산 위에서 태양이 붉게 타오르는 늦은 오전
이었다. 플래카드와 현수막은 거리를 온통 덮어버릴 것 같았고 대부분
의 상점들은 셔터를 내린 뒤였다. 태양만이 작열했다. 박종포는 맹원들
과 함께 사북성당 급식소로 가지 않고 회생당 앞 하얗게 타들어가는 거
리를 건너 사북시장 귀퉁이, 돼지 내장 냄새가 진동하는 춘천집으로 몰
려가 해장국을 시켰다. 속을 든든하게 채워야 긴 전투를 치를 수 있는
법이었다. 사흘간의 휴식을 취한 맹원들의 눈빛은 형형하게 빛났다. 급
식소를 택하지 않은 것은 백 번 잘한 일이었다. 전투에 있어 사기 진작
은 무시할 수 없는 요소이기 때문이었다. 춘천집에서 박종포는 지난 사
흘 동안의 구상을 다시 하나하나 설명했다. 질문과 끄덕임, 결의가 물
처럼 흘러가는 소중한 시간이었다.

　"여러분들 임무를 절대 잊어서는 안 됩니다. 이제 우리가, 고독한 다
섯이 아니라 시민과 노동자들을 이끄는 주역이 되느냐 못 되느냐는 이
번 일에 달려 있습니다."

　낮지만 단호한 말로 마무리한 뒤 박종포는 술잔을 들어 건배를 제의
했다. 술잔이 부딪치는 소리마저 비장하게 들렸다. 춘천집의 퉁퉁한 여
주인은 미닫이문에 기대 졸고 있었다.

　맹원들은 지붕에서 내려온 긴 전선줄에 매달린 백열등이 낮인데도
빛을 발하는 좁고 침침한 사북 시장을 걸었다. 바깥에서 쩌렁쩌렁 울리
는 확성기 소리를 따라. 시장 골목은 막장으로 이어져 있는 갱도를 연
상시켰다. 맹원들의 모습은 병방 근무(24:00~08:00)를 마치고 다시
지상의 전투지를 향해 이동하는 현역 광부들 같았다. 저 끝 입구에서

그들의 또다른 하늘에서 내려온 강렬한 햇살이 시야를 가렸지만 겁낼 일은 아니었다. 확성기 소리는 막장의 전사들인 그들의 도움을 청하고 있었다. 빛이 망막을 태워버려 지상의 하늘을 잃어도 상관없었다. 그들에게는 다른 하늘이 존재하고 있으므로.

마침내 다섯 사람은 밖으로 나와 폭염의 거리에 우뚝 섰다.

"야, 분위기 나네!"

언제 준비했는지 선글라스를 쓴 맹호부대 김이 거리의 인파를 훑어보며 말했다. 피켓을 들거나 띠를 두르고 걸친 시민들은 사북역을 향해 삼삼오오 이동하고 있었다. 집회를 알리는 확성기는 트럭 위에 매달려 벌린 입을 다물지 않은 채 반복해서 참여를 호소했다. 황은 띠를 들고 뛰어가는 청년을 불러 띠 다섯 개를 확보했다. 한 청년이 호외를 뿌리듯 구경꾼들에게 전단을 나눠줬다. 어떤 이들은 벌써부터 폐광촌을 살려내라고 고함을 쳤다. 박종포와 맹원들도 띠를 두른 채 사방을 예의주시하며 사북역으로 걸음을 옮겼다. 유명 약국 앞에 서 있는 경찰은 무전기에 대고 무엇인가를 전하느라 바빴다. 박종포가 재빨리 신호를 보내자 맹원들은 곧 인파 속으로 흩어졌다. 태양은 무성한 플래카드 위에서 여전히 타오르고 있었다. 박종포는 전단지로 햇살을 가리며 나직하게 중얼거렸다.

"드디어 사북 해방운동에 불이 붙는군."

걸음걸음에 힘을 실은 박종포의 모습은 사뭇 위엄을 내뿜었다. 술에 취해 사북역 대합실에서 잠들고 바지를 오줌으로 적시던 날들과는 판이하게 달랐다. 먹이를 노리는 맹수처럼, 사북역 광장에 마련된 연단을 노려보며 기회를 기다렸다. 노래와 함성, 날이 시퍼런 구호, 박수 소리가 번갈아 광장을 메웠다. 폐광의 위기로부터 사북을 살려야 한다는 분노의 눈빛들이 폭염 속에서 타올랐다. 연단의 대책위원장이 쉰 목소리로 그 동안의 경과 보고를 마친 뒤 즉흥적으로 집단 삭발식을 하자고 제의했다. 사북 시민 모두가 머리를 깎는 일관된 행동으로 저들에게 우리의 분노를 보여주자고 목소리를 높였다. 잠시 광장이 술렁거렸다. 모두가 삭발을 하다니. 바리캉이 모자라지 않을까. 남자들은 모르지만 여자들은 무리가 아니겠는가. 지원자만 받는 게 옳을 듯싶다. 집행부가 먼저 시범을 보이고 나머지는 지원을 받는 게 낫지 않을까. 하루 종일 머리만 깎다가 시간을 허비하는 게 아닐까. 이런 소리들이 피어나고 있을 때 박종포의 위엄스럽고 단호한 걸음이 연단을 향해 곧바로 나아갔다. 의심과 회의를 하나하나 밟아버리며. 그 뒤를 목발에 몸을 의지한 황이 따랐다.

"내가 먼저 깎겠소!"

"두번째는 내 차례요!"

이곳저곳에서 옹달샘처럼 솟아나던 박수가 얼마 지나지 않아서 광장을 모두 덮어버렸다. 몇 사람이 더 삭발을 신청했다. 집행부는 부랴부랴 연단에 의자를 준비하는 한편 이발 도구를 가지러 갈 사람을 급히 보냈다. 박종포는 가운데 의자에 앉아 광장을 가득 메운 읍민들의 존경 어린 시선을 훑어보았다. 사진기자들의 카메라도 일제히 박종포를 향했다. 짧은 대책회의를 마친 집행부는 사회자를 통해 궐기대회 일정을 고려해 지금 나온 사람들과 집행부만 삭발식을 거행하겠다고 公표했다. 박종포는 지그시 눈을 감은 채 연단으로 올라오는 무수한 소리들에 귀를 기울였다. 선구자는 언제나 외로움과 타인의 시기심을 감수해야 하는 법이었다. 박종포는 자신이 집채만한 파도가 일렁이는 망망대해에 외로이 떠 있다고 여겼다. 작은 의자 하나에 의지해. 하지만 길의 방향에 대해 추호도 의심하지 않았다.

사북 읍내 대부분의 이발사가 동원된 삭발식은 금세 끝이 났다. 박종포는 비로소 감았던 눈을 떴다. 우레와 같은 박수 소리가 연단으로 달려왔다. 바닥에 떨어진 헝클어진 머리카락을 잠깐 내려다본 뒤 박종포는 자리에서 일어나 마이크를 잡고 군중들에게 삭발식 해제의 포문을 열었다.

"존경하는 사북 노동자 시민 여러분! 이제 바야흐로 노동자 세상이 도래할 첫 불꽃을 피워올렸습니다. 누가 뭐래도 사북은 광산 노동자들 땅이 되어야만 합니다. 이 위대한 장정에 들어선 지금 우리 사북 전직 노동자 동맹, 즉 사노맹도 투쟁의 선봉에 서겠다는 각오로 이렇게 삭발식에 참여했습니다. 저 캄캄한 막장을 헤쳐나온 역전의 용사임을 자부하며 살아온 우리에게 정부가 해준 게 대체 뭐란 말입니까? 그것도 모자라 이젠 아예 도시 자체를 말살하겠다는 만행을 시도하고 있는데 어찌 가만히 앉아서 당할 수만 있습니까! 우리는 저 80년의 사북을 기억해야 합니다. 그 뼈아픈 실패를 가슴에 새겨야 합니다. 사북을 떠나간 그 많은 광원과 그들의 가족들을 다시 기억해야 합니다. 아직도 고통받는 진폐환자들을 잊지 말아야 합니다. 그런 의미에서 사노맹 대표인 저 박종포도 기꺼이 혈서를 쓰겠다고 이 자리에서 맹세하는 바입니다. 사북 만세!"

"광부 만세!"

옆에 있던 황도 한쪽 목발을 치켜들며 박종포를 지지했다. 군중들은

298

위령탑 시위 때처럼 박수와 웃음을 함께 보냈다. 박종포는 짧게 자른 머리에 다시 붉은 띠를 둘렀다. 군중 틈에 있던 맹원들은 옆 사람의 피켓을 뺏어 허공을 찌르며 열렬히 환호했다.

태양은 여전히 사북의 하늘에서, 박종포의 붉디붉은 손끝에서 뜨겁게 타오르고 있었다.

늙은 광부의 노래

급조한 꽃상여를 실은 트럭이 과속방지턱을 넘으면서 출렁하더니 주변으로 무수한 조화가 떨어졌다. 동원탄좌를 한 바퀴 돈 시위 군중들은 땀을 흘리면서 꽃상여를 따라 가두행진의 긴 강을 만들었다. 박종포와 맹원들은 그 대열의 앞에 서서 시위 열기를 고조시키느라 바빴다. 어느새 무장한 경찰 병력은 안경다리 입구에서 바리케이드를 치고 더이상의 진입을 허가하지 않겠다는 방송을 계속해서 내보냈다. 조금씩 험악해지는 분위기를 재빨리 간파한 박종포는 비밀리에 맹원들을 후미로 집결시켰다.

"이건 사북사태랑 상황이 똑같잖아!"

"위원장님, 선두에 나가 싸워야지 왜 뒤로 빠진 거요?"

잔뜩 화난 황이 맹호부대 김의 탄식에 이어 박종포에게 따졌다. 부족한 에너지를 보충하듯 박종포는 병나발만 불 뿐 대답을 미뤘다. 겁을 먹은 듯 정선댁의 목소리는 떨렸다.

"이러다 예전처럼 누가 죽는 건 아닌지 모르겠네."

"죽을 땐 죽더라도 비겁하게 도망치다 죽진 말아야지. 안 그렇습니까, 위원장님?"

황은 박종포의 결단을 촉구했다. 박종포는 손에 든 술병을 주머니에 넣고 차분한 표정에 미소까지 지으며 입을 열었다.

"이번 전투는 하루 이틀에 끝나지 않아. 길고 지루한 소모전이 계속될 거야. 우리 맹원들은 끝까지 살아남아 적들의 기만을 밝혀내야 하고 그 기만 전술에 시민과 광원노조가 속지 않도록 눈 부릅뜨고 지켜봐야 해. 지금 욱해서 바리케이드를 향해 달려가면 거기서 끝나는 거야. 그 일 할 사람은 얼마든지 있어. 춘천집에서도 말했지만 우린 보다 큰 일을 하려고 조직을 결성했다는 사실을 제발 잊지들 말라구!"

박종포와 황은 껴안은 채 빡빡 깎은 머리를 서로 비비는 행동으로 단결을 과시했다. 철길 아래 안경다리에서 대치한 경찰 병력과 시위 군중들의 신경전은 조금씩 수위를 높여갔다. 최루탄과 곤봉으로 무장한 경찰에 대항하여 선두의 광원노조원들은 쇠파이프와 폐석으로 맞서는 형국이었다. 박종포는 언덕 위에서 작전관처럼 정세를 파악했다. 인원과 지형 조건을 보면 단연 시위 군중이 우위를 차지했지만 경찰은 시위에 단련된 전문가들이었다. 선봉대 격인 광원노조의 힘만으로는 무리였다. 어떤 계기가 필요했다. 작은 불씨 하나가 광야를 불붙게 한다고 어느 시인이 외치지 않았던가. 박종포는 고개를 끄덕였다. 옆에 선 황에게 귓속말을 전했다. 황은 임무를 완벽하게 수행하겠다는 뜻으로 한쪽 목발을 들어 한곳을 가리킨 뒤 건네받은 물건을 옷 속에 감추고 군중들 속으로 들어갔다. 박종포는 최루탄 연기와 허공을 날아가는 폐석을 바라보며 남은 소주를 모두 비웠다.

꽃상여를 실은 트럭은 시위 군중 속에 갇혀 오도 가도 못 했다. 박종포의 예리한 시력과 판단력이 그것을 놓칠 까닭이 없었다. 맹원들은 한쪽 다리가 없는 황이 그 위에 올라간 것만 가지고도 환호를 아끼지 않았다. 황은 꽃상여를 실은 트럭의 짐칸에 우뚝 서서 시위 군중과 경찰을 번갈아 내려다보며 같은 구호를 세 번 외쳤다.

"광산촌 생존권을 쟁취하자!"

황의 오른손에 들린 화염병에 불이 붙었다. 침묵은 꽃상여를 숭심으로 동심원처럼 서서히 퍼져나갔다. 양측은 힘을 견줘보는 신경전을 펼치고 있던 터라 화염병의 출현에 잠깐 당황하는 기색이 역력했다. 박종포가 다시 고개를 끄덕이며 들고 있던 오른손을 내리자 황의 손에 들렸던 화염병도 허공에서 내려와 꽃상여 위로 내려앉았다. 황은 다시 외쳤다.

"광산촌을 살려내라! 살려내라!"

동심원으로 퍼져나갔던 침묵은 일시에 깨지고 황의 구호를 복창하는 함성이 꽃상여를 향해 해일처럼 몰려들었다. 어느 누구도 그 노도와 같은 물결을 막을 수가 없었다. 박종포는 비로소 안경다리의 바리케이드를 밀어뜨리고 물꼬를 잡은 성난 강을 향해 흡족한 얼굴로 박수를 보냈다. 꽃상여는 그 동안 탄광의 막장에서 숨져간 수많은 이들의 영혼처럼 타올랐다.

"이건 너무 과격한 방법이야!"

시위 군중들이 안경다리를 모두 빠져나간 뒤 맹원들은 사북역 대합실에 따로 모였다. 맹호부대 김의 반론에 다른 맹원들은 박종포의 얼굴만 바라보았다. 박종포는 이미 예상하고 있었다. 김의 소시민적 사상이 언젠가는 발을 걸고 들어오리라는 것을. 맹호부대원이었다는 김의 전직은 낡은 쪼가리로 변한 지 오래였다. 김은 박종포의 침묵이 이어지자 설명을 보탰다.

"위원장, 생각해봐요. 처음부터 이렇게 밀어붙이는 게 능사가 아니라 일단 교섭을 해보는 게 순서 아닙니까? 이러다 더 큰 손실을 입게 되면 누가 책임집니까! 군중심리도 이용할 때가 있고 그렇지 않을 때가 있는 법입니다. 안타까운 희생자가 나와선 안 된다 이겁니다."

"뭐 틀린 말은 아닌 것 같고……"

정선댁은 박의 눈치를 보며 말끝을 흐렸다.

"그런 생각이나 하니 맨날 당하고 사는 거야, 이 사람들아!"

황의 성난 목소리를 지운 것은 느릿느릿 역을 빠져나가는 하행선 열차였다. 객실의 승객들은 먼 나라의 여행자들처럼 편안해 보였다. 박종포는 그 기차를 눈으로 좇다가 돌아와 소주 한 컵을 더 마셨다. 생각 같아선 폐사택으로 돌아가 술독을 껴안고 싶었지만 애써 참았다. 대신 황의 술병을 낚아채 마저 비웠다. 주기적으로 올라오는 신물의 쌉쌀한 냄새를 지울 수 있는 것은 담배밖에 없었다. 박종포는 맹호부대 김의 술잔을 담배연기로 덮으며 입을 열었다.

"우린 지금…… 우리가 할 수 있는 가장 순수한 방법으로 싸우는 거야. 이 방법이 못마땅하다면 사노맹에서 나가면 돼. 노동자들의 역사는 희생의 역사야. 투쟁은 더이상의 희생을 막으려는 투쟁이고. 앞으론 이런 고리타분한 얘기로 술맛 버리지 말자구."

"백 번 맞는 얘기요! 자, 여기서 시간 끌지 말고 다음 행동을 개시합시다. 위원장, 명령만 내리쇼. 내가 선두에 설 테니까!"

목발 소리를 규칙적으로 내며 대합실을 오가는 황은 든든한 포도대
장 같았다.

"이번엔 파출소 불태워버리는 게 어떻습니까?"

맹호부대 김과 정선댁을 뚫어지게 바라보며 황이 목소리를 높였다.
두 사람은 눈을 내리깔았다.

"이재몰 잡아야지."

"이재모요? 이재모라면 사북사태 때 어용으로 노조위원장 해먹던 그
놈 말입니까?"

단풍처럼 붉은 눈을 뜬 박종포는 황의 물음에 천천히 고개를 끄덕였다.

"사북 어딘가에 아직 숨어 있을 거야. 지금부터 그자를 잡으러 가는
거야."

"세월이 한참 흘렀는데 그 양반 잡아서 뭐 할 겁니까?"

맹호부대 김은 불만이 가시지 않은 표정이었다.

"세월이 흘러도 여긴 변한 게 없어. 그자는 대단히 영리해. 이번 사틸
틈타 분명 다시 등장할 거야. 우리 사노맹은 그전에 놈을 잡아 제거해
야 돼. 역사가 이십 년 전으로 되돌아가게 만들 순 없어."

"정말 아직 사북에 있을까요?"

의심 가득한 정선댁의 목소리였다.

"이십 년이나 지났으니 할아버지가 됐을 텐데."

"능히 숨어 있을 놈이지! 능히!"

들고 있던 술병을 휴지통에 정확하게 골인시킨 강이 자리에서 일어
나며 맹원들을 독려했다.

"이재몰 잡으러 갑시다!"

술에 취해 땡볕 속을 걷는 일은 쉽지 않았다. 현기증과 진땀이 온몸을 휘감은 채 놓아주지 않았다. 이십 년 전 사북으로 가는 길이 간단하지 않단 말이지. 박종포는 시장 골목으로 맹원들을 들여보내며 중얼거렸다. 시위대가 휩쓸고 간 한적한 거리에는 깨진 보도블록과 찢어지고 밟힌 전단지들만이 햇살을 고스란히 뒤집어쓰고 있었다. 각개목을 든 맹원들은 비틀거리며 좁고 컴컴한 골목길을 뒤져나갔다. 정선댁은 어디서 구했는지 연탄집게를 들었다. 대문이 열린 집이면 얼굴을 디밀고 혹시 이재모 일당을 봤냐고 물으면서. 하지만 대부분의 대문들은 잠겨 있었고 남아 있는 사람들은 노인들과 어린아이들뿐이었다. 박종포는 그 자리에서 의식이 투철한 조무래기들을 골라 맹원으로 가입시켰다. 덕분에 골목 하나를 빠져나올 때마다 사노맹원들의 수효는 급속하게 늘어났다. 구불구불 돌아나가는 골목 끝에는 작은 개 한 마리가 앉아 있는 허름한 여인숙과 폐갱에서 흘러나온 녹물이 흐르는 지장천이 있었다. 최루탄과 돌멩이가 난무하는 읍사무소와 만나는 곳에선 황급히 되돌아가기도 했다. 이재모의 행방은 묘연했다. 노인 몇이 이재모를 기억했지만 치매 증세가 심해 액면 그대로 믿기 어려웠다. 박종포는 먼지가 내려앉은 평상에 맹원들을 집결시켰다. 교활한 전직 어용 노조위원장이 눈치를 채고 몸을 웅크리고 있다면 다른 전술을 구사해야 할 시점이었다. 더욱이 늘어난 맹원들의 열화와 같은 힘을 한 번쯤 밖으로 쏟아낼 필요도 있었다.

"쥐새끼 같은 이재모가 숨어버렸어. 하지만 쥐새끼들 심리란 뻔하지. 언젠가는 구멍 밖으로 머리를 내밀게 돼 있어. 기다리면 돼. 그 동안 우리 맹원들은 시위대에게 집중된 경찰 배후에서 행동을 개시하는 거야."

박종포는 골목의 평상 위에 앉아 맹원들을 둘러보았다. 조무래기들은 그 침묵을 이기지 못하고 꿀깍꿀깍 침을 삼켰다.

"바로 석탄회관을 점거하는 거야. 이재모가 자기 최대 치적이라고 떠들었던 바로 그곳!"

"경계가 만만찮을 텐데……"

맹호부대 김이 멀리서 들려오는 경찰차의 사이렌 소리에 흠칫 놀라며 말끝을 흐렸다.

"읍사무소에 몰려 있는 시위대 다음 목표가 석탄회관이야. 경찰이 예전처럼 호락호락 읍사무솔 내줄 것 같아? 천만에! 지금 석탄회관을 점거하지 않으면 시위댄 갈 곳이 없어. 시위대가 읍사무솔 포기하고 석탄회관으로 이동하면 경찰도 따라 이동하지. 그럼 저들 힘으론 석탄회관도 불가능하단 얘기야. 그때, 우리 사노맹의 뛰어난 선견지명과 힘을 모두에게 과시한단 말이지."

박종포는 다시 입을 굳게 다문 채 눈으로 맹원들을 훑었다. 이번엔 어른들도 침을 삼켰다. 정선댁은 핏줄이 불거져나올 정도로 연탄집게를 꽉 움켜쥐고 있었다.

"이재몰 막다른 골목으로 모는 방법이기도 하지."

맹원들이 골목을 빠져나와 땡볕의 지장천길로 들어서자 온통 최루탄 연기로 가득했다. 읍사무소 쪽에서 바람이 불어온 탓이었다. 끊임없이 재채기가 쏟아지고 콧물이 흘러나왔다. 따가운 햇살도 최루탄 편이었다. 맹원들은 상소리와 가래를 뱉어내며 뜀박질로 지장천 다리를 건넜다. 발 없고 날개 없는 것들의 공습에 각개목이나 연탄집게는 아무 소용이 없었다. 후미에 선 박종포는 길게 매달린 콧물을 닦으며 멀리 읍사무소 부근의 부연 허공을 바라보았다. 대량의 최루탄 가스가 뜨거운 햇살을 등에 업고 먹구름처럼 밀려왔다. 그 회색 가스에 사북의 허름한 건물들은 속수무책으로 지워졌다. 박종포는 벌겋게 달아오른 눈두덩을 손등으로 쓱쓱 문지르곤 한쪽 귀퉁이가 뭉툭 잘려나가는 풍경에서 돌아섰다. 한 걸음 옮기기 무섭게 재채기가 찾아와 뱃속에서 채 소화되지 않은 소주를 뒤흔들었다. 할 수 없이 콧물과 땀에 절어 냄새를 풍기는 손수건을 마스크 대용으로 사용했다. 그 모습은 마치 폭발 사고로 폐허가 된 탄광의 막장에서 살아나온, 불굴의 의지를 지닌 진짜 광부 같았다.

삼층의 석탄회관은 햇살의 적막 속에 자리하고 있었다. 맹원들은 제각각의 자세로 마당에 우두커니 서서 그 따가운 적막을 묵묵히 바라보았다. 간혹 재채기를 뱉어내며. 회관을 지키는 경찰은 보이지 않았다. 주차장에 멈춰 있는 몇 대의 자가용도 석탄회관이 지어지기 전부터 그곳에 있던 유물처럼 보였다. 출구를 찾아 미로 같은 땅 속의 갱도를 헤매다 갑자기 맞닥뜨린 납득하기 힘든 열대의 무인도 같은 석탄회관 앞에서 맹원들은 각목으로 신발 바닥과 아스팔트를 툭툭 두드리며 다시 박종포를 바라보았다. 박종포는 비 오듯 흐르는 땀을 닦으며 건물을 올려다보았다. '행복 예식장'과 '석탄회관 사우나'라고 씌어진 간판을 믿는 수밖에 없었다.

"자, 목욕이나 하자구!"

"함정이 아닐까?"

맹호부대 김이 의혹의 눈길을 거두지 않았지만 이미 사우나에 고정된 맹원들의 시선을 떼어내긴 역부족이었다. 김은 텅 빈 현관을 둘러보다가 다시 중얼거렸다.

"관리인도 없다니…… 베트콩 애들 전술이랑 너무 흡사해."

하지만 더위는 김의 의혹마저 지하 사우나로 밀어버렸다.

황과 박종포는 마지막에 남아 셔터를 내리고 출입문을 잠갔다. 사우나로 내려간 맹원들과 조무래기들을 뒤로하고 두 사람은 일층에 자리한 예식장부터 차례로 점검에 들어갔다. 얼마간 허전한 감정은 있지만 앞만 바라보고 있는 경찰의 뒤통수를 멋지게 가격했다는 자부심이 박종포의 얼굴에서 떠나지 않았다. 얼마 있지 않아 시위대는 패주에 패주를 거듭하다 결국 석탄회관으로 밀려올 것이다. 그전에 이미 경찰은 석탄회관을 봉쇄할 것이고. 삼층 관리사무실까지 올라간 박종포는 창문을 열고 사북 시내를 내려다보았다. 최루탄 연기는 여전히 사북의 남쪽에서 북서쪽으로 이동하며 낮은 시가지를 덮었다. 동원탄좌로 올라가는 입구 격인 안경다리는 지워졌다가 다시 모습을 드러내고 그 너머 거대한 폐석산은 태양 아래서도 검은 장막으로 펼쳐져 있었다. 폐석산 군데군데에 붙어 있는 초록의 나무들은 차라리 상처의 딱지처럼 보였다. 수많은 광부들과 무연탄을 지하세계로 실어나르고 끄집어내는 중추인 케이지타워는 탄좌의 한가운데서 변함없이 자리를 지켰다. 그 뒤편, 폐석산과 지장산 사이에 자리한 카지노 건물은 머리만 살짝 내민 채 폭염과 최루탄 가스가 뒤섞여 흐르는 사북을 몰래 엿보는 중이었다.

"혁명을 일으키는 것도 어렵지만 지켜나가는 건 더 힘든 일이야."

술병을 비운 박종포는 혁명군 대장 같은 표정을 지은 채 말했다. 산전수전 다 겪으며 혁명군 대장을 끝까지 보위한 참모 같은 모습의 황이 고개를 끄덕였다. 황은 박종포에게 담배를 권하고 불을 붙여주었다. 박종포는 담배연기를 길게 내뿜으며 황에게 최루탄 연기 위의 폐석산을 가리켰다.

"우리가 저 거대한 산을 땅 속에서 꺼냈지. 안 그런가?"

"저걸 꺼내느라 이놈의 다리까지 잃었습니다!"

황은 목발로 속이 없는 바짓가랑이를 찔렀다. 박종포는 폐석산을 향해 기침을 토했다. 얼굴이 벌겋게 달아오를 정도로. 간신히 기침을 달랜 박종포는 담배를 발로 비벼끄곤 입을 열었다.

"저 검은 산을 볼 때마다 무덤 같단 생각이 들어. 살아 있거나 이미 죽은 모든 광부들의 무덤."

"내 다린 이미 저 속에 묻혀 있습니다."

박종포와 황의 모습을 밖에서 본다면 어떻게 보일까. 혁명에 성공해 대통령궁으로 무혈입성해 발코니에 서서 환호하는 연도의 군중들에게 답례하는 그런 모습일까. 두 사람은 먼 곳을 보는 데 정신이 팔려 석탄회관 마당으로 자가용 한 대가 들어와 멈추고 한 사내가 내리는 것을 미처 발견하지 못했다. 사내는 내려진 셔터를 확인하고 다시 마당으로 나와 주변을 살피다가 삼층 창에 있는 두 사람을 찾아냈다.

"이봐, 당신들 누구야?"

사내는 말을 마치기 무섭게 허공에 대고 재채기를 쏟아냈다.

"그러는 당신은 누군데?"

창틀에 올려놓은 손으로 턱을 괸 황의 느긋한 목소리였다.

"여기 관리인이지 누구야! 당신들 누군데 함부로 셔틸 내리고 문까지 걸었어?"

"우리? 우린 사노맹원들이야. 석탄회관은 우리가 접수했으니까 당신은 다른 데 가서 놀아."

"뭐? 당신들 미쳤어? 빨리 내려와 문 열어!"

"말귀를 못 알아듣네!"

주변을 두리번거리던 황은 빈 술병을 들어 마당의 사내에게 던졌다. 천천히 날아간 술병은 사내에게 충분히 피할 시간을 준 뒤 바닥과 부딪쳐 부서졌다. 사내는 저만큼 뒤로 물러났다. 시내를 뒤덮은 최루탄 연기는 더 짙어졌고 군중들의 함성이 파도처럼 솟구쳤다가 가라앉길 서둘렀다. 사내는 문이 없는 정문의 벽돌 기둥에 몸을 감춘 채 소리쳤다.

"이봐, 차는 가지고 가면 안 될까?"

이번에는 유리로 된 재떨이가 반원을 그으며 날아갔다. 박종포는 깨어진 술병과 재떨이의 조각조각에서 퉁겨나오는 햇살을 보았다. 그 유리조각들이 혈서를 쓴 손가락에 박힌 듯 아린 통증이 몰려왔다. 태양은 남북으로 펼쳐진 지장산의 북쪽 자락을 넘어가고 있었다.

"저 인간 분명 짭새들한테 가겠지."

힐끔힐끔 뒤돌아보며 천변길을 달려가는 사내를 가리키며 황이 말했다.

"한판 붙을 텐데 맹원들 불러오겠습니다."

구름을 보고 날씨를 예측하듯 박종포는 낮은 지붕들을 덮어버리는 최루탄 연기의 위치만 가지고도 시위대의 현 상황을 짐작할 수 있었다. 경찰의 본격적인 반격이 시작된 것이다. 팔짱을 낀 채 시내를 살피는 박종포의 얼굴에서 쓴 미소가 번졌다. 처음부터 예상했던 일이있다. 몇몇의 삭발이나 혈서만으로 탄광촌을 되살리겠다니! 산더미 같은 저탄장에 불을 싸질러도 시원찮을 판에 피켓이나 플래카드, 각개목으로 벌이는 시위는 소꿉장난과 다름없었다. 박종포는 새 술병을 땄다. 시내 모처에 숨어 이 모든 상황을 지켜보고 있을 어용 노조위원장 이재모는 쾌재를 부르고 있겠지. 마누라의 엉덩이를 두드리며 노래를 흥얼거리겠지. 최루탄 연기는 석탄회관까지 밀려들었다. 지장천 둑방길과 시내 도로가 만나는 삼거리엔 마스크로 입과 코를 가린 시위대들이 속속 집결하고 있었지만 멀리서 보아도 패색이 완연했다. 박종포는 긴 한숨을 뱉어놓았다. 감당하기 힘든 분노를 짊어진 시위대들은 경찰에 밀려 조금씩 석탄회관으로 이어진 도로로 뒷걸음질을 치고 있었다. 사우나에서 사무실로 올라온 맹원들은 그 뒷걸음질을 착잡한 얼굴로 바라보았다.

"출입문을 열어야죠?"

얼굴이 뿌옇게 변한 맹호부대 김이 물었다.

"그보다 먼저……"

박종포는 옥상으로 옮겨놓아야 할 물건들을 일러주었다. 조무래기들은 빈 술병을 맡았고 맹원들은 횃불을 제작할 도구를 찾았다. 경찰에 맞서 탄광촌의 검은 밤을 건너가려면 인내와 분노 말고도 다른 많은 게 필요했다. 시위대는 지장천을 가로지르는 다리를 경계로 경찰 병력과 다시 대치상태에 들어갔다. 깨어진 보도블록이 한차례 날아가면 길바닥에서 회색 연기를 내뿜는 최루탄이 여기저기서 맴을 돌았다. 구경꾼 하나 없는 싸움이 오후의 폭염 속에서 지루하게 이어졌다. 서로에게 보내는 일방적인 통고만이 스피커를 통해 건너가고 건너올 뿐이었다.

어둠이 깔리면서 양측은 인원을 보강했다. 시위대엔 근무를 끝낸 광부들이 합세했고 조무래기들은 부모 손에 모두 끌려갔다. 타 지역에서 급파된 경찰 병력은 서울로 가는 국도를 봉쇄한 뒤 석탄회관을 조여왔다. 시위대가 집결한 석탄회관의 상황도 좋지 않았다. 경찰은 전기와 물 공급을 끊은 채 협상을 종용하는 회유책을 끊임없이 폈다.

박종포는 사노맹 위원장 자격으로 대책회의에 참석했다가 도중에 자리를 박차고 옥상으로 올라왔다. 일렁거리는 횃불에 비친 표정은 쇠처럼 굳어 있었다. 대세가 협상으로 굳어진 것에 대한 분노를 삭이지 못하고 병나발을 불었다.

"어떻게 할 겁니까?"

황이 그 술병을 받아 마신 뒤 물었다.

"염병할! 현역이란 놈들이 저렇게 나약하니. 협상이라니! 사북사태 때 그렇게 기만당하고 또 협상이야, 협상! 이놈의 세상, 되도 않는 협상만 하다 가는 거야. 협상이 뭐야? 금방 죽지 않을 만큼 모르핀만 투입받는 게 협상인데, 왜 그걸 모르지? 황씨, 협상하면 잃어버린 다리가 돌아오나? 협상하면 풍비박산이 난 가족이 다시 만나나? 응? 위령탑에 갇힌 광부들이 다시 살아나나?"

박종포는 위태롭게 난간에 기대 반은 흘리면서 술병을 비웠다. 힘이 풀린 손에서 술병이 떨어져나가 마당에서 깨어지고 뱃속으로 들어간 술마저 되올라와 힘없는 소 오줌발처럼 길게 늘어졌다. 경찰의 탐조등이 빛기둥을 몇 번 뒤틀더니 그런 박종포의 모습을 이내 가뒀다. 황이 재빨리 박종포를 바닥으로 끌어내렸다. 빛기둥은 몇 번 더 기웃거리다가 사라졌다. 박종포는 황의 몸을 끌어안고 중얼거렸다.

"이봐, 황씨? 황씨, 이번 협상이 뭔지 알아? 탄광촌 사람들을 모조리 석탄박물관에다 집어넣겠다는 협상이야. 우린 전시물이 되는 거야. 살아 있는 전시물!"

"그건 또 뭔 소립니까? 전시물이라니?"

박종포의 얼굴은 하얗게 변했다. 다섯 명의 맹원들은 한자리에 둘러앉아 침울한 술잔을 만지작거렸다. 횃불은 종이잔 속의 술 위에 작은 별처럼 떠 있었다. 횃불을 보고 날아온 무수한 날벌레들이 술잔 속으로 낙엽처럼 떨어졌다. 작은 날개를 파닥거리며 탈출을 시도했지만 성공하는 날벌레는 없었다. 아무도 그 날벌레들을 술잔 속에서 건져내지 않았다. 술잔만 비울 뿐이었다.

"자넨 탄 캐다 사고로 다리 잃은 광부 역을 맡는 거고…… 난 진폐증에 걸린 알코올 중독자 역이지. 정선댁도 어떤 역인지 알 겁니다. 열받는 건, 이재모 그 새끼가 맡는 역이야! 그 새낀 계속 어용 노조위원장을 맡을 거란 말이지. 박물관에 들어가서도 광부들 피땀을 빨아먹으며 호의호식할 거란 말이야!"

박종포의 손을 떠난 술병이 난간 너머로 날아갔다. 퍽, 하는 소리는 마치 누군가의 두개골이 깨지는 소리로 들렸다.

"그럼 난 바람난 광부 마누라 역이란 말이죠? 나 원, 남사스러워서."

"난 마등광부겠군!"

"마등광부가 뭐야?"

황이 맹호부대 김에게 물었다.

"마누라 등쳐먹고 사는 전직 광부."

"근데…… 설마 그런 박물관이 생기겠어요? 어떻게 살아 있는 사람들을 전시물로 쓰겠어요!"

미심쩍다는 표정을 정선댁은 감추지 않았다.

312

"두고만 봐! 고원 관광 개발 그 보따리 속에 뭐가 들어 있는지."

"뭐 생각해보니 지금보다 나쁠 것도 없네. 그 짓도 월급은 줄 거 아녜요? 좀 창피하겠지만."

"에라이, 정선댁은 태평한 소리 좀 그만 하쇼! 동물원 원숭이가 그렇게 부러워요?"

황은 박스 속에 숨겨놓은 화염병을 꺼내들고 박종포를 채근했다.

"위원장님, 이렇게 앉아 술이나 마시지 말고 계획대로 한번 대차게 싸웁시다. 현역 애들 상관없이 우리끼리 싸우는 겁니다. 이 화염병 한번 써봐야죠?"

사북의 여름밤이 깊어갔다. 금방이라도 터질 듯 부풀었던 공기는 시간이 흐르면서 작은 화염병 하나 불붙이지 못했다. 박종포는 맹원들을 둘러보았다. 모두 다섯 명의 인원으로 치를 수 있는 싸움은 사실 많지 않았다. 석탄회관을 에워싼 경찰 병력은 조금의 흐트러짐도 없이 협상은커녕 시위대의 투항만을 기다리는 듯했다. 박종포가 먼 하늘 저편으로 떨어지는 별똥을 좇다가 다시 옥상으로 돌아오자 맹원들은 졸음의 옷을 한 벌 두 벌 껴입고 있었다. 횃불도 조금씩 힘을 잃어갔다. 박종포는 졸고 있는 황이 움켜쥔 화염병을 가져와 불을 붙였다. 기름에 젖은 헝겊 심지는 이내 기세 좋게 타올랐다. 그 불꽃 속으로 곧 빨려들어갈 것처럼 쪼그려앉아 흔들거리는 박종포의 자세는 자못 위태로웠다. 불꽃 속으로 들어갈 듯 들어가지 않는 박종포의 모습은 마치 한 마리 벌처럼 보였다. 무척 긴요한 이야기를 불꽃과 나누는 듯했다. 그리디기 어느 순간 박종포의 오른손이 꽃대를 잡듯 화염병으로 다가갔고 불꽃은 파닥거리며 옥상 바닥에서 조금씩 허공으로 치솟았다.

(졸다가 그 광경을 목격한 정선댁은, 언젠가 텔레비전에서 본 미국의 자유의 여신상이 떠올랐다고 후일 주변 사람들에게 전했다. 허공으로 떠오른 불꽃이 어떻게 잠자는 무연탄의 골짜기를 불살랐는지는 그다지 중요하지 않다. 경찰이 작성해 발표한 기록에 의하면 새벽 무렵 석탄회관을 시위대로부터 탈환할 때까지 격렬한 시위가 계속되었고 양측 모두 많은 부상자들이 속출했다고 한다.)

태양은 다시 지장산 위에서 타올랐다. 무사히 사북을 빠져나온 낡은 봉고는 털털거리며 만항재를 올라갔다. 맹원들 모두 간밤의 흥분이 채 가시지 않은 상태였다. 더구나 한 사람도 경찰에 연행되지 않았다는 사실에 고무돼 있었다. 운전을 맡은 맹호부대 김의 두 손바닥은 스피커에서 흘러나오는 노래에 맞춰 핸들을 규칙적으로 두드렸다. 그러나 고갯마루에 서 있는 경찰차 옆을 지날 때에는 모두 긴장된 표정을 감출 수 없었다. 경찰이 먼저 인사까지 건넸음에도 불구하고.

"이제 어떻게 될까요?"

계속 뒤를 돌아보며 강이 박종포에게 물었다.

"수배 떨어진 건 아닐까요?"

"강씨, 우리가 요즘 경찰에 한두 번 끌려갔나! 사람이 겁은 많아가지고."

목발을 창 밖으로 반쯤 내놓은 황의 대꾸였다.

"우린 대의를 위해 싸우는 거야. 노동자 세상!"

"노동자 세상이란 게 있었나……"

강이 고개를 갸웃거렸다.

초록의 산야는 먼 소백산을 향해 내리달렸다. 박종포는 쓰린 배를 손으로 움켜쥔 채 광대한 초록 바다의 꿈틀거림에 시선을 실어보냈다가 되돌렸다. 당분간 시위는 팽팽한 긴장을 유지할 것이다. 대의를 떠나 상대편에 대한 현실의 사소한 악감정은 쉽게 삭지 않는 법이니까. 어쩌면 그런 사소한 문제들이 대의를 더욱 공고하게 만드는지 모른다. 박종포는 간밤 자신이 피워올린 불꽃이 그 역할을 제대로 했다고 고개를 끄덕였다. 지루하고 계속되는 협상만 하다가 박물관 속으로 내몰릴 수는 없었다. 대안이라곤 박물관 지어주는 것밖에 모르는 자들과 무슨 협상을 한단 말인가. 고작해야 박물관 벽면을 페인트에서 대리석으로 교체하는 정도의 협상을. 차라리 깊고 어두운 막장으로 돌아가 탄을 캐는 게 더 뱃속 편한 일이었다. 하지만…… 이젠 아무도 무연탄으로 구들장을 데우려고 하지 않는 세상이 되었다. 박종포는 쓰린 속으로 소주를 흘려보냈다. 봉고는 잠든 사노맹원들을 태우고 석탄박물관을 알리는 표지판을 지나 우회전을 했다.

"탄광보다 훨 깨끗하네!"

"아 그럼 박물관인데 탄광모양 시커멓겠소!"

맹호부대 김이 취해 비틀거리는 강에게 퉁명스럽게 대꾸했다.

"헌데 좀 싱겁구만! 이런 걸 전시물이라고 갔다놨으니. 탄에 고사리 찍힌 거야 늘 보던 거잖아."

고생대의 땅 속에서 나온 화석들이 진열된 전시실을 사노맹원들은 건성으로 지나쳤다. 박종포와 황만 뒤처져 광물 속에 갇혀 있는 곤충돌과 식물, 새의 마지막 발자국을 들여다보았다. 급격한 지각변동이나 조산운동, 화산폭발의 여파로 오랜 시간 꽁물 속에 갇혔다가 불을 찾아

땅 속을 파들어간 인간들에 의해 지상으로 나온 것들이었다. 물론 맹호부대 김의 말대로 처음 보는 것은 아니었지만 유리상자에 갇혀 박물관의 조명을 뒤집어쓴 화석들은 묘한 빛을 내뿜었다.

"저 속에 갇혀 있음 어떤 기분일까요?"

"생매장당한 기분이겠지."

황의 물음에 박종포는 덤덤한 말투로 대답하곤 화석 전시실을 떠났다. 박물관 전시실은 계단을 따라 계속해서 위로 올라가도록 설계돼 있었다. 박과 황이 왁자하게 떠들고 있는 맹원들을 따라잡은 곳은 탄광촌 주거생활 전시실이었다. 마네킹 광부는 톱을 멘 채 작은 마루에 앉아 출근 준비를 하는 중이고 그의 아내는 근심 가득한 얼굴로 도시락을 든 채 그 옆에 서 있었다. 단칸방에 부엌이 딸린 초라한 판잣집이었다. 옆집 부부의 사랑하는 소리까지 들릴 듯한.

"그러니까 저 긴 밤을 혼자서 무슨 수로 보내란 얘기예요?"

정선댁이 여자 뒤편의 방을 가리키며 목소리를 높였다.

"병방 근무 들어간 남편 걱정도 되고 잠도 안 오니 미칠 지경 아녜요? 마침 먹다 남은 소주가 있길래 한 고뿌 마셔보니, 야, 기막히데요! 그거 야금야금 다 비우고 가게 가서 한 병 더 사왔다 아닙니까."

"신혼 시절이니 오죽했겠수!"

맹호부대 김이 능글능글 웃음을 굴렸다.

"술바람이 춤바람으로 옮겨붙는 거 금방이더라구요!"

박종포는 마루에 걸터앉은 사내가 메고 있는 톱을 유심히 바라보았다. 그도 막장에서 나와 집으로 돌아오면 넓은 달력을 뒤집어 방바닥에 깔아놓고 톱부터 갈았다. 줄이 소리를 지르며 톱날을 오갈 때마다 분말

316

의 쇳가루가 달력에 떨어졌다. 톱만큼은 중요한 개인물품이었기에 술집에서 아무리 만취해도 잃어버리는 법이 없었다. 지그재그로 날이 잘 선 톱을 가진 광부는 게으를 수 없었고 그 톱은 남에게 빌려줄 수 없는 연장 중 하나였다. 생과 사의 경계가 지척인 탄광촌을 떠도는 많은 미신들 가운데 하나가 톱에도 깃들어 있었다. 아내 역의 마네킹도 남편 뒤에 서 있었다. 아내는 막장으로 향하는 남편 앞을 결코 지나갈 수 없기 때문이었다.

"그럼…… 우리가 관광객들 앞에서 저 마네킹을 대신한다 이 얘깁니까, 위원장님?"

황의 목소리가 앞서 걷는 박종포의 뒷덜미에 매달렸다.

"난 벤또만 들고 하루 종일 꼼짝 않고 서 있어야 하네!"

"아, 산 사람이 꼼짝 않고 어떻게 있나? 광산촌 생활을 연기하는 거라니까, 연기!"

맹호부대 김이 가슴을 두드리며 목소리를 높였다.

"연속극 탤런트모양?"

땅 속을 오르내리는 케이지타워의 승강기는 실제로 지하 수천 미터의 막장으로 내려가는 것처럼 굉장한 소음을 내뱉었다. 붉은 빛이 계속해서 깜박거리고 심하게 흔들렸다. 옆 사람의 목소리마저 제대로 들리지 않았다.

승강기 문이 열리자 어둡고 컴컴한 갱도에서 서늘한 기운이 몰려들었다.

"옛날 생각 나는구만!"

한쪽 목발로 갱목을 두드려보며 황은 감회가 새로운 듯 사방을 두리번거렸다.

"잘려나간 다리가 어디 있을까나……"

한쪽 바짓가랑이를 휘날리며 성큼성큼 갱도로 들어가는 황의 뒷모습을 맹원들은 묵묵히 바라보았다.

구부러진 갱도 곳곳에는 탄을 캐기 위한 시설물들을 부문별로 나누어 전시했다. 음향효과도 만만찮았다. 발파 소리나 갱도가 붕괴되는 소리에 파묻히는 광부들의 비명과 착암기 소리가 고막을 찢을 듯 이어졌다. 재채기를 불러오는 화약 냄새도 사라지지 않았다. 말을 잃은 맹원들의 걸음은 점점 빨라졌다. 어느 지점에서는 바닥이 가라앉을 듯 흔들렸다. 박종포도 미처 예상하지 못한 상황이었다. 끔찍했던 기억이 박물관 갱도의 외나무다리에서 극심한 동요를 일으킬 줄은. 무너져내려 출구가 막힌 갱에서 실낱같은 희망을 걸고 숨을 헉헉거리며 구조를 기다리던 그 악몽이 점점 거대하게 부풀어올랐다.

"으아아!"

두 귀를 감싸안은 채 강이 전시실 안으로 뛰어든 건 순식간의 일이었다. 곡괭이를 든 마네킹 광부를 끌어안은 강의 얼굴은 공포 그 자체였다.

"빨리 업고 나가!"

강은 계속해서 나머지 마네킹 광부들을 전시실 밖으로 내던졌다.

"뛰어, 뛰라니까! 조금 있음 갱이 무너져!"

강의 외침에 호응이라도 하듯 갱도로 비상벨 소리가 울렸다. 맹원들은 강이 내던진 광부들을 업거나 끌고 갱도를 달렸다. 거품을 내뿜는 강을 부축한 박종포도 길고 구불구불한 갱을 돌아갔다. 막장에서의 눈물은 전염성이 강했다. 박종포의 볼에도 어느새 그치지 않는 눈물이 깊은 고랑을 만들었다.

폭염과 최루탄, 재채기, 가래의 날들이 흘러갔다. 꽃 한 송이 제 빛깔로 피어 있지 못했다. 먼지와 돌멩이, 찢어진 현수막, 최루탄 껍데기가 시내의 꽃밭이란 꽃밭을 모두 덮었다. 바람이 불면 구석구석에 쌓여 있던 최루탄 분말이 다시 되살아나 거리를 쏘다녔다. 모두들 비를 기다렸지만 짧은 소나기도 내리지 않았다.

"위원장님, 일이 벌어졌습니다!"

'정든 님'의 마등광부인 맹호부대 김이었다.

곰팡이 냄새가 선풍기 바람에 실려오는 '정든 님'에서 박종포는 폐광 반대 대책위원회 사무국장과 함께 있었다. 저녁까지 계속된 시위의 고단함을 소주로 달래며. 자정이 넘어가는 시간이었다. 김은 박종포의 귀에 입을 대고 작은 소리로 맹원들의 소식을 전했다. 박종포의 표정이 잠시 일그러졌다가 되돌아왔다. 삼십 분 안으로 가겠다는 대답을 듣고서야 김은 '정든 님'을 나갔다.

"그래, 나한테 하고 싶은 얘기 골자가 뭡니까?"

박종포는 사무국장을 다그쳤다.

"대책위원회와 보폭을 맞춰달란 거지요. 꽃상여 화형이며 석탄회관 점거같이 중요한 일은 우리와 사전에 의논했어야죠. 전체적으로 사노맹은 너무 과격합니다. 며칠 전 석탄박물관 마네킹 건도 그렇고."

"따르지 못한다면 어떻게 되는 거요?"

"……갈라설 수밖에 없습니다."

사무국장은 박종포의 핏발 선 눈을 마주 보았다.

"개인적으로 궁금한 게 있는데…… 당신은 광산촌의 앞날이 어떻게 될 것 같소? 지금은 바쁘니 나중에 답을 들읍시다."

가로등만 드문드문 켜진 밤길을 박종포는 비틀거리며 걸었다. 대부분의 상가는 셔터를 내리고 있었다. 박종포는 길어졌다가 짧아지는 그림자를 어두운 골목으로 들이밀고 뒤를 돌아보았다. 미행하는 사람은 아무도 없었다. 골목길은 지장천과 만나는 곳에서부터 붉은 불빛을 유리문 틈새로 내보냈다. 박종포가 들어간 곳은 붉은 불빛들 사이에 자리한 작은 구멍가게였다. 맹원들은 자욱한 담배연기 속에서 고등어통조림을 따놓은 채 소주를 마셨다. 정선댁은 당연히 그 자리에 없었다.

"어느 집이오?"

박종포의 물음에 맹원들은 민망한 듯 헛기침을 내뱉었다.

"이건 우리 사노맹의 위신과 관련된 문젭니다. 전직 산업전사들을 무시해도 유분수지!"

맹호부대 김의 안내로 박종포는 지장천 물소리가 끊임없이 올라오는 한 집으로 들어갔다. 때가 때인지라 붉은 불빛을 내보내는 천변의 판잣집은 조명을 최대한 낮춘 채 엎드려 있는 것 같았다. 박종포는 주인을 불렀다. 맹호부대 김의 얼굴을 확인한 여주인은 지겹다는 표정을 억지로 돌려놓으려 애를 쓰며 박종포의 눈치를 살폈다.

"소주 한 병 주시오."

"우리집은 맥주나 양주밖에 안 파는데…… 애, 여기 소주 한 병 가져와라!"

"요즘 사북이 왜 뒤숭숭한지 아시오?"

박종포는 여주인이 내민 잔 대신 물컵으로 소주를 받아 단숨에 마시고 다시 내밀었다.

"그야…… 나라에서 더이상 탄을 사주지 않겠다고 해서……"

"아는구만. 그럼 우리 노동자들이 늦은 밤까지 싸우는 이유가 뭔지 아시오?"

다시 컵이 비었다.

"그야…… 탄광촌을 살리려고."

"아는구만. 그럼 요즘 같은 땡볕에 우리 노동자들이 얼마나 힘들어하는지도 알겠네?"

"그야…… 알지요."

"잘 아는 사람이 왜 오입 한번 하겠다는 노동자들을 내쫓았소?"

"그야…… 아가씨들이 싫다고 하니…… 심한 냄새도 나고…… 불구자고."

순간 탁자를 떠난 빈 술병은 무서운 속도로 날아가 벽에 걸린 달력 속 반라의 여자와 부딪쳤다. 그 옆방에서 고개만 내밀고 바깥 동정을 살피던 아가씨들의 외마디 비명이 전광석화처럼 피었다가 졌다.

"니년들은 정상이냐?"

길거리로 나온 박종포와 맹호부대 김은 화를 달래지 못하고 씩씩거렸다. 박종포는 김을 먼저 구멍가게로 보내고 길바닥에 버려진 깨진 술병을 든 채 다시 붉은 불빛이 가느다랗게 새어나오는 문을 열었다. 다 끝난 줄 알고 있던 주인 여자가 기겁을 하고 뒤로 물러났다. 박종포는 소리나지 않게 문을 닫았다.

"자꾸 이러면…… 우리도 사람 부를 거야."

여주인은 박종포의 손에 들린, 붉게 물든 병 조가에서 눈을 떼지 않았다. 박종포는 순순히 고개를 끄덕이며 여주인에게 다가가 아가씨들이 듣지 못하도록 나직하게 말했다.

"당신 힘이면 불쌍한 우리 맹원들 오입 한번 시켜줄 수 있잖아?"

　권태로운 시위의 날들이 흘러갔다. 지장산을 넘어온 먹구름이 몇 번 소나기를 뿌리고 갔지만 더위를 보내버리기엔 역부족이었다. 까맣던 박종포의 얼굴은 점점 무연탄빛으로 변해갔다. 갈라터진 입술에선 진물과 피가 흘러내리기가 예사였다. 동원탄좌에서 쏟아버린 폐석이 수시로 굴러내리는 골짜기에 자리잡은 폐사택촌에서 사노맹원들은 하루의 고단한 일정을 시작하고 마치는 일상에 서서히 지쳐갔다. 그 동안 맹원들을 더 확보하려고 옛 동료들인 사북병원 진폐환자들을 찾아가 설득했지만 성과는 그다지 없었다. 물기 없는 웃음과 고생한다며 건네주는 몇 푼의 후원금이 고작이었다. 그들의 몸은 병상의 침대 위에 있었지만 마음은 이미 오래 전에 다른 곳으로 떠난 뒤였다. 그렇다고 위령탑을 부수고 순직 광부의 영혼들을 응원군으로 불러올 수도 없는 노릇이었다. 기존의 맹원들도 갈수록 투쟁 의지를 잃어갔다. 가장 급진적 성향을 지닌 사노맹의 현실을 고려할 때 좀더 많은 떡고물이나 원하는 다른 단체와 조직들은 아예 둘러볼 여지조차 없었다. 한마디로 패전일만 기다리는 정세였다. 술에서 깨어날 때마다 박종포는 황과 함께 대책위원회를 찾아가 사북의 앞날에 대해 토로했지만 그들은 애써 사노맹의 주장을 무시했다. 개울과 붙어 있는 서울 가는 길에는 녹슨 물보다 빨리 달리는 이삿짐 트럭이 심심찮게 보이는 날들이었다. 먼 장밋빛 청사진이 텔레비전에서 방영될 때 폐사택촌에는 흉흉한 소문의 먹구름이 밀려들었다.

소문의 먹구름이 현실의 폭우로 변한 건 단 하루 만이었다. 사노맹원 중 폐사택촌에서 살지 않는 이는 맹호부대 김밖에 없었다. 철거를 위해 중장비까지 동원했다는 정보를 가져온 이도 맹호부대 김이었다. 소유주인 동원탄좌는 골짜기를 매립해 지장산 자락의 카지노와 연계한 콘도를 지을 계획이라고 했다. 철길과 가까운 골짜기 입구에선 벌써 철거 작업이 시작되었다는 것이었다.

"우리 사노맹을 산 채로 땅 속에 매장하겠다는 의도야!"

황은 금방이라도 뛰쳐나갈 기세였다.

"위원장님, 이대로 앉아서 당할 겁니까? 어이, 맹호부대? 저 아래 새끼들 반응은 뭐야?"

폐광 반대 대책위원회를 두고 한 말이었다.

"공식적인 언급은 없지만 대체로 반기는 분위깁니다. 도시 미관상 문제와 청소년 탈선 문제가 해결될 거라고 합니다만……"

"개새끼들, 완전히 짜고 치는구만!"

"위원장님, 그럼 우린 이제 어데로 간대요?"

정선댁의 눈에는 어느새 눈물이 그렁그렁 매달렸다.

촛불 하나가 일렁거리는 방에서 박종포는 낡고 더러운 이불을 등받이 삼아 벽에 기댄 채 담배를 피웠다. 치우지 않은 술자리로 파리 떼가 몰렸지만 성가실 정도는 아니었다. 혼자 살기엔 필요 이상 넓은 방이었다. 가구라곤 다른 폐가에서 들고 온 앉은뱅이책상이 전부였다. 벽에 걸린 옷 몇 벌, 휴대용 가스레인지와 라면 박스, 식기와 냄비가 다였다. 그 대부분을 담고도 남을 몸통만한 가방을 선반에서 내린 박종포는 비틀비틀 방 안을 돌아다니며 물건을 담았다. 가방 속으로 들어갔다가 나온 게 더 많았다. 그러나 곧 그 일을 포기하곤 술자리로 돌아왔다. 촛불은 술잔을 가져오는 약한 바람에도 위태롭게 춤을 췄다. 열어놓은 창문으로 들어온 날벌레들은 그 춤사위에 홀려 달려들었다가 날개를 태워버리곤 방바닥에서 맴을 돌았다. 박종포는 곤충학자처럼 엎드려 날벌레를 들여다보다가 입바람으로 촛불을 껐다. 파라핀 냄새가 어두운 방에서 꽃을 피웠다. 달빛이 창을 넘어와 방을 정리할 때를 기다리며 박종포는 이불에 기댄 채 오른손에 든 술병을 조금씩 기울였다. 지난 세월의 막장에선 달빛마저도 없었다. 그것은 과분한 작업환경이었다. 설령 막장에 달이 뜬다 하더라도 단 며칠이면 탄가루를 뒤집어쓴 폐처럼 변했을 것이었다. 박종포는 검은 입을 벌리고 있는 가방으로 기어가서 사북으로 돌아올 때 입었던 낡은 양복을 꺼냈다. 어둠 속에서 입고 있던 옷을 벗었다. 양복 바지에 발을 넣다가 넘어질 뻔했지만 겨우 자세를 바로잡았다. 와이셔츠에선 곰팡이 냄새가 났다. 누가 매어줬는지 기억이 가물가물한 넥타이 구멍으로 머리를 디밀었다. 윗도리까지 모두 걸친 뒤 다시 술자리로 돌아와 앉았다. 새로 갈 곳이 있는 것은 아니었다. 마침내 창으로 들어온 달빛이 술자리를 향해 구부러진 박종포의 등을 가만히 어루만져주고 있을 뿐이었다.

"죽여라, 죽여!"

동원탄좌에서 내려온 철거반원들은 깡패들이었다. 그 뒤편엔 공룡같은 포클레인이 금방이라도 폐사택을 삼켜버릴 듯 허공을 향해 버킷을 쳐든 채 대기하고 있었다. 아침 햇살이 막 골짜기로 내려왔다. 그 동안 마신 술병이 철거반을 향해 날아갔지만 사노맹원들은 조금씩 골짜기 속으로 밀려났다. 포클레인의 무한궤도에 깔리는 모든 것들은 먼지를 뿜어내며 초토화되고 있었다. 동원탄좌로 올라가는 언덕길은 구경 나온 사람들로 가득했다. 박종포는 돌팔매질을 멈춘 채 언덕 위 구경꾼들의 무관심을 멍한 얼굴로 바라보았다.

"아예 여기서 죽어버립시다!"

불붙은 화염병을 박종포에게 건네주며 황이 말했다. 박종포의 손을 떠난 화염병은 촛불 하나로 밤을 견디던 방으로 들어가 이불 위에서 터졌다. 맹원들은 검은 연기를 내뿜는 불길을 배수진으로 삼은 채 포클레인과 맞섰다.

(훗날 술자리에 모여앉은 언덕 위의 구경꾼들은 사노맹의 마지막 투쟁을 빗대어 이렇게 말했다. '당랑거철(螳螂拒轍)'이라고.)

박종포는 눈을 뜨지 않았다. 몸도 움직이지 않았다. 오줌보에 가득 찬 오줌이 넘칠 듯 출렁거렸지만 이를 악문 채 속으로 외쳤다. 됐다! 이제 그만 울고 가거라! 흐느낌을 멈추지 않는 젊은 여자는 유치장 밖에서 그렇게 돌아누운 채 입을 앙다문 박종포를 들여다보았다.

"갈게요……"

유치장을 떠나는 여자의 구두 소리에 맞춰 박종포의 바지도 젖어갔다.

사북 사람들의 탄원에 힘입어 사노맹원들 중 마지막으로 박종포가 경찰서에서 풀려날 때 정보과 형사가 그를 찾았다. 몸매는 가늘었지만 정보과답게 눈매가 날카로운 형사였다. 그는 뻐끔 담배를 피우듯 연기만 뱉어내더니 박종포에게 물었다.

"니가 박노헤아?"

"방노해가 뭐요?"

박종포는 형사가 뱉어낸 연기를 입바람으로 되돌려보낸 뒤 물었다.

"너, 한 번만 더 사노맹인지 뭔지 떠들고 다니면 쥐도 새도 모르게 죽는다!"

어두워질 무렵 낡은 완행버스는 사북에 도착했지만 박종포는 내리지 않았다. 내릴 곳이 없다는 사실을 비로소 깨달았던 것이다. 버스는 석탄회관을 지나 안경다리와 사북역, 태양다방 아래의 룸살롱 모나코, 회생당한약방, 사북종합시장을 차례로 통과했지만 박종포는 벨을 누르지 못했다. 시내가 끝나는 곳에 있는 '정든 님'도 지나쳤다. 생전 처음 지나치는 풍경처럼 낯설었다. 안 내릴 거냐고 거울 속에서 묻는 운전기사에게 고개를 끄덕였다. 잠깐 석탄박물관을 떠올렸지만 이내 머리를 저었다. 버스는 어둠이 내린 골짜기 속으로 들어갔다.

"스님? 스님 계십니까?"

박종포는 한자리에 제대로 서 있지 못한 채 절 마당에서 비틀거렸다.

"일광 스님 계십니까?"

비틀거릴 때마다 구두 밑에서 자갈이 개구리 울음을 질러댔다.

"누구요?"

창호지 가득 환한 불빛을 머금은 문이 열리고 눈썹이 하얀 일광 스님이 얼굴을 내밀었다.

"스님…… 이곳에서 하룻밤 묵을 수 없을까요?"

정암사 주지인 일광 스님은 두 눈썹을 곤추세우고 박종포를 뚫어져라 살폈다. 그 동안에도 박종포의 구두 밑에선 쉬지 않고 개구리가 울었다. 일광 스님의 오른손이 문고리로 이동했다.

"여기가 취한 놈 재우는 여관인가?"

닫힌 문 앞에서 박종포는 오래 서 있었다. 개구리 울음소리는 어디론가 사라진 뒤였다. 박종포는 닫힌 문을 향해 머리 숙여 인사하곤 전나무숲이 만든 어둠 속으로 사라졌다.

검은 하늘을 이고 잠들다

레일을 울리는 곡괭이질 소리에 박종포는 잠에서 깨어났다. 폐광 속은 시간을 알려줄 만한 무엇도 없었다. 어둠이 전부였다. 깜박거리는 라이터 불로 박종포는 빈 술병에 꽂혀 있는 초를 찾았다. 갱도와 붙어 있는 광원 휴게실이 흐릿한 불빛에 조금씩 모습을 드러냈다. 군대 내무반과 비슷한 휴게실이었다. 예상대로 청년의 침상은 비어 있었다.

"미련퉁이 곰 같은 놈!"

송판으로 대충 만든 탁자에는 간단한 음식이 차려져 있었다. 박종포는 아직 식지 않은 찌개를 들여다보곤 밥 대신 소주를 찾았다. 물컵 가득 술을 따라 한입에 들이켰다. 곡괭이질 소리에 촛불은 미세하게 흔들렸다. 뿜어낸 담배연기도 그 진동에 파르르 떠는 것 같았다. 박종포는 긴 한숨을 내뱉었다. 촛불이 밝히는 좁은 휴게실은 사노맹원들과 함께 본 석탄박물관의 호박(琥珀) 속 같았다. 박종포는 호박에 갇힌 모기나 개미를 떠올렸다. 휴게실에 웅크리고 앉아 술을 마시나 화석이 된 자신을 훗날 누군가가 들여다보고 웃음을 터뜨릴 거란 생각이 들자 기분이 우울해졌다.

탄을 캐는 곡괭이질 소리는 멈추지 않았다. 박종포는 희미한 손전등 불빛에 의지해 갱도를 걸었다. 불빛 너머는 캄캄한 나라였다. 절에서 쫓겨난 밤 사북역 대합실을 포기하고 지장산 중턱의 폐광 속으로 후들거리는 몸뚱이를 들이민 뒤 얼마의 시간이 흘렀는지 알 수 없었다. 시간은 더이상 아무런 의미도 내포하지 않는 거나 마찬가지였다. 한 칸 한 칸 바늘이 움직이는 시계가 폐광 어디에 걸려 있다면 더 우스꽝스러웠을 것이다. 더불어 박종포는 폐광에서 만난 청년도 곤혹스러운 눈으로 바라봐야만 했다. 모두가 떠나간 폐광에서 홀로 탄을 캐다니. 개들이 만원짜리 지폐를 물고 돌아다닌 날 사북역에서 만나 담배 한 대 얻어피운 인연치곤 묘한 인연이었다. 손전등 불빛에 모습을 드러내는 갱도는 끝을 알 수 없는 검은 입 속으로 박종포를 끌어들였다. 청년의 곡괭이질 소리는 검은 입 속의 내장쯤에서 들리는 것 같았다.

"담배 한 대 피우고 하게."

온몸이 땀으로 젖은 막장의 청년은 촛불에 의지해 탄을 캤다. 박종포는 손전등을 껐다. 뿌옇게 피어올랐던 탄진이 조금씩 가라앉았다. 청년에게 담배와 불을 권했다.

"이제 그만 바깥세상으로 나가게."

검은 얼굴의 청년은 말없이 담배만 피웠다.

"앞날이 창창한 사람이 폐광 속에서 뭐 하는 겐가!"

검은 얼굴의 청년은 흰 이를 드러내며 씩 웃었다.

"지금 많이 캐놓으면 나중에 쓸 데가 생기겠죠 뭐."

"앞뒤가 꽉 막혔구만!"

박종포는 주머니에서 술을 꺼내 마셨다.

"아저씨, 술 좀 줄이세요. 아침식사는 하셨어요?"

"내 걱정 할 때가 아냐."

젊은 날의 거울을 보듯 박종포는 청년의 얼굴에서 눈을 떼지 않았다. 작은 촛불 하나를 켜놓고 지장산이 품고 있는 탄을 모두 캐낼 듯이 곡괭이질을 하는 청년과의 우스꽝스런 동거였다. 박종포는 청년에게 막장 위를 가리켰다.

"이 산꼭대기에 들어선 카지노에 가봤나?"

청년은 입을 다문 채 물끄러미 천장만 올려다보았다. 술은 동이 났다. 박종포는 알고 있었다. 청년이 쉽게 폐광을 빠져나가지 않으리란 사실을. 청년은 자리에서 일어나 다시 곡괭이를 잡았다.

"쉬엄쉬엄 하시게."

건전지가 닳은 손전등과 촛불은 폐광의 막막한 어둠과 맞서는 반딧불 같았다. 박종포는 커다란 그림자를 데리고 탄을 캐는 청년의 구부러진 등을 마지막으로 일별하고 돌아섰다. 청년의 소원대로 그가 캐어낸 탄이 훗날의 불이 될 것이라고 고개를 끄덕이며. 잠에서 깨어나면서 마신 술이 다시 졸음을 불러왔다. 도중에 잠들지 않고 광원 휴게실까지 갈 수 있을지 의문이었다. 곡괭이질 소리까지 가물가물하게 들렸다. 흐린 손전등의 빛기둥으로 어둠 저편의 휴게실을 찾았다. 마음이 조금씩 들뜨기 시작했다. 이제 잠들면 아주 오래 잠들 수 있을 거란 생각이 들었다. 그러자 온몸이 훈훈하게 달아올랐다. 맹원들의 얼굴이 하나씩 나타났다가 사라졌다. 어디선가 개 짖는 소리도 희미하게 끼어났다. 박종포는 미소를 지었다. 하품을 하자 눈물까지 흘러내렸다. 손전등 불빛은 마침내 흰색 페인트로 씌이진 광원 휴게실을 찾아냈다. 박종포는 다시 늘어지게 하품을 했다.

　스티로폼이 깔린 침상에 누운 박종포는 벽에 걸린 '광원의 각오'란 낡은 게시판을 비추는 손전등을 껐다.

해설 김경수(문학평론가) # 백일몽으로서의 소설

그에게 소설이라고 하는 것은,
그의 어머니가 아들의 뜻과는 무관하게
외딴 집에 우발적으로 설치한
'스카이라이프'와 같은 것이라고 말하는 것도
가능할 것이다.
따라서 외견상 서로 조화될 수 없어 보이는 산골의 삶의 방식과
현실적인 삶의 방편, 그리고 그 속에 끼어 있는 인물들의
다양한 욕망의 방식이 공존하고 있는
김도연적인 이야기의 공간은,
비유적으로 김도연의 소설의 태이자 동시에
그가 자신만의 힘으로 돌파해야 할
어떤 굴레이기도 한 셈이다.
위에서 살펴본 것처럼,
이 작품에 수록된 그의 작품들은
그가 자기 소설의 나아갈 방향에 대해
이미 어느 정도 방법론적인 확신을 갖고 있다는 것을
분명하게 보여준다.

1

김도연의 소설을 그런대로 일목요연하게 이해하기 위해서는 아마도 「흰 등대에 갇히다」라는 작품에서부터 이야기를 시작하는 편이 나을 것 같다. 이야기의 무대는 면소재지 마을에 있는 작은 공립도서관, 계절은 눈이 펄펄 내리는 한겨울이다. 인물들은 사향노루, 농촌지도사, 9급공무원(여) 이렇게 셋인데, 사향노루는 사향노루를 취미 삼아 연구한다는 뜻에서 붙여진 이름이며, 나머지 두 사람도 그들이 되고 싶거나 취직하고픈 어떤 직업이나 직급에 따라 붙여진 이름이다. 도서관에서 각자의 목적을 위해 저마다 공부에 매진하던 그들은, 해수욕을 하러 가자고 하는 농촌지도사의 발의에 따라 사서에게 열쇠를 날라고 한다(이야기 전개과정을 고려해보면 그 열쇠는 아마도 바닷가로 가는 문을 여는 열쇠인 것 같다). 그러나 도중에 9급공무원 이가씨는 연속극을 보러 간다는 핑계로 빠져버리고, 사향노루와 농촌지도사만 해수욕을 다녀온다. 그런데 두 사람이 바닷가에서 다시 도서관으로 돌아와 사서에게 열쇠를 돌려주려고 열람실에 들어갔을 때, 무슨 이유에선지 사서는 죽어 있다. 세 사람은 사서의 시신을 앞에 둔 채 실랑이를 벌이다가, 결국에는 해수욕장에 사서를 묻는다. 사서를 묻고 다시 도서관으로 돌아온 세 사람은 각자의 일에 다시 몰두한다. 그 와중에 사향노루는 사서가 앉았던 의자에 앉아 졸게 되는데, 그곳에서 방금 전 죽은 사서와 이러저러한 대화를 나누기도 한다. 그러나 그런 후에는 농촌지도사와 9급공무원이 불러온 경찰에게 포박되어 사서의 죽음에 대해 취조를 받는다. 그러나 취조를 당하던 막판, 사향노루는 사서가 죽지 않았다고 항변하면서 일행을 옥상으로 유인하고, 급기야는 경찰을 피해 도망친다. 그리고 그 위에 이어지는 장면은 사향노루가 죽은 사서를 자신의 몸에 동여맨 채 흰 등대를 오르는 것으로 되어 있고, 작품은 아래와 같은 장면으로 끝을 맺는다.

사향노루는 깊고깊은 잠에서 깨어나지 않고 있는 사서 곁에 앉아 소생경(蘇生經)을 읽듯 「사향노루, 백 년 동안의 고독」을 처음부터 차근차근 들려주었다. 목이 잠겨 말이 나오지 않을 때까지. 긴 세월이 흘러가는 듯한 막막한 바다로 등대는 아직 희미한 불빛 한 점 내보내지 못하고 있었지만.(61쪽)

작품의 전반 사서가 읽고 있던 잡지를 사향노루가 확인하는 대목에서 「사향노루, 백 년 동안의 고독」이라는 것이 사향노루가 특정 잡지에

십 년 동안이나 투고했으나 끝내 실리지 못한 소설작품이라는 사실이 드러나 있는데, 이런 정보에다 그의 소설 제목이 마르케스라고 하는 한 거장의 작품명을 환기시키고 있다는 점까지를 감안해보면 이 작품의 얼토당토않은 얼개와 전개를 어떤 차원에서 받아들여야 할 것인지는 비교적 자명해진다. 즉, 이 소설은 면단위의 시골에 살면서 나름대로 소설에 헌신하고자 하는 한 농촌총각의 백일몽에 불과한 것이다. 작품에 산재되어 있는 이러저러한 정보를 수합해보건대, 작품에서 무대가 되고 있는 공립도서관은 그가 자신의 소설적 자양을 습득할 수 있는 유일한 공간이지만 동시에 그와 같은 작가 지망생의 존재며 가능성을 전혀 믿어주지 않는 사서가 근무하고 있는 곳이다. 뿐만 아니라 농촌지도사와 9급공무원의 예에서 보듯이, 그곳은 사향노루와 관련된 그의 경험담을 "한 편의 소설" 같다고 감탄하면서도 국가고시의 현실성과는 애초부터 비교할 수 없는 어떤 환상 같은 것으로 치부하는 사람들만이 드나드는 곳이다. 만일 한 작가 지망생의 주변이 이와 같다면, 그가 택할 수 있는 선택의 가능성은 그다지 많지 않아 보인다.

　바로 이 지점에서 김도연의 소설이 탄생한다. 주변의 현실이 어떠하든 간에 자신만의 백일몽을 통해서라도 소설의 효용을 인정받고 싶고 또 그것을 통해 주변을 새롭게 인식하고 변화시킬 수 있는 가능성의 영역을 탐구하는 것, 그것이 또한 소설이라는 것이 그의 소설의 출발인 것이다. 그런 목적을 위해서라면 현실과 환상의 경계가 무너지게 되는 것도 거의 필연이다. 위에 인용한 작품의 마지막 대복에서도 알 수 있듯이, 이 소설의 주인공인 사향노루라는 인물은 "죽은"(위의 맥락대로 읽자면 이 낱말은 '죽여버리고' 싶다거나 아니면 그 정도로 인물 자신이 애정을 쏟고 있다는 뜻을 담아내고 있는 낱말로 해석된다) 사서의 곁에서 마치 "소생경"을 읽듯 자신이 쓴 소설을 낭독하는데, 이 대목은 사실상 소설에 대한 작가의 입장과 그가 처한 현실적인 상황의 불화를 단적으로 보여준다고 해도 과언이 아니다.

김도연의 이번 작품집에서 이와 유사한 정황은 「도망치다가 멈춰 뒤돌아보는 버릇이 있다」라든가 「출가」, 그리고 「북호텔」과 같은 작품에서도 발견된다. 이 작품집에 수록된 여러 작품에서 단연 압도적으로 눈에 띄는 것은 바로 이런 백일몽의 장면들이다. 대부분 「흰 등대에 갇히다」의 무대와 방불한 강원도 시골의 특정 면, 그것도 외딴 농가에 살고 있는 한 "총각"을 주인공으로 이야기를 하고 있는 일련의 작품들에서, 그는 한증막이나 찜질방 등 장소를 가리지 않고 잠깐이라도 잠의 세계로 들어설 때면 어김없이 이런 백일몽에 빠져든다. 통칭하여 김도연적 자아라고도 할 수 있을 이런 인물들의 백일몽은 작가로서의 김도연의 문학적 입장과 그가 처해 있는 상황 사이의 관계의 부조리함 혹은 어긋남의 심각성을 일깨우는 동시에 그에게 있어서 소설이라는 채널을 통한 문학적 소통의 욕망이 얼마나 중요한 의미를 지니고 있는가를 단적으로 보여준다. 이런 소통에의 욕망은 작가 김도연을 둘러싼 현실이 아주 폐색되어 있다는 것을 동시에 알려주는데, 위의 인용은 물론이거니와, 「도망치다가 멈춰 뒤돌아보는 버릇이 있다」라는 작품에서 고라니로부터 당근밭을 지키는 임무를 맡은 주인공이 자신의 무료함을 달래기 위해 자신이 기르는 늙은 개에게 "근데 너…… 시가 뭔지 알아?"라고 묻고 혼자 답하는 장면 같은 것도 그 절실성의 정도를 선명하게 보여준다.

336

이 책에 수록된 대다수의 작품들의 무대가 주로 강원도 진부 부근의 외딴 산골집, 그것도 한겨울 폭설이 길을 끊어놓을 만큼 퍼붓는 곳으로 한정되어 있는 것 또한 그의 인물들이 처한 이런 정신적 정황의 한 비유일 것이다. 그래도 사정이 이만만 하면 그래도 좀 나으련만, 김도연의 그 인물은 그들의 가장 가까운 이해자라고 할 수 있는 부모들로부터도 인정받지 못하고 소외당한 채 살아간다. 「십오야월」「이제 그는 시인을 믿지 않는다」「출가」「도망치다가 멈춰 뒤돌아보는 버릇이 있다」 등의 작품에서 우리는 이런 정황을 반복해서 목격한다. 이들 작품에서 주인공은 고라니나 산양으로부터 집에 딸린 당근밭이나 당귀밭을 지켜내야 하는 일을 도맡고 있는데, 설상가상으로 이 작품들에 공통적으로 등장하는 부모, 특히 그중에서도 그의 노모는, 그런 집안일 이외에 아들이 따로 간직하고 있는 인생설계 따위는 안중에도 없는 인물로 그려진다. 게다가 한밤중인 것도 아랑곳하지 않고 아들에게 전화를 걸어 텔레비전 채널에 대해 문의를 하는가 하면, 아들이 며느리를 맞아들이지 못하는 것을 구박하기도 한다. 뿐만 아니라 늙어 죽을 때까지 아들과 함께 산다고 하는 점쟁이의 말을 전하면서 오히려 기뻐하기까지 한다. 비단 이뿐만이 아니다. 보름달 뜬 밤 꿈으로 찾아온 조상님들과의 한판 아름다운 난장을 그린 「십오야월」에서 보듯이, 그는 누대의 조상들의 삶의 역사 내지는 견인력으로부터도 온전히 자유로울 수 없다. 그리하여 그는 자신의 산골 외딴 집을 "한 백 년은 고여 있는 듯한 어둠"이 깃든 집으로까지 인식하기에 이르는데, 상식적인 차원에서라면 바야흐로 혈기왕성한 주인공이 이런 지극히 수인과 같은 삶을 떨쳐버리고 나서기란 지극히 쉬울 것이다. 그것은 말 그대로 가출을 결행하면 깨끗이 일단락될 것이기 때문이다. 하지만 소설적 가출은 그다지 간단하지 않다는 데 문제가 있다.

2

작품 「출가」가 보여주듯, 김도연의 인물은 한편으로 그러한 갇힌 공간에서 탈출하기 위해 과감한 가출을 결행하기도 한다. 그러나 그것이 '가출'이 아닌 '출가'라고 이름 붙여지고 있다는 점에 심각한 문제가 있다. 작품의 주인공은 형과 누이는 여봐란듯이 집을 떠난 마당에 자신은 계속해서 어머니가 새로 들여놓은 위성방송의 리모컨 조작법이나 알려주면서 살아야 한다는 사실 앞에 막막함을 느껴 농한기를 틈타 금강산 여행길에 나선다. 그러나 정작 집을 떠나 본격적인 여행에 나서기 위한 집결지로 가는 과정에서는 물론이고 여행길을 배웅하기 위해 속초에서 온 친구와의 만남에서조차, 자신의 가출의 정당성을 인정받지 못한다. 또한 자신이 '출가'라고 간주하고 나선 여행길의 전 여정에서 그는 오히려 노모를 방기하고 도망치는 것은 아닌가 하는 강한 자의식 때문에 한없이 고통스러워하고, 더러는 환영을 통해 자신의 분신과도 같은 나무꾼을 만나, 자신이 결코 자신과 어머니가 함께 살고 있는 그 "집"으로부터 도망칠 수 없는 운명이라는 것을 받아들이게 되는 것이다. 자신의 운명에 대한 그의 자각은 어느 면에서 어머니와 아들 사이의 원형적 관계가 담겨져 있는 우리의 전래설화 「선녀와 나무꾼」의 한 변용으로도 읽히는데, 이는 작품의 주인공이 지붕에 올라가 한 마리 수

닭의 역할을 떠맡는 희극적인 결말 대목에서 단적으로 드러난다.

봄눈이 내렸다. 어두운 하늘에서 퍼붓는 눈을 쳐다보며 그는 눈물을 흘렸다. 늙은 개는 솥뚜껑 같은 위성방송 수신 접시가 달려 있는 헛간 지붕의 그를 향해 마당에서 사납게 짖었다. 외등이 켜지고 얼마 있지 않아 허리가 몹시 굽은 노모가 밖으로 나와 개를 달랬다. 늙은 개는 노모의 어르는 소리에 꼬리를 흔들더니 다시 지붕을 향해 짖어댔다. 그제야 노모는 힘겹게 허리를 펴고 침침한 눈으로 헛간 지붕을 살피다가 놀란 입을 다물지 못했다.

"저놈의 수탉의 새끼가 미쳤나! 오밤중에 지붕엔 왜 올라가 있어!"

그는 노모의 욕설에도 아랑곳없이 눈이 퍼붓는 밤하늘을 올려다보며 서럽게 울었다.

"꼬끼오오오—!"(261쪽)

작품의 위와 같은 결말은 작가가 이 작품을 쓰면서 전래의 「선녀와 나무꾼」 이야기를 어느 정도 의식적으로 차용했다는 것을 분명히 알려준다. 「선녀와 나무꾼」이 어머니와 아들 사이에서 발견되는 원형적 관계의 다양한 측면을 담고 있는 설화인 것은 널리 알려져 있는 사실이다. 그중에는 이른바 어머니가 아닌 다른 여성(혹은 그러한 질서)과 만나 자신의 개별화를 이루어야 하는 당위성과 그것을 완수하지 못한 채 어머니(의 원리)에 고착되어 살아가는 삶의 위험성도 포함된다. 물론 이 작품에서 '무서운 어머니' 혹은 '아들을 잡아먹는 어머니'의 상은 그다지 강화되어 있지 않다. 그리고 주인공 총각의 결혼을 통한 개별화의 위기와 당위도 그다지 선명하게 그려져 있지 않다. 그러나 위 인용문에서 볼수 있는 것처럼, 이 작품의 주인공은 본인이 직접 눈이 내리는 한밤중에 지붕에 올라가 수탉의 역할을 흉내냄으로써 어머니의 세계 내지는 삶의 가치와는 구별되는 새로운 가치에 대한 갈증을 선명하게 드러내고 있다. 그것은 자신의 여행이 스스로가 겨냥했던 '출가'와는 달리 '집'으로 대표되는 원향으로 돌아올 수밖에 없는 일회적인 가출일 수밖에 없다는 것을 주인공 자신이 감정적으로든 의식적으로든 알고 있기 때문에 더욱 절실한 것이다. 그 맥락이 노모에 대한 자식으로서의 의무라고 하는 전승의 국면을 벗어나지 못한다는 의미에서 그의 소설은 대단히 윤리적이다. 그리고 바로 그런 한계를 주인공 자신은 익히 알고 있었고, 그렇기 때문에 그의 금강산 여행은 실제 그가 여행에 참가했는지의 여부와는 무관하게, 우연찮게 구입한 〈금강전도〉 위에서 이루어진 가상의 여행에 더욱 가까운 것이 될 수밖에 없었던 것이다.

노모와의 정신적 탯줄을 도저히 어떻게 끊어볼 도리가 없다는 이런 인식이야말로 어느 면에서 작가 김도연 소설의 기본적인 출발 상황이자 조건이며, 그것은 또한 그대로 김도연 소설이 독자들과 소통하고자 하는 토대로서의 핍진성의 기반을 이루고 있다. 누가 붙잡아맨 것도 아닌 상황에서, 그리고 집이 환멸의 원천인 것을 익히 알고 있으면서도 자신과 집 사이에 맺어져 있는 인연의 끈으로부터 놓여나는 적극적인 행보를 취하지 못한다는 바로 그 상황 말이다. '절 없는 산에서의 출가'라고 하는 모순어법과도 같은 그다운 진단은 바로 여기서 비롯된 것이다. 이것이 파생시키는 문제성은 대단히 복잡하여 보다 면밀한 검토를 요하지만, 그러나 여기서 하나 분명한 것은 앞서 살펴본 것처럼 그의 소설적 방법론이기도 한 백일몽 혹은 현실과 환상의 경계를 애써 무화시키려는 작업이 이런 문제적 상황을 넘어서는 것과 긴밀하게 연관되어 있다는 점이다. 그러니까 백일몽과 같은 행위는 김도연적 자아가 처한 상황에서 일종의 견딤의 방식이자 대상(代償)의 행위로서의 의미를 띠고 있는 셈인데, 바로 이 행위로 인해 「십오야월」에 등장하는 한 탁발승은 그를 가리켜 "예술가"라고 주저 없이 단언하는 것이다.

견딤으로써의 백일몽의 효용은 인물 자신의 어떠한 신념이나 믿음이 없이는 지속될 수 없다. 이 지점에서 우리는 김도연의 인물들이 공통적으로 믿고 있는 어떤 전환의 가능성 내지는 그 질적 의미를 알게 되는데, 아마도 이런 성향이 제대로 드러나 있는 작품은 「이제 그는 시인을 믿지 않는다」라는 작품일 것이다. 외딴 산골 마을에서 노모와 함께 민박을 치면서 살아가고 있는 작품의 주인공은, 시를 쓰는 친구인 Y의 전화를 받고 그의 결혼식에 다녀온다. Y의 신부는 과거 문학회 활동을 할 때 알게 되어 자신도 사랑했던 "장미"라는 여인이었는데, 이 두 사람과 문학회 선배들이 결혼식 직후에 주인공의 민박집으로 놀러 온다. 그리하여 기르던 개까지 잡아 대접한 일행 대부분이 술에 취해 잠들었을 때, 주인공은 옥상에 올라가 누워 혼란스러웠던 자신의 상념을 추스른다. 그 대목은 아래와 같다.

그는 스키 파카를 입은 채 옥상 평상에 누워 동북쪽 하늘을 올려다보았다. 거대한 젖가슴처럼 생긴 카시오페이아 좌에서 별들은 돌아올 기약 없는 여행을 떠나고 있었다. 지구의 시간은 새벽 두시를 넘어가고 있었다. 짧은 섬광을 남기고 우주의 저편으로 가뭇없이 사라지는 별들에 대해 그는 어떤 논평도 할 수 없었다. 단지 바라볼 뿐이었다. 강원도 산골짜기에 자리한 민박집 옥상과 별똥별과의 거리는 멀고 또 멀었다. 시선은 그 먼 거리를 좇고 있었지만 마음은 옥상 아래에서 잠든 별들에게서 쉽게 빠져나오지 못했다.(123쪽)

이 작품은 물론 앞서 언급했던 「출가」 유의 작품들과는 주제적 측면에서 조금 떨어져 있다. 앞서의 작품들이 이른바 '절 없는 산에서의 출가'라고 하는 다소 선적인 화두와도 같은 문제를 제기하고 있는 반면에, 이 작품에는 사회적인 개인으로 살았던 주인공의 과거가 현실로 박두해오는 형국을 그리고 있기 때문이다. 그러나 그럼에도 불구하고 그것을 이겨내는 과정에서 보이는 주인공의 의식의 지향이며 행위는 이번 작품집에 수록된 거의 전편의 작품들을 관통하고 있는 그만의 극복의 방법론이라고 보아도 무방하다. 앞서 살펴보았던 작품에서 하늘을 보고 울어대는 수탉의 행위를 연상시키듯, 위 인용문은 지상의 현실에 결박되어 있는 인물들이 그러한 결박으로부터 비유적으로라도 스스로를 풀어내는 방식과 차원이 무엇인지를 다시 한번 우리에게 알려준다. 위 인용문과 같은 대목에서 일종의 우주적 신비체험이라고 할 만한 것에 대한 그의 갈증을 읽어내는 것도 물론 가능하다. 그리고 이는 그의 소설 전편에서 구사되고 있는 독특한 비유적 서술, 이를테면 인간과 동물은 물론이거니와 그들을 둘러싸고 있는 자연환경 사이의 경계를 무시한 채 하나의 통사체계로 운용하는 서술법에서도 발견 가능하다. 그러나 여하튼, 이상의 예만 가지고도 김도연 소설에 등장하는 인물들이 공유하고 있는, 혼돈스런 과거 및 현재의 뇌옥으로부터 초월하고자 하는 방법의 일관성을 거론하기란 그다지 어렵지 않다. 그의 소설에서 경험되거나 상기되는 과거나 현재가 많은 경우 어떤 해프닝처럼 인물들과 무관하게 흘러가는 시간이라기보다는 인물들이 주체적으로 '건너야 할' 혹은 '견뎌내야 할' 시간대로 비유되고 있는 것도 이와 무관하지 않을 듯싶은데, 이런 비유가 지향하는 의식이 인물들이 저마다 처해 있는 공간의 협소성 내지는 한계성을 다른 차원으로 전환시키기 위한 인식론적 전제가 되고 있는 것은 그래서 너무도 당연하고 자연스럽다.

3

이 작품집에는 이제껏 살펴보았던 관점에 쉽게 망라되지 않는 이질적인 작품이 몇 편 수록되어 있다. 80년대 초반 탄광노동자들의 거대한 저항을 도출한 역사의 현장이었으나 이제는 카지노의 도시로 기억되고 있는 탄광도시 사북의 현재를 다루고 있는 중편 「검은 하늘을 이고 잠들다」와 잠수함을 통해 남파되었으나 사고로 인해 육로를 통해 월북할 처지에 놓인 남파간첩의 의식을 추적한 「불개」, 그리고 가상의 상황을 설정하여 일종의 우화를 겨냥한 「동부전선 별일 없다」와 같은 작품이 그러한 경우다. 이들 작품들은 그것들이 담아내고 있는 현실적 전망이라든가 주제적 국면에서 이제껏 우리가 살펴보았던 작품군과는 확연하게 구별된다. 그러나 조심스럽게 진단하건대, 사회적 현실에 대한 비판적 접근이라든가 현실주의적 전망은 아무래도 김도연의 몫은 아닌 것 같다. 어느 면에서 이른바 갇힌 사람들 혹은 방기된 사람들의 의식을 추구한다는 방법론적 측면에서 보자면 이들 소설들이 다른 계열의 소설들과 맺고 있는 연속성을 확인할 수 없는 것은 아니지만, 그의 문장 운용이나 서술적 전망의 특징은 한 시대의 축도가 될 수 있는 다양한 파노라마의 장면을 묘사하여 하나의 풍경을 완성하거나, 온전한 알레고리의 방법으로 이야기를 구축하는 데에는 적합하지 않아 보인다.

바로 위에서 나는 인간과 동물, 그리고 그 밖의 자연의 이질적인 선택항들을 하나의 통사로 엮어내는 김도연 특유의 서술법을 지적한 바 있는데, 익히 짐작하겠지만 이런 이인삼각적인 서술의 방법은 이미 이효석에게서 그 효용이 한껏 발휘된 바 있는 독특한 문체다. 뿐만 아니라 그가 그려내는 세계는 인물들의 순박성과 그로 인해 발휘되는 순간 순간적인 회화적 응전, 그리고 그런 것들로부터 종합되는 피카로적 성격이란 측면에서 김유정의 세계와도 일맥상통하는 면이 적잖다. 작가 김도연이 진부 태생이라고 하는 문학 외적 사실을 감안하지 않더라도, 이런 몇몇 측면은 그가 동향의 작가들과 공유하고 있는 특별한 문학적 자양 때문이라고 말하는 것을 가능케 한다. 그리고 이런 의미에서 그는 통시적으로건 동시적으로건, 동시대 작가들 사이에서 비교적 분명하게 자신만의 자리를 안전하게 확보한 셈이 될 것이다.

이쯤에서 맨 처음 살펴보았던 「흰 등대에 갇히다」의 결말을 다시 논의의 마무리로 삼아도 좋을 것 같다. 앞서도 인용한 바 있는 이 작품의 결말에서 그는 죽어 있는 사서의 곁에서 자신의 소설을 "목이 잠겨 말이 나오지 않을 때까지" 차근차근 들려준 바 있다. 그리고 다시 "긴 세월이 흘러가는 듯한 막막한 바다로 등대는 아직 희미한 불빛 한 점 내보내지 못하고 있었지만"이라고 말한다. 이 장면에는 사실상 김도연 소설의 다양한 가능성과 방향의 다양한 측면들이 모두 들어 있다고 해도 과언이 아니다. 환상, 백일몽, 갇힌 곳에서 초월을 꿈꾸는 작가의 의식, 그리고 언제고 자신의 습작이 그 효용을 다해 현실이라는 바다에 한줄기 빛을 던져줄 것이라는 확고한 신념 같은 것 말이다.

「출가」에서 금강산 여행에 나선 주인공은 도중에 한 스승을 만나 수작을 나누는데, 이 과정에서 그 스승은 그에게 예사롭지 않은 발언을 한다. 즉, 그가 "아주 오래된 사람" 같다는 것이다. 비록 제삼자의 입을 통해 발화된 것이긴 하지만, 사실상 이 말은 21세기에 산골 마을에서 홀어머니를 모시고 농사지으며 사는 가난한 총각에 대한, 사회적 실존 인물로서의 작가의 자기 진단으로 읽어도 무방해 보인다. 그리고 이렇게 볼 때 같은 맥락에서 그에게 소설이라고 하는 것은, 그의 어머니가 아들의 뜻과는 무관하게 외딴 집에 우발적으로 설치한 '스카이라이프'와 같은 것이라고 말하는 것도 가능할 것이다. 따라서 외견상 서로 조화될 수 없어 보이는 산골의 삶의 방식과 현실적인 삶의 방편, 그리고 그 속에 끼어 있는 인물들의 다양한 욕망의 방식이 공존하고 있는 김도연적인 이야기의 공간은, 비유적으로 김도연의 소설의 태이자 동시에 그가 자신만의 힘으로 돌파해야 할 어떤 굴레이기도 한 셈이다. 위에서 살펴본 것처럼, 이 작품에 수록된 그의 작품들은 그가 자기 소설의 나아갈 방향에 대해 이미 어느 정도 방법론적인 확신을 갖고 있다는 것을 분명하게 보여준다. 이제 남은 것은 그가 독백처럼 던지는 소설의 빛이 멀리 있는 독자들에게 자연스럽게 전달될 수 있도록 사가발전을 지속하는 일일 것이다.

작가의 말

여름―어두워지면 낚싯대를 둘러메고 캄캄한 오대천으로 나갔다.
가방 속에 소주와 건빵, 지렁이를 넣은 채. 밤낚시. 시퍼런 하늘 저편으
로 사라지는 별똥별. 지워지지 않는 물소리를 들으며 미끄러운 징검돌
을 건너다녔다. 메기를 찾아서. 어둡지만 손전등을 밝힐 수 없었다. 멋
진 수염을 가진 메기가 숨어버리므로. 너럭바위에 앉아 지렁이를 만지
작거린 손으로 술을 비우다보면 달이 떠오른다. 메기는 좀체 낚싯바늘
을 물지 않았다. 나는 이 바위 저 바위로 옮겨다니며 여름밤을 건너가
곤 했다. 한번은 호박만한 바위가 낚싯바늘을 물고 놓아주지 않았다.
큰 메기를 기대하고 물 속으로 들어갔다가 넘어져 슬리퍼를 잃어버리
고 맨발로 집에 돌아왔다. 창피했지만 밤이어서 다행이었다. 가끔 그
슬리퍼가 어디까지 흘러갔는지 궁금해서 잠들지 못했다.

가을―산을 쏘다녔다. 앞산 뒷산 계방산 오대산 민둥산 태백산 선

자령 울산바위…… 거리를 잘못 계산해 산속에서 어둠을 만나기도 했다. 산의 침묵이 무서웠다. 나무지팡이와 희미한 휴대폰 불빛으로 길을 찾았다. 어둠 속에서 맹수들이 나를 향해 입을 벌리고 있는 것 같았지만 다른 방책이 없었다. 비틀거리며 걷는 수밖에. 그 어둠 끝에서 만났던 인간의 불빛이 지금도 못내 그립다. 돌아와 오래 잠들었다가 깨어나니 방 안엔 내가 토해놓은 것들로 가득했다. 노루 고라니 산양 멧돼지 오소리 다람쥐 살모사 들이 혀를 날름거리며 나를 들여다보았다. 그래, 날도 추워지는데 여기서 함께 살자.

겨울―장거리에서 눈을 기다리다 지쳐 술에 취한 채 침침한 노래방에 들어갔다. 담배 냄새가 배어 있는 더러운 방에서 혼자 노래하고 춤추고 탬버린을 흔들고 박수를 쳤다. 마침내 화면 속에서 함박눈이 내리기 시작했다. 금세 거대한 산이 흰 눈으로 덮였다. 한 시간을 노래하니 더이상 목소리가 나오지 않았다. 나는 내가 얼마나 지독한 놈인지 비로소 알았다. 꽃가게에서 내게 건네줄 장미를 사들고 눈길을 걸어 집으로 향했다. 졸렸다. 긴 동면에 들고 싶었다. 잠에서 깨어나면 말린 물고기로 허기를 달래고 나무 삶은 물로 목을 축이면 그만이었다. 눈을 털고 집에 들어가니 내 장미는 어디론가 사라지고 대신 붉은 피가 손바닥에서 흘러내렸다.

그리고 봄―이 골짜기에서 육 년째 당근을 심고 있다. 낭귀를. 감자를. 개울 옆 돌배나무가 한순간에 흰 꽃을 터뜨린다. 밭고랑에 앉아 돌이켜보니 지나온 계절 어딘가에 무엇인가를 두고 온 것 같다. 그 방, 거리, 장터에. 무엇을 두고 왔을까. 우산? 담배? 지갑? 가방? 그 버스, 여관, 개울, 산, 눈 속에? 분노를? 사랑을? 나는 대체 무엇을 두고 왔을까? 도무지 알 수 없다. 그러나…… 여기까지. 내가 말을 건넬 수 있는 고독은 여기까지다.

| 수록작품 발표지면 |

십오야월 『문예중앙』 2002년 여름호

흰 등대에 갇히다 『문학사상』 2002년 5월호

도망치다가 멈춰 뒤돌아보는 버릇이 있다 『현대문학』 2002년 12월호

이제 그는 시인을 믿지 않는다 『문학·판』 2003년 겨울호

동부전선 별일 없다 『한국문학』 2003년 겨울호

북호텔 『내일을여는작가』 2003년 여름호

불개 『문예중앙』 2003년 봄호

하조대 『현대문학』 2004년 2월호

출가 『작가세계』 2004년 여름호

검은 하늘을 이고 잠들다 『신동아』 2003년 12월호

문학동네 소설집

십오야월

ⓒ 김도연 2005

| 초판인쇄 | 2005년 11월 4일 |
| 초판발행 | 2005년 11월 11일 |

지 은 이	김도연
펴 낸 이	강병선
책임편집	조연주 이상술
펴 낸 곳	(주)문학동네
출판등록	1993년 10월 22일 제406-2003-000045호

주 소	413-756 경기도 파주시 교하읍 문발리 파주출판도시 513-8
전자우편	editor@munhak.com
전화번호	031) 955-8888
팩 스	031) 955-8855

ISBN 89-546-0043-3 03810

www.munhak.com